आतंक की दहशत

एक अज्ञात कश्मीरी की डायरी

आतंक की दहशत

एक अज्ञात कश्मीरी की डायरी

तेज एन. धर

अनुवाद

किशनी के. पंडिता

सत्साहित्य प्रकाशन, दिल्ली

प्रकाशक : **सत्साहित्य प्रकाशन**
694–ए, (पहली मंजिल) चावड़ी बाजार, दिल्ली–110006
 / संस्करण : 2025 / मूल्य : चार सौ रुपए
मुद्रक : श्री साई प्रिंटर्स, साहिबाबाद ISBN 978-81-7721-381-2

AATANK KI DAHASHAT
by Tej N. Dhar ₹ 400.00
Published by **SATSAHITYA PRAKASHAN**
694-A, (First Floor) Chawri Bazar, Delhi-110006

लिखना एक अभिपुष्टि है, जो किसी एक व्यक्ति विशेष के बारे में नहीं है, परंतु उसके द्वारा उन असंख्य बेनाम और बेआवाज लोगों के बारे में है, जिन्हें उनके 'होने' के अधिकारों की वैधता को परिभाषित करने के लिए उस पर निर्भर रहना है।

—आंद्रे ब्रिंक

प्रस्तावना

इस किताब का अनुवाद करने का मुख्य कारण यह है कि ज्यादा-से-ज्यादा लोग इसे पढ़ें और सही कारण जानें कि पंडित किस मजबूरी की वजह से अपना घर-बार, अपनी जन्म भूमि छोड़कर वहाँ से निकले। जब घाटी में उग्रवाद शुरू हुआ तो बहुत से कश्मीरी और गैर-कश्मीरी, जो अपने आपको कश्मीरी जानकार समझते हैं, ने लोगों में यह धारणा फैलाई कि पंडित मुसलमानों को बदनाम करने के लिए घाटी से भागे। कुछ लोगों ने यह भी कहा कि पंडित गवर्नर के कहने पर वहाँ से निकले। क्या यह अजीब नहीं लगता कि कोई अपनी संस्कृति, अपने रीति-रिवाज और अपनी जड़ें काटकर अपनी जन्म भूमि को छोड़कर सिर्फ इसलिए चला जाएगा, क्योंकि उन्हें किसी ने वहाँ से जाने को कहा था।

जो लोग किसी चीज के बारे में ठीक तरह से नहीं जानते हैं, उन्हें ऐसे बयान देने से परहेज करना चाहिए, क्योंकि इससे उन लोगों की सोच को बढ़ावा मिलता है, जो देश की सुरक्षा से ज्यादा अपने फायदे के बारे में सोचते हैं। दुर्भाग्य की बात यह थी कि अपने देश के राजनीतिज्ञ पाकिस्तान के सुर-में-सुर मिला रहे थे, और देश की जनता को गुमराह कर रहे थे। जब पंडितों को बेवजह मारा जा रहा था तो सारा देश, सारी दुनिया चुप थी।

मुसलमानों ने हम पर इलजाम लगाए कि हम कमजोर और बुजदिल थे। हमें घाटी से निकलना नहीं चाहिए था, मगर हम न तो कमजोर थे और न ही बुजदिल। कमजोर वे थे, जिन्होंने इस्लाम कबूल किया। न तो उन्होंने मुकाबला किया और न ही वे कश्मीर छोड़कर चले गए, जबकि उस समय भी हजारों चले गए थे। उनमें से कुछ तो रास्ते में ही चल बसे। बहुत से ऐसे थे, जिन्होंने मरना कबूल किया, मगर अपना धर्म नहीं बदला। दंतकथाओं के अनुसार तब घाटी में नौ मन जनेऊ जलाया गया था।

वे बुजदिल ओर कायर तब भी थे और अभी भी हैं। उनमें इतनी हिम्मत नहीं

थी कि वे बेकसूर पंडितों के कत्लेआम के खिलाफ अपनी आवाज उठाते। जब एक आतंकवादी मरता है तो हड़ताल और विरोध होते हैं और जब बेकसूर पंडितों की हत्याएँ होती हैं तो एक चूँ की आवाज भी नहीं निकलती। यह भी सच है कि सब मुसलमान आतंकवादियों का समर्थन नहीं करते हैं, मगर उन्होंने तो कभी पक्ष भी नहीं लिया। एली वीजल का मानना है कि हमें पक्ष लेना चाहिए। किसी का भी पक्ष न लेना अत्याचारी को फायदा पहुँचाता है, पीड़ित को नहीं। खामोशी अत्याचारी की हिम्मत बढ़ाती है, पीड़ित की कभी नहीं। कभी-कभी हमें दखल देना चाहिए। जब आदमियों की जिंदगियाँ खतरे में होती हैं, जब उनका आत्मसम्मान दाँव पर होता है, तो उस समय सरहदें और संवेदनशीलता बेमानी होती हैं। मृतकों को भूलना एक तरह से उनको दुबारा मारने जैसा होगा और इसी पक्ष न लेने का खामियाजा हम आज तक भुगत रहे हैं।

इस डायरी का मुख्य पात्र, आखिर तक असमंजस में रहा कि वह रहे या जाए, मगर अपनी जन्म भूमि को छोड़कर जाना उसे गवारा नहीं हुआ। वह क्यों रुका, क्या सिर्फ मरने के लिए? क्योंकि उसे पता था कि वहाँ पर रहने के लिए उसे क्या मूल्य चुकाना पड़ेगा। क्या किसी को अपने आपको भूमिपुत्र साबित करने के लिए खुद को कसाइयों के हवाले करने की जरूरत है? इतिहास गवाह है कि पंडितों के साथ ऐसा पहली बार नहीं हुआ है। ऐसा होता आया है। या तो उन्हें मौत के घाट उतारा गया या तलवार की नोक पर उनका धर्म परिवर्तन कराया गया।

यह किताब आज भी उतनी ही प्रासंगिक है, जितनी 1990 के दौरान थी। तब भी पंडित भटकते रहे और घाटी में वापस जाने के भरसक प्रयत्न करते रहे, और आज भी उसी समस्या से जूझ रहे हैं। आज भी जब पंडितों के वापस जाने की बात उठती है तो मुसलमान हाथ खड़े कर देते हैं, और जानबूझकर ऐसे हालत पैदा करते हैं कि उनका जाना फिर से स्थगित हो जाता है।

मेरा सबसे यह अनुरोध है कि ज्यादा-से-ज्यादा लोग इस किताब को पढ़ने की कोशिश करें और स्वयं यह फैसला करें कि क्या पंडित गलत थे, जब वे घाटी से निकले? क्या उन्हें अपनी, अपने परिजनों की जिंदगियों, अपनी बहू-बेटियों की इज्जत और अपने धर्म के साथ समझौता करना चाहिए था या वहाँ से निकलकर टैंटों और गौशालाओं में रहकर अपने धर्म और सम्मान को बरकरार रखना चाहिए था?

भूमिका

बहुत सारे लेख, जो कि कश्मीर में आतंकवाद के बारे में लिखे गए हैं, उनमें कश्मीरी पंडितों की उन समस्याओं के बारे में बहुत ही संक्षिप्त सा वर्णन है, जिनकी वजह से उनका निष्क्रमण हुआ। हालाँकि वे राज्य की जनसंख्या का एक छोटा सा अनुपात हैं, मगर मुस्लिम बहुतायतवाले राज्य में उनकी मौजूदगी की वजह से ही कश्मीर को धर्म निरपेक्षता का एक उदाहरण माना गया था और इसकी वजह से ही गांधीजी ने कश्मीर के बारे में कहा था कि उन्हें वहाँ आशा की किरण दिखाई दी। इस उपेक्षा की वजह से पंडितों ने आतंकवाद और उनके समुदाय पर इसका असर अपने रूप में प्रस्तुत किया है। इनमें ज्यादातर झुकाव उन किताबों की तरफ है, जो कि कश्मीरी या गैर-कश्मीरी लोगों ने लिखी हैं, क्योंकि वे भी वही ऐतिहासिक दृष्टिकोण प्रयोग करते हैं और अपने समुदाय के तेरहवीं और चौदहवीं शताब्दी से आज तक के डाँवाँडोल उतार-चढ़ाव के निशान ढूँढ़ते हैं।

पंडितों ने भी अपने बदले हुए हालातों को, ज्यादातर उनके बेघर होने के दर्द और कष्टों के कड़वे अनुभवों को सृजनात्मक रूप में कश्मीरी और हिंदी लेखों और कविताओं के द्वारा दर्शाया है। यह लेखन जिसे मैं आगे से इसके उपनाम 'एक अज्ञात कश्मीरी की डायरी' या 'डायरी' कहकर बुलाऊँगा, उन सबसे भिन्न है, जो आज तक इस दीन समुदाय की दुर्दशा पर लिखा गया है। यह उन सार्वजनिक घटनाओं और एक व्यक्ति विशेष के विचारों का एक दिलचस्प मिश्रण हैं, जो कि घाटी के तेजी से बदले हुए हालातों का प्रतिबिंब हैं।

यह डायरी बड़ी ही असामान्य स्थिति में मेरे हाथों में आई। यह मेरे लिए एक सौभाग्यशाली संयोग था। 1995 की गर्मियों में मेरे दोस्त कमल ने मुझे श्रीनगर में अपने साथ कुछ समय बिताने का निमंत्रण दिया। उसे पता था कि मुझे इस शहर से, जो कि मेरे जन्म से 1990 तक मेरा घर रहा, कितना लगाव था और जो मुझे अपनी जान बचाने के लिए जबरदस्ती छोड़ना पड़ा। अपने सबसे पुराने दोस्त, जिसे

मैं स्कूल के दिनों से जानता था और जिसकी हिदायत पर ही मैं वहाँ से निकला था, उसके विदाईवाले शब्द आज भी मेरे कानों में गूँज रहे हैं, "हमारे बिछड़ने का समय आ गया है। मुझे मालूम है कि तुम्हारा यहाँ से जाना अनर्थकारी है, क्योंकि इसकी वजह से तुम्हें और तुम्हारे परिवार को अनंत परेशानियाँ उठानी पड़ेंगी और तुम्हें यहाँ से जाने का और अपनी जड़ें कट जाने का दुःख तोड़ता रहेगा। मगर मेरे दोस्त, मुझे तुम्हें बताना पड़ेगा कि तुम्हारे पास कोई और चारा नहीं है। मैं तुम्हारे सुरक्षित होने का कोई दावा नहीं कर सकता, कोई भी, चाहे वह कितना ही प्रभावशाली या जिसके राजनैतिक संबंध हों, तुम्हारी सुरक्षा का दायित्व नहीं ले सकता, क्योंकि पंडितों का मारा जाना बहुत ही निरुद्देश्य हो गया है।" मैं खुद भी उग्रवादियों की गतिविधियों को डर और खौफ से देख रहा था। इसलिए अपने दोस्त के शब्दों से मुझे न कोई आश्चर्य हुआ और न ही कोई झटका लगा। जिसकी वजह से मैं वह करने की सोचने लगा, जो मैं इतने दिनों से टाल रहा था। क्योंकि जहाँ मैं पैदा हुआ था, वे लोग, जिनके साथ मैं बड़ा हुआ था, वह छोटा सा घर, जिस पर मैंने जिंदगी भर की कमाई खर्च की थी, वह सब कुछ छोड़कर जाने का सोचना ही मुझे असहनीय लग रहा था। हम दोनों जानते थे कि मैं इस बारे में कुछ नहीं कर सकता था।

कमल बी.एस.एफ. में एक ऑफिसर था, जो केंद्रीय सरकार की स्पेशल फोर्स की एक शाखा थी। वह शहर की एक बहुत ही सुरक्षित जगह में रहता थ। वह चाहता था कि मैं इस नीरस जिंदगी से, चाहे थोड़े दिनों के लिए ही सही, भाग जाऊँ और श्रीनगर के मनमोहक मौसम का लुत्फ उठाऊँ। वह यह भी जानता था कि वह कश्मीरी, जिन्हें घाटी से जाने के लिए मजबूर किया गया था, सबसे ज्यादा गर्मियों से ही त्रस्त थे।

मैंने तत्काल ही उसे विनम्रता से मना कर दिया। मुझे लगा कि कोई भी समझदार व्यक्ति ऐसा निमंत्रण स्वीकार नहीं करेगा। मैं घाटी में मुजाहिदों के हाथों हुई तबाही और उन लोगों के दुर्भाग्य के बारे में, जो घाटी में ही रह गए थे, बराबर पता लगा रहा था। थोड़े दिनों के लिए जाने पर भी मुझे वहाँ से निकलने का दुःख फिर से उमड़ आएगा और फिर से नए जख्म लगेंगे, मगर उसका अनुनय इतना ज्यादा था कि मैंने जाने का फैसला कर लिया। मैं उसके अलग-थलग घर में दो हफ्ते रहा। मेरा ज्यादा समय जिस कमरे में गुजरा, वहाँ से मुझे खूबसूरत आकाश का टुकड़ा, भव्य सफेदों की कतार और विलो वृक्ष, जो मुझे पहले से भी ज्यादा हरे लगे और शंकराचार्य की पहाड़ी ही सिर्फ दिखाई देते थे। चूँकि मैं ज्यादातर

कमरे के अंदर ही रहा, मेरा सारा समय पढ़ने-लिखने में ही बीता। देखा जाए तो कश्मीर में रहकर भी इस तरह समय बिताने का तरीका कुछ ठीक नहीं था। जब भी मुझे थकान महसूस होती, मैं पहाड़ी की तरफ तब तक देखता रहता, जब तक मैं भूल जाता कि मेरे आसपास क्या हो रहा है और उन हँसते खेलते दिनों की याद में डूब जाता, जो मैंने वहाँ बिताए थे।

मेरा दोस्त बहुत समय तक बाहर रहता, कभी-कभी तो कई-कई दिनों तक वह दिखाई नहीं देता था। उसे लगा था मैं शायद बाहर जाऊँगा, लोगों से मिलूँगा और देखूँगा कि बाहर क्या हो रहा है, क्योंकि उन दिनों बाहर जाने में उतना खतरा नहीं था, जितना कि माइग्रेशन के शुरू के दिनों में 1990 में था। शायद वह चाहता था कि मैं अपने पुराने दोस्तों से मिलूँ, मगर उसने सीधे-सीधे कुछ नहीं कहा।

उसे मेरे दिल का हाल मालूम था और यह भी याद था कि उनमें से ऐसे कितने थे, जो मेरे साथ पत्र-व्यवहार रखने से भी हिचकिचाए थे। उन्हें डर था कि कहीं किसी को यह न मालूम पड़ जाए कि उनके संबंध उन लोगों से हैं, जो घाटी छोड़कर जा चुके थे। उनका मतलब पंडितों से था। इसलिए मैंने किसी से नहीं कहा कि मैं घाटी में हूँ और किसी से मिलना चाहता हूँ। मैं नहीं चाहता था कि मेरे पुराने दोस्तों को मेरी वजह से किसी भी तरह की तकलीफ उठाना पड़े।

चूँकि मैं कमरे में ही बंद रहा, जहाँ पर सिर्फ पेड़ और पहाड़ी ही मेरे साथी थे, वह खामोशी और अकेलापन मेरे लिए असहनीय हो गया। जब मेरा दम घुटने लगा तो मैंने कमल से कहा कि मैं वापस जाना चाहता हूँ। उसने मेरी वेदना देखी, मगर मेरी प्रार्थना को तुरंत स्वीकार नहीं किया। उसने मुझे कुछ दिन और रुकने को कहा, ताकि वह मेरे साथ कुछ समय बिता सके। उस पर अचानक बहुत ज्यादा जिम्मेवारियाँ आ गई थीं, मगर उसे विश्वास था कि एक जरूरी मिशन को पूरा करके वह कम-से-कम दो दिन मेरे साथ बिताएगा। इसलिए उसने मुझे तब तक रुकने को कहा। मैंने हामी भरी। हम लोगों ने पुरानी, बचपन की उन यादों के बारे में बातें कीं, वह दिन जो हमने घाटी में एक साथ बिताए थे और जो आजकल के निराशाजनक दिनों के पूरी तरह विपरीत थे। मैंने महसूस किया कि वह जरूरत से ज्यादा बातें कर रहा था। उसने मुझे उग्रवादियों और उनके समर्थकों के बारे में बताया। उसे पक्का विश्वास था कि घाटी में हालात बिल्कुल नहीं सुधरेंगे। उसने मुझे उन घरों के बारे में भी बताया, जिन्हें लोग छोड़कर गए थे। उन वीरान, उजड़े घरों के बारे में, जिन्हें बुरी तरह से लूट लिया गया था। दरवाजे तोड़े गए थे, खिड़कियाँ उखाड़ी गई थीं और अंदर का सब सामान लूटा गया था। उन लुटेरों ने

घर का हुलिया ऐसा बिगाड़ा था कि वे घर, घर नहीं रहे थे। पूरा हब्बकदल, जहाँ पर ज्यादातर पंडितों के मकान थे, जहाँ हमेशा चहल-पहल रहती थी, अब भूतों का डेरा लगने लगा था। टूटे, अधजले घर सहारे के लिए एक-दूसरे पर झुके हुए थे।

मैंने कमल से यह पूछने की जरूरत नहीं समझी कि इतनी लूटपाट पुलिस की नजरों से कैसे छिपी रह गई, क्योंकि 1990 में मैंने देखा था कि पुलिस ने इतनी हैवानियत देखकर भी कुछ नहीं किया था। जब वह मुझे उन घरों की दुर्दशा के बारे में बता रहा था तो उसने मुझे एक पैकेट दिया, जो उन्हीं घरों के एक घर के मलबे से मिला था। मुझे पैकेट देखकर उत्सुकता हुई कि उसमें ऐसा क्या था? अगर कोई मूल्यवान चीज होती तो लुटेरे उसको ऐसे नहीं छोड़ते।

बहुत उत्सुकता से मैंने वह पैकेट खोला। उसमें काफी सारे कॉपी के पन्ने थे, जिनमें नंबर नहीं लिखे थे। मैंने जब पन्नों पर सरसरी नजर डाली तो वे मुझे काफी दिलचस्प लगे। जब मैंने उन्हें पढ़ना शुरू किया तो मैं उनमें इतना खो गया कि मैं अपने दोस्त को और मैं कहाँ हूँ, यह सब भूल गया। ऐसा लगता था कि पन्ने जल्दी में लिखे गए थे। इनमें कई घटनाओं के बारे में लिखा था, जो कि बीते कल और अभी के हालातों से संबंधित थीं। शुरू के कुछ पन्नों में घाटी में आतंकवाद, जिससे लोगों पर क्या असर पड़ा और कैसे कई लोग अपना घर-बार छोड़कर चले गए थे, इस बात का वर्णन है। बाद के पन्नों में बीते हुए दिनों की बातें थीं, जिसमें ज्यादातर घटनाएँ उसके निजी जीवन के बारे में थीं।

श्रीनगर से लौटने के बाद मैंने उन पन्नों को कई बार पढ़ा और कोशिश की कि मैं उन्हें क्रम से व्यवस्थित करूँ। यह सब बहुत ही मुश्किल काम था। मैंने कई तरह से कोशिश की कि पन्ने ऐसे क्रम से लगें कि उनमें मेल हो, मगर यह टेढ़ी खीर थी। फिर काफी मेहनत और धैर्य के बाद मैंने इन्हें यह रूप दिया, ताकि ये पढ़ने और समझने के काबिल हो जाएँ। मैंने इनकी शैली को भी थोड़ा परवर्तित किया।

अब मैं कुछ विश्वास के साथ कह सकता हूँ कि ये पन्ने पिछले पाँच-छह महीनों की घटनाओं के बारे में किसी ऐसे व्यक्ति के हैं, जिसका नाम मैं नहीं जानता और शायद कभी जान भी न पाऊँगा। एक बात साफ है कि जिसने भी लिखा है, उसके सिर पर मौत मँडरा रही थी। उसने 1990, फरवरी से अगस्त तक उस पर जो गुजरी और उसने जो देखा, उसकी चर्चा की है। ऐसा नहीं है कि यह वृत्तांत घाटी के उन दिनों के बारे में ही है, बल्कि यह एक ऐसा जटिल वृत्तांत है, जिसमें एक व्यक्ति विशेष ने अपने आपको जगह और समय से संबंधित किया है, क्योंकि

वह एक ऐसे राजनीतिक संकट से गुजरा है, जिसकी वजह से वह घाटी को छोड़ने पर मजबूर होता है। हालाँकि इसमें जगह और तिथि का ज्यादा जिक्र नहीं है, मगर इसमें कई ऐसी घटनाएँ थीं, जो उस समय के दौरान हुई थीं। इन घटनाओं की वजह से मुझे पन्नों को क्रमिक करने में काफी सहायता मिली।

दो पन्नों को छोड़कर पूरा गट्ठा शब्दों से भरा हुआ था। एक में आंद्रे ब्रिंक की एक किताब से कुछ पंक्तियाँ थीं, जो मुझे लगा कि वे डायरी के लिए उपयुक्त आदर्श वाक्य होंगे और दूसरे में कोई बारह पंक्तियाँ थीं, जो अचानक अंत हो गई थीं, जिससे लगता है कि ये लेखक की आखिरी पंक्तियाँ थीं। आश्चर्य की बात थी कि पन्ने की तिथि 23 अगस्त, 1990 थी।

डायरी की दिलचस्प बात यह थी कि इन घटनाओं का वर्णन आगे से पीछे, जैसे कि वर्तमान से भूतकाल की तरफ जाता है, जिसकी वजह से कहानी में एक तरंगित, एक अस्थिर सा रूप आया है, जहाँ सभी घटनाओं में लेखक ने शांत और खामोश निजी जीवन को दर्शाया है और जो 1990 के भ्रम, चिंता और मानसिक तनावयुक्त दिनों के बिल्कुल विपरीत था। यह आगे-पीछे का जो तरीका है, इसमें एक विशेष प्रकार का रूप देखा जा सकता है। जब उसके दोस्त ने उसे गाँव के पीर की कहानी सुनाई तो उसे अपने जन्म की याद आई, जिसमें एक पीर और उसका परिवार महत्त्वपूर्ण ढंग से संबंधित थे। जब उसे अपनी जान-पहचान वाले व्यक्ति की शादी याद आती है, जिसे उग्रवादियों ने मार डाला; उसे अपनी शादी के दृश्य सामने आते हैं। जब उसे कहीं दूर से बच्चों के खेलने की आवाज आती है, तो वह अपने बचपन में चला जाता है। इससे समझ आता है कि कहानी को आगे-पीछे ले जाने का अभिप्राय उन घटनाओं से जुड़ने का है, मगर मैं इस बात पर ज्यादा जोर नहीं देना चाहता हूँ, क्योंकि मैं शायद गलत भी हो सकता हूँ। हो सकता है, वह भयानक स्थिति, जहाँ उसे लगता था कि उसकी मृत्यु कभी भी हो सकती है, वह अपने बीते हुए कल में जाकर अपने वर्तमान को समझने की कोशिश कर रहा था या फिर वह अपने निराश, अंधकारमय जीवन से भाग जाना चाहता था।

लेखक की प्रेरणा का स्रोत जो भी रहा हो, मगर इसमें काफी सारी घटनाएँ दिलचस्प और मनोरंजक हैं, जो इस वृत्तांत को और भी प्रभावशाली और सशक्त बनाती हैं। इस बात का प्रमाण भी है कि लेखक बहुत ही तनाव में रह रहा था, जो कि अकेलेपन की वजह से और भी बढ़ गया था, जिसकी वजह से उसके कथन और चिंतन में तीखापन है। वृत्तांत में राजनीतिक नेता, उनकी दिलचस्प रायें, उनके जीवन के दिलचस्प किस्से, महत्त्वपूर्ण और सुविख्यात घटनाएँ भी हैं।

इस वृत्तांत की दूसरी उल्लेखनीय विशेषता यह है कि उसके अकेलेपन के जिम्मेवार वे मुस्लिम आतंकवादी, जिनकी वजह से उसकी जान खतरे में है, उसके बीते हुए कल की स्थिति के बिल्कुल विपरीत हैं, जहाँ वह अपने मुस्लिम भाइयों के साथ बहुत ही शांतिप्रिय, सामान्य हालात में रहता था। दोनों समुदायों में काफी प्यार-मुहब्बत थी। ये घटनाएँ हमें दर्शाती है कि उस व्यक्ति ने एक शांत और सार्थक जिंदगी जीनी चाही थी। हमें यह भी पता चलता है कि उसके दोस्तों और शुभचिंतकों के प्रलोभनों और उकसाने के बावजूद वह वहीं पर डटा रहता है। कहीं-न-कहीं उसे अंदर से एक विश्वास है, वह विश्वास, जिसके बारे में कहना मुश्किल है। जिस उतावलेपन से उसका विश्वास नष्ट हो जाता है, वह स्थिति, जिसका हम सिर्फ अंदाजा लगा सकते हैं और हमारी मनोदशा, इस वृत्तांत को मर्मस्पर्शी विशेषता प्रदान करती है।

डायरी की अवधि छोटी है, जिसमें उसने आतंकवाद के शुरुआती असर को दिखाया है, ऐसा लगता है कि ये घटनाएँ परस्पर विरोधी और अस्पष्ट हैं, मगर हम समझ सकते हैं, क्योंकि लेखक ने यह वास्तविक सच्ची रायें और प्रतिक्रियाएँ एकदम वैसी ही दिखाई हैं, जैसी उस समय उसे लगी थीं। इसमें उन मुख्य घटनाओं और मुद्दों को लिया गया है, जो उस वक्त बहुत जरूरी थे। आजकल हम उस उग्र, अशांत समय से दूर आ गए हैं। उस वक्त आतंकवाद के फैलने का सुझाव, जो डायरी देती हैं, शायद आजकल की विचारधारा से भिन्न हो। ऐसा भी हो सकता है उन लोगों ने, जो उसकी तरह पीड़ित थे, लेखक को गोपनीय तरीके से ऐसा बताया हो और अब उन्हीं लोगों ने उन घटनाओं और लोगों के बारे में अपनी राय बदल ली हो। ये इसकी कमजोरी होने के बजाय इसकी विशेषता और गुण हैं। यह आतंकवाद की बढ़त के बारे में एक महत्त्वपूर्ण दस्तावेज है। उसी आतंकवाद ने एक अलग ही रुख लिया होता, अगर राज्य और केंद्र सरकार ने किसी दूसरे तरीके से कार्रवाई की होती।

मेरा अंतिम कथन। डायरी के शुरुआती पन्ने लेखक के वृत्तांत लिखने की तरफ इशारा करते हैं, लेकिन जैसा मैंने पहले भी कहा है कि यह कहना भी ठीक नहीं होगा कि लेखक ने किसी एक वजह से यह डायरी लिखी हो। वे पंक्तियाँ, जो उसने आंद्रे ब्रिंक से ली हैं, इशारा करती हैं कि वह अपने बारे में, एक व्यक्ति विशेष के तौर पर और कश्मीरी पंडित समुदाय, जो कि एक छोटा सा समुदाय है, उसके सदस्य के तौर पर लिखना चाहता है। इस समुदाय के निष्कासन के बारे में राजनीतिज्ञ, राजनीतिक टीकाकार, सिविल राइट्स एक्टिविस्ट्स और भी कई तरह

के लोग, जो अपने आपको कश्मीरी जानकार कहते हैं, अभी भी रोज नई-नई वजहें गढ़ रहे हैं। वृत्तांत बहुत ही सजीव ढंग से आतंकवाद और हिंसा के उन पहलुओं पर हैं, जो इस समुदाय ने झेले हैं और जिसकी वजह से उन्हें अपनी जान बचाने के लिए भागना पड़ा।

मैं इस वृत्तांत को बचाने के लिए अपने दोस्त कमल का आभारी हूँ, जो कि श्रीनगर में आतंकवादियों से लड़ते हुए मारा गया। यह हमें उन अनुभवों तक पहुँचने में मदद करता है, जिन अनुभवों से इस समुदाय के लाखों लोग गुजरे हैं। वे लोग, जिनको न केवल नजरअंदाज किया गया, बल्कि केंद्र और राज्य सरकार, दोनों ने अपमानित भी किया और उन लोगों ने, जिनको किसी की भी पीड़ा से कोई फर्क नहीं पड़ता, जिन्होंने इस मुद्दे को तर्कसंगत विश्लेषणों के भार के नीचे दबा दिया और इसे खुद के फायदे के लिए इस्तेमाल किया।

डायरी

1

आज गिरजा और बच्चे मेरे माता-पिता के साथ जम्मू के लिए निकल गए, जहाँ से वे शायद वह दिल्ली जाएँगे। सुबह मुँह अँधेरे मेरा भाई उन्हें लेने के लिए अपनी कार में आया था। उन्हें मुझे छोड़कर जाना अच्छा नहीं लग रहा था, खासकर गिरजा को। सब कुछ बहुत ही अस्पष्ट सा था। उसे मेरा बिल्कुल अकेले रहना सहन नहीं हो रहा था, मगर सब लोगों ने बहुत जोर डाला था कि उसे बच्चों के साथ होना चाहिए। सब कुछ इतनी जल्दी-जल्दी हुआ कि हमें अपना प्लान बदलने का समय ही नहीं मिला। अपनी भीगी आँखों से उसने मुझे प्यार भरी नजरों से आखिरी बार देखा और चली गई। अपने भरे गले से वह इतना ही कह पाई, "अपना ध्यान रखना, मैं बहुत जल्द आऊँगी।"

दो महीने तक, जब मैं श्रीनगर से बाहर था, गिरजा और बच्चों ने वह समय घर के अंदर एकांतवास में बिताया था। बाहर की दुनिया एकदम असुरक्षित और खतरों से भरी हुई बन गई थी। मेरी अनुपस्थिति के दौरान शहर का रूप पूरी तरह से बदल गया था। चारों तरफ प्रदर्शन, पुलिस फायरिंग और मासूम लोगों की निर्मम हत्याओं ने सामान्य जीवन को छिन्न-भिन्न कर दिया था। हर तरफ अव्यवस्था थी। चूँकि मैं देश के दक्षिणी भाग में था, इसलिए मुझे इस बात का बिल्कुल ज्ञान नहीं था कि मेरी जन्मभूमि में क्या हो रहा था। आखिरकार जब मैं श्रीनगर पहुँचा तो शहर के ज्यादातर इलाकों में कर्फ्यू था, क्योंकि कोई आतंकवादी पुलिस की मुठभेड़ में मारा गया था और गड़बड़ी होने की आशंका थी। जब मैं किसी तरह घर पहुँचा तो गिरजा, वसु और विनय मुझसे लिपट के फूट-फूटकर रोए। वे डरे और थके-थके से लग रहे थे। सारी रात वे मुझे ऐसी-ऐसी अविश्वसनीय कहानियाँ सुनाते रहे, जो हमारे मोहल्ले और शहर में मेरी अनुपस्थिति में हुई थीं। मुझे यह

भी मालूम पड़ा कि हमारे पंडित पड़ोसी हफ्तों पहले घर छोड़कर चले गए थे और अब सिर्फ हमारा परिवार ही रह गया था।

वापस आने के बाद भी महीनों तक मैं ऑफिस नहीं जा पाया। कभी कर्फ्यू तो कभी किसी संस्था के बंद की वजह से ट्रांसपोर्ट ठप हो जाता था। मुझे मालूम पड़ा कि ऑफिस से अनुपस्थित रहना अब जुर्म नहीं माना जाता था। यह एक सामान्य बात हो गई थी। अगर कर्फ्यू की वजह से कई इलाके पहुँच से बाहर थे तो लोगों से ऑफिस जाने की आशा कैसे की जा सकती थी? खैर, जब मैं ऑफिस पहुँचा तो मैं वहाँ ज्यादा देर तक ठहर नहीं पाया। शहर के किसी कोने में फायरिंग की खबर जंगल में आग की तरह फैल गई। सब लोग घर की तरफ भागे कि कहीं फिर पैदल न जाना पड़े।

मेरे एक सहकर्मी ने मुझे अपनी पत्नी और बच्चों को अपने साथ रखने के लिए बहुत जोर से फटकारा। वह बहुत गुस्से से बोला, "तुम कितने बेवकूफ हो, क्या तुम कह रहे हो कि तुम्हारी पत्नी और बेटी अभी यहीं हैं, इस नरक में। जरा सोचो, अगर उन्हें कुछ होता है, क्या तुम जानते हो कि उनका अपहरण भी हो सकता है, यहाँ तक कि बलात्कार भी, तब तुम क्या करोगे, तुम इस शर्मिंदगी की वजह से लोगों का सामना कैसे कर पाओगे? तुमने हमेशा ही एक बुद्धू की तरह बर्ताव किया है। इससे पहले कि बहुत देर हो जाए, उन्हें बाहर भेज दो।" अपने दोस्त के शब्दों से मैं सकते में आ गया। मुझे बहुत घबराहट हुई। जल्दी से भागकर घर पहुँचकर मैंने राहत की साँस ली, क्योंकि मैं यह निश्चित करना चाहता था कि मेरी अनुपस्थिति में उनके साथ कुछ गलत या अनुचित नहीं हुआ था। हालाँकि वे सुरक्षित थे, मगर वह डर मेरे अंदर तक समा गया था।

दूसरे दिन अपने घरवालों से मिलने मैं हब्बकदल गया कि उनकी राय ले लूँ और उनके साथ कुछ परामर्श करूँ। वहाँ का नजारा कुछ अजीब था। उन्होंने अपना सामान बाँध लिया था और वे जाने के लिए तैयार थे। मेरी माँ ने कहा कि वह मुझे खबर भेजने वाली ही थी, ताकि मैं और मेरा परिवार भी उनके साथ निकलने के लिए तैयार हो जाएँ। मैंने उन्हें समझाया कि ऑफिस की वजह से मेरा जाना मुमकिन नहीं था। वह कुछ भी सुनने मानने के लिए तैयार नहीं थी, मगर जब मैंने कहा कि गिरजा और बच्चे उनके साथ जाएँगे और मैं भी थोड़े दिनों में आ जाऊँगा तो वह थोड़ा नर्म पड़ गई। इसलिए वह चले गए। हालाँकि मुझे थोड़ी राहत मिली है, मगर मैं बहुत ही अकेला महसूस कर रहा हूँ।

2

मुझे यह समझने में थोड़ा समय लगा कि मेरे पीछे बच्चों पर क्या गुजरी थी। अब मेरी समझ में आया कि मेरे लौटने पर गिरजा इतनी जोर से क्यों रोई थी। सिर्फ इसलिए नहीं कि मैं सुरक्षित लौट आया था, बल्कि इसलिए भी कि भगवान् ने हम पर कृपा की थी, जो उसने वसु और विनय को अनिष्ट से सुरक्षित रखा था। गिरजा को देखने से लगता था कि उसे कुछ अंदर ही अंदर खाए जा रहा था, जो वह मेरी बहुत कोशिश करने पर भी मुझे बता नहीं पा रही थी। मैं किसी भी तरह उससे कुछ बुलवा नहीं सका।

जब मैंने उसे अपने दोस्त की डाँट के बारे में बताया तो अपवित्रता और बलात्कार जैसे शब्द सुनकर वह जोर से रो पड़ी। मैंने उसकी पीठ सहलाई। मैंने उसके चेहरे को अपने हाथों में लेकर उसकी आँखों में देखा, ताकि उसे उस डर से छुटकारा मिले, जो उसे मेरी अनुपस्थिति में लगा था। मैंने बहुत कोशिश की कि वह मुझे सब कुछ बताए, जो उसने अपने सीने में छिपाकर रखा था, मगर वह आसान नहीं था, क्योंकि जब भी वह मुझे बताने की कोशिश करती, उसकी रुलाई फूट पड़ती थी। इससे पहले कि वह मुझे कुछ बताती, उसके शब्द, उसके रोने और सिसकने में खो जाते, मगर मैंने भी हिम्मत नहीं हारी, क्योंकि मैंने भी फैसला कर लिया था कि मैं उसे उन काले सायों से छुटकारा दिला कर ही रहूँगा, जिसकी वजह से उसके चेहरे पर दुःख के बादल छा गए थे।

बहुत बार कोशिश करने के बाद जब गिरजा थोड़ी शांत हुई, तब वह मुझे बताने में सफल हुई कि मेरी अनुपस्थिति में क्या हुआ था।

एक दिन शाम को जब अँधेरा छा गया था तो उसने कुछ लोगों को बाहरी दीवार के पास धीमी आवाज में बातें करते सुना। वह थोड़ा असामान्य इसलिए था, क्योंकि आमतौर पर अँधेरा होने पर लोग बाहर नहीं निकलते थे। जब उसने अपनी पहली मंजिल के शीशे में से झाँककर देखा कि वे कौन लोग हो सकते थे तो वह दृश्य देखकर जैसे उसे लकवा मार गया। बाहर तीन दढ़ियल नौजवान थे, जो सब छह फीट से अधिक लंबे थे। उनकी शक्लों और कपड़ों को देखकर लगता था कि वे स्थानीय लोग नहीं थे। जितना ज्यादा उसने उनको देखा, उतनी ज्यादा वह चिंतित हो गई। घबराहट में उसने वसु और विनय को जोर से पकड़ा।

अभी पिछले हफ्ते ही मेरे दोस्त नजीर ने गिरजा और बच्चों से कहा था कि बाहर के हालात से उन्हें परेशान नहीं होना चाहिए और दिलासा दिया था कि उन्हें

कोई क्षति नहीं पहुँचेगी, मगर उसने साथ ही उन्हें आगाह किया कि यदि कभी अँधेरा होने के बाद कोई उनके दरवाजे पर दस्तक दे तो कोई शोर-शराबा और संदेहजनक प्रश्न पूछे बिना तुरंत दरवाजा खोलना चाहिए। वे मुजाहिदीन होंगे, जो हमारे संप्रदाय के नए मुक्तिदाता है, जिन्हें आश्रय और भोजन की जरूरत होती है। जब गिरजा ने उससे कहा कि वह ऐसा नहीं कर सकती है, क्योंकि घर में कोई मर्द नहीं है तो यह सुनकर वह गुस्सा हो गया; क्योंकि उसे लगता था कि इतना तो हर एक नागरिक को करना चाहिए। आखिरकार उन लोगों ने ही उनके राजनैतिक तरीके को बदलने का बीड़ा उठाया है। उसके मूड और आग्रह को देखकर गिरजा ने उससे ज्यादा बहस नहीं की, मगर मन-ही-मन में भगवान् से प्रार्थना की कि उसे ऐसे लोगों की मेहमाननवाजी न करनी पड़े।

और अब वे सचमुच वहाँ थे। उसकी कल्पना अनियंत्रित रूप से दौड़ने लगी। अगर वह अंदर आ गए तो वह क्या कर सकेगी, वह अपनी प्यारी वसु को उनकी नजरों से कैसे बचा पाएगी? उसने सब देवियों और देवताओं से प्रार्थना की कि वे उन लोगों को वहाँ से ले जाएँ। जब उसने थोड़ी देर तक कोई आवाज नहीं सुनी और न ही कोई दस्तक सुनी तो उसने अपनी आँखें खोलीं। वे लोग सचमुच वहाँ से चले गए थे।

थोड़ी देर के लिए उसे अपनी आँखों पर विश्वास नहीं हुआ। क्या उसने सचमुच उनको वहाँ देखा था? वह शायद यह निश्चित नहीं कर पाती अगर दूसरी सुबह नजीर ने उसे नहीं बताया होता कि कैसे तीन लोगों ने उसी मोहल्ले के एक घर में शरण ली थी। दूसरी सुबह जब वे वहाँ से निकले तो घर का बुजुर्ग पहले तो स्तब्ध था और फिर इतनी जोर-जोर से रोने लगा कि सारा मोहल्ला जान गया। गिरजा इतने सदमे में थी कि उसके बाद उसने यह नहीं पूछा कि वह अपने पीछे क्या तबाही छोड़ गए थे। परेशान बुजुर्ग के रोने से आकाश तक हिल गया था, जिससे साफ पता चल रहा था कि क्या हुआ होगा। तब उसने वसु को अपने मायके भेज दिया और अपने पिता को उसके और विनय के साथ रहने को कहा। मैंने गिरजा को ऐसी अग्नि परीक्षा से बचाने के लिए भगवान् का धन्यवाद किया। उसके भक्ति भाव की वजह से ही वह इस मुसीबत से निकल पाई थी।

यह सब बताने के बाद गिरजा की सुंदरता फिर से निखर आई थी, क्योंकि वह उस दमघोंटू स्थिति से निकल जाने से राहत महसूस कर रही थी। तब उसने मुझे बताया कि उसने किस बहादुरी से 19 जनवरी के कटु अनुभव का सामना किया था।

3

मेरे सहकर्मी की डाँट का असर यह हुआ कि गिरजा, वसु और विनय श्रीनगर से चले गए। जबसे मैं बाहर से आया था, मैं देख रहा था कि हालत बद-से-बदतर हो रहे थे। लोगों का जीवन बुरी तरह से अस्त-व्यस्त हो गया था। कुछ लोग अपने घर छोड़कर सुरक्षित स्थानों में जा रहे थे। चूँकि हमारे पास न तो पैसा था और न ही ऐसा कोई सहारा था, इसलिए हमारे पास बाहर जाने का कोई रास्ता नहीं था। गिरजा शायद इस बात से परिचित थी, वह मुझे हमेशा आश्वासन देती कि हमें कहीं बाहर जाने की जरूरत नहीं पड़ेगी। मुझे मालूम था कि उसके आश्वासन के पीछे कोई वजह नहीं थी। वह बस निडरता का आभास इसलिए दे रही थी, जिससे मेरी परेशानी कम हो जाए और मैं अपनी निराश स्थिति में उसके इस विश्वास को पकड़े रहा।

हम हर दिन हालात ठीक होने की प्रार्थना करते रहे, मगर ऐसे कोई आसार नजर नहीं आ रहे थे, बल्कि वे बद-से-बदतर होते जा रहे थे। अचानक शहर में बहुत ज्यादा प्रदर्शन और विरोध मार्च होने लगे। लगभग हर दिन अलग-अलग वजहों से बड़े-बड़े जलूस निकलते, जिसकी वजह से सब काम ठप्प पड़ जाते। इनमें सबसे बड़ा चरारी शरीफ का जलूस था, जो कि शहर से लगभग एक घंटे की दूरी पर है। इसने मीडिया को भी काफी आकर्षित किया।

यह एक ऐसा नजारा था, जिस पर बिना देखे विश्वास नहीं किया जा सकता था। घंटों तक वाहनों का एक काफिला था, जिसमें बसें, ट्रक, कारें, वैन, मेटाडोर और ऑटो, मतलब हर एक तरह का ट्रांसपोर्ट था, जो कि मर्दों, औरतों और बच्चों से भरे हुए थे। ये सब बहुत ही धीमी रफ्तार से चल रहे थे, क्योंकि इस विशालकाय काफिले के साथ हजारों पैदल चलनेवाले भी थे।

जुलूस इतना व्यवस्थित नहीं था, क्योंकि चलते-चलते और भी बहुत से लोग इसमें शामिल हो रहे थे। ऐसा लगता था लोगों का ध्यान आकर्षित करने के लिए उसमें कुछ चीजों को उजागर किया गया था। आश्चर्य की बात यह थी कि हालाँकि जलूस काफी बड़ा था, मगर यह शांत और अनुशासित था। इस बात पर जोर दिया गया था कि वाहनों के बीच-बीच में सजे-सँवरे ट्रक रहें, जो हर 8-10 मिनट के बाद दिखाई देते थे, जिनके ऊपर 5-6 नौजवान सफेद उपरी पोशाक पहने कालाशनिकोव बंदूकें घुमा रहे थे। जैसे ही वे दिखाई पड़ते, लोग तालियों की गड़गड़ाहट से उनका स्वागत करते। हर कोई उन्हें विस्मय से देखता, क्योंकि कहा

जाता था कि वह आतंकवादी टुकड़ी के आत्मघाती दस्ते में से थे। तालियों के बाद आजादी के गाने, आजादी के नारे और 'वी', जो कि जीत की निशानी है, दिखाए जाते थे। कभी-कभार कोई पुलिसवाला दिख जाता था, मगर वे तमाशबीनों की तरह थे, जिनका किसी चीज में दखल देने का कोई इरादा नहीं था।

इस जुलूस के मकसद के बारे में बहुत सी बातें चल रही थी। यह फैलाया गया था कि मुजाहिदीन नुंद ऋषि के मशहूर पुण्य स्थल पर अपने लक्ष्य की सफलता के लिए प्रार्थना करने जा रहे थे, पर दबी जबान में कहा जा रहा था कि इस जुलूस की आड़ में एक और आतंकवादी ऑपरेशन चल रहा था। यह पाकिस्तान से लौटे हुए उन आतंकवादियों के लिए अभयदान था, जो कि काफी मात्रा में गोलाबारी और तबाही का सामान लेकर आए थे। पुलिस को इस सबसे दूर रखने के लिए इस जुलूस को धार्मिक रंगत दी गई थी।

इस जुलूस में आम आदमी काफी उत्तेजित हो गए थे। उनके चेहरों पर आशा और उम्मीद की लाली छा गई थी। मेरे एक मुस्लिम पड़ोसी ने बताया कि कुछ ही दिनों में सब कुछ मुजाहिदीनों के कंट्रोल में आ जाएगा, जो अभी के रिश्वतखोर तरीके को बदल देगा, जिस तरीके की वजह से उनकी जिंदगी तकलीफदेह बन गई थी। लोगों का विश्वास कि सब कुछ इतनी जल्दी बदलेगा, सिर्फ आशावादी ही नहीं, बल्कि व्यावहारिक बुद्धि से बिल्कुल परे था। जब मैंने अपने पड़ोसी से कहा कि इस तरह का बदलाव चलनेवाला नहीं है तो उसने पूरे विश्वास के साथ कहा कि सत्ता उनके हाथों में सीधे-सीधे थमा दी जाएगी। उसके बाद कहने-सुनने को कुछ नहीं रह गया था। लोगों को यह भी विश्वास था कि इन धर्म योद्धाओं के पास ऐसे गुण थे, जो एक न्यायसंगत सरकार चलाने के लिए चाहिए होते हैं।

उनके आशावादी बदलाव ने मुझे सोचने पर मजबूर किया कि इस नए तरीके में मेरी क्या जगह होगी। मुझे पूरा विश्वास है कि अगर मैंने किसी से इस बात का जिक्र किया होता तो उन्होंने मुझे स्वार्थी घोषित कर दिया होता, क्योंकि यह समय किसी एक व्यक्ति के सवाल का नहीं था। शायद यह पूछना भी उचित नहीं होता कि बदलाव आने के बाद क्या होगा। इस वक्त सबसे बड़ा मुद्दा था कि क्रांति कैसे लाई जाए और इसके बाद क्या होगा, यह क्रांति के बाद की बात थी।

मेरा पंडित पड़ोसी, जो मेरी बगल में खड़े होकर जुलूस देख रहा था, घबरा गया। उसने कहा कि क्रांतियाँ खतरनाक होती हैं, क्योंकि इनकी वजह से हिंसा, अत्याचार और क्रूरता बढ़ती हैं। जब हमारे अगल-बगलवाले लोगों ने इस पर आश्चर्य जताया तो उसने बहुत ही विस्तार से उन्हें रूस और फ्रांस की क्रांतियों के

बारे में बताया। मुझे लगा कि उसका दिमाग बहुत ही तेजी से दौड़ रहा था। वह अपने आपको क्रांति के बाद का पहला शिकार देख रहा था।

अब मैं देख सकता हूँ कि आनेवाले दिनों के बारे में उसका अनुमान गलत नहीं था, हालाँकि हम क्रांति के उस चरण तक नहीं पहुँचे थे। मुझे यह भी समझ आया कि वह इतना डरा हुआ क्यों था। मुस्लिम चेहरों पर एक नई हिंसा दिखाई दे रही थी और उनके नारे भी संप्रदायवादी थे। ऐसा लग रहा था जैसे कश्मीर सिर्फ मुसलमानों का था। शायद इसलिए उस जुलूस में पंडित नहीं थे। उन्हें तो पहले ही बाहर कर दिया गया था। छोटी-छोटी मंडलियों और समूहों में उन्हें स्टेट के बाहर नई जगहें देखने को प्रोत्साहित किया जा रहा था।

4

जब मैं देख रहा था कि कल मैंने क्या लिखा था तो दरवाजे पर दस्तक हुई। मैंने उसे तुरंत पहचान लिया। यह मेरे दोस्त, मेरे एकमात्र पड़ोसी, रंजीत की थी। मैंने दरवाजा खोला और उसे अंदर आने को कहा। मेरे हाथ में पेन और सामने कागज देखकर वह उत्तेजित होकर बोला, “आपको काम करते देखकर मुझे अच्छा लग रहा है। हमारे आसपास क्या हो रहा है, आप इसका रिकॉर्ड क्यों नहीं रखते? हम शायद ये बातें भूल जाएँगे। क्या पता हम लोग भी और लोगों की तरह यह बताने के लिए जिंदा न रहें।” जैसे ही उसने यह कहा कि अचानक उसके चेहरे पर निराशा और घबराहट छा गई। “नहीं, बिल्कुल नहीं। आप ऐसा कुछ नहीं करेंगे। आप कुछ नहीं लिखेंगे। अगर कोई अंदर आ गया और उसने यह दिख लिया कि आप क्या कर रहे हैं तो वह आपको मुखबिर, भारत का जासूस समझेगा। तब ‘वे’ सारी दुनिया को बताएँगे कि सारे पंडित मुखबिर हैं।” उसने मेरे हाथ से पेन लिया और सामने पड़े कागज फाड़ने ही वाला था कि मैंने उससे शांत रहने की प्रार्थना की।

हालाँकि मैं जानता था कि रंजीत मेरे लिए चिंतित था, मगर उसकी बातों से मुझे असहनीय व्यथा हुई। मैंने गुस्से में कहा, “तुम्हें क्या लगता है कि जिन लोगों की तुम बातें कर रहे हो, उन्हें पंडितों को मुखबिर बुलाने के लिए कोई सबूत चाहिए? तुमने ही मुझे बताया कि कैसे लोगों को मारा गया है और यातना दी गई है। मेरे प्यारे रंजीत, यह शब्द किसी को मारने के लिए बड़ी सहूलियत से प्रयोग किया जाता है, जैसे किसी को सजा देने के लिए उसे चोर घोषित किया जाता है। यह एक बहुत पुरानी नीति है, जिसके तहत एक पूरे समुदाय को बदनाम किया जाता है, क्योंकि मुस्लिम लीडरों ने, जिनमें शेख अब्दुला भी शामिल है, इस नीति

का अकसर प्रयोग किया है। मुझे पूरा विश्वास है कि मुझसे छुटकारा पाने के लिए किसी को बहाने की जरूरत नहीं पड़ेगी।"

अपने दोस्त भारत का चेहरा मेरी आँखों के सामने घूम गया। उस बेकसूर को कितनी बेरहमी से मारा गया था? छह बंदूकधारी उसके घर में घुसे, जो कि शहर के बीचोबीच था, जहाँ पर घर एक-दूसरे से सटे हुए हैं। उन्होंने उसे आवाज दी। जब उसके माता-पिता ने उनका गुस्सा देखा तो उन्होंने उनके बढ़ते हुए कदमों को धीमा करने की कोशिश की, ताकि भारत को छिपने का मौका मिले, मगर घुसपैठियोंको रोकना संभव नहीं था। उन्होंने सबको एक तरफ धकेला और गरजे, "उसे हमारे हवाले करो। ऐसा नहीं करोगे तो सबको यहीं मार दिया जाएगा।" उनमें से एक ने बंदूक की नली भारत की माँ की छाती पर रखी। माता-पिता को मालूम था कि वे भारत को लिये बिना जाएँगे नहीं, उन्होंने दया के लिए अनुनय की, रोते-रोते उनके पैरों पर पड़ गए और अपने बेटे की जान की भीख माँगी, मगर वे टस से मस नहीं हुए और सारे घर में फैल गए और उसे चावल के ड्रम से निकाला, जहाँ वह छिपा हुआ था।

अपने शिकार को पकड़कर वे उसे सीढ़ियों से घसीटते हुए सड़क पर लाए, जहाँ पर जिंदगी की सब गतिविधियाँ गायब हो गई थीं। उन्होंने उसे बुरी तरह से पीटा, उसे गालियाँ दीं, उसे मुखबिर, जासूस, देशद्रोही, क्रांति का दुश्मन, मतलब कि बहुत ही खतरनाक आदमी बताया। फिर उसके अलग-अलग अंगों में गोलियाँ दागीं और उसे तिल-तिल करके मारा। हर गोली लगने पर उसका जवान बदन दर्द से विकृत हो जाता और उसकी चीखें हर तरफ गूँजतीं। जब उसने थोड़ा पानी माँगा तो उन्होंने उसके मुँह पर जोर की लात मारी और उसे गालियाँ दीं। यह सब दिन-दहाड़े सड़क के बीचोबीच सबके सामने हुआ। लोग दूर से और कुछ बंद खिड़कियों के पीछे से तमाशा देख रहे थे। जब उग्रवादियों को पूरी तरह से तसल्ली हो गई कि सब देखनेवाले अच्छी तरह से सहम गए थे तो फिर उन्होंने आखिरी गोली उसके सीने में उतार दी।

भरी दुपहरी में स्तब्ध, हक्का-बक्का भारत खून के तालाब में पड़ा रहा। उसके चेहरे पर मक्खियाँ भिनभिनाती रहीं। उसके पास जाने की हिम्मत किसी को नहीं हुई, यहाँ तक कि उसके माँ-बाप की भी नहीं, क्योंकि जाते-जाते उग्रवादियों ने आदेश दिया कि उसके शरीर को उनकी आज्ञा के बिना वहाँ से कोई नहीं हटाएगा। सबसे दुःखद और निराशाजनक बात यह थी कि पुलिस पोस्ट, जहाँ पर हथियारबंद पुलिसवाले थे, वहाँ से कुछ ही दूरी पर थी।

5

कभी–कभी मुझे हैरानी होती है कि स्मरण शक्ति कितनी छोटी और धोखेबाज होती है। भारत की मृत्यु की घटना मेरे मैसूर जाने से पहले हुई थी। उस समय हमारे समुदाय के लोगों ने कुछ दिनों तक इसकी चर्चा की और फिर इस तरह भूल गए, जैसे यह कोई छिटपुट घटना थी। बहुत लोग इस वीभत्स घटना का अर्थ नहीं समझ पाए थे। जो अब हम देख रहे हैं, वह तब समझ नहीं आया था कि भारत एक निर्दयी मौत इसलिए मरा था, क्योंकि वह एक निडर पंडित था। वह दब्बू नहीं था, बल्कि एक बहादुर इनसान था, जो अपने हक के लिए लड़ा। उसे इस बात से फर्क नहीं पड़ा कि उन्होंने उसे धमकी दी थी। वे शक्तिशाली थे, इसलिए उन्होंने उसे खत्म किया, ताकि हम सबको यह संदेश मिले। मगर हमने इस बात पर गौर नहीं किया। हममें से बहुत से लोगों ने इसे यह कहकर टाल दिया कि यह एक निजी बैर का मामला था। जब मैं इस हत्या के बारे में सोचता हूँ और बहुत सी घटनाएँ, जो इसके बाद हुई हैं, मैं डर से काँप उठता हूँ कि मैंने कितनी बेवकूफी से गिरजा और बच्चों को इस आतंक और नफरत के माहौल में छोड़ दिया था। अब मैं चिंतामुक्त हूँ कि वे यहाँ नहीं हैं।

और मेरा क्या, क्या मैं भी भारत जैसी किस्मत का इंतजार कर रहा हूँ? मैं अभी भी यहाँ क्यों हूँ, क्या इस प्रश्न का उत्तर देना कठिन है या फिर यह एक प्रश्न ही नहीं है? इस शहर में हजारों लोग हैं—पंडित, मुस्लिम, सिख, क्रिश्चियन। क्या उन्हें भी इस प्रश्न का उत्तर देना है या सिर्फ मुझे?

क्या मुझे इस बात कि घोषणा करनी पड़ेगी कि मैं यहाँ का हूँ, मेरी जड़ें यहाँ की हैं, मेरे पूर्वज यहाँ सदियों से रह रहे हैं। मुझे लगता है कि मुझे अपनी जगह को अपने और अपने बच्चों के लिए पकड़कर रखना है, चाहे मुझे इसके लिए अपनी जान का जोखिम ही क्यों न उठाना पड़े; मगर क्या यह सचमुच इतना जरूरी है, क्या किसी को जलते हुए घर में ठहरना चाहिए? क्या मैं इतना थक गया हूँ कि मुझमें सोचने की शक्ति ही नहीं है?

बाहर बहुत अँधेरा है और अँधेरा मेरी आत्मा में भी है।

6

दिन जैसे लंबे खिंचते जा रहे हैं और मैं जैसे उनके नीचे दबा जा रहा हूँ।

अभी मैं कुछ ही दिनों से अकेला हूँ, मगर मुझे लगता है जैसे मैं सदियों से

ऐसे ही रह रहा हूँ।

क्या यह इसलिए कि मुझे अपना पेट भरने और खुद को जिंदा रखने के सिवा कुछ और काम नहीं है। कोई काम नहीं, कहीं बाहर जाना नहीं, लोगों से मिलने का भी कोई मौका नहीं। चूँकि रंजीत के सिवा मेरा यहाँ कोई पड़ोसी नहीं है, इसलिए मेरी इतनी बातचीत नहीं होती, जितनी होनी चाहिए थी।

मुझे अकेले रहने की आदत डालनी चाहिए, क्योंकि किसी पर निर्भर रहने में भी खतरा है। मुझे तो यह भी पता नहीं कि बाहर क्या हो रहा है। कह नहीं सकता कि रेडियो घाटी और सिटी के बारे में सही बताता है या नहीं। रंजीत का कहना है, चूँकि रेडियो सरकार के अधीन है, इसलिए इन खबरों में सचाई नहीं है। रेडियो लोगों के उस गुस्से और रोष के बारे में नहीं बताता है, जिसकी वजह से इतने मोर्चे और जुलूस निकलते हैं और जिनमें हर दिन कई लोग मरते हैं।

कहते हैं कि लोकल उर्दू अखबारों में उग्रवादियों की गतिविधियों, जुलूसों, उग्रवादियों और सेना के बीच मुठभेड़ के बारे में लिखा रहता है, लेकिन मुझे ऐसे अखबार रोज नहीं मिलते हैं। इनमें बॉक्स्ड आइटम या सूचनाएँ भी होती हैं, जिनमें लोग इस बात की पुष्टि करते हैं कि उन्होंने अपने संबंध राजनीतिक पार्टियों से तोड़ दिए हैं, खासकर जो उग्रवादियों के हिसाब से जनता विरोधी हैं। रंजीत ही मुझे यह खबरें सुनाता है।

कभी-कभी मुझे लगता है कि मैं पूरी तरह से ऐसी भूल-भूलैया में फँस गया हूँ, जहाँ से मैं निकल नहीं पा रहा हूँ। मैं पूरी तरह से कह नहीं सकता कि क्या हम सबको अपने जीवन पर कंट्रोल है। क्या मैं इसलिए चिंतित हूँ, क्योंकि मैं अपने आपको असुरक्षित महसूस कर रहा हूँ?

7

अपनी बैठक की सेट्टी पर बैठकर मुझे सड़क दिखाई देती है, जिसके सामने एक छोटा सा मुस्लिम मकान है, जिसकी बाहर की दीवार का गेट कुछ ज्यादा ही बड़ा है। वहाँ पर आदमियों, औरतों और बच्चों की भीड़ है। लोग लगातार अंदर-बाहर जा रहे हैं। यह मुझे मधुमक्खी के छत्ते की याद दिलाता है। घर के लोग आज कुछ ज्यादा ही व्यस्त हैं। कुछ मिनटों के बाद दरवाजा थोड़ा सा खुलता है; एक सिर बाहर निकलता है, दाएँ-बाएँ देखता है, फिर कुछ देर तक एक ही स्थान पर रहता है और फिर गायब हो जाता है। यह दृश्य बड़ा ही दिलचस्प है और मुझे कुछ देर के लिए व्यस्त रखता है। मुझे ताज्जुब है कि इस पर इससे पहले मैंने ध्यान नहीं

दिया, क्योंकि मैं सुबह की चाय सेट्टी पर बैठकर ही पीता हूँ, जहाँ से मैं बड़ी सी शीशेवाली खिड़की से देखता हूँ कि बाहर क्या हो रहा है, जबकि बाहरवालों को अंदर का कुछ दिखाई नहीं देता।

मुस्लिम घर का गेट फिर से खुल गया है। अब दो सिर बाहर निकले हैं, जो एक दूसरे के ऊपर हैं। यह किसी मूक फिल्म का दृश्य जैसा लगता है। उनके चेहरे पर चिंता या डर नहीं दिखाई पड़ता है। सिर बड़ी तेजी से हिल रहे हैं, इससे लगता है कि कहीं कुछ चल रहा है, जो मुझे दिखाई नहीं दे रहा है। वे लोग अपने गेट से दूर तक दाएँ-बाएँ देख सकते हैं।

मैं दबी साँसों से सुनने की कोशिश करता हूँ कि कुछ आवाज सुनाई पड़े, मगर कुछ सुनाई नहीं पड़ता। गेट एकदम जल्दी से बंद हो गया। सिर गायब हो गए। क्या यह कोई पूर्व-सूचना है? मुझे एक इंजन की गरज सुनाई देती है और एक वाहन बड़ी तेजी से उनके गेट के सामने से गुजरता है। शायद पुलिस वैन थी, उसके पीछे एक और, फिर एक और। क्या कुछ होनेवाला है? शायद कहीं कुछ गड़बड़ है।

8

मेरी चाय का कप ठंडा हो गया है। इससे पहले कि मैं कप को होंठों से लगाता, मेरा दिमाग पीछे किसी याद की खोज में चला गया। अब मुझे चाय बनाने के लिए फिर से किचन में जाना पड़ेगा।

सुबह की किरणें फैल रही हैं। सुरमई टायलें हल्के सुनहरे रंग की आभा से रंग गई हैं। सुबह कितनी सुंदर और स्फूर्तिदायक है! "अरे सुरिंदर, कहाँ हो तुम?" कितनी मेहनत से उसने मेरे घर का डिजाइन बनाया था। "हम जैसे लोग तो जिंदगी में एक ही बार घर बनाते हैं। इसलिए इसके प्लान पर अच्छी तरह ध्यान देना पड़ता है।" उसने मुझे और गिरजा से कहा था, "आपके किचन में सुबह के सूरज की किरण पड़नी चाहिए।" उसने अपने नक्शे में एक नीली खिड़की की तरफ इशारा करते हुए कहा था। "और डूबते हुए सूरज की इस खिड़की से। किचन में सबसे ज्यादा धूप और रोशनी होनी चाहिए।"

मेरी आँखों के कोनों में आँसुओं की वजह से मेरी आँखें धुँधला जाती हैं। यह खूबसूरत सुबह और सूरज की धूप से गरमाया हुआ यह किचन मुझे छोड़ने के लिए आदेश क्यों दिया जाता है? रंजीत हमेशा कहता है कि इस सवाल का जवाब देने की कोई आवश्यकता नहीं और न इसके बारे में सोचने की। मुझे मालूम है कि

वह मुझे चुप रहने क लिए इसलिए कहता है कि मेरे दिमाग में यह तकलीफदेह ख्याल न आए, मगर उस नोटिस का क्या, जो मेरे घर के दरवाजे पर चिपकाई गई थी? यह जगह 48 घंटों के अंदर छोड़ दो, नहीं तो हालात का सामना करने के लिए तैयार हो जाओ। अखबारों में उन बॉक्सों का क्या जिनमें पंडितों के यहाँ रहने के भीषण परिणाम भुगतने की धमकियाँ होती हैं और उन धमकियों का क्या, जो मस्जिदों से हर थोड़ी देर के बाद दी जाती है? "क्या तुम अभी यहीं हो, यहाँ से चले क्यों नहीं जाते?"

इन सबके पीछे कौन है? ऐसा लगता है जैसे यह सरकार की तरफ से बोल रहे हैं। रंजीत का कहना है कि ये बदमाश लड़के हैं, जो या तो रास्ता भटक गए है या फिर उनका दिमाग फिर गया है और उनकी तरफ ध्यान नहीं देना है। अगर वे सचमुच बदमाश ही हैं तो सरकार उनका कुछ करती क्यों नहीं, उन्हें अंदर क्यों नहीं कर देती, उन्हें नफरत फैलाने से रोकती क्यों नहीं? मुझे लगता है ये लोग प्रभावशाली हैं और उनका महत्त्व है। सिर्फ नाम की इस सरकार में इतनी हिम्मत नहीं कि उन्हें रोके। क्या एक सरकार इतनी कमजोर हो सकती है या फिर उनको कोई फर्क नहीं पड़ता? मुझे अपने पंसारी की बात याद आती है, जो चीजों को मुझसे बेहतर समझता है। उसने मुझे बताया कि ये जो बदमाश हैं, इनके बहुत से अनुयायी हैं, जो शायद नजर नहीं आते। उनकी जड़ें सब डिपार्टमेंटों में फैल गई हैं। उन्हें मुस्लिम राज्य बनाने से कोई नहीं रोक सकता।

सरकार और अफसर लोग, जिन्हें पथ-भटके नौजवान कहते हैं, उनकी ताकत और बाहुबल की वजह से मेरे लगभग सारे रिश्तेदार और दोस्त अपने घरों को छोड़कर चले गए हैं। मेरे माता-पिता, भाई-बहन और उनके परिवार देश के अलग-अलग कोनों में हैं। मेरे बहनोई ने कहा था, "जिंदगी इतनी मूल्यवान है कि उसे यहाँ दाँव पर नहीं लगाया जा सकता। अगर घर में आग लगी है तो वहाँ से बाहर कूद जाने में ही अक्लमंदी है।" मेरे भाई ने कहा था, "धमकी तो धमकी होती है, चाहे वह किसी ने भी दी हो। अगर सरकार उनके खिलाफ कुछ नहीं कर सकती है तो यहाँ पर रहना पागलपन है।"

क्या मैं इस धमकी को मानता हूँ या कि मैं पहले से ही मान गया था? क्या मैंने गिरजा और बच्चों को इसलिए बाहर भेजा, क्योंकि मेरे सहकर्मी ने मुझे फटकारा था या फिर इसलिए कि मेरे परिवार के सभी सदस्यों ने जाने का फैसला कर लिया था, क्या मैं एक अच्छे डिजाइनवाले घर को बचाना चाहता हूँ, मैं ठीक से सोच क्यों नहीं पा रहा हूँ?

9

जब मैं सुबह नींद से उठा, मैं सीधे किचन में चाय बनाने के लिए गया।

मैं रात को शांति से सो नहीं पाया था। रातभर मुझे डरावने, दमघोंटू सपने आते रहे। मेरा सिर बहुत भारी है और मुझे कुछ याद नहीं।

मुझे किचन मैं पहले से ही सूरज की किरणें दिखाई दीं। मुझे कुछ और भी दिखाई दिया। कुछ असाधारण गतिविधियाँ चल रही थीं। जहाँ सामान्य स्थिति में बच्चे खेलते हैं, उस मैदान में बंदूकधारी सिपाही थे। मैं जब चाय लेकर सेट्टी पर बैठा तो मैंने देखा कि गली में काफी सारे सिपाही फैले हुए थे। उनमें से कुछ गली से जुड़नेवाली सड़क पर थे। मुझे अपनी दिल की धड़कनें जोर से सुनाई दे रही थीं। कुछ सिपाही शायद पूरे मोहल्ले पर नजर रखने के लिए दीवार पर चढ़ गए थे।

काफी सारे सिपाही मेरे मुस्लिम पड़ोसी के आँगन में घुस गए। उन्होंने सब घरवालों को बाहर आने के लिए कहा। उनमें से एक ने घर के बुजर्ग को कुछ समझाया। मैंने औरतों को एक अलग कोने में देखा। कुछ सिपाही उस बुजर्ग के साथ अंदर-बाहर कर रहे थे। फिर मैंने दो सिपाहियों को अपनी गली में आते हुए देखा।

मैं आगे देख नहीं पाया, क्योंकि मेरे घर के मुख्य दरवाजे पर दस्तक हुई। सिपाहियों को यह जानकर आश्चर्य हुआ कि मैं पंडित था, शायद इसलिए कि बाकी मोहल्ले में कोई और पंडित नहीं था। उन्होंने मेरे और मेरे परिवार के बारे में प्रश्न पूछे। नीचेवाली मंजिल खाली थी। मेरा किराएदार उग्रवाद के शुरू होते ही अपना सामान लेकर चला गया था, क्योंकि उसकी पत्नी डर गई थी। सिपाही ऊपर एटिक तक गए और सब जगह ध्यान से देखा।

जब वे नीचे आए तो उन्होंने मुझसे पूछा कि कोई मुझे धमकी तो नहीं दे रहा है या कोई परेशान तो नहीं कर रहा है। चूँकि मेरे साथ ऐसा कुछ नहीं हो रहा था तो मैंने वैसा ही कहा। पता नहीं उन्हें उन धमकियों के बारे में पता था कि नहीं, जो बहुत सी संस्थाओं और ग्रुपों ने दी थीं, पर मैंने उनके बारे में बोलना ठीक नहीं समझा। जाने से पहले उन्होंने मुझसे एक कागज पर दस्तखत कराए कि तलाशी के दौरान मेरे घर से कोई चीज नहीं ली गई थी।

उनके जाने के बाद मैं थोड़ा घबरा गया, क्योंकि मैं पूरे मोहल्ले में अकेला पंडित था। मुझे यह विडंबनात्मक लगा कि हम जो इस कश्मीर में तब से रह रहे थे, जब यह मुसलमानों को जानता तक नहीं था और अब यह हमीं को यहाँ से जाने के लिए कह रहे हैं। जिन्होंने अपना धर्म बदला, वही हमें अपना दुश्मन समझ रहे

हैं। मैं उनके इस पूर्ण परिवर्तन को समझ नहीं पा रहा हूँ। मेरी नानी ने इसका दोष हमारे संप्रदाय के बुरे ग्रहों को दिया होता। परंपरा के हिसाब से यह संयोग छोटे और लंबे घटनाचक्र में चलते हैं—ढाई, तीन, पाँच और साढ़े सात साल।

क्या हमारी पीड़ा भी सालों के घटनाचक्र में है, क्या जब यह घटनाचक्र समाप्त हो जाएगा तो हमारे दिन फिर जाएँगे? काश कि मेरी नानी जिंदा होती, क्योंकि वे दुर्जेय थीं और उन्होंने इस परीक्षा की घड़ी में हमारा मार्गदर्शन जरूर किया होता।

10

रंजीत, एक लंबा-चौड़ा, हृष्ट-पुष्ट सरदार, जो मेरे घर से पाँच मकान की दूरी पर रहता है, सिपाहियों की तलाशी की प्रतिक्रियाओं की दिलचस्प खबरें लेकर आया है। इन दिनों रंजीत मेरा सहारा, मेरा दोस्त और मेरा विश्वसनीय है, जो मेरे और मेरे पागलपन के बीच एक प्रतिरोधक है। सरदार होने के बावजूद वह उतना ही भूमिपुत्र है, जितना कि मैं। चूँकि मेरे भूमिपुत्र होने पर अभी प्रश्नचिह्न है तो यह कहना गलत नहीं होगा कि वह उतना ही भूमिपुत्र है, जितने कि सारे मुसलमान। वह पंजाबी यहाँ के लहजे में बोलता है और फर्राटेदार कश्मीरी थोड़ा पंजाबी लहजे में। वह पाकिस्तान बॉर्डर के पास एक गाँव से है, जहाँ पर उसकी कृषि की जमीन और एक छोटा सेबों का बाग है।

हालाँकि पारंपरिक रूप से सिख मुसलमानों के दुश्मन रहे हैं, जिसकी वजह से 1947 में वे बड़ी तादाद में पाकिस्तानी कबायलियों के हाथों मारे गए थे, मगर अब वह मुसलमानों से डरते नहीं हैं। मुझे मालूम है कि बहुत से सिख परिवार घाटी छोड़कर चले गए हैं, मगर ज्यादातर अभी भी यहीं हैं।

रंजीत के पास कई कारण हैं। एक यह कि सिख उग्रवादियों और मुस्लिम उग्रवादियों, दोनों के अड्डे पाकिस्तान में हैं और दोनों का लक्ष्य भी एक ही है—भारत का विरोध और उसके टुकड़े करना। रंजीत हँसकर कहता है कि एक सिख उग्रवादी पिछले साल के अंत में कश्मीर आया था और उसने कुछ प्रभावशाली मुसलमानों को संबोधित करते हुए कहा था कि वे उनके आंदोलन से सहानुभूति रखते हैं। इसलिए वादी के तमाम सिखों को परेशान या किसी किस्म का नुकसान न किया जाए। रंजीत का कहना है कि बहुत सारे सिखों ने इसी वजह से रुकने का फैसला किया है। इसके बावजूद वह किसी किस्म का जोखिम नहीं उठाना चाहता था, इसलिए उसने बीवी-बच्चों को जम्मू भेज दिया है। इस आश्वासन की वजह से वह खुलेआम मुसलमानों के साथ मिलता है और दिलचस्प खबरें लाता है।

रंजीत का कहना है कि सेना की कार्रवाई एक क्रैक डाउन था। जब उन्हें उग्रवादियों के छिपे होने की खबर मिलती है तो वे पुलिसवालों के साथ जाकर उस इलाके की नाकेबंदी करते हैं। फिर घर-घर तलाशी लेते हैं, फिर उग्रवादियों के छिपने की, गोलाबारी और बाकी चीजों के बारे में पूछताछ करते हैं। मुझे मालूम है कि पुराने शहर में ऐसे कई ऑपरेशन हुए हैं, जहाँ मकान एक-दूसरे से सटे हुए हैं और गलियाँ भूल-भुलैयाँ हैं, मगर अभी तक हमारी तरफ ऐसा कुछ ऑपरेशन नहीं हुआ है।

रंजीत का कहना है कि पुराने शहर में बार-बार कार्रवाई होने के कारण उग्रवादी काफी दबाव में थे, इसलिए उन्होंने खुली जगहों में शरण लेना शुरू किया है, क्योंकि यहाँ से भागना आसान है।

जब मैंने पूछा कि हमारे पड़ोसियों की इस क्रैक डाउन के प्रति प्रतिक्रिया क्या थी तो उसने मुझे इसके भी कई संस्करण सुनाए। सामने के घर के बुजर्ग उनके व्यवहार से खुश नहीं थे। उन्होंने कहा कि सिपाहियों ने कई लड़कों को पीटा। लड़कों को धमकाकर और प्रश्न पूछ-पूछकर परेशान कर दिया था। एक लड़का तो इतना जख्मी हो गया था तो उसे इलाज के लिए डॉक्टर के पास ले जाना पड़ा, मगर जिसका घर मेरे यहाँ से दिखता है, उसे कोई शिकायत नहीं थी। उसने कहा कि आर्मी वाले विनम्र, सभ्य और शालीन थे। जब उन्होंने कमरों की तलाशी ली तो उन्होंने किसी मर्द को साथ आने के लिए कहा। वे काफी समझदार थे। जब उन्होंने उस आदमी को, जो उनके साथ था, ताला खोलने के लिए कहा तो वह कई बार कोशिश करने पर भी नहीं खोल पाया। उसके चाभी के गुच्छे से कोई चाभी नहीं लग रही थी। उसकी घबराहट और बेचैनी को देखकर ऑफिसर ने उससे चाबी ली और बिना किसी मुश्किल के ताला खोल दिया।

रंजीत ने कहा कि कई जगहों पर फौजियों ने चावल, आटे और कोयले की बोरियाँ गिराकर, उन्हें मिलाकर जाया कर दिया, ताकि उन लोगों को असभ्यता और असहयोग के लिए सजा मिले। कुछ लोगों ने कहा कि उनकी अलमारियों से सोना और गहने गायब हो गए, मगर चूँकि उनमें कुछ ऐसी संपत्ति थी, जो अघोषित थी, इसलिए वे शिकायत नहीं कर सके।

रंजीत इन कार्रवाइयों पर एक जोक बुक लिख सकता है।

जब मैंने उससे पूछा कि क्या कल के ऑपरेशन में कोई उग्रवादी पकड़ा गया तो उसके चेहरे पर एक रहस्यमयी मुस्कान आ गई। मतलब कि ऐसे ऑपरेशन में न गोला बारूद और न आदमी पकड़े जाते हैं। ऑपरेशन शुरू होने से पहले ही

उग्रवादियों को सुरक्षित स्थानों पर जाने के लिए सचेत किया जाता है। कभी-कभी तो उन्हें भगाने में मदद की जाती है।

मुझे डर है कि चूहे-बिल्ली का यह खेल यूँ ही चलता रहेगा, जिसका कोई नतीजा नहीं निकलेगा। अगर उग्रवादियों के समर्थक हर एक डिपार्टमेंट, पुलिस और गुप्तचर विभाग में हैं तो फिर कोई उग्रवादी कभी नहीं पकड़ा जाएगा। रंजीत इस बात को ज्यादा गंभीरता से नहीं लेता है, मगर यह मेरी नानी के खराब ग्रहों के ज्यादा बढ़ने और अधिक विनाशकारी होने के पूर्व संकेत थे।

11

लगता है इस कड़ी कार्रवाई से लोग थोड़ा नर्म पड़ गए हैं। कल दो मुसलमान, जो मुझसे थोड़ी दूर पर रहते हैं, मिलने आ गए। एक ने कसम खाकर कहा कि उसे पता नहीं था, मैं यहाँ हूँ। उसने मजाक में कहा कि शायद मैं भी बाकियों की तरह जम्मू चला गया हूँ और दूसरे ने मुझसे पूछा कि मुझे कुछ चाहिए तो नहीं। लगता था अच्छी नीयत से ही बोला था।

दूसरे दिन नजीर मुझसे मिलने आया। वह मुझसे गले मिला और फिरन के नीचे से दूध और सब्जियाँ निकाल कर दीं। उसके मोहल्ले की मस्जिद में, जो कि मेरे घर से आधा किलोमीटर की दूरी पर है, बताया गया था कि मैं यहाँ हूँ। वह मेरा हाल-चाल पूछने आया था कि मुझे किसी चीज की जरूरत तो नहीं। चूँकि उसने गिरजा और बच्चों को नहीं देखा तो उसने मुझसे कहा कि मैंने अपने माता-पिता के दबाव में आकर उनको भेज दिया था। वह थोड़ा उदास हो गया। फिर बाद में उसने कहा कि ताजा हालात देखकर मैंने ठीक ही किया था। उसने माना कि घाटी में हालात बद से बदतर होते जा रहे थे। वह अपना काम नहीं कर पा रहा था। इस वजह से वह दु:खी था। काम नहीं है तो पैसा भी नहीं और उस पर तीन बच्चों और बीवी का भार था।

नजीर एक कुशल कारीगर है, एक बढ़ई और एक बढ़िया फरनीचर बनानेवाला। वह पाँचवीं क्लास तक पढ़ा है। उर्दू पढ़ लेता है और अंग्रेजी में दस्तखत भी कर लेता है। उसने अपने घर के पास ही लकड़ी का कारखाना खोला है, जहाँ वह मेज, कुरसियाँ, खिड़कियाँ, दरवाजे और दूसरी चीजें बनाता है। इसके लिए उद्योग डिपार्टमेंट से उसे आर्थिक सहायता मिली है। घाटी में गड़बड़ी होने से पहले वह अच्छी कमाई कर लेता था। उसके कारखाने में 5-6 बढ़ई काम करते थे, जिनके पास हमेशा ही काम रहता था। अब लगभग सभी बेरोजगार हैं, क्योंकि

आजकल इमारती काम बंद हो गया है।

नजीर ने मुझे अपने बारे में कई बातें बताईं, जो उसने आज तक नहीं बताई थीं, हालाँकि हम एक दूसरे को दस साल से जानते हैं। लगता है हम तभी किसी से बात करते हैं, जब हम किसी मुसीबत में होते हैं, जिससे लगता है, जैसे हम अपने आपसे बात कर रहे हैं।

उसने बताया कि उसके बाप ने कितना संघर्ष करके परिवार को चलाया था। वह सबसे बड़ा था और उसके अपने सपने थे और कैसे और क्यों उसने अपने खानदानी पेशे को आगे बढ़ाने का सोचा, मगर अपने बाप की तरह वह दिहाड़ी काम नहीं करना चाहता था। वह एक बड़ा ठेकेदार बनना चाहता था। उसने अपने बाप को गाँव से निकलने के लिए मना लिया था। उन्होंने अपनी कृषि भूमि का कुछ हिस्सा बेचा और शहर के बाहरी इलाके में घर बना लिया। घर के साथ की जमीन अच्छी-खासी बड़ी थी, जहाँ पर उसने अपना कारखाना खोला।

वादी के अशांत हालात से उसके प्लानों को धक्का लगा है और उसे सोचने पर मजबूर किया है कि उसके आस-पास क्या हो रहा है और आजादी का असली मतलब क्या है? जब भी कोई जुलूस या मोर्चा निकलता है तो सबसे ज्यादा जोशीला नारा होता है, "हम क्या चाहते? आजादी।" यह नारा जो सबकी जुबान पर है, यहाँ तक कि नवजात शिशुओं की भी। यह आतंकवादियों की प्रेरणात्मक ताकत का प्रतीक है।

नजीर ने मुझसे कई प्रश्न पूछने शुरू किए, जिनमें से ज्यादातर के उत्तर उसने खुद ही दिए, क्योंकि उसे ऐसा करने के लिए मैंने प्रोत्साहित किया। जब उसने मुझसे पूछा कि आजादी के बारे में मेरा क्या ख्याल था तो मैंने उसे बताया इसका मतलब है छूट, मगर किसके लिए और किस उद्देश्य से, मैं पूरी तरह से नहीं कह सकता। उसे यह खुद ढूँढ़ना होगा। एक राजनीतिक नारा, जो आजादी की वकालत करता है। उसने इसको अपने काम से जोड़कर देखा, जो मुझे थोड़ा असामान्य लगा।

क्या उसे अपना पेशा खुद चुनने की आजादी नहीं थी? मैंने उससे कहा कि यह भी उसकी अपनी ही मर्जी थी। मैंने उसे याद दिलाया कि उसने ऐसा ही कहा था। क्या उसे अपना धर्म निभाने की आजादी थी, क्या उसे शुक्रवार को नमाज पड़ने की आजादी नहीं थी? उसना माना कि उसे ये सब आजादी थी। तब उसने मुझे बताया कि वह किसी भी राष्ट्रीय बैंक से अपना कारोबार बढ़ाने के लिए लोन ले सकता है। उसे लगा कि उसे आजादी, जैसी वह समझता था, मिल गई थी।

चूँकि मैंने किसी किस्म की बाधा नहीं डाली तो उसे शक हुआ कि शायद आजादी के कुछ और पहलू भी थे, जो उसे मालूम नहीं थे। इसलिए उसने मुझे स्पष्ट रूप से पूछा कि क्या आजादी के मतलब कुछ और भी हैं? मेंने उसे नसीहत दी कि उसे उन्हीं लोगों से पूछना चाहिए, जिन्होंने इसका प्रचार किया है। वह एकदम गंभीर हो गया और फिर अचानक बरस पड़ा। "आपका मतलब उन चोरों और ठगों से है। आप चाहते हैं कि मैं उनका विश्वास करूँ? उन राजनीतिज्ञों का और उनके खुशामदी चमचों का, जो हमेशा अपना ईमान बदलते रहते हैं। वे हर एक से यही कहते हैं कि आजादी हमारी जिंदगियाँ बदल देगी। इससे हमें क्या फायदा होगा, क्या मुझे काम किए बिना ही पैसे मिलेंगे?"

नजीर शायद बोलता ही जाता, मगर मैंने उससे कहा कि यह शब्द राजनीतिज्ञों ने नहीं, बल्कि घाटी के नौजवान लड़कों और लड़कियों ने ईजाद किया था, जिन्होंने आजादी दिलाने के लिए बंदूकें उठाई थीं। उसे यह समझने में थोड़ा समय लगा और फिर बड़े सोचकर कहा, "आपका मतलब वे आधुनिक मुक्तिदाता, जो यह भी नहीं जानते कि वे क्या कर रहे हैं। वे मुझे कुछ भी नहीं बता सकते। मुझे पक्का विश्वास है कि वे हमेशा किसी और के लिए बोलते हैं।" इसके बावजूद मैंने उसे उनसे बात करने के लिए उत्साहित किया। वह हँसा और बोला, "क्या आप मुझे मरवाना चाहते हो? जब कोई पागल हो जाता है तो आप उससे तर्कसंगत बात नहीं कर सकते।" तब मैंने मजाक में उससे कहा, "तब तुम मुझे अपनी बातों से बोर क्यों करते हो?" उसने आह भरी और कहा, "अगर मैं यहाँ भी बात नहीं कर सकता हूँ, तब आप ही सोचो में कहाँ करूँगा?"

मैंने शायद नजीर के उत्तर को यह कहकर टाल दिया होता कि यह सब उसकी समझ के बाहर है और वह स्वयं सांसारिक कवच में अटका पड़ा है, लेकिन मैंने यह प्रक्रिया उन लोगों में भी देखी थी, जो उम्र में बड़े और परिपक्व थे और इस आंदोलन के आगे-आगे थे। वे यह जानते थे कि राजनीति क्या होती है और इसमें क्या-क्या शामिल होता है। उन्होंने स्टेट में अलग-अलग लेवल के नेतृत्व देखे थे।

मुझे यह अंतर समझ नहीं आया। क्या आम आदमी इस तरह के हालात से दुःखी था। उग्रवादियों के इस आंदोलन का असली रूप क्या था? नजीर ने बताया कि यह आंदोलन इतना लोकप्रिय नहीं था, जितना कि दिखाया जा रहा था। बहुत से लोग, खासकर जो दिहाड़ी पर काम करते थे, दुःखी थे, क्योंकि इससे उनकी जिदगी में विघ्न आ गया था। नजीर ने बताया ऐसे बहुत से लोग थे, जो ऐसा सोचते

थे, मगर अपनी आवाज उठाने से डरते थे।

शुरू-शुरू में तस्वीर कुछ अलग थी। जब आंदोलन अचानक शुरू हुआ तो लोगों में आशा की एक किरण दौड़ गई। सब लोग खुश थे, क्योंकि उन्हें यह विश्वास दिलाया गया कि एक नई सुबह आनेवाली थी। हालाँकि लोगों को पता नहीं था कि इसका मतलब क्या था। उस समय हवा में उत्तेजना की महक थी और लोगों की आँखों में एक नई चमक। कुछ लोगों का सपना एक क्रांतिकारी बदलाव था और किसी का पूरा इस्लामी तरीका। हालाँकि किसी को पता नहीं था कि इसकी रूपरेखा क्या होगी, मगर फिर भी एक धार्मिक उत्साह था, जो अलग-अलग दर्जे पर था और मुझे यह साफ दिखाई देने लगा कि इस नई योजना में पंडितों के लिए कोई जगह नहीं थी, मगर अब वह नई सुबह जिसका वादा किया गया था, दूर जा रही थी। नजीर की तरह और भी बहुत लोगों को बरदाश्त करने के सिवा कोई चारा नहीं था।

12

आज एक और क्रैक डाउन था, मगर इस बार वह थोड़ा अलग था। पहले ऐलान किया गया, जो मैं ठीक से सुन नहीं सका। जब मैंने देखा कि लोग जल्दी-जल्दी पार्क में जा रहे थे तो मैं भी बाहर निकला और देखा कि वहाँ पर बहुत से लोग जमा थे। बहुत सारे पंडित परिवार भी थे, जो सड़क के दूसरी तरफ रहते हैं। एक मुझे छोड़कर ज्यादातर लोग खुश ही नजर आ रहे थे। दोनों संप्रदायों के लोग अलग-अलग ग्रुपों में बैठे थे। एक वरदीधारी ऑफिसर थोड़ी दूर एक कुरसी पर बैठा था, जो लोगों को एक-एक करके पूछताछ के लिए बुला रहा था। उसके बहुत देर बाद जब पूछताछ खत्म हो गई तो सिपाही घरों की तलाशी लेने लगे।

मैं देख रहा था कि मुझे कोई पहचानवाला दिखे तो मैं उससे पूछूँ कि क्या हो रहा था। तभी मुझे अपने कजिन का दोस्त अनिल दिखाई दिया। जैसे ही हमारी आँखें मिलीं, उसने मुझे अपनी तरफ आने का इशारा किया। जब मैं उसके पास पहुँचा तो उसने मुझे अपने घर पर, जो पार्क के पास ही था, चाय के लिए बुलाया। यह थोड़ा असामान्य निमंत्रण था, क्योंकि मुझे किसी भी समय पूछताछ के लिए बुलाया जा सकता था, पर वह मुझसे बेहतर जानता था कि मेरी बारी घंटों बाद आएगी और मैं बिना परेशानी के उसके साथ कुछ समय बिता सकता था।

जब मैं अनिल के घर पहुँचा तो मैंने देखा कि वहाँ से फरनीचर, कालीन आदि सब सामान हटा दिया गया था। उनका घर बहुत अच्छी तरह से सजा रहता

था, मगर आज वह बिल्कुल खाली था। दो दिन पहले उसका बहनोई ट्रक लेकर आया था, सब सामान के साथ उसके माता-पिता, बीवी और बेटे को लेकर चला गया। वह खुद भी एक-दो दिन में जाने की सोच रहा था। अनिल के पिता एक रिटायर्ड सरकारी कर्मचारी थे, जो किसी समय थोड़ी-बहुत नेतागिरी भी करते थे। जवानी के दिनों में वे एक राजनीतिक पार्टी के सदस्य थे, मगर दामाद के सामने उनकी एक न चली और जितनी खामोशी से निकल सकते थे, निकल गए। मुझे एक और झटका लगा। एक और पंडित निकलने की सोच रहा था।

अनिल ने मुझसे मेरे प्लान के बारे में पूछा, मगर मेरे पास न कोई प्लान था और न कभी किसी प्लान के बारे में सोचा था। उसने कश्मीर से बाहर जाने के प्लान के बारे में भी सोचकर रखा था। वह अपने लिए भी नौकरी तलाशने की सोच रहा था। उसके माता-पिता दोनों रिटायर हो चुके थे और उन्हें पेंशन भी मिलती थी।

उसका शांत, विश्वास और पूरी तरह से व्यावहारिक भाषा में बोलना एकदम चौंका देनेवाला था। उसमें किसी तरह की भावुकता या अफसोस नहीं था। इसलिए शायद मैं और भी परेशान लग रहा था। मेरे मुँह से एकदम निकल गया, "मैं यह जगह छोड़कर नहीं जा सकता। कम-से-कम अभी कुछ समय के लिए तो नहीं। अगर गिरजा वापस आएगी और घर में ताला होगा तो वह कहाँ जाएगी?" उसकी सोच एकदम स्पष्ट थी। "भाईसाहब, मुझे पता है कि आपको इस घर से काफी मोह है, क्योंकि आपने इस पर काफी पैसे खर्च किए हैं। इसलिए आप यहाँ पर रह रहे हैं, मगर मुझे लगता नहीं कि जो आदमी यहाँ से निकल गया, वह दुबारा लौटकर आएगा। यह प्रस्थान का समय है, आने का नहीं। अब आप मुझे यह मत बताना कि आपकी पत्नी इस नरक में दुबारा वापस आएगी। यहाँ पर हमारा समय खत्म हो गया है। मुझे पता है कि घर के बारे में सोच-सोचकर आप परेशान हो रहे हैं, मगर सोचिए, क्या सिर्फ आपका ही घर यहाँ है?"

अपने पड़ोसी के बड़े से घर की तरफ इशारा करके उसने कहा, "वे मेरे माता-पिता के जाने से एक दिन पहले निकल गए। अब आपको अपने जीवन के बारे पर ध्यान देना चाहिए, ईंटों और लकड़ी के बारे में नहीं। शायद आपको मालूम नहीं कि हर दिन दो या तीन पंडित उग्रवादियों से मारे जाते हैं। इस जगह में हमारा रहना अब नामुमकिन है। भाईसाहब, अब सिर्फ मुसलमान यहाँ रहेंगे। मुझे पता है कि आप मुझसे उम्र में बड़े हैं और ज्यादा पढ़े-लिखे भी। इसलिए मुझे आपको सलाह देने का कोई हक नहीं है, मगर आप अपने घर में सुरक्षित नहीं हैं। हर कोई आपको शक की नजरों से देख रहा है। कल मुझसे एक मुस्लिम सहकर्मी ने पूछा

कि मैं अभी भी यहाँ क्यों हूँ? मैं भी दूसरों की तरह क्यों नहीं चला गया? यह बात बड़ी अजीब ही नहीं, बल्कि चक्कर में डालनेवाली है, हम जाते हैं तो उन्हें परेशानी होती है। नहीं जाते हैं तो भी परेशानी है।

मैं आपको यह बात साफ-साफ बता देना चाहता हूँ कि मेरा घर, जो कि आपके घर से थोड़ा छोटा ही है, मुझे बहुत प्यारा है, मगर अब मुझे इसे छोड़कर और भूलने के सिवा कोई चारा नहीं है। अगर मुझे मानसिक रूप से स्वस्थ रहना है तो मुझे यह सोचना है कि यह घर बनाना एक लाटरी टिकट था। मैं सोचूँगा वह लाटरी मुझे मिली ही नहीं। क्या एक आदमी हमेशा इसी चिंता में रहेगा कि उसे लाटरी नहीं मिली? यह नसीब की बात है। मैं अपने आपको यही समझाऊँगा कि मेरी लाटरी नहीं निकली। जो नहीं हो सकता, उसके बारे में न सोचने का समय है, न कोई मतलब।

अनिल की सधी हुई सोच और कबूलने की शक्ति से मैं हैरान रह गया। मैंने सोचा कि वह मुझसे छोटा है और एक नया भविष्य बनाने के बारे में सोच सकता है, मगर मैं क्या कर सकता हूँ? मेरी उम्र हो गई है। मुझे विश्वास नहीं कि मेरे पास कुछ नया करने की शक्ति और समय है। क्या इस बात का मतलब है कि जो मेरे पास है, उसी को पकड़कर रखना है, क्या मैं इस जगह के साथ बड़ा नहीं हुआ हूँ, क्या यह मेरे पूर्वजों का स्थान नहीं है, अनिल मेरी तरह क्यों नहीं सोचता है? शायद वह सोचता है, मगर साथ में और चीजें भी जैसे निर्दोष लोगों की हत्याएँ, धमकियाँ और लोगों की शक भरी नजरों के बारे में भी सोचता है। अगर लोगों को आप पर विश्वास नहीं है, आपको आत्मसम्मान नहीं है तो ऐसी जिंदगी भी क्या जिंदगी है?

क्या मुझे भी अनिल की तरह प्लान बनाने की जरूरत है, मैं गिरजा से संपर्क कैसे स्थापित कर सकता हूँ, न कोई डाक सेवा है और न कोई संचारण व्यवस्था? हे भगवान्, मुझे कैसे समझ आएगा कि मुझे क्या करना चाहिए। क्या मेरी जिंदगी भी लाटरी की तरह हो गई है, जो मैं कभी भी खो सकता हूँ? मैं शायद सोचता ही रह जाता, अगर अनिल ने इशारा नहीं किया होता कि अब हमें यहाँ से निकलना चाहिए।

बाहर भीड़ कम हो गई थी। अलग-अलग ग्रुप बने थे और लोग बहुत ही धीमी आवाजों में बातें कर रहे थे। उनके चेहरों पर चिंता थी। मैं एक मुस्लिम ग्रुप के पास बैठ गया। वे अपनी बातों में इतने खोए थे कि उन्होंने मेरी तरफ ध्यान ही नहीं दिया। जो हो रहा था, वे उससे खुश नहीं थे। एक ने कहा कि वह पार्क में अपने भला चाहनेवालों की वजह से थे। उसका इशारा उनके लीडरों की तरफ था। एक का चेहरा गुस्से से लाल था, मगर वह खुले आम कुछ नहीं बोल रहा था।

सिर्फ औरतें और बच्चे ही निश्चिंत थे। कुछ औरतों ने समावार लाए थे, वे बच्चों को चाय और खाने-पीने का सामान परोस रही थीं। दिन काफी ढल गया था और इतनी सुबह किसी ने कुछ नहीं खाया होगा।

तभी वह ऑफिसर, जो एक-एक करके लोगों को बुला रहा था, उसने मुझे आने का इशारा किया। उसने मुझे एक साथ कई प्रश्न किए—क्या मैं किसी उग्रवादी को जानता हूँ, क्या मुझे किसी के उग्रवादियों के साथ संबंध होने पर शक है, क्या मैं ऐसे लोगों को जानता हूँ, जिनके घर में हथियार हैं? मैंने उससे कहा कि इनमें से मुझे कुछ भी पता नहीं है।

वापस आते समय मेरा फिरन एक-दूसरे जान-पहचान वाले के फिरन के साथ छू गया। मुझे लगा कि यह उसने जानबूझकर किया था। जैसे ही मैं उसकी तरफ मुड़ा, उसने मेरा हाथ पकड़ लिया और मुझे एक कोने में ले गया। उसने मेरा ध्यान कुछ लोगों की तरफ आकर्षित कराया, जो पार्क के एक कोने में खड़े थे। उसने मुझे कुछ घर दिखाए। उसके चेहरे पर एक अजीब उत्सुकता थी। वह किसी परिचित से बात करने के लिए बेताब था, जिस पर वह भरोसा कर सके, जो किसी को वह न बताए, जो उसे बताना नहीं चाहिए।

एक कोने में ले जाकर उसने मुझे बताया कि वे लोग, जो उसने मुझे दिखाए थे, वे उग्रवादियों के समर्थक थे और जो घर उसने दिखाए थे, वहाँ हथियार थे। जब मैंने उससे पूछा कि क्या वह उस ऑफिसर से मिला, जिसे यह पता होना चाहिए, तो उसने 'हाँ' कहा, मगर इससे पहले में कुछ और पूछता, उसने मुझे रोकते हुए कहा, "यह मत सोचना कि मैं इतना बेवकूफ हूँ कि मैं ऑफिसर को सब कुछ बता दूँगा। मैं मरना नहीं चाहता।"

मैं एकदम हक्का-बक्का रह गया। अगर लोग अपने होंठ सिल लेंगे और किसी से कुछ नहीं कहते हैं तो शहर की हालत में सुधार कैसे आएगा, मैं फिर से निराशा से घिर गया। अच्छे हालात कैसे बहाल होंगे? मेरे बुरे गृह कैसे सुधर जाएँगे? मुझे अपने घर में आराम से रहने की आशा क्षीण होती दिखाई दी।

अपनी गाज गिराकर मेरा दोस्त चला गया। उसने अपना बोझ उतार दिया था। वह नहीं जानता था कि उसने मेरी शांति छीन ली थी।

जब मैं बहुत सारी दुःखी संभावनाओं के बारे में सोच रहा था, मुझे अपने कंधे पर किसी के हाथ का दबाव महसूस हुआ—एक प्यारा सा सौम्य हाथ। मैंने मुड़कर देखा कि एक बुजर्ग मुस्करा रहे थे। वह मेरे ससुर के दोस्त भान साहब थे। उन्होंने मुझे ऊपर से नीचे तक देखा और मेरा हाल पूछा। बिना सोचे मैंने उनसे कह दिया

कि कुछ ठीक नहीं था। उन्होंने मेरी हालत देखकर अंदाजा लगा लिया था, क्योंकि उन्होंने मुझसे कहा, "आप अकेलेपन की चपेट में हैं। यह आपकी उम्र के आदमी ले लिये ठीक नहीं है। आप को ज्यादा-से-ज्यादा घर से निकलना चाहिए। आप थोड़ी देर के लिए हमारे यहाँ क्यों नहीं आते और कुछ समय हमारे साथ बिताते हैं? बस आपको मेन सड़क पार करनी है। ऐसा आप कर्फ्यू में भी कर सकते हैं। इस तरफ लोकल पुलिस रहती है, जो थोड़ा-बहुत आना-जाना करने देती है।"

वह पूरी तरह से विश्वस्त लग रहे थे और मैं सोच रहा था कि ऐसे हालातों में एक पंडित को इतना आत्मविश्वास कैसे हो सकता है, मैंने उनसे कहा कि मैं जल्दी ही आऊँगा। वह इतना ज्यादा जोर क्यों दे रहे थे? क्या वह मेरे पीले कुम्हलाए हुए चेहरे से परेशान हो गए थे या उन्हें मेरी आवाज खोखली लग रही थी? जब तक हमारी बातचीत खत्म हो गई, सब लोग जा चुके थे। मैं भी थोड़ी हिचकिचाहट के साथ घर की तरफ बढ़ने लगा।

13

घर तक चलना जैसे एक सपना था। मैं परेशान और चिंतित था। मुझे लगा कि मैं 'काफ्का' की दुनिया में आ गया था, जहाँ पर मैं जो भी करता, परेशानी ही पाता। मैंने जो विपरीत छवियाँ देखी थीं, उनका सामंजस्य मैं समझ नहीं पाया। एक तरफ अनिल था, जो अपना सूटकेस पैक करके निकलने के लिए तैयार था। उसका सूटकेस एकदम करीने से लगा हुआ था, जैसे वह घर से भाग नहीं रहा था, बल्कि किसी बिजनेस के काम से जा रहा था। मेरे ससुर के दोस्त, भान साहब और बगल में उनकी पत्नी, जिनकी बातों में आत्मविश्वास छलक रहा था। मैं उन दोनों में से किसी एक के जैसा क्यों नहीं था? मैंने फैसला कर लिया कि मैं बहुत जल्दी भान साहब से मिलने जाऊँगा।

उस रात मैं ठीक से खाना नहीं खा पाया। मैं रातभर दोनों संभावनाओं पर गौर करता रहा। मैं जितना ज्यादा सोचता, उतना ही परेशान भी होता रहा। मैं बहुत देर तक सो नहीं पाया। आखिरकार जब नींद आई तो उसके साथ धुँधले सपने भी आए। मैंने देखा कि मेरे कजिन का दोस्त और मेरे ससुर के दोस्त, दोनों मुझे बुला रहे थे। मेरा हाथ पकड़कर मुझे वे विपरीत दिशाओं में खींच रहे थे। जब मुझे लगा कि वे मेरा फिरन फाड़ने ही वाले थे कि मैं जाग गया। मैं पसीने से पूरी तरह से भीगा हुआ था।

14

दूसरी सुबह जब कर्फ्यू थोड़ी देर के लिए हटा दिया गया तो मैं सड़क पार करके भान साहब के तिमंजिले मकान में घुसा। वे अपनी बैठक में एक खास डिजाइन का हुक्का पी रहे थे। चूँकि वे गिरजा को अच्छी तरह से जानते थे और उसे बेटी की तरह मानते थे तो वह मुझसे प्यार और इज्जत से पेश आए और मुझे बड़े आदर से बिठाया।

कुछ ही देर में उनकी पत्नी चाय और पराँठे लेकर आई, जिन्हें मैंने पहले आश्चर्य से देखा और फिर बड़े मजे से खाए। भान साहब ने मुझे और खाने को कहा। उन्होंने कोशिश की कि मैं थोड़ा निश्चिंत हो जाऊँ। वह मुझसे खुलकर बात करना चाहते थे और चाहते थे कि मैं उनको बताऊँ कि मैं इतना कमजोर और परेशान क्यों लगा रहा था; मगर मुझे समझ नहीं आया कि मैं क्या कहूँ। मैंने दोनों को ऐसे देखा, जैसे कि मैं एक छोटा बच्चा था, जो भीड़ में खो गया था। वह अपने कमरे में निश्चिंतता से डटकर बैठे थे। उन्हें देखकर लगता नहीं था कि उन्हें किसी किस्म की चिंता थी।

थोड़ी हिचकिचाहट के बाद मैंने आखिर बात की। मुझे पता चला कि वे अपने मोहल्ले के पंडितों के लिए प्रेरणा थे। उनके आशावाद और मौजूदगी का असर उनके पड़ोसियों पर पड़ा था। कुछ अभी तक घरों में जमे हुए थे। कुछ लोग सिटी में अपना कारोबार चला रहे थे, मगर मुझे आश्चर्य हुआ कि उनके बेटे और बहुएँ वहाँ नहीं थे। जब मैंने इस बारे में पूछा तो उनकी पत्नी ने बताया कि वे लोग जम्मू चले गए थे, क्योंकि उनके बच्चे ऐसे दमघोंटू वातावरण में नहीं रहना चाहते थे।

जब हम बातें कर रहे थे, दो फिरन पहने मुसलमान घर में आए। एक के हाथ में सब्जी का बैग और दूसरे के हाथ में दूध का बरतन था। मैं समझ गया कि वे लोग उनके लिए बराबर सामान ला रहे थे। इस मोहल्ले के साथ ही गाँव है, जहाँ कर्फ्यू का असर कम ही होता है।

आश्चर्य की बात यह थी, हालाँकि भान साहब रिटायर हो गए थे और आसानी से जम्मू जा सकते थे, क्योंकि यहाँ पर अभी भी ठंड थी, मगर वे यहीं रह गए थे। जब मैंने उनके आगे के प्लान के बारे में पूछा तो उन्होंने मेरी तरफ इतने आश्चर्य से देखा कि मैं खुद को ही बेवकूफ लगा कि मैंने ऐसा प्रश्न पूछा था। यह तो स्पष्ट था कि उन्हें प्लान बनाने की जरूरत ही नहीं थी।

उन्होंने मुझे बताया कि जलसे, जुलूस और हमले बहुत जल्दी खत्म हो जाएँगे। लोग ऐसे असामान्य हालात में एक सामान्य जिंदगी नहीं जी सकते। एक दिन उन्हें समझ आ ही जाएगा। उनको लग रहा था कि जो हो रहा था, ज्यादा दिन नहीं चल पाएगा।

उनका यह ख्याल उनके मुसलमानों की जानकारी पर निर्भर था। चूँकि उन्होंने सारी उम्र उनके साथ बिताई थी, इसलिए उन्हें इस बात का विश्वास था। उनका मानना था, चूँकि मुसलमान धर्मबदलू थे, इसलिए वे हम जैसे ही थे। वे बहुत दिनों तक अनिश्चतता की जिंदगी नहीं जी सकते और उन्होंने यह भी कहा कि मुसलमानों के पास सत्ता, पैसा और ताकत थी, तो फिर एक आदमी को और क्या चाहिए था?

मैंने पूछा, अगर यह सच था तो फिर समस्या क्या थी? उन्होंने कहा कि यह सब पाकिस्तान का किया-धरा था। इतनी कोशिशों के बावजूद भी जब वह कश्मीर नहीं हासिल कर सका था तो उन्होंने एक नया तरीका अपनाया। उन्होंने मुस्लिम लड़कों को उलटी पट्टी पढ़ाई, ताकि वह अपने गंदे इरादों में सफल हो जाएँ।

भान साहब ने मुझे विस्तारपूर्वक बताया कि कैसे पाकिस्तान ने इसको एक धार्मिक रंगत दी थी। वह बहुत हद तक कश्मीरी मुसलमानों को विश्वास दिलाने में सफल हो गए थे कि भारत में रहकर वे मुसलमान नहीं रह गए थे। वे अपने धर्म के मूल सिद्धांतों को भूल गए थे। इसलिए उन्हें इस भूलनेवाली याद्दाश्त की बीमारी से निकालना बहुत जरूरी था। यह उनका मुख्य प्रचार था और इसे वह पी.ओ.के. और पाकिस्तान रेडियो से बराबर प्रसारित कर रहे थे।

टी.वी. का असर इसलिए ज्यादा था, क्योंकि उन्हें दिखाया जाता था कि असली मुसलमानियत क्या होती है। नए उभरते और बढ़ते हुए इस्लाम को उनकी नस-नस में उतारने के बाद, खासकर नौजवानों में, उन्हें पाकिस्तान की यात्रा के लिए तैयार किया जाता, जो कि हिजरत का प्रतीक थी। वे चाहते थे कि वे धर्म योद्धा बन जाएँ। इसकी वजह से पाकिस्तान जाने की एक लहर सी दौड़ गई, जहाँ उनमें बहुत ज्यादा घिनौनी कट्टरता भर दी जाती, ताकि वे असली मुसलमान बन जाएँ। उन्हें यह भी सिखाया जाता कि उनका असली लक्ष्य तब तक सफल नहीं होगा, जब तक वे काफिरों को पहचानेंगे नहीं और उन्हें मारेंगे नहीं, जो उन्हें अपने असली मजहब से ध्यान हटाने के लिए जिम्मेवार थे। इस तरह पाकिस्तान और पी.ओ.के. में मिलिट्री ट्रेनिंग के कैंप बन गए थे। वापस आने पर उनको प्रगतिशील हथियार और गोला बारूद दिए जाते थे। भान साहब का कहना था कि यही लोग

शहरों और दूसरी जगहों पर फसाद के लिए जिम्मेवार थे।

उनकी इन बातों से मैं और भी परेशान हो गया, क्योंकि इस छूत की बीमारी के बारे में कहा नहीं जा सकता कि यह महामारी नहीं बनेगी। हर तरफ से खबरें आ रही थीं कि काफी लोग सरहद पार जाने के लिए भरती हो रहे थे, बल्कि सरहद पार जाना बहुत ही रोमांचक हो गया था। पाकिस्तानी एजेंट उत्प्रेरित लोकल एजेंट बनाने में सफल हो गए थे, जिनकी कोशिश थी कि ज्यादा-से-ज्यादा लोगों को भरती किया जाए। कई बार लोगों को भारी रकम का लालच भी दिया जाता था, जो उन्हें या उनके माँ-बाप को दिया जाता। इस पूरे अभियान को जिहाद का नाम दिया गया था, जिसका विरोध करने की किसी भी मुसलमान में हिम्मत नहीं थी।

मुझे यह पता नहीं था कि भान साहब पूरी तरह से जिहाद की ताकत और अपील को समझ सके थे। जब मैंने उनसे कहा कि यह मुहिम कहीं लंबी न खिंच जाए तो उन्होंने मेरे डर को बेबुनियाद बताया। शायद उन्हें लगा कि वे मुझे राजी नहीं कर पाए थे, इसलिए उन्होंने मुझसे कहा कि मैं खुद हालात का जायजा लूँ और उसके बाद ही फैसला करूँ कि मुझे यहाँ रहना चाहिए या नहीं।

मैं समझ नहीं पाया कि मैं इस पर क्या प्रतिक्रिया दिखाऊँ। मैं उन्हें बताना चाहता था कि मिस कौल, जो मेरे घर से चार घर की दूरी पर रहती हैं, जब अपना सामान लेने आई थीं तो मैंने कितनी मुश्किल से अपने आपको उनके साथ जाने से रोका था। भान साहब ने जैसे मेरा चेहरा पढ़ लिया था। इसलिए उन्होंने कहा कि अगर मुझे लगता है कि मेरे पास और कोई चारा नहीं है तो मैं जा सकता हूँ। "मुझे अपना फैसला बता देना। शायद मैं आपकी कुछ मदद कर सकूँगा। अगर आपको किसी को कोई खबर भेजनी होगी तो वह भी हो सकता है।" मैंने उनका धन्यवाद किया और घर वापस आ गया।

भान साहब ने मेरी स्थिति को और भी पेचीदा बना दिया। उनकी बातों के बाद मेरा यहाँ से जाने का लालच और भी तेज हो गया, मगर उनका चमकता चेहरा मुझे यहाँ पर रहने को मजबूर करता है। उनकी पत्नी के चेहरे पर एक शांत सा आश्वासन है। वे सोचती हैं कि वे यहाँ पर सुरक्षित हैं। जब तक उनको दूध और सब्जियाँ मिलती रहेंगी, उनकी दुनिया स्थिर और परेशानियों से मुक्त है और उनके साथ तो उनके पड़ोसी भी हैं। अपनी धूपदार बाल्कनी से वह तीन घरों की महिलाओं से बातें कर सकती हैं।

मुझे उनकी चीजों को देखने की सीमित क्षमता पर आश्चर्य होता है। मान लो अगर उनके मोहल्ले में कुछ गलत हो गया, जैसे कि गोलीबारी हुई या रेड पड़ती

है। मैं उनसे पूछना चाहूँगा कि तब वे क्या करेंगी? मगर उनकी दिव्य मुस्कान देखकर मैं अपनी अनुचित इच्छा पर काबू कर लेता हूँ। मैं भगवान् से प्रार्थना करना चाहता हूँ कि उन्हें सुरक्षित रखे और उनके शांत निवास स्थान पर कोई मुसीबत न आए।

मिसिज भान मुझे इस बात का आभास देती हैं कि एक इनसान की शांति और स्थिरता की कुंजी उसका विश्वास है। विश्वास को पकड़कर बैठने से विघ्न या मृत्यु भी हो सकती है, मगर जब तक यह लोगों की जिंदगियों को प्रेरित करता है, यही विश्वास उन्हें खुश रखता है। वे अपने पति की समझदारी पर बेहिचक विश्वास करती हैं और नहीं चाहती हैं कि वे डगमगा जाएँ। जब मैं घर से वापस आया तो उनके विश्वास का थोड़ा सा अंश अपने साथ लाया। मैंने अपनी हालत को दूसरे दृष्टिकोण से देखना शुरू किया, मगर वह ज्यादा देर नहीं टिका, क्योंकि दूसरी सुबह मेरा दोस्त सुनील, मुझसे मिलने पुलवामा से आया।

15

सुनील सुबह–सुबह मेरे यहाँ आया। मैंने उसे संदेशा भेजा था कि गिरजा, वसु और विनय श्रीनगर से चले गए थे और मैं अकेला था। जब उसने तीन बार दरवाजा खटखाया, जो हमारा गुप्त कोड था तो मैं उसका स्वागत करने दौड़कर नीचे भागा। हम लोग गले मिले और एक साथ बोले, "तेली छा मरुनुई।" जिसके बाद, "नहीं हम इससे पहले ही चले जाएँगे।" तब वह मुझसे एक बार फिर गले मिला। मुझे उसकी आँखों में खुशी दिखी, मुझे जिंदा देखने की खुशी।

वह अपने दुपहिए वाहन पर आया था, क्योंकि सार्वजनिक ट्रांसपोर्ट का कोई भरोसा नहीं था और वे समय भी बहुत लेते थे। कोई भी, कहीं भी ड्राइवर को बेवजह रुकने को कहता, पर किसी की मजाल नहीं थी कि वह, वह नहीं करता, जो उससे कहा गया हो, क्योंकि या तो वाहन को नुकसान पहुँचाया जाता या उसकी पिटाई होती। दुपहिए का फायदा यह था कि आप कुशलता से मेन सड़कों को छोड़कर गलियों से चलते, क्योंकि मेन सड़कों पर हमेशा ही उपद्रवी और कष्टप्रद लोगों की भीड़ रहती।

मेरी और सुनील की दोस्ती बहुत पुरानी है और मेरे लिए वह भाई से भी बढ़कर है। हम लोगों ने बहुत खुशियाँ और गम बाँटे हैं, मगर उसके हिस्से में ज्यादातर दुःख और पीड़ा ही आई है। मुझे लगता है कि उसकी जिंदगी व्यर्थ चली गई है। किस्मत ने उसके साथ बहुत ज्यादती की है। उसकी जिंदगी एक ऐसी

वीरानी है, जिसे हम ज्यादातर दु:खद जिंदगियों से जोड़ते हैं और जो अकसर समय से पहले ही खत्म हो जाती हैं या फिर वह नीरस, घटनारहित, अनावश्यक वस्तु हो जाती है। हालाँकि सुनील जिंदा है, मगर वह जिंदा कम और मृत ज्यादा लगता है। एक दूर्भाग्यपूर्ण शादी, जो उसके माता-पिता ने उस पर थोपी थी, जिससे वह सालों तक नहीं निकल पाया था, जिसे वह चक्की का पाट कहकर बुलाता है, जो उसकी गरदन में टँगा है, जिसने उसकी इच्छाएँ और सपने खत्म कर दिए हैं।

चूँकि वह जिंदगी की तरफ उदासीन है और मरने से भी नहीं डरता है, इसलिए उसे घाटी के बदले हुए हालात से कोई डर नहीं है। दिलचस्प बात यह है कि उसकी इसी वजह से वह गाँववालों के लिए शक्ति का स्रोत बन गया है। उनका मानना है कि जब तक वह वहाँ है, उनके साथ है, अपना सिर ऊँचा करके मुसलमानों की आँखों में आँखें डाल सकता है, तब तक उन्हें वहाँ रहने की आशा है। सुनील अकसर इस बात को हँसी में उड़ा देता है। कल्पना करो कि एक अभिशप्त प्राणी वीरता का प्रतीक है, इससे ज्यादा विडंबना क्या हो सकती है? मगर उसके गाँव के लोग इसे विडंबना नहीं मानते हैं।

गाँववाले उसे उत्कृष्ट और बहादुर समझते हैं, जो कि उनका नेता और संरक्षक होने के काबिल है। उन्होंने उसके घर को पंचायत बना लिया है, जहाँ वे अपनी समस्याओं के बारे में बातें करते हैं और उसकी सलाह लेते हैं। आजकल उनके वाद-विवाद इसी बात पर होते हैं कि आतंकवाद की वजह से जो समस्याएँ उठी हैं, उनका सामना कैसे किया जाए। क्या उन्हें रहना चाहिए या भागना चाहिए? ऐसा कोई दिन नहीं होता है, जब उन्हें लोगों के भागने की खबर न आती हो और भागनेवालों में ज्यादातर पंडित ही होते हैं।

अभी तक सुनील की योजना थी कि अपने आपको निर्भीक दिखाया जाए, ताकि मुसलमानों को लगे कि पंडित परेशान नहीं हैं और उनका बाहर जाने का कोई इरादा नहीं है। यह उसने बहुत चालाकी से किया। वह हर रोज अपने पंडित पड़ोसियों के साथ मेन सड़क तक जाता, अपने मुस्लिम जान-पहचान वालों का हाल-चाल पूछता, उनके साथ हँसी-मजाक करता, मुस्लिम दुकान से कुछ सामान खरीदता, कसाई का हाल पूछता और वापस घर आता। यह जानबूझकर बनाया गया एक रूटीन था, ताकि मुसलमानों को लगे कि पंडितों ने आशा नहीं छोड़ी थी और उनके पाजामे अभी गीले नहीं हुए थे। यह चाल कुछ दिनों तक अच्छी तरह चली।

एक सुबह सुनील ने देखा कि जिन मुसलमानों के साथ वह मिलता था,

उनके तेवर बदल गए थे। उनसे गर्मजोशी से मिलने के बजाय, सुनील और उसके बिरादरी के लोगों के गाँव में रहने की सराहना करने के बजाय, जैसा कि वे चाहते थे, चिढ़े हुए थे। उनकी नजरें बदल गई थीं, क्योंकि उनकी आँखों से शत्रुता की आग बरस रही थी। उनकी बातों में पंडितों के विश्वासपात्र नहीं होने का इशारा था और जो शक से परे नहीं थे, जैसे कि पंडित अपने घरों में नहीं थे, जहाँ वे सदियों से रह रहे थे, बल्कि वहाँ इनको उनके दुश्मनों ने जानबूझकर रखा था, जिसमें मुसलमानों के खिलाफ एक डरावनी साजिश थी।

जब सुनील ने अपने करीबी मुस्लिम दोस्तों से इस बदलाव का कारण पूछा था तो उसे इस बात का आश्चर्य हुआ कि वे खुद भी नहीं जानते थे कि वे पंडितों से डरे हुए क्यों थे। इस बात ने सुनील को सोचने पर मजबूर कर दिया कि बदलाव की हवाएँ मुस्लिम चित्त पर हावी हो गई थीं। वातावरण बहुत सी कहानियों और अफवाहों से भरा हुआ था। हर दिन एक नई कहानी प्रचलित हो जाती थी। हर एक आविष्कारशील और संवेदनशील हो गया था।

सुनील मुस्लिम स्वभाव से परिचित था। उसने अपना समय, एकदम छोटे से अब तक मुस्लिम सहकर्मियों और पड़ोसियों के साथ गुजारा था। वे जानता था कि अलग-अलग वह स्नेहमय और परवाह करनेवाले थे, मगर जैसे ही वह ग्रुप बना लेते हैं, उनका बर्ताव आश्चर्यजनक रूप से बदल जाता है। वे अचानक अपनी बिरादरी की तरफ कर्तव्य के लिए सचेत हो जाते हैं। इससे पंडितों की तरफ उनके बर्ताव में असर पड़ता है, भाई जैसे होने से वे गैर-मुस्लिम बन जाते हैं।

सुनील के पास अपने खास मुस्लिम दोस्तों के कई किस्से हैं, जो इन विपरीत दिशाओं की खींचातानी से चिंतित हैं, मगर वे अभी तक पूर्ण रूप से समझ नहीं पाए हैं कि इनको कैसे लिया जाए। कुछ एक ने उसे एक कन्फेशनल बोर्ड की तरह इस्तेमाल किया है। वे अपने संदेहों और बेचैन करनेवाले ख्यालों को, जो कि सामान्यता: उनके कट्टर धर्म के विपरीत थे, उन सबके बारे में बातें करते थे। इस बात के लिए सुनील उनका मजाक उड़ाता था। कभी-कभी वह उनके लिए भी वैसे ही दु:खी होता था, जैसे वह अपने लिए होता था।

उसे लगा था कि मुसलमानों का इस तरह का व्यवहार क्षणिक था, इसलिए उसने गाँव के मेन बाजार में जाना जारी रखा, मगर उसे समझते देर नहीं लगी कि यह बदलाव जानेवाला नहीं था। उनके हाव-भावों में धमकी और बेचैनी दिखाई देती थी। वह जो स्वाभाविक गर्मजोशी उनके स्वभाव में थी, वह हमेशा के लिए चली गई थी। उनकी प्रतिक्रिया अगर कुछ थी तो वह बहुत ही रुखी और यांत्रिक

थी। उनका यह बर्ताव एक घटना से पराकाष्ठा तक पहुँचा, जिसने उनके पंडितों के वहाँ बने रहने के गुस्से की तरफ इशारा किया।

गाँव और कस्बे श्रीनगर शहर से भिन्न हैं। यहाँ पर पंडित एक अलग भाग में रहते हैं, जो उन्हें कमजोर और असुरक्षित बनाता है। एक दिन शाम को जब पूरे गाँव में अँधेरा छाया हुआ था, पंडितों ने कुछ नारे सुने। पहले थोड़े धीमे, मगर थोड़ी देर बाद जोर-जोर से। उसके बाद उनकी टीन की छतों पर बहुत तेजी से पत्थरों के गिरने की आवाज सुनाई देने लगी। पहले उन्हें डर और धक्का लगा, हालाँकि कुछ लोगों को ऐसा कुछ होने का आभास था। आखिकार उनका गाँव दूसरी जगह की घटनाओं से कैसे अप्रभावित रहता? सब लोग डर से उन जानवरों की तरह दुबक गए, जिनकी हत्या होनेवाली होती है। नारेबाजों के लहजे डरावने थे, जो कि साफ-साफ उनकी तरफ इशारा कर रहे थे। उनको लगा कि उनके साथ बहुत बुरा होनेवाला था या तो लूटमार या सामने से उनकी हत्या, मगर सौभाग्य से ऐसा कुछ नहीं हुआ। रात किसी अशुभ घटना के बगैर कट गई।

सुबह-सुबह गुस्साए और डरे हुए पंडित सुनील के यहाँ सलाह और मदद के लिए पहुँचे। काफी गर्मागर्म बहस के बाद यह फैसला हुआ कि पाँच-छह लोग गाँव के बुजर्ग मुस्लिमों के पास जाकर पूछेंगे कि इस सबका क्या मतलब था।

हालाँकि मुसलमान समानतावाद में विश्वास रखते हैं, जिसकी वजह से सब मुस्लिम, चाहे वे अमीर हों या उनके सामाजिक रुतबे में फर्क हो, बराबर हैं, मगर कश्मीरी मुस्लिम दूसरी तरह के संवेदनशील पक्षपात में विश्वास करते हैं। वह खानदानियत को काफी महत्त्व देते हैं, एक बारीक फर्क जैसे कि उनके पूर्वज कौन थे या वे किस खानदान से थे। यह एक तरह से उनके भूतकाल को, जब वह मुस्लिम नहीं थे, उनकी सोच को दर्शाता है। ये धर्मबदलू, जो कि मुस्लिम या क्रिश्चियन बने, अपने साथ हिंदू सोच लेकर चले। इस तरह की सोच सबसे ज्यादा यहीं पर दिखती है।

इस गाँव में मुस्लिम या तो पीर, जो कि मुल्लाओं के वंशज थे, हालाँकि उनमें से बहुत से लोग अपने पूर्वजों का व्यवसाय नहीं करते थे, या देहाती थे, जो शेख अब्दुल्ला के भूमि सुधार के अंतर्गत खुद ही जमींदार बन गए थे। पीर ज्यादातर शिक्षित थे, जिन्होंने सिर्फ मुस्लिम स्कूलों में मिलनेवाली स्पेशल शिक्षा या बुजर्गों से सीखी हुई धार्मिक ट्रेनिंग ही नहीं, बल्कि औपचारिक शिक्षा भी पाई थी। जब वे पूर्वजों के व्यवसाय, जैसे कि मस्जिदों में धर्मोपदेश नहीं देते थे या बिरादरी के धार्मिक काम नहीं करते थे, वे स्कूलों और कॉलेजों में टीचर होते थे

या प्रशासनिक पदों पर भी होते थे।

देहाती ज्यादातर किसान या खेतिहर मजदूर होते थे, जो कि पिछले कुछ समय से अमीर और प्रभावशाली बन गए थे। पीरों को लगता था कि ये देहाती न ज्यादा पढ़े-लिखे थे, न ही उनकी तरह उनमें नफासत थी। वह घमंडी भी हो गए थे और तेजी से आगे बढ़ रहे थे। इसलिए वे उन्हें तुच्छ समझते थे।

गाँव का सबसे वयोवृद्ध, सोनजू, एक देहाती था, मगर उसकी राजनीतिक पृष्ठभूमि काफी मजबूत थी। उसके सत्ताधारी पार्टी और दूसरी राजनीतिक पार्टियों से काफी अच्छे संबंध थे। गाँव के सब लोग पीर, पंडित सम्मेत उनका सम्मान करते थे; क्योंकि गाँव के बुजर्गों का सम्मान करना गाँव की परंपरा थी और वह एक अच्छा और शरीफ आदमी था।

जब सुनील और उसके पड़ोसियों ने उसे पिछली रात की घटना के बारे में बताया और उससे पूछा कि क्या वह उन्हें गाँव से जाने की धमकी थी तो उसे समझ नहीं आया कि वह क्या कहे। वह हक्का-बक्का रह गया। उसने स्पष्टता से कह दिया कि वह नहीं जानता था कि क्या वह ऐसी कोई पूछताछ कर सकता था, क्या वह अपने आपको मध्यस्थ और कानून को अपने हाथ में लेनेवाला समझता था कि वह इतना जरूरी मसला अपने से हल कर सके। चूँकि दोनों संप्रदाय इतनी सदियों से एक-दूसरे से बँधे हुए थे और वह एक अच्छा आदमी था और उसका उद्‌देश्य भी अच्छा था, इसलिए उसने सुनील से कहा कि वह उसे कुछ समय दे, ताकि वह अपने साथियों और संप्रदाय के दूसरे लोगों से बात कर सके। सोनजू ने बहुत तेजी से काम किया और सुनील को संदेशा भेजा कि शाम को उसके यहाँ आकर पिछली रात की घटनाओं के अर्थ के बारे में बातें करेंगे।

16

सुनील के घर में बहुत जबरदस्त ड्रामा हुआ, जिससे लोगों की उम्मीदों और भावनाओं को काफी धक्के लगे। इससे एक खास तरह की मानसिकता सामने आई, जो घाटी में रहनेवाले ज्यादातर उन लोगों की है, जो घाटी के कामों को कंट्रोल करते हैं। काश कि मैं आपको यह सब सुनील के अनोखे अंदाज में बता पता, जो उसने हाजिरजवाबी और असमंजस के साथ बहुत ही कुशल ड्रामा की तरह मेरे कमरे में पेश किया। मेरा तो बहुत ही कमजोर और सुना-सुनाया संस्करण है।

जब शाम को सोनजू ने उसके दरवाजे पर दस्तक दी, वह घबराकर नींद से

जागा। अपने भाइयों को, जो कुछ सोनजू के घर में हुआ था और उनकी बातचीत से क्या-क्या संभावनाएँ उनके सामने आ सकती हैं, बताने के बाद वह थोड़ी देर पहले सोया था। सोनजू काफी सारे मुस्लिम लोगों के साथ, जो कि गाँव के लोगों का व्यापक प्रतिनिधित्व करते थे, आया था। उनका स्वागत करने के बाद सुनील ने सोनजू से निवेदन किया कि वह कुछ पड़ोसियों को भी मीटिंग में भाग लेने के लिए बुलाना चाहता है। पंडित भी आ गए और जब यह खबर बाहर पहुँची तो और भी बहुत से लोग आ गए, क्योंकि सब कमरे में नहीं आ सकते थे, कुछ दरवाजे पर खड़े हो गए और कुछ देहलियों पर बैठे। बहुत से लोग बाहर खड़े रहे। सब लोग जानना चाहते थे कि उनके अपने घरों में रहने की क्या संभावनाएँ थीं? मीटिंग उनके भविष्य में गाँव में रहने के लिए निर्णायक थी। चूँकि उसकी माँ गाँव की दूसरी महिलाओं की तरह जम्मू में थी। इसलिए सुनील ने उनसे कहा कि वह उन्हें चाय वगैरह पेश नहीं कर सकता, मगर सिगरेट जरूर पेश कर सकता है। उन्होंने खुशी से सिगरेट ले ली।

सोनजू ने अपना भाषण थोड़ी हिचकिचाहट से शुरू किया। वह कुछ समय के लिए शब्दों को टटोलता रहा, जिससे कुछ समय के लिए स्थिति थोड़ी अटपटी सी हो गई, मगर फिर जल्दी ही उसने आत्मविश्वास, स्पष्टता और नपे-तुले अंदाज में, जिसे बाद में लोगों ने एक पूरी तरह से राजनीतिक भाषण बताया, बोला। हालाँकि इसका ज्यादातर प्रभाव इसके बाद के भाषण ने ठंडा कर दिया।

समस्या की भूमिका के तौर पर काफी देर तक उसने मुसलमानों और पंडितों के परंपरागत अस्तित्व और एक-दूसरे को सम्मान देने के बारे में बताया। फिर उसने थोड़े घुमावदार, ढके हुए ढंग से अभी के संकट का जिक्र किया, जो कि उसके अनुसार घाटी के लोगों का आज की राजनीतिक व्यवस्था से असंतोष की तरफ इशारा था।

हालाँकि उसने सांप्रदायिक तनाव के बारे में खुली तरह से कुछ नहीं कहा, मगर इस मुश्किल घड़ी में दोनों संप्रदायों को सद्भावना बनाए रखने को कहा। उसने अच्छे मुसलमानों को पंडितों के प्रति अपनी जिम्मेवारी के बारे में सोचने को कहा, क्योंकि इस्लाम के सिद्धांत भी अपने पड़ोसियों की सुरक्षा के बारे में बताते हैं। जब उसे लगा कि दोनों संप्रदाय उसे सम्मान के साथ सुन रहे थे तो उसने निर्भीकता से कहा कि जिन्होंने पंडितों के घरों पर पत्थर फेंके थे, वे उपद्रवी थे। उन्होंने न केवल दोनों संप्रदायों में आपसी दुश्मनी कराई थी, बल्कि गाँव के अच्छे नाम को मिट्टी में मिला दिया था। उनके इस काम की कड़े शब्दों में निंदा करनी चाहिए। यह लगभग

चरम घोषणा की तरह उभरकर आ गई, जिसका मकसद पंडितों के डर को, जो उन्होंने पिछली रात को महसूस किया था, उसे कम करना था।

सोनजू के कड़े लहजे के शब्दों ने कमरे का तनाव कम कर दिया। पंडितों की आँखों में एक नई चमक थी। उनकी आपस की फुसफुसाहट राहत का संकेत थी। हर एक के चेहरे पर शांति थी। सब लोगों ने सोचा कि मीटिंग खत्म होनेवाली थी।

अपने आप से खुश होकर सोनजू ने सुनील से एक और सिगरेट माँगी, इसलिए बीच में एक अल्प विराम आ गया। सिगरेट जलने के बाद लगा कि अब वह आखिरी बयान की घोषणा करनेवाला था। एक शिक्षित नौजवान पीर ने, जो एक निकटवर्ती सरकारी स्कूल में पढ़ाता था, इस महत्त्वपूर्ण अवसर पर अपने विचार प्रकट करने की आज्ञा माँगी।

यह अनिवार्य हस्तक्षेप शाम की साधारण, सामान्य मनोदशा से थोड़ा भिन्न था। सोनजू को आशा थी कि कि यह उसकी बात का अनुमोदन होगा। इसलिए उसने उन्मुक्तता से कहा कि हर एक को अपनी बात कहने की आजादी है। उसके बाद जो हुआ सोनजू ने सपने में भी उसकी कल्पना नहीं की थी।

पीर ने एक-एक करके सब बातों का खंडन किया, जो सोनजू ने इतनी मेहनत और सकारात्मक तरीके से की थीं। अपने शब्दों को बिना तोड़े-मरोड़े, साफ, निर्भीक शब्दों में उसने सोनजू के दोनों समुदायों के सह-अस्तित्व को खत्म कर दिया। कुरान के एक छंद को प्रस्तुत करते हुए उसने हिंदू-मुस्लिम भाई-भाई के तर्क को भी खंडित कर दिया और धर्म निरपेक्षता को एक खोखला सिद्धांत बताया, जिसके लिए इस्लाम में कोई जगह नहीं थी, हालाँकि इसका समर्थन और अनुसरण घाटी में किया जाता था और हर तरह के नेताओं ने किया था। यह एक तमाशा था, एक चाल थी, जो उन लोगों ने चुनाव जीतने के लिए और सत्ता में बने रहने के लिए इस्तेमाल की थी। हिंदू-मुस्लिम भाईचारा बस एक नारा था, जो कि राज्य के राजनीतिज्ञों ने अपने फायदे के लिए दिया था। एक बहुत बड़ा झूठ, जिसे बहुत सालों से लोगों के गले में उतारा गया था। सच्चाई यह थी कि पंडित काफिर थे, जिनका मुसलमानों के साथ कोई मेल नहीं था। उसने साफ तौर से कह दिया कि वह किसी संविधान को, किसी सरकार को और किसी अधिकारी को नहीं, सिर्फ वह जो कुरान में स्थापित है, उसको ही मानता है। वर्तमान मुसीबत इस सच्चाई को नकारने की है, जिसकी वजह से कश्मीरी मुसलमानों के साथ अन्याय हुआ है।

सुनील के इस भाग का वर्णन बहुत ही बढ़िया था। सोनजू का चेहरा सिकुड़कर

अपनी हथेली जितना हो गया था। उँगलियों के बीच सिगरेट जलकर राख हो गई। कमरे में जैसे हर चीज स्तंभित और थम सी गई थी। सोनजू की उँगलियाँ सिगरेट से झुलस गईं और उसके मुँह से एक कराह सी निकली। कमरे में एक चिंताजनक सनसनी फैल गई और लगा जैसे हर कोई जाग गया कि वह कहाँ था। इस बात का फायदा उठाकर पीर ने अपना अंतिम निर्णय सुनाया, "मैं चाहता हूँ कि पंडित जान जाएँ कि उनका सह-अस्तित्व उस हौवा का एक भाग है, जिसका हमारी भाषा में कोई आधार नहीं है। मुसलमानों का उनके लिए कोई दायित्व नहीं है। खैर, वे हमारी उदारता पर निर्भर रह सकते हैं, हमारा तहफुज ले सकते हैं और द्वितीय श्रेणी के नागरिकों की तरह रह सकते हैं, सिर्फ यही उनकी उम्मीद है।"

सुनील बहुत सावधानी से मीटिंग के बदलते हुए रंग देख रहा था। देहाती पीर की विद्वत्ता का मुकाबला नहीं कर सकते थे। अपने भाषण में वह बीच-बीच में कुरान के छंद डाल रहा था, जो वह अपनी दोषरहित स्पष्ट आवाज में सुना रहा था, जिससे वे पूरी तरह से आतंकित हो गए थे। अपनी कंपन भरी गूँजती आवाज से उसने सोनजू और उनके दल का पूरी तरह से आत्मसमर्पण करा दिया था।

सोनजू को जैसे लकवा मार गया था, उसे यह समझ नहीं आ रहा था कि इस स्थिति को इस बेरहमी से खत्म न होने के लिए क्या किया जाए। वह कुछ बोलने के लिए खड़ा हो गया, मगर किसी को समझ नहीं आ रहा था कि वह क्या कह रहा था और लोग कुछ भी सुनने को तैयार नहीं थे। यह साफ नजर आ रहा था कि पीर ने उसे अपनी विश्वसनीयता को फिर से स्थापित करने का कोई मौका नहीं छोड़ा था। बहुत से लोग जो सोनजू के साथ आए थे, पूरी तरह से हक्के-बक्के थे। उनको यह समझ नहीं आ रहा था कि वे क्या करें और क्या प्रतिक्रिया दिखाएँ।

जब सुनील ने देखा कि मीटिंग एक भद्दे से अनिश्चित मोड़ पर पहुँच गई थी और अनिश्चिता असहनीय हो गई थी तो उसने अभूतपूर्व हिम्मत दिखाई और स्थिति को काबू में कर लिया। उसने मुसलमानों से कहा कि वह उनका शुक्रगुजार था, खासकर पीर का, जिन्होंने पंडितों को उनका असली स्थान दिखाया और यह भी दृढ़तापूर्वक बताया कि वह उनकी दया पर गाँव में नहीं रहना चाहता था। अपने भाइयों को उसने फिर से अपने रहने के फैसले पर गौर करने को कहा। उस वक्त सोनजू के नजदीकी सहयोगियों ने उसे सलाह दी कि उसे जल्दबाजी में ऐसी कोई प्रबल कार्रवाई की घोषणा नहीं करनी चाहिए। वे सारे लोग जल्द-से-जल्द कमरे से निकलना चाहते थे। उनकी बातों पर ध्यान दिए बिना, बातें, जो शोर-शराबे में खो गई थीं, उसने मीटिंग भंग कर दी। सुनील ने सबको धन्यवाद दिया, सबसे हाथ

मिलाए, पीर से भी, जो एक समय उसका सबसे अच्छा विद्यार्थी था। जब सुनील ने उसे गले लगाया, उसकी आँखों में एक चमक थी, वह बिना हिले-डुले स्थिर खड़ा रहा।

सुनील ने मुझे पीर की भाषा के और भी कुछ दिलचस्प ब्योरे दिए। साफ-साफ नजर आ रहा था कि वह अनुभवी लोगों पर हमला करने के लिए पूरी तरह से तैयार हो कर आया था, ताकि वह उपयुक्त समय पर अपनी पोजीशन मजबूत कर सके, क्योंकि उसने सब मुसलमानों को मूक कर दिया था तो यह भी साफ हो गया था कि पीर का दृष्टिकोण ही उस समय मुसलमानों की सोच पर हावी था। जिन लोगों ने पुराने अनुभवी लोगों के लिए आशा देखी थी, जिसमें पंडित भी उस समय के सोशिओपोलिटिकल सिस्टम के भागीदार थे, कट्टरपंथियों ने उनसे वह छीन ली थी। पीर जोरदार शब्दों में पुराने कश्मीरी लीडरों के विरुद्ध बोला, उसने बिना कोई नाम लिये उन्हें स्वार्थी बताया, जिनमें धर्म के प्रति सम्मान की कमी थी। उसने उल्लेखनीय तरीके से जिलानी से सहमति जताई, जो विधानसभा में जमाते इस्लामी का सदस्य था, जिसने सदन के फ्लोर पर बताया था कि धर्म निरपेक्षता एक झूठ था, जिसे राजनीतिज्ञों ने मुस्लिम भाईचारे के नाम पर वैध कर लिया था। इ' ' बात को साबित करने के लिए उसने कुरान के एक छंद को भी प्रस्तुत किया था।

मैं यह पूरे विश्वास के साथ नहीं कह सकता कि पीर और जिलानी मुसलमानों के दृष्टिकोण को प्रस्तुत करते हैं, मगर जो आजकल हो रहा है, उससे तो लगता है कि यह सच है, मगर यह मुसलमानों के साथ हमारे भूतकाल के उन अनुभवों से बिल्कुल भिन्न हैं, जो बहुत सुखद थे। मुझे कभी नहीं लगा कि मुसलमानों की पंडितों के प्रति ऐसी कोई शत्रुता थी। इसलिए मुझे इस बदलाव को समझने में कठिनाई हो रही है। क्या यह धर्म के प्रति नया अव्यावहारिक झुकाव मिडल ईस्ट से आया है? मुझे पूरा विश्वास है कि असली सच्चा धर्म कभी भी आदमियों के संबंध में रुकावट नहीं डाल सकता है। मेरे बीते हुए कल में ऐसा ही था, अगर वह झूठ ही था, मैं कह नहीं सकता, पर वह सुंदर और सुखद था।

17

बहुत पहले की बात है श्रीनगर के पुराने भाग में एक मोहल्ला था, जहाँ पर अभी के रहनेवालों के पूर्वजों ने दशकों पहले घर बनाए थे, जो कि आजकल के नए वास्तु शिल्प से अछूते रह गए थे। लगता था यह आदि मानव के जमाने के थे। घर पुरानी तरह के थे और कइयों में मरम्मत की जरूरत थी। मोहल्ले में कोई मुख्य

सड़क नहीं थी, छोटी-छोटी घुमावदार गलियाँ, जो कि पैदल चलनेवालों के लिए थीं और छोटी गलियाँ शहर के दूसरे हिस्सों से मोहल्ले को जोड़ती थीं।

इसके काफी बड़े हिस्से में कब्रें थीं। वहाँ सब साइज की कब्रें और समाधि शिलाएँ थीं, जिनमें कुछ सड़ने के कगार पर थीं, क्योंकि मोहल्ले के बच्चों को खेलने के लिए कोई उपयुक्त जगह नहीं थी, इसलिए उन्होंने उस जगह को एक तरह का खेल का मैदान बना लिया था। किसी भी कब्र को ज्यादा दिनों तक रखा नहीं जाता था, क्योंकि उन्हें समतल और सख्त जगह चाहिए होती थी, जहाँ पर कई क्रिकेट पिच बनाए जाते थे। सामान्य तापमान में धूप के दिनों में वहाँ नजारा देखने लायक होता। क्रिकेट की गेंद हर दिशा में उड़ती हुई दिखाई देती थी, जो बल्लों और खिलाड़ियों को कहीं भी मारती थी। कब्रिस्तान के दूसरी तरफ काफी सारे घर थे, वहाँ पर छिछले पानी की एक छोटी सी नदी थी, जो सिर्फ उस वक्त ही भरी-भरी लगती थी, जब शहर की दूसरी नदियों में पानी ऊपर से बहने लगता था।

इस तीन सौ घरवाले मोहल्ले में एक यूनिट ऐसा था, जिसमें तीन घर इस तरह बने थे कि उनके दो आँगन थे। एक में पत्थर बिछे हुए थे और दूसरे में घास थी, जिसके किनारों पर फूलों की क्यारियाँ थीं और एक कोने में सब्जियाँ उगाने के लिए बाग था। तीनों घर अलग-अलग तरह के थे। मुख्य घर, जो पत्थरोंवाले आँगन की एक तरफ था, उसमें तीन मंजिलें थीं। पहली मंजिल में दो बड़े-बड़े कमरे थे। एक कमरे की बाएँ तरफ एक भाग में रसोई थी, जहाँ पर खाना बनाने के लिए जगह थी।

इसमें एक बड़ा सा चूल्हा था और दीवार में बरतन रखने के लिए मिट्टी की पट्टियाँ थीं। यह मुख्य बैठक से लगा हुआ था, जहाँ पर गरम-गरम खाना परोसा जाता था। बीच की मंजिल में दो कमरे थे, जिनमें खूबसूरत झंझरीवाली खिड़कियाँ और अंदर खिसकने वाले पार्टीशन थे, जिससे कमरे दो भागों में बँट जाते थे और जो परिवार के मुख्य बेडरूम थे। ऊपरवाली मंजिल एक बड़ी सी खुली जगह थी, जो सामने दाएँ और बाएँ दोनों कोनों से बाहर की तरफ निकली थी। बाहरी दीवारों के अतिरिक्त और कोई दीवार नहीं थी। बाएँ तरफ के हिस्से को एक लकड़ी के कठघरे से विभाजित किया गया था, जो गर्मियों के दिनों में रसोई की तरह इस्तेमाल होता था।

और उसके ऊपर घर की छत थी, जो कि घर की सबसे विचित्र और असाधारण विशेषता थी। हम लोग एक सीढ़ी की मदद से, जो वहाँ पर स्थायी रूप से लगी हुई थी, एक बड़े से छेद जैसी जगह से ऊपर जाते थे। छत एक झुकी

हुई मिट्टी का एक बड़ा सा ब्लॉक था, जो बड़े गोल लकड़ी के कुंदों और एक खास किस्म के पेड़ की छाल और लकड़ी के गोल लट्ठों के सहारे था। सर्दियों के दौरान, खासकर जब बर्फ लगातार गिरती रहती थी तो वह बहुत ही खतरनाक तरीके से जमा हो जाती थी, तब मजदूरों को लकड़ी की कुदालों से बर्फ गिराने के लिए लगाया जाता था। छत बसंत ऋतु तक गीली ही रहती थी और बसंत और गर्मियों में एक पक्का बगीचा बन जाती थी। मुझे याद है कि इसमें कितने ही तरह के फूल खिलते थे और सबसे ज्यादा तो ट्यूलिप ही होते थे। मैं अकसर उधर जाता और वहाँ घंटों फूलों से घिरा हुआ आनेवाले अच्छे दिनों के सपने देखता था।

घर के बीच का हिस्सा सोने के लिए रखा गया था। सबसे निचली मंजिल सर्दियों के लिए बैठक और भोजन कक्ष होती थी, जब दिन छोटे और रातें लंबी होती थीं और आँगन कई-कई दिनों तक बर्फ से ढका रहता था। उसी तरह सबसे ऊपर की मंजिल को गर्मियों में बैठक और भोजन कक्ष की तरह इस्तेमाल किया जाता था, जब रातें छोटी और दिन लंबे होते थे। यह चमत्कारी योजना थी, जो नीचे से ऊपर और ऊपर से नीचे बदलते मौसम से संबंधित थी और लोगों को फिट और चुस्त रखती थी।

वे दिन बहुत ही सुंदर थे, जब जिंदगी प्रकृति की ताल से जुड़ी हुई थी। जब हम तापमान के बदलाव को अलग-अलग मौसमों के अलग-अलग रंगों और साल के मूडों को महसूस करते थे। उन दिनों मैं मोहल्ले के सब लोगों को नाम से जानता था और पड़ोसियों के आँगनों में बच्चों के साथ खेलता था। सारा प्यार और स्नेह मुझे मुसलमानों से ही मिला, क्योंकि मोहल्ले में सिर्फ हमारा ही परिवार पंडितों का था।

मेरी माँ ने मुझे इसी घर में जन्म दिया था। उस साल सर्दी बहुत ही कठिन थी और बहुत बर्फबारी हुई थी। बर्फ इतनी ऊँची जम गई थी कि खिड़कियाँ और दरवाजे तक बंद हो गए थे। मेरे जन्म के बारे में मेरी माँ के पास एक दिलचस्प कहानी है। उस दिन मेरे दादाजी ने एक बहुत ही बड़ी दावत का आयोजन किया था, जिसमें लगभग सारे रिश्तेदारों और दोस्तों को निमंत्रण दिया गया था। उन दिनों दावत का मतलब था रोगनजोश, कलिया, कोफ्ते और मछलियों के बड़े-बड़े टुकड़े, जो मिर्चवाले शोरबे में पकते थे। मेरी ताईजी इस डिश को बनाने में बहुत माहिर थीं, जो इतनी तीखी होनी चाहिए थी कि शिद्दत की सर्दी में भी लोगों के चेहरों पर पसीने आते।

सर्दियाँ, खासकर इस तरह के बड़े खानों के लिए उपयुक्त होती थीं, जिसमें

मीट, मछली और सूखी सब्जियाँ होती थीं, जो घर के बनाए हुए खुशबूदार मसालों में बनती थीं। इन बातों को समझने में मुझे बहुत समय नहीं लगा कि क्यों पंडितों के ज्यादातर त्योहार सर्दियों में ही पड़ते थे। सर्दियाँ गरिष्ठ खाना खाने के लिए होती थी। उस वक्त शरीर को इन खानों की जरूरत पड़ती थी। मेरे दादाजी कहते थे कि सर्दियाँ शरीर को बड़ा और मजबूत बनाने का समय होता है।

यह दावत, जो मेरे दादाजी ने दी थी, कोई ऐसी-वैसी दावत नहीं थी। यह एक खास मौका था। मेरी माँ मायके से पहली बार अपने पति के घर गर्भवती अवस्था में लौट रही थीं। वे एक रफल की साड़ी और पश्मीने का शॉल, जो सुई के बहुत सुंदर काम से कढ़ा हुआ था, पहनकर आई थीं। उनके साथ नौकर थे, जो लाल केसर के महीन डिजाइनों और इलाइची के बीजों से सजे हुए बड़े-बड़े मिट्टी के डोंगों में दही लाए थे। कई प्रकार की लोकल नानवायियों की रोटियाँ, चावल की बोरियाँ, जिनकी खुशबू दूर से आती थी और एक छोटा सा चाँदी के सिक्कों का बैग, जैसा कि रिवाज था, लेकर आई थीं। मगर वे एक शर्मीली, संकोची दुल्हन नहीं लग रही थीं। अपने गोल-मटोल शरीर और बड़े से पेट के साथ वह एक होनेवाली माँ की सुंदरता का प्रतीक थीं। क्योंकि मेरे दादाजी खुशमिजाज आदमी थे, उन्होंने मेरे पिताजी की तरफ अभिप्रायपूर्ण नजरों से देखा, गर्व से उनका चेहरा चमक उठा और उसपर एक बड़ी सी मुस्कराहट आई, मगर उन्हें अंदाजा नहीं था कि सब कुछ इतनी जल्दी हो जाएगा।

जब घर की महिलाएँ मेरी माँ को अंदर ले गई तो वे काफी थकी हुई लग रही थीं। वे ताँगे पर आए थे और रास्ते में काफी धक्के लगे थे, क्योंकि उन दिनों सड़कें टूटी हुईं और असमतल थीं, कहीं-कहीं पर पत्थर नुकीली कीलों की तरह बाहर निकले हुए थे और ताँगा तेजी से एक तरफ से दूसरी तरफ जाता था, जिससे सवारियाँ लगातार हिलती थीं। घर पहुँचने के लिए उसे लगभग आधा किलोमीटर चलना भी पड़ा था, क्योंकि ताँगा मेन सड़क तक ही आता था।

आने के एक घंटे के बाद उसे दर्द महसूस होने लगा, मगर वह चुप रही। उसे पता था कि दावत खत्म होने से पहले बच्चा नहीं होना चाहिए। उसकी माँ ने उसे यह अच्छी तरह समझाया था। अगर बच्चा दावत खत्म होने से पहले होता तो दादाजी का सिर्फ नुकसान ही नहीं होता, बल्कि अपमान भी होता, क्योंकि मेहमान इतना स्वादिष्ट खाना खाए बगैर ही चले जाते। वह चुपचाप दर्द सहती रही, मगर इस बात का जरा भी आभास नहीं दिया, मगर मैं शायद स्वाद के लिए न सही, पर खुशबू लेने के लिए उतावला जरूर हो गया था, जैसे कि मेरी माँ शरारत भरे

अंदाज में कहती हैं। मैंने उसे ज्यादा देर तक चुप नहीं रहने दिया। जब मैंने बाहर की दुनिया में आने के लिए हाथ-पैर मारने शुरू किए तो उसके मुँह से कराह निकली। बाहर मेहमानों के लिए यह थोड़ा असामान्य था। कराहने की आवाज से वह सतर्क हो गए थे। उनके कान खड़े हो गए और वे साँस रोककर सुनने की कोशिश करने लगे। मेरे तायाजी ने मेरे दादाजी के कान में कुछ कहा। उनका माथा तन गया, मगर वे शांत रहे। जो महिलाएँ मेरी माँ की देखभाल कर रही थीं, दादाजी ने उनको संदेश भेजा कि वे माँ को पार्टीशन के पीछेवाले कमरे में ले जाएँ। उन्होंने खाना बनानेवालों को हिदायत दी कि वे जल्दी करें और मेहमानों की तरफ अपना पूरा ध्यान दिया, क्योंकि सब लोग नीचे बैठकर खा रहे थे, इसलिए उन्हें हर एक मेहमान से अलग-अलग पूछना पड़ा कि क्या वह कुछ और लेंगे। बड़ी समझदारी से उन्होंने अमीरजू की बहू के लिए, जो कि हमारे पड़ोसी थे, संदेशा भेजा।

शाम हो रही थी और बर्फ फिर से गिरने लगी थी। जो लोग खाना खा रहे थे, उन्हें लगा कि कहीं कुछ गड़बड़ था, क्योंकि अंदर-बाहर जो गतिविधियाँ चल रही थीं, वे उनसे छिपी नहीं रहीं, मगर क्या हो रहा था, इसका उनको जरा भी गुमान नहीं था। जब किसी ने कहा कि वे दुल्हन को देखना चाहते हैं तो दादाजी ने उन्हें बताया कि वे थकी हुई थीं, इसलिए किसी से मिल नहीं सकतीं। ऐसा कहना उन दिनों के लिए असाधारण और अशिष्ट था, क्योंकि दुल्हनें पहले बहुएँ थीं और बाद में कुछ और, वह अथक थीं। उन्हें कभी भी, रात हो या दिन, बुला सकते थे। चूँकि मेरे दादाजी गुस्सैल माने जाते थे, इसलिए किसी को कुछ बोलने की हिम्मत नहीं हुई और मेरा मानना है कि इस वजह से ही उनका दिन बन गया, क्योंकि जब आखिरी ग्रुप के लोग खाना खा रहे थे तो वे अपने पर काबू नहीं रख पाईं। दर्द की लहर पर लहर आने लगी। चूँकि दाई नहीं थी तो पीर की सुंदर बहू नूरा को, जिसका रंग कच्चे दूध जैसा था और हाथ बहुत ही नर्म और नाजुक मगर कुशल थे, बुलाया गया। उसने बहुत ही समझदारी और व्यावहारिक बुद्धि से काम लिया। बिना घबराए उसने मेरी माँ को अपने शरीर को उठाकर और जल्दी-जल्दी झूलने की तरह जोर लगाने को कहा। मेरी माँ ने बहुत कोशिश की और आखिरकार मुझे निकालने में सफल हो गई। नूरा ने मुझे हाथों में लिया, मेरी नाभि रज्जू काटी और मुझे साफ किया। चूँकि उसने पहले ही गरम पानी मँगाया था तो उसने मुझे नहलाया और मुझे मेरी माँ की बगल में लिटा दिया।

जब दाई फाता, अपना बड़े से शरीर के साथ हाँफते हुए पहुँची तो उसके पास पैसा लेने के सिवा कोई और काम नहीं था। अपने खुरदुरे हाथों से उसने मुझे

छुआ, ताकि उसे इत्मीनान हो जाए कि मैं ठीक था। बड़ी मुश्किल से वह गलती करने से बच गई, क्योंकि वह दादाजी को अपनी ऊँची आवाज में मुबारकबाद देने ही वाली थी कि किसी ने उसे मेहमानों की मौजूदगी के बारे में सतर्क किया। उसने तुरंत मौके की नजाकत को समझ लिया और अपनी उँगली दाँतों तले दबा ली। फिर उसने थोड़ी व्यवहार कुशलता का प्रयोग करते हुए बताया कि मेरी माँ ठीक-ठाक थी और चिंता की कोई बात नहीं थी। सुबह तक वे खुशखबरी सुन लेंगे।

जब सब मेहमान चले गए और चूल्हे की आग ठंडी हो गई तो दादाजी मुझे देखने आए। उन्होंने मुझे नूरा की बाँहों में पाया, मेरी माँ को मुबारकबाद दिया और उसका माथा चूमा। मेरी माँ राहत महसूस कर रही थी कि उसके मातृत्व की वजह से परिवार में कोई उलझन नहीं आई थी। फिर उन्होंने नूरा का माथा चूमा, उसे अपनी काबिल बेटी बताया और चाँदी का एक रुपया सराहना का प्रतीक मानकर उसके हाथ में थमा दिया। नूरा एक अमीर बाप की बेटी थी और शादी भी काफी धनवान लोगों के घर में हुई थी, जैसे कि हमारी भाषा में कहते हैं कि वह हमारे परिवार को खरीदकर नदी में फेंक देती, ऐसी हमारी औकात थी, मगर यह उसका पड़ोसियों के लिए इतनी परवाह और प्यार ही था, खासकर सब संप्रदायों के बुजर्गों के लिए। इसलिए उसने उस सिक्के को चूमा, दादाजी को उनकी दरियादिली के लिए धन्यवाद और परिवार को आशीर्वाद दिया।

रात के अँधेरे में जब बर्फ जोर से गिर रही थी, मेरे पिताजी उसे घर तक छोड़ने के लिए गए। उसके ससुर बेचैनी से उसका इंतजार कर रहे थे। वे चतुर और समझदार थे, उन्होंने उसकी मुस्कराहट का अर्थ समझ लिया, वे मेरे पिताजी के पास आए, उन्हें जोर से गले लगाया, उन्हें और उनकी संतान को पूरे पाँच मिनट तक आशीर्वाद दिया।

मैं अपने जन्म के इस पीर को जानता था। अब सुनील मुझे एक अलग ही पीर के बारे में बता रहा था। पिछले दो महीनों में मेरे इर्द-गिर्द कितना बदलाव आया है? अमीरजू कई साल पहले स्वर्ग सिधार गए। दादाजी भी नहीं रहे और न उनके जैसे दूसरे लोग। सिर्फ मेरे जैसे दुःखी लोग ही आजकल यह अशांति देखने के लिए रह गए हैं और उन खुशहाल दिनों का शोक मना रहे हैं।

18

सुनील की बातें, जो उसने पीर के बारे में बताईं कि कैसे उसने स्पष्ट शब्दों में मुसलमानों की नई मनःस्थिति के बारे में बताया था, अभी तक मेरे कानों में

गूँज रही हैं। अब मुझे साफ समझ में आ रहा है कि पीर का दृष्टिकोण हिजबुल मुजाहिदीन के उग्रवादियों जैसा ही है, जो कि पाकिस्तान के प्रति अपनी निष्ठा रखते हैं। वह रूढ़िवादी विचारों के हैं और उनकी संस्था काफी तेजी से बढ़ रही हैं, जिसकी वजह से उन्होंने नरमपंथी जे.के.एल.एफ. को भी पीछे धकेल दिया है।

मुझे यह समझ नहीं आता कि ऐसा क्यों हुआ? क्योंकि एक के बाद एक सरकारों ने मुस्लिम बहुतायत को सम्मान दिया, उन्हें मजबूत किया और उनके लिए वह सब किया, जो वे कर सकते थे। 1947 से, जब से शेख अब्दुल्ला राज्य का प्रधानमंत्री बना, तबसे ही सरकार का इरादा था कि मुसलमानों के पिछड़ेपन को जितना जल्दी हो सके, सुधारा जाए। हालाँकि राज्य के पास काफी संसाधन नहीं थे, मगर राज्य में शिक्षा प्राइमरी से लेकर पोस्ट ग्रेजुएट लेवल तक मुफ्त कर दी गई और शिक्षित मुसलमानों को नौकरियों में प्राथमिकता दी गई।

इस खास मुहिम के बारे में जोक आज तक चक्कर लगा रहे हैं। जब एक मुस्लिम ग्रुप, जो सिर्फ मैट्रिक पास था, उनको राजस्व (रेवेन्यू) विभाग में ऊँचे पदों पर बिठाया गया और उन पंडितों को पीछे छोड़ा गया, जो उनसे ज्यादा शिक्षित थे। कुछ ऑफिसर जिनमें मुसलमान भी थे, जो अपनी कार्य कुशलता और काबिलीयत के कारण वहाँ पहुँचे थे, उनके मन में भी नए रंगरूटों के प्रति आशंकाएँ थीं और मानते थे कि इस तरह की गलत चीजें सरकार की कार्य क्षमता पर असर डालेंगीं। शेख ने उनको सुना और उनकी बात को यह कहकर टाल दिया कि नए ऑफिसरों को एक पगड़ीवाला (जो उन दिनों पंडितों के लिए बोला जाता था, क्योंकि वह पगड़ी पहनते थे) दिया जाएगा, जो इस बात को सुनिश्चित करेगा कि काम किसी भी तरह प्रभावित न हो। वैसे भी ऑफिसरों का काम सिर्फ उन कामों की स्वीकृति देना है, जो उनके सामने पेश किए जाएँगे।

जैसे इंतजाम किया गया था, काम वैसे ही बिना किसी समस्या के चलने लगा। जैसे अपेक्षित था नए-नए मैट्रिक पास मुस्लिमों के लिए नए-नए रास्ते खोले गए। इसकी वजह से अधिकारी वर्ग में मुसलमानों की संख्या बढ़ने लगी। इससे उनकी महत्त्वाकांक्षाओं के पंख निकल आए। मेरे कई दोस्तों को नौकरशाही और दूसरे सरकारी विभागों में ऊँचे पद केवल इसलिए मिले, क्योंकि वे मुस्लिम पैदा हुए थे। उनमें से एक ने मजाक में कहा कि भारत सरकार का इतना तो फर्ज बनता है और यह प्रणाली जो 1950 में शुरू हुई थी, एक अलिखित कानून बन गया है, जिसे एक के बाद एक सरकारों ने अपनाया।

बदकिस्मती से इससे रिश्वत के नए रास्ते खुल गए, जो कि अब पूरी तरह

से संस्थागत हो गए थे। आप बिना पैसे कोई काम नहीं करा सकते हैं। रिश्वत एक पेशेवर सर्विस बन गई है, जहाँ एजेंट और उप-एजेंट है, जो महत्त्वाकांक्षी लोगों को अपने सपनों की जगह में पहुँचाने में मदद करते हैं, मगर यह सुविधा केवल मुसलमानों के लिए है, अगर किसी गैर-मुस्लिम को इससे कभी फायदा हुआ है तो वह महज एक अपवाद था।

अगर हर एक मुस्लिम औरत और मर्द को आशा थी कि वह जो चाहेगा, उसे मिलेगा तो यह समस्या ही क्यों? पीर का विवरण इसका उतर देता है, इन वर्तमानकालीन समस्याओं की जड़ें आर्थिक नहीं हैं, जैसा कि इस देश के कुछ लोगों का, खासकर बातूनी राजनीतिज्ञों और सियासी विश्लेषकों का मानना है, बल्कि धार्मिक है। मेरा दोस्त राजू इस बारे में अकसर एच.जी. वेल्ज को कोट करता है, "जहाँ पर मुस्लिम अल्पसंख्यक हैं, वहाँ वे प्रजातांत्रिक हक माँगते हैं और जहाँ वे बहुसंख्यक हैं, वहाँ वे धार्मिक कट्टरपंथी बन जाते हैं।" सुनील के पीर की तरह कश्मीरी मुसलमानों को जिन्हें शिक्षा का फल मिला है, नौकरी मिली है, क्या इसलिए कि वे दाढ़ी बढ़ाएँ और धर्म ग्रंथों के छंद प्रस्तुत करें? स्कूल से छुट्टी होने के बाद वह एक नए भाईचारे के सिद्धांत का उपदेश देता है, जिसमें सारी दुनिया के मुस्लिम अपने धर्म के पवित्र धागे से बँधे हुए थे और पंडितों को, जो उनके करीबी पड़ोसी थे, उन्हें निकाल फेंक दिया। उनकी दानशीलता थी कि वह उनको सहायक रखें, ताकि वह उनको इस नई व्यवस्था को चलाने में मदद करें। पीर के पास एक तीन मंजिला मकान था, वह मारुति कार में घूमता था और मानता था कि वह सब उसे अल्लाह की उदारता से मिला था, न कि सरकार के पक्षपातपूर्ण बर्ताव की वजह से।

मैंने सुनील से पूछा कि गाँववालों की मीटिंग के प्रति क्या प्रतिक्रिया थी? उसने बताया कि गाँव में बहुत गर्मागर्म बहस छिड़ गई। पुराने लोग मुस्लिम पीर के झगड़ालूपन से सहमत नहीं थे, मगर उनमें उसके धर्म निरपेक्षता के आदर्श को खुल्लमखुल्ला नापसंद करने की हिम्मत भी नहीं थी। पंडित अब जान गए थे कि अब वह वहाँ ज्यादा दिन नहीं रह पाएँगे। आज नहीं तो कल उन्हें जाना ही पड़ेगा। अब झूठी आशा रखने का कोई मतलब ही नहीं था।

मुसलमान, जो पंडितों के घर से जाने के लिए और गड़बड़ी फैलाने के लिए आलोचना कर रहे थे, अब चुप हो गए, क्योंकि उनका पर्दाफाश हो चुका था। दोनों संप्रदायों के बीच एक-दूसरे के लिए जो थोड़ी-बहुत परवाह थी, जो पहले से ही डाँवाँडोल स्थिति में थी, अब पूरी तरह से समाप्त हो चुकी थी। इससे सबको

बहुत तकलीफ और पीड़ा हुई, खासकर शबीर को जो एक मुसलमान नौजवान था।

शबीर गाँव के सरकारी स्कूल में सुनील का विद्यार्थी रहा था। वह देहातियों के निचले तबके के परिवार से था और अपने परिवार में पढ़ने-लिखनेवाला पहला सदस्य। हालाँकि वह एक आदर्श विद्यार्थी नहीं था, मगर वह काबिल था। वह सुनील को प्यार और सम्मान इसलिए देता था, क्योंकि सुनील ने उसे हमेशा ज्ञान की दुनिया में प्रवेश करने के लिए प्रोत्साहित किया था। सुनील भी उसका खास ध्यान रखता था। शबीर को जब भी कोई परेशानी होती, वह सुनील के घर जाता और कुछ समय उसके साथ बिताता था। चूँकि अब वह जिम्मेदार वेतनभोगी हो गया था, इसलिए अब वे दोस्त बन गए थे। जब दोनों संप्रदायों के रिश्तों के बीच खिंचाव आ गया तो इस तरह की दोस्ती एक दु:खांत घटना हो गई।

पीर की पंडितों को उनकी अनिश्चित स्थिति के बारे में आगाह करने से पहले शबीर सुनील से सभ्यता से बहस करता था। उसका कहना था कि पंडितों के इस तरह घर छोड़कर जाने से मुसलमानों की बदनामी हो रही थी। सुनील ने उसे समझाने की भरसक कोशिश की कि समस्या इतनी सीधी नहीं थी, जितनी वह समझता था। वह तो वहीं था और अगर दूसरे लोग जा रहे थे तो इसके लिए कोई कुछ नहीं कर सकता था, क्योंकि हर एक को अपनी सोच रखने और अपना फैसला करने की आजादी थी। तब वह बहुत भावुक होकर कहता, "क्या आपको अपने शबीर पर विश्वास नहीं? आप बेफिक्र होकर यहाँ रहो। आप पर कोई आँच नहीं आएगी।" मुझे यह समझ नहीं आता कि शबीर इतने विश्वास के साथ ऐसा कैसे कह सकता था? उसे तो पीर और उसकी तरह के लोगों के लोगों की गतिविधियों के बारे में और जो बदलाव घाटी में आ रहे थे, उसके बारे में पता था। इसके बावजूद उसे विश्वास और आश्वासन था कि कुछ गलत नहीं होगा। उसे मालूम था कि सुनील ने गाँव के बीसियों नौजवानों को पढ़ाया था और उसे इन लोगों की कृतज्ञता पर विश्वास था। मुझे लगा कि शबीर का लोगों पर विश्वास कुछ ज्यादा था।

पीर की घटना से पहले शबीर जब भी सुनील की खिड़की के पास से गुजरता, अपनी चमचमाती हुई साइकिल की घंटी, सिग्नल और अभिवादन के तौर पर बजाता और उसे दिन के लिए शुभकामनाएँ देता। उसी रास्ते से लौटते हुए, वह थोड़ी देर के लिए गप-शप के लिए रुक जाता और रात के लिए शुभकामनाएँ देता। इतवार और छुट्टियों के दिन वह आता, बातचीत और सामयिक विषयों पर बहस करता, मगर इन दिनों वह सिर्फ पंडितों के बेबुनियाद डर के बारे में बात

करता, क्योंकि वह सुनील के लिए खास था, इसलिए वह उसके कट्टर दावों और जोरदार आलोचना को अनदेखा करता। वह जानता था कि शबीर किसी का बुरा नहीं चाहता था। अगर वह उससे गुस्से से किसी चीज के बारे में बात करता था, वह सिर्फ इसलिए कि वह यह गलत समझता था।

पीर की घटना के बाद सुनील शबीर की घंटी का इंतजार करता ही गया। उसने घंटी सुनी, मगर वह आवाज जैसे हवा में उड़कर चली गई। जब वह खिड़की के पास आया, वह शबीर की साइकिल का पुछल्ला ही देख पाया। सुनील ने उसे इशारे से पूछा कि वह इतनी जल्दी कहाँ जा रहा था? उसने इशारे से ही दिखाया कि वह उससे मिलने शाम को आएगा, मगर जब शाम ढल भी गई, तब भी उसे शबीर की घंटी की टनटनाहट नहीं सुनाई दी। उसे चिंता हुई, क्योंकि किसी भी हालत में वह अपने शब्दों से मुकरता नहीं था। घबराहट में उसे शबीर की सुरक्षा की चिंता हो गई और कई अनहोनी घटनाओं की संभावनाओं के बारे में सोचकर ही वह डर गया। सब लोग जानते थे कि शबीर का सुनील के प्रति सम्मान और उसे पसंद करना मुसलमानों को अच्छा नहीं लगता था।

सुनील जब यह सब बरदाश्त नहीं कर पाया तो वह घर से यह जानने के लिए निकला कि क्या बात हो गई थी। सबसे पहले उसे उसका पड़ोसी शामजी मिला, जो बहुत ही परेशान था। जब उसने उसके चिंतित चेहरे के बारे में पूछा तो उसके जवाब से उसे धक्का लगा। इसका वास्ता शबीर से था, जो कि परेशान हालत में शाम को शामजी से मिलने आया था। उसने भरे गले से कहा कि आप मेरी तरफ से टीचर से बात कीजिए। उनसे कहिए कि मैं पंडितों की आलोचना के लिए शर्मिंदा हूँ, क्योंकि मैंने उन पर यहाँ से भागने का अनुचित इलजाम लगाया। अब मैं जानता हूँ कि मैं गलत था, वे गलत नहीं थे। मैं उनका सामना नहीं कर सकता और न बात कर सकता हूँ। आप मेहरबानी करके उनको बता दीजिए कि वे जितनी जल्दी हो सके, यहाँ से निकल जाएँ। इतना कहने के बाद वह रो पड़ा।

शामजी को उसके काँपते शरीर को सहारा देना पड़ा और दिलासा भी दिया कि जो उसने कहा है, वह जरूर करेगा। यह सब सुनकर शामजी इतना घबरा गया था कि उसे भी याद नहीं रहा कि उससे पूछे कि वह इतना चिंतित क्यों था और उसका विश्वास इतना विचलित क्यों हो गया था।

शामजी की बात सुनकर सुनील शबीर के घर की तरफ चला, जो कि गाँव के दूसरी तरफ था। वे लोग उसके इतनी रात को अचानक आने से हैरान रह गए। जब उसने शबीर से पूछा कि वह शाम को रुका क्यों नहीं तो उसने एक डरे हुए

जानवर की तरह अपना सिर झुका लिया। सुनील को उसे बोलने के लिए मनाना पड़ा। शबीर ने दबी जबान में बताया कि उसने कुछ लोगों को उसके बारे में बातें करते हुए सुना था। उनको लगता था कि जब तक सुनील वहाँ था, पंडित गाँव से जानेवाले नहीं थे, इसलिए उन्हें कुछ ऐसा करने की जरूरत थी, जिससे वह रास्ते से हटाया जाए, या तो उसे डराया जाए, जिससे वह खुद चला जाए, अगर वह खुद नहीं गया तो उसे खत्म किया जाए। सुनील ने उससे कुछ और बातें उगलवाने की कोशिश की, मगर वह सफल नहीं हुआ। शबीर चुपचाप, मौन खड़ा रहा।

सुनील ने अपने संपर्कों के द्वारा यह जानने की कोशिश की कि वह इतना महत्त्वपूर्ण क्यों हो गया था? उग्रवादियों के एक बहुत बड़े भाग को, जिन्हें और भी बहुत से उग्रवादी संगठनों का समर्थन था, इस बात का विश्वास था कि उनका एक परिपूर्ण मुस्लिम व्यवस्था का सपना पंडितों के घाटी में रहते हुए पूरा नहीं होगा। यह पीर की बातों से व्यक्त हो गया था कि जो लोग इसका समर्थन नहीं कर रहे थे, वे विरोध भी नहीं कर रहे थे, बल्कि उन्हें यह स्थिति फायदेमंद लगी, क्योंकि इससे घाटी से सिर्फ ब्राह्मणों की जड़ें ही साफ नहीं होंगी, बल्कि आर्थिक फायदे भी हो सकते थे।

सुनील अभी भी सह पीड़ितों के साथ है और मुझे उसकी चिंता है और गाँव के पंडितों की भी चिंता है, क्योंकि लोगों को आतंकित करने की रिपोर्टें बढ़ती ही जा रही हैं।

सुनील के गाँव की घटनाएँ निराशाजनक हैं। मेरी पत्नी आशावादी है और हमेशा से रही है। उसने मुझे श्रीनगर से जाने के समय बताया था कि वह बहुत जल्दी वापस आएगी और मुझे उसका इंतजार करना चाहिए और अपने आसपास होनेवाली घटनाओं से अनावश्यक रूप से चिंतित नहीं होना चाहिए। मैं, कैसेबियांका की तरह, जिसके बारे में मैंने स्कूल में कविता पढ़ी थी, कर्तव्यनिष्ठा से ठहरा हुआ हूँ। अगर वह नहीं आई तो कहीं मेरा हाल भी कैसेबियांका की तरह न हो जाए।

20

मैं अपने आपको व्यस्त रखता हूँ, ताकि मैं यह न सोचूँ कि मेरा क्या होगा? मैं पढ़ने की कोशिश करता हूँ, मगर मैं अपना ध्यान केंद्रित नहीं कर पाता हूँ। मेरा ध्यान भटकता है। लिखना ज्यादा ठीक रहता है, क्योंकि यह मुझे पूरी तरह से डुबोकर रखता है। पन्ने वोल्यूम में तेजी से बढ़ रहे हैं।

आज सुबह मैं पोर्च में बैठकर धूप सेंक रहा था। मैंने अपने डॉक्टर दोस्त को स्कूटर पर अपनी पत्नी के साथ देखा। मैंने हाथ हिलाया और इशारे से उसे आने के लिए कहा। वह एकदम मान गया जैसे वह भी यही चाहता था। वह मेरे घर से करीब एक किलोमीटर से आगे एक सरकारी कॉलोनी में रहता है, जहाँ उसने एक सुंदर घर बनाया है। इससे पहले वह पुराने शहर में एक तंग सी गली में रहता था। मैं जानता हूँ कि उसने कैसे यहाँ-वहाँ से काफी उधार लेकर अपना सपना साकार किया था।

जब मैंने उसका हाल पूछा तो उसने सिर्फ अपने कंधे उचकाए, जिससे जाहिर था कि वह खुश नहीं था। कुछ देर में उसे कबूल किया कि वह एक निराशाजनक स्थिति में था। उसे शहर में रहने के सिवा और कोई चारा नहीं था। चूँकि वह एक डॉक्टर था, इसलिए उसके पास कर्फ्यू पास था। बाकी सरकारी कर्मचारियों की तरह वह छुट्टी भी नहीं कर सकता था। उसने बच्चों और माँ को अपने भाई के पास हैदराबाद भेज दिया था, न केवल ठंड से बचने के लिए, जैसे वह हर साल करता था, बल्कि इस साल वह उनको इस तरह की उत्तेजना से दूर रखना चाहता था, जिनसे लोगों की जिंदगियों को खतरा था। मैंने उन्हें शुभकामनाएँ दीं और वह घर लौट गए।

तीन दिन के बाद रंजीत और उसका रिश्तेदार मुझे बताने आए कि डॉक्टर और उसकी पत्नी हवाई जहाज से जम्मू चले गए थे। मुझे आश्चर्यचकित देखकर उसके रिश्तेदार ने मुझे विश्वास दिलाया कि वह सच बोल रहा था। फिर उसने मुझे बताया कि उन लोगों को जबरदस्ती इस तरह अचानक क्यों जाना पड़ा।

डॉक्टर को पिछले कई दिनों से फोन पर धमकियाँ दी जा रही थीं, मगर उसने उन्हें अनसुना कर दिया कि यह उन लोगों की शरारत थी, जो उसे पसंद नहीं करते थे। क्योंकि अब यह बात आम हो गई थी। अखबारों में पंडितों को धमकियाँ दी जा रही थीं कि वे 48 घंटों के अंदर चले जाएँ या मरने के लिए तैयार हो जाएँ। एक दिन जब वह घर पर नहीं था तो कॉल उसकी पत्नी ने लिया। "क्या यह डॉक्टर की पत्नी है, आपकी आवाज सुनकर अच्छा लगा। क्या आप अपने पति को जाने के लिए कहेंगी? अन्यथा बहुत देर हो जाएगी।" वह एकदम स्तब्ध रह गई और कुछ बोल नहीं पाई, जिसकी वजह से फोन पर आवाज सख्त हो गई। "मिसिज डॉक्टर, क्या आपको सुनाई दे रहा है? हम यह कर के दिखाएँगे। हम आप दोनों को इस घर के साथ ही इस दुनिया से उड़ा देंगे।'' वह इतना घबरा गई कि फोन उसके हाथ से छूटकर क्रेडिल पर गिर गया, जिससे वह चुप हो गया।

शाम को जब उसका पति घर आया, तो वह दौड़कर उसकी बाँहों में चली गई और रोते हुए वह सब बताया, जो उसने फोन पर सुना था, मगर डॉक्टर ने इस बात को हल्के में लिया और पत्नी को आश्वस्त करके बताया कि इन बातों को इतनी गंभीरता से नहीं लेना चाहिए। उसकी पहचान के कई लोगों के साथ यह सब कई बार हुआ था।

दूसरे दिन डॉक्टर के घर से निकलने के तुरंत बाद फोन आया। इस बार आवाज कुछ ज्यादा ही करीब लगी, जैसे कोई उसके कंधे के ऊपर से झाँक रहा था। "हम तुम पर नजर रखे हुए हैं। तुम इस बात को हल्के में ले रहे हो। मैं तुमको चेतावनी देता हूँ कि ऐसा मत करो। अब मुझे आखिरी बार सुनो। अगर कल से तुम या तुम्हारा पति यहाँ दिखे तो यह इस दुनिया में तुम्हारा आखिरी दिन होगा।" वह भयभीत और विमूढ़ खड़ी रह गई और उसके शिथिल शरीर से पसीने छूट गए। बड़ी मुश्किल से उसने अपनी सहेली को बुलाया। उसकी सहेली ने उसकी हालत को देखकर कहा कि वे कुछ दिनों के लिए उनके यहाँ रुकें और फिर फैसला करें कि आगे क्या करना है। दोपहर को जब डॉक्टर आया और उसकी हालत देखी, तो उसने मान लिया कि वह उसकी सहेली के यहाँ कुछ दिन जाएँ, जो उनसे थोड़े अच्छे मोहल्ले में रहती थी। जाने से पहले उसने अपने साले को फोन पर बताया कि वे कुछ दिनों के लिए दोस्त के यहाँ रहेंगे और फोन नंबर दूसरा होगा।

दूसरे दिन हॉस्पिटल से लौटने के बाद डॉक्टर अपनी पत्नी की सहेली के घर पर चाय पी रहे थे कि टेलीफोन बज उठा। उसकी पत्नी की सहेली ने फोन उठाया और उसे डॉक्टर को पकड़ाया, क्योंकि वह उसके लिए ही था। डॉक्टर को लगा कि यह उसके साले का होगा। वह बिना इंतजार किए उससे बात करने लगा, मगर जब दूसरी तरफ से आवाज और डरावना लहजा सुना तो उसके हाथ में कप खड़खड़ाया। "डॉक्टर अपनी जगह बदलने से तुम अपनी किस्मत नहीं बदल सकते। हम तुम्हें कब से बताने की कोशिश कर रहे हैं कि तुम्हारे पास भागने के सिवा कोई चारा नहीं है, मगर तुम हमें गंभीरता से लेते ही नहीं हो। अब यह हमारी आखिरी धमकी है। सुबह तक तुम्हें निकलना चाहिए और घर के आसपास दिखाई देने की हिम्मत भी मत करना।" डॉक्टर का चेहरा पीला पड़ गया और वह बहुत ही डर गया। उसने अपनी पत्नी की सहेली से उधार माँगा और जो कपड़े-लते उनके साथ थे, सिर्फ उन्हें लेकर सुबह की फ्लाइट से जम्मू चले गए। निकलते वक्त उसने अपनी पत्नी की सहेली से कहा, "किसी को यह साबित करने के लिए मरने की जरूरत नहीं कि वह खतरे में है। मेरे लिए जिंदगी से अनमोल कोई चीज

नहीं है, तो क्या हुआ, मैं अपने पूर्वजों की धरती पर नहीं रहा। क्या फर्क पड़ता है ? अलविदा।"

डॉक्टर की कहानी भयावह थी, एक क्षण के लिए मैं डर गया। मेरे एक पड़ोसी ने, जो मेरे आने से हफ्तों पहले निकल गया था, अपने टेलीफोन को रजाई में लपेटकर रखा था, क्योंकि इससे सिर्फ धमकियाँ और चेतावनियाँ आती थीं।

21

बाहर धूप है और कर्फ्यू लगा है। लंबी-छोटी अवधियों में यह कई हफ्तों से है। लोग शाम को घरों की तरफ भागते हैं कि कहीं वे कर्फ्यू के उल्लंघन के कारण पकड़े न जाएँ। मैं बहुत दिनों से घर पर ही हूँ, कर्फ्यू का समय इस तरह से है कि मैं ऑफिस, जो कि दूर है, आना-जाना नहीं कर सकता। मैं यह भी जानता हूँ कि घर में रहना ही सुरक्षा की गारंटी है। बाहर आदमी हर तरह के खतरे में है, जैसे फायरिंग और ग्रेनेड, जिसमें सैकड़ों लोग मारे जा चुके हैं और आदमी को मोर्चों, विरोध प्रदर्शनों से हुई मुसीबतों का, जो कि स्थानीय बन गई हैं, सामना भी करना पड़ता है।

थोड़े बदलाव के लिए मैं पोर्च पर खड़ा हूँ और छोटे बच्चों को खेलते हुए देखता हूँ। वे खुश दिखाई देते हैं और हमारी निराशाजनक जिंदगी से बेखबर हैं। मैं उनको बहुत ध्यान से देखता हूँ और अमीरजू के साफ-सुथरे आँगन में पहुँच जाता हूँ, एक सख्त, उबड़-खाबड़ मिट्टी का आँगन, जहाँ उसकी नौकरानी, खतीजा रोज झाड़ू लगाती है। अनार के पेड़, दहकते हुए लाल फूलों से लदे हुए हैं, जिसका मतलब एक अच्छी फसल है और इन गहरे लाल रंग के फूलोंवाले फलों में मेरा हिस्सा भी है, यह अमीरजू का वादा है। उसकी पोती मेरे साथ खेलती है। हम लोग एक साथ गीली मिट्टी के घरोंदे बनाते हैं। उनमें रहनेवाले संभावित लोगों के नाम भी सोचते हैं, तभी मामजू, एक हट्टे-कट्टे शरीरवाला, अपने सिर पर तहाए हुए कपड़ों की गठरी रखकर आता है। जब वह काम नहीं कर रहा होता, वह सारे समय काली शेरवानी और सफेद चूड़ीदार पाजामा पहने घूमता रहता। तब वह शेख अब्दुल्ला की तरह लंबा, खूबसूरत और आकर्षक लगता है, पर वह राजनीतिज्ञ नहीं है, वह तो सिर्फ एक धोबी है। वह मोहल्ले के हर घर से हफ्ते में एक बार उनके छोड़े हुए कपड़े लेने आता और कुछ दिनों बाद उजले, धुले हुए, इस्तरी किए हुए कपड़े बड़ी गठरियों में लाता।

मामजू की माँ, सौंदरदयेद, असल में एक खूबसूरत औरत थी। वह मुझे

अकसर अपनी बड़ी सी बैठक में बुलाती, वहाँ मैं खिड़की के पास बैठता, जहाँ से मैं डोंगों से भरी हुई नदी देखता। डोंगों में हांजियों के बड़े परिवार रहते थे। यह एक शांत नदी थी, क्योंकि इसका पानी इतनी आहिस्ता से बहता था कि पानी अचल लगता था। गर्मियों के दिनों में उसका कीचड़ से भरा किनारा बच्चों से भरा पड़ा होता था। वह घंटों पानी के साथ खेलते थे और एक-दूसरे पर पानी फेंकते थे। हमारे अध्यापक गर्मियों में अकसर हमें यहाँ लाते थे, ताकि हम गरमी से लड़ सकें।

सौंदरदयेद का कमरा काफी हवादार था। मैंने ऐसा हवादार कमरा कभी नहीं देखा था। उसमें काफी खिड़कियाँ थीं, जो हमेशा खुली रहती थी, जिससे वह रोशनी और हवा से भरा रहता। क्या धोबी अपने व्यवसाय के लिए खास किस्म के घर बनाते थे? मैंने जब यह बात दादाजी से पूछी तो उन्होंने कहा कि ऐसा कुछ नहीं है। हमारी तरह सौंदरदयेद के आँगन में भी पत्थर बिछे हुए थे। मुझे अकसर वहाँ चोट लग जाती थी, जो इतनी भी ज्यादा नहीं होती थी। कभी जब मेरे शरीर पर चोट लगती, तो वह उस जगह को साफ करती, खरोंच को पोंछती और अगर घर में दूध होता तो एक बड़े से कप में ढेर सारी चीनी डालकर मुझे देती। पंडितों के लिए मुस्लिम घरों में खाना-पीना अहानिकर माना जाता था। उन दिनों भिन्न संप्रदायों के लोग एक-दूसरे के यहाँ खाते नहीं थे, खासकर पंडित, क्योंकि पंडित पवित्रता पर खास ध्यान रखते थे। इसलिए उन्हें यह डर लगता था कि मुसलमानों के घरों में खाने से वे अपवित्र हो जाएँगे। पर मुसलमानों को यह बुरा नहीं लगता था। अब दोनों संप्रदायों के लोग एक-दूसरे के यहाँ खाते हैं, क्योंकि यह प्रगतिशीलता की निशानी है, मगर साथ ही एक-दूसरे से नफरत भी करते हैं। उन दिनों सिर्फ प्रेम-ही-प्रेम था। मैं तो अपना बहुत सा समय अपने दोस्तों के साथ उन आँगनों में बिताता था।

हालाँकि मामजू शादीशुदा था, मगर उसकी कोई संतान नहीं थी, जिसके कारण सौंदरदयेद को अपने पोते-पोतियाँ को पालने से वंचित होना पड़ा था। वह मुझे बहुत प्यार करती थी और मेरी माँ से इजाजत लेकर मेरे साथ थोड़ा समय बिताती थी। वह बहुत बार मुझे अपने परिवार के बारे में बताती थी कि कभी वे कितने अमीर हुआ करते थे और कैसे बदकिस्मती से उसका बेटा, जो एक काफी बड़ी संपत्ति का उत्तराधिकारी होता, मगर मजबूरी में धोबी बन गया था, मगर मामजू कभी भी अपनी किस्मत के बिगड़ने के बारे में चिंता नहीं करता था। उसके आचरण से लगता था कि वह अपने काम से खुश था। मैं अकसर उसे नदी के किनारे बड़े-बड़े पत्थरों पर कपड़ों की पिटाई करते देखता था, ताकि वे अच्छे से

साफ हों। मुझे याद नहीं कि वह कभी साबुन का इस्तेमाल भी करता था, मगर उन बड़े-बड़े चिकने चमकदार पत्थरों पर पीटने से पहले वह उन्हें बड़े-बड़े कड़ाहों में उबालता था, जिन्हें हम अकसर नरक की डायनों के साथ जोड़ते थे।

मैंने अपना ज्यादातार बचपन इन दोनों प्रांगणों में गुजारा है और मेरा एक-एक पल आनंद से गुजरा है। मुझे कभी यह ख्याल ही नहीं आया कि एक दिन मैं इन खुशियों को स्कूल जाने की वजह से खो दूँगा। जब मेरे दादाजी ने मेरे माता-पिता से कहा कि मुझे स्कूल भेजा जाए तो मैं इतनी जोर-जोर से रोया कि उन्होंने यह ख्याल ही छोड़ दिया। इसलिए मेरे लिए एक मास्टर रखा गया और मैंने घर में ही पढ़ना शुरू किया। वह फिर हमारे रिश्तेदार बन गए। हमारे पास तीन घर थे और उनमें कई कमरे खाली थे तो दादाजी ने उन्हें वहाँ रहने को कहा और वे मान गए। कुछ महीनों के बाद उनकी शादी मेरे पिताजी की छोटी बहन से कर दी गई। दादाजी उन्हें अकसर कहते थे कि एक सुंदर पत्नी और बना-बनाया घर मिल जाने के लिए उन्हें मुझे धन्यवाद करना चाहिए। वे हमारे बड़े परिवार का एक हिस्सा बन गए। मेरे लिए यह थोड़ा अलग हो गया, क्योंकि जो एक अस्थायी प्रबंध किया गया था, वह एक लंबा प्रबंध हो गया। मास्टरजी ने मेरी पढ़ाई में इतनी दिलचस्पी ली कि लोग मुझे स्कूल भेजना ही भूल गए। आखिरकार जब मुझे स्कूल भेजा गया तो हेडमास्टर ने मेरा टेस्ट लिया और मुझे सातवीं कक्षा के लायक समझा। ऐसा उन दिनों ही हो सकता था। आजकल तो बच्चे पालने से ही स्कूल जाना शुरू करते हैं और ज्यादातर समय कक्षा में झपकियाँ लेते रहते हैं।

आज बच्चे बाहर इसलिए हैं, क्योंकि स्कूल बंद हैं। वे जो करना चाहते हैं, कर सकते हैं। लोग बच्चों को ज्यादातर घरों में बंद नहीं रख सकते। कर्फ्यू के बावजूद भी नहीं। वे मैदान में खेलने के लिए निकलते हैं, मगर वे बहुत ही सतर्क और फुरतीले हैं। जब भी वह गाड़ियों के आने-जाने की आवाज सुनते हैं, वह पत्थर की पटरी के पीछे साँस रोककर खड़े हो जाते हैं। बेचारे बच्चे भी अब बदलते समय से मुकाबला करना सीख गए हैं।

22

आज एक अविचारित घटना हो गई है। यूनिवर्सिटी के वाइस चांसलर और उनके निजी सहायक, जिनका कुछ दिन पहले उग्रवादियों ने यूनिवर्सिटी के बाहर अपहरण कर लिया था, मृत पाए गए। सरकार ने, जो आजकल गवर्नर चलाते हैं, उग्रवादियों के पकड़े हुए दोनों लोगों को छुड़ाने से मना कर दिया था। सब

जानते थे कि इसकी वजह से अपना गुस्सा निकालने के लिए उग्रवादी हिंसा पर उतर आएँगे, मगर किसी ने कल्पना भी नहीं की थी कि वे अपहृत बंधकों को मार डालेंगे। इसके पीछे एक वजह थी। दोनों ही मुसलमान थे और उनका स्टेट की राजनीति के साथ कोई लेना-देना नहीं था। वी.सी. एक धर्मपरायण मुसलमान और इस्लाम का एक प्रतिष्ठित विद्वान् था। उसका निजी सहायक एक लोकल मुस्लिम था, जिसका आतंकवादियों से कोई विरोध नहीं था। दुर्भाग्यवश दोनों ऐसी स्थिति में फँस गए थे, जहाँ से निकलने का कोई रास्ता नहीं था। उग्रवादियों ने पब्लिसिटी और गवर्नर से अपने सहयोगियों की रिहाई के लिए दबाव डालने के लिए उनका अपहरण किया था। जब सरकार ब्लैकमेल के लिए राजी नहीं हुई तो वे सख्त रवैए पर उतर आए। अगर उन्होंने अपना फायदा होने के बगैर छोड़ दिया होता तो लोगों के सामने उनकी छवि खराब होती। इसलिए वी.सी. और उनके सहायक को बलि का बकरा बनना पड़ा। मुझे उनके लिए दु:ख हो रहा है। उन्होंने अपने बंधक होने के दौरान क्या-क्या नहीं सहा होगा।

केवल वी.सी. और उसके सहायक ही बिना वजह उग्रवादियों के हाथों नहीं मारे गए और भी बहुत लोग मरे हैं। कुछ दिन पहले उग्रवादी फूड कंट्रोलर के दफ्तर में घुसे और उन्हें वहीं उनकी कुरसी पर ही गोली चलाकर मारा, वह भी दिन-दहाड़े जब सब लोग ऑफिस में थे, लेकिन किसी कोई फर्क नहीं पड़ा। इस बात का किसी ने कोई विरोध नहीं किया, कोई बड़बड़ाया भी नहीं। जब लोग अपने आपको एक टापू समझते हैं और उनकी दहलीज के बाहर क्या कुछ हो रहा है, उससे आँखें मूँद लेते हैं तो दमन तीव्र गति से फैलता है। घाटी में वही हो रहा है। जब मासूम पंडित मारे जाते हैं तो लोग चुपचाप बैठे रहते हैं। अब तो मुस्लिम भी मर रहे हैं, मगर लोग कोई खास परेशान नहीं हैं, लेकिन जब सुरक्षा बलों की मुठभेड़ में उग्रवादी मारे जाते हैं तो प्रदर्शन और मोर्चे निकाले जाते हैं। डर एक बढ़ती हुई लहर जैसा है, जो लोगों को वही करने पर मजबूर करता है जैसा उग्रवादी चाहते हैं।

वी.सी. और उसके सहायक की हत्या के परिणामस्वरूप सरकार ने बिना रुके व्यापक कर्फ्यू लगाया है। हमें बताया जाता है कि जब तक कातिलों को पकड़ा नहीं जाएगा, तब तक कर्फ्यू नहीं हटेगा। जब मैंने उनकी मृत्यु की खबर सुनी तो मैं अपने आपको पूरी तरह असुरक्षित महसूस करने लगा और हताश हो गया। अपनी कल्पना की अत्यधिक उत्तेजना में मैंने अपने आपको उनका अगला शिकार समझा, मगर उनकी योजना थी कि लोगों को मारने से उग्रवाद की गतिविधि

की रफ्तार चलती रहेगी तो फिर तो किसी को भी मारा जा सकता है, चाहे वह मेरे जैसा कोई अदना ही क्यों न हो।

वी.सी. और उसके सहायक की मृत्यु से मैं बहुत द्रवित हो गया। हालाँकि मैं दोनों में से किसी को नहीं जानता था, फिर भी मेरा रोने का दिल कर रहा था, मगर हैरानी की बात थी कि मेरे मुँह से कोई आवाज ही नहीं निकली। हत्याएँ इतनी ज्यादा हो गई हैं कि अब तो मेरे आँसू भी सूख गए हैं। मैंने एक सिगरेट ली, जिससे मुझे थोड़ा ठीक लगा। शाम तक मैंने सारी सिगरेट पी लीं, जो मैंने इतनी मुश्किल से बचाई थीं। मैं खाना और दूसरी दिनचर्या की चीजें भी भूल गया। मैं जैसे एक ही जगह अटक गया हूँ। मैं निराशा से बुरी तरह से घिर गया हूँ। मैंने भानों के यहाँ जाने का सोचा कि देखूँ वे इस संकट की घड़ी में क्या कर रहे थे। क्या वे अभी भी मेरा उस दिव्य मुस्कराहट से स्वागत करेंगे? क्या उनकी पत्नी किचन में गरम और भूखवर्धक पराँठे बनाने में व्यस्त होगी।

इस वक्त कर्फ्यू वैसा ही है, जैसा होना चाहिए। बाहर कोई नहीं दिखाई देता। आवारा कुत्ते तक जैसे गायब हो गए हैं। मुझे एक भी आवाज नहीं सुनाई देती। ऐसा लगता है जैसे दुनिया थम सी गई है।

मुझे कुछ भी याद नहीं है कि दिन कैसे गुजरा। बाहर अँधेरा है। मैं किचन में जाता हूँ और अपने कमरे में लौट आता हूँ। मेरा खाना खाने का मन नहीं है। मैं रेडियो चलाता हूँ। दुनिया अपने में व्यस्त है। कहीं-न-कहीं, कुछ-न-कुछ हो रहा है। मैं वी.सी. और उसकी दर्दनाक मृत्यु के बारे में सुनता हूँ। मैं यह भी सुनता हूँ कि कर्फ्यू चलता रहेगा।

क्या उग्रवादी लोगों का अपहरण करते रहेंगे और उनको मारते रहेंगे? अगर सरकार ने अपना इरादा साफ किया है, तब तो उनको अपहरण नहीं करना चाहिए, सिर्फ मारते रहना चाहिए। वह उनके शिकारों के लिए ठीक रहेगा।

मेरी बारी कब आएगी? मेरा दोस्त, जो नदी के उस पार रहता है, वह परसों सिर्फ यह कहने के लिए आया था कि मुझे सतर्क रहना चाहिए। "रात को किसी के लिए दरवाजा मत खोलो।" मैं हँस दिया। "क्या लोग दरवाजा तोड़कर या उस बड़ी खिड़की से नहीं आ सकते?" इस बात का खंडन करने के बजाय उसने दुबारा कहा कि मुझे वही करना चाहिए, जो मुझे बताया गया है। "अपना दरवाजा किसी के लिए मत खोलो।" किसी को मेरे दरवाजे, मेरे घर, मुझमें क्या दिलचस्पी है? वह गुस्सा हो गया और कहा, "क्योंकि अब तुम एक अरक्षित हो।" यह एक अजीब पल था, जो उसके लिए तकलीफदेह और मेरे लिए खराब था। जब उसे

लगा कि उसने वह कह दिया था, जो उसे नहीं कहना चाहिए था तो उसने बताया कि उग्रवादियों को मारने की जरूरत थी, क्योंकि उनको आंदोलन को जीवित रखना था, इसलिए उन्हें जो भी मिलता था, उसे मार देते थे, मेरे समेत। मगर इसमें असामान्य क्या था, मैंने सोचा? शायद बंद दरवाजा एक ढाल की तरह है, जिससे खतरे के टलने की संभावना थी।

वी.सी. की मृत्यु ने मुझे बता दिया कि मेरा दोस्त कितना सही था। मुझे पता नहीं कि मेरे भाग्य में क्या लिखा है। अगर मुझे मरना है तो वह कितनी जल्दी हो सकता है? काश कोई मेरी जन्मकुंडली देखता। कोई ऐसा विश्वसनीय, कोई वैसा, जिसने मेरे पिताजी से कहा था कि उनका तबादला रद्द हो जाएगा और उन्हें वह जगह नहीं छोड़नी पड़ेगी, जहाँ वे इतने सालों से काम कर रहे थे और तबादला सचमुच रद्द हो गया था, जैसा कि उनके ऑफिस में पहले कभी नहीं हुआ था। मुझे लगता है कि सब पंडितों को अपनी जन्मकुंडलियाँ किसी ऐसे एक्सपर्ट को दिखानी चाहिए थीं और तब फैसला करना चाहिए कि उन्हें सिटी को छोड़कर जाना चाहिए या नहीं। बेचारा वी.सी.! क्या उसकी जन्मकुंडली थी? मुसलमानों की जन्मकुंडलियाँ नहीं होती हैं, मगर मैं स्कूल में एक मुस्लिम लड़के को जानता था, जिसके पास थी। जब मैंने उसे इसके बारे में पूछा तो उसने बहुत धीमे से कहा कि उसके घर में सबकी थी। उनके यहाँ यह परंपरा थी। मैंने सोचा कि परिवार कितने राज अंदर रखते हैं।

23

रंजीत दरवाजे पर है और बहुत उत्तेजित है। वह अंदर आता है, मुझे जोर से गले लगाता है और मेरा गाल चूम लेता है। वह दुःखी है कि उसने मुझे अकेला छोड़ा था और बहुत समय तक बाहर रहा। उसने कहा कि वह मजबूर था। वह अपने घर अपने सेबों के बाग की देखभाल के लिए और दूसरे छोटे-छोटे कामों के लिए गया था। उसने सोचा था कि वह दो-तीन दिन में लौट आएगा, मगर वह कर्फ्यू में फँस गया था।

वह चाहता है कि मैं उसका विश्वास करूँ कि वह मुझे खाना खाने से पहले और खाने के बाद हमेशा याद करता था, क्योंकि उसी समय हम अकसर मिला करते थे। वह हमेशा कल्पना करता था कि मैं उसकी अनुपस्थिति में कितना अकेला पड़ा हूँगा। मुझे उसे बताने की जरूरत नहीं थी कि जो उसने कहा, वह सच था। वह यह भी जानता था, इसलिए उसने मुझ पर अच्छा भाव दिखाया। उसने

मुझे लंच के लिए बुलाया। मेरा जवाब सुने बिना वह अचानक चला गया। वह नहीं चाहता था कि मैं मना करूँ, शिष्टता के लिए भी नहीं।

रंजीत का एक छोटा सा एक मंजिला घर है, जिसमें अतिरिक्त जगह के लिए एटिक भी हैं। उसकी बैठक, जिसमें हमने सारी दोपहर काटी, पूरी तरह से कालीन से ढकी है, जो वह लद्दाख से लाया है। उसकी पूरी लंबाई में एक ड्रैगन है, मैं दाहिने कोने में बैठकर उसे ध्यान से देख रहा हूँ, जैसे मैं किसी चिंतन में हूँ। मुझे अपना प्लंबर याद आता है। जब मैं उससे पिछली बार मिला था, वह घर की तरफ भाग रहा था; क्योंकि कर्फ्यू लगने वाला था। वह चिंतित था, क्योंकि वह एक हफ्ते से काम पर नहीं गया था। मैंने उससे पूछा कि हमारे इर्द-गिर्द क्या हो रहा था? उसने कहा कि वह विश्वस्त नहीं था। शुरू में एक नए ऑर्डर की संभावना लग रही थी, मगर अब कोई कह नहीं सकता था कि क्या होनेवाला था। उसने कहा कि अब वह इसको एक अलग तरीके से देख रहा है। ऐसा लगता है कि हमने अपने गले में साँप डाल रखा है, जो हमें जकड़ रहा है। अब हम समझ नहीं पा रहे हैं कि इसको कैसे निकाल फेंके? और बात करने के लिए समय नहीं था, क्योंकि हमें अलग-अलग दिशाओं में जाना था। मुझे ऐसा लग रहा है कि जैसे रंजीत का ड्रैगन बड़ा होता जा रहा है।

क्या लोग मेरे प्लंबर की तरह सोचते हैं? मैंने रंजीत से पूछा। वह किचन से गर्मा-गर्म राजमा ला रहा था। उसने अपना सिर जोर-जोर से हिलाकर असहमति प्रकट की और दुबारा किचन में दूसरी डिश लाने गया। लाल करी में चिकन के टुकड़े और साग, जो वह अपने प्रांगण के कोने में एक छोटे से बगीचे से लाया था और उबले हुए चावल। हमने भरपेट खाना खाया। कभी-कभी अच्छा खाना भी चमत्कार करता है और मैं ड्रैगन भूल गया।

खाना खाने के बाद रंजीत मेरी बगल में बैठकर बताने लगा कि उसने बारामुला में क्या देखा और सुना था और जो मैंने सुना, वह सचमुच अविश्वसनीय था। पूरे कस्बे में बहुत ही ज्यादा उत्तेजना थी। हर कोई सरहद पार जाने को आतुर था। डकबैक जूते, जो कश्मीर में सबसे ज्यादा इस्तेमाल होते थे, बहुत ही महँगे बिक रहे थे, क्योंकि पी.ओ.के. के ट्रेनिंग कैंपों तक पहुँचने के लिए बर्फ और पहाड़ों से गुजरते समय उन्हें ये जूते बहुत ही सुविधानजनक लगते थे। अगर वह जूते पहने कोई दिखाई देता था, उसे रोककर जूते की दुकान पर लिया जाता था और उन जूतों के बदले कोई और जूता पसंद करने को कहा जाता। यह सब इतना सामान्य हो गया था कि इस पूरी कार्रवाई में कोई सवाल-जवाब नहीं होता।

रंजीत ने कहा कि ऐसा कोई परिवार नहीं था, जिसका कम-से-कम एक सदस्य सरहद के पार नहीं गया हो। बहुत से लोग, जो गए थे, पर वापस नहीं लौटे थे। यह सारा उस सबसे भिन्न था, जो मैंने अपने इर्द-गिर्द सुना था। ऐसा लगता था कि देहाती इलाकों में लोगों की आशाएँ उग्रवादियों से कुछ ज्यादा ही थीं। रंजीत के संस्करण के हिसाब से लोग उग्रवाद के बारे में जो सोच रहे थे, वह बहुत तकलीफदेह था। इसका मतलब था कि खराब हालात अब जारी ही रहेंगे।

रंजीत की बातों ने मुझे सोचने पर मजबूर किया कि यह कैसे हो सकता है कि झुंड-के-झुंड सरहद पार कर रहे हैं तो बोर्डर गाड्र्स, पोलिस, सुरक्षा बल उन्हें कैसे नहीं देख पा रहे थे? मैंने उससे कहा कि मुझे पूरा विश्वास है कि सरहद पार कराने में कोई उनकी मदद कर रहा है। रंजीत मुस्कराकर कहता है कि एक स्पेशल फोर्स इन जगहों को देखती है, मगर वह भी आखिरकार हमारी तरह मनुष्य हैं; महत्त्वाकांक्षी, कमजोर और मौकापरस्त। उन्हें पैसा चाहिए और पैसा वह द्रव्य है, जो इस यात्रा में तेल का काम करता है। वह जो कुछ कह रहा था, वह मुझे समझ नहीं आया। तब उसने जितना खुल कर कह सकता था, कहा कि इस वक्त बॉर्डर एक बड़ा कारोबार था। पुराने जमाने में सामान की तस्करी होती थी, आजकल आदमियों की। दोनों में फर्क इतना है कि आदमियों की तस्करी में ज्यादा फायदा है, क्योंकि इस तरह के ऑपरेशन के भाव बहुत बढ़ गए हैं, मगर इसमें लोगों को कोई परेशानी नहीं है, क्योंकि पैसा काफी मात्रा में उपलब्ध है।

मुझे देश और उसकी सुरक्षा के लिए चिंता हो गई और अपनी परेशानी उसके साथ बाँटनी चाही। वह खूब जोर से हँसा, इसलिए कि मेरे और मेरे जैसे लोगों के सिवा किसी और को देश की चिंता नहीं थी। इस बारे में लोगों और अधिकारियों की सोच बदल गई थी। अगर देश का प्रधानमंत्री बंदूकों के आयात पर कुछ अतिरिक्त पैसे कमा सकता है तो देश की सरहद पर बैठा एक सुरक्षाकर्मी मौका मिलने पर अपने लिये क्यों नहीं कमा सकता था? वह यह भी जानता है कि ऐसा मौका बार-बार नहीं आ सकता है।

यह गाज गिराने के बाद रंजीत ने पूरी डिटेल में सरहद पर लोगों की गतिविधियों के बारे में बताया। ऐसा लगता था कि सरहद के पार जाना किसी त्योहार से कम नहीं था। किसी को कोई परवाह नहीं थी और कोई किसी जोखिम के बारे में सचेत भी नहीं था। इस कहानी से मुझे वह दर्द और व्यथा हुई, जिसके कारण उसका लंच मुझ पर भारी पड़ गया। क्या रंजीत बढ़ा-चढ़ाकर बोल रहा था? मुझे पता है कि उसे मामूली चीजों को सनसनीखेज बनाने में बड़ा आनंद

आता है। उसने शायद मेरे चेहरे पर अविश्वास देखा तो उसका चेहरा थोड़ा गंभीर हो गया। उसने अपने इकलौते बच्चे की कसम खाकर कहा कि जो उसने कहा था, उसका एक-एक शब्द सही था। उसने खुद उन लोगों से बात की थी, जो लोगों को इकट्ठा करके उन्हें दूसरी तरफ भेजते थे, पर यह सिर्फ मुसलमानों के लिए था।

मुझे उस मुस्लिम के शब्द याद आए, जिसने उग्रवाद के शुरू होने के समय सुनील को बताया था, "तुम देखोगे हम लोग जल्दी ही अपनी फौज बनाएँगे। हम लोग, अपने लड़कों को सरहद पार अपने भाइयों से ट्रेनिंग दिला रहे हैं।" जब सुनील ने उसे बताया कि यह उसका सपना था, क्योंकि सरहद पार जाना आसान नहीं था तो उसने पलटकर कहा, "अरे बेटा, ऐसा क्या है, जो पैसों से खरीदा नहीं जाता? हर एक आदमी की कीमत है। आजकल सरहद का पार करवाने का एक आदमी का रेट 200 रुपए है।" वह हँसा था और उसने करेंसी नोटों से भरा बैग ऐसे बजाया, जैसे वह डोल था। उस वक्त सुनील उस पर वापस हँसा था। मुझे पता है कि सुनील इस वक्त उसकी दया पर है।

24

सुनील कहाँ है, उसके गाँव के पंडित कहाँ है, क्या यह कर्फ्यू कभी खत्म होगा? मुझे यह थोड़े-थोड़े अंतरालों में अच्छा लगता था, क्योंकि इसकी वजह से मुझे काम पर न जाने का बहाना मिलता था, मुझे हर संभावित खतरे से बचाता था, चाहे वह उग्रवादी हों या सुरक्षा बल के जवान, मगर अब मुझे लगता है कि यह लगातार चलनेवाला कर्फ्यू एक विपत्ति भी है। चूँकि मैं शहर के बाहरी किनारे पर रहता हूँ, इसलिए मुझे पता नहीं चलता कि शहर में क्या हो रहा है। बीमार और जरूरतमंदों का क्या हाल है, उन औरतों का क्या, जो माँ बननेवाली हैं? अगर मेरी माँ को आजकल अपने पहले प्रसव के लिए मेरे पिताजी के यहाँ आना होता तो मेरे पैदा होने के क्या चांस होते? यह सोच ही डरावनी है।

कर्फ्यू मेरे और बाहर की दुनिया के बीच एक बड़ा अवरोध है। मुझे किसी से मिलने का कोई मौका ही नहीं है। मेरे दोस्तों और रिश्तेदारों की कोई खबर नहीं है। सिर्फ रंजीत ही अंदर-अंदर की गलियों से होकर आता है, जिससे वह पुलिस के गश्ती दल से बचा रहता है। वह उदास लगता है, क्योंकि वह बाहर नहीं जा सकता, घूम-फिर नहीं सकता, गप-शप या खबरें नहीं सुन सकता। हमारी बाहर की दुनिया के साथ संपर्क सिर्फ रेडियो से है। वी.सी. के हत्यारे अभी तक नहीं पकड़े गए, इसलिए कर्फ्यू जारी है।

शहर के कुछ हिस्सों में फायरिंग हुई, क्योंकि लोगों ने कर्फ्यू का विरोध करने की कोशिश की। इस तरह के कर्फ्यू के उल्लंघनों की वजह से हमारे गले का फंदा कुछ और कस गया है, क्योंकि अब इसे और सख्ती से लागू किया जाता है। कुछ लोगों को पकड़ा गया है या गिरफ्तार किया गया है। रेडियो हमें दुनिया के दूसरे भागों, जैसे, जापान, इंग्लैंड या अमेरिका के बारे में बताता है। उन प्रसन्न लोगों के बारे में, जो अपने घरों में रहते हैं, जिन्हें कुछ भी करने की आजादी है। यहाँ हम अपने घरों में बंद हैं और अपने दिलों में बंद हैं। कभी-कभी मैं सोचता हूँ कि यह हमारे लिए अच्छा ही है, क्योंकि इन दिनों आपके दरवाजे पर दस्तक का खतरा नहीं है। आपको कोई बंदूक की नली पर अपने घर में आश्रय देने के मजबूर नहीं करेगा। अभी कोई रेड नहीं है, कोई हमला नहीं, अगर घाटी में एक-दो साल के लिए कर्फ्यू लगाया जाए तो यहाँ की समस्या हल हो जाए, मगर उग्रवादी क्या करेंगे, लोग क्या खाएँगे? क्या हमें यह सोचने की जरूरत है कि हम क्या खाएँगे, जबकि हमारी जान को खतरा है? कम-से-कम हम जिंदा तो हैं।

कर्फ्यू एक कोमल हत्यारा भी हो सकता है। यह भी हो सकता है कि इससे पहले कोई उग्रवादी मेरी खोपड़ी अपने खाते में जोड़ ले, मैं उससे पहले ही खत्म हो जाऊँ। मुझे बताया गया है कि आजकल उग्रवादियों का दर्जा इस पर निर्भर करता है कि उन्होंने कितने लोगों को मारा है, जैसे पहलेवाले शिकारी, जो मारे हुए जानवरों के सिरों की नुमाइश करके खुश होते थे, पर शिकारी बुजदिल नहीं हैं, वे बहादुर और शिष्ट होते हैं। उनकी एक आचार संहिता होती है, जिसका वे बराबर पालन भी करते हैं। क्या ऐसा कुछ आतंकवादियों के पास है, उनसे पूछो, मुझसे नहीं? मेरे दोस्त रोशन का विद्यार्थी अब एक आतंकवादी है। एक दिन वह उससे मिला और साफ-साफ शब्दों में कहा, "इससे पहले कि मैं अपना इरादा बदल दूँ, यहाँ से भाग जाओ।" बेचारा रोशन सदमे में था, मगर वह भागा नहीं। यह कोई मजाक नहीं था। हालात उलट गए थे, अब उसका विद्यार्थी आदेश दे रहा था और वह उसके आदेश का पालन कर रहा था। क्या शबीर इसी तरह के लोगों पर निर्भर था, जब उसने सुनील को विश्वास से कहा था कि उसे कुछ नहीं होगा? क्या ये वही लोग हैं, जिन्होंने प्यार और परवाह का पानी अपनी आँखों में सूखने नहीं दिया है, बेचारा शबीर! मुझे उसके लिए दुःख होता है, मगर सुनील कहाँ है, उसके लोगों के साथ क्या हुआ? क्या वे अभी भी सुरक्षित हैं, क्या वे उग्रवादियों के बढ़ते हुए खातों में चढ़ गए हैं?

मैं सबके लिए एक प्रार्थना करना चाहता हूँ, सुनील के लिए, उसके भाइयों

के लिए, लोगों के लिए, जो इस कर्फ्यू की वजह से दु:खी हैं, सबके लिए, मगर उग्रवादियों के बारे में क्या? मैं अपने आपसे पूछता हूँ और मैं कोई जवाब नहीं बनाता। आजकल मैं उग्रवादियों से नहीं डरता, इसलिए उनके बारे में सोचता भी नहीं हूँ, न अच्छा, न बुरा। हो सकता है, उन्होंने सुनील को खत्म कर दिया हो। भगवान्, मेरी मदद करो और मुझे नींद दो। मैं इन डरानेवाले ख्यालों से बहुत थक गया हूँ।

25

कर्फ्यू एक बड़ा टीचर है, मैं नई चीजें सीख रहा हूँ कि कैसे मैं अपने आपके साथ सहनशील रहूँ, कैसे बीमार न पड़ूँ, कैसे दुकानों पर निर्भर न रहूँ। मैंने सारे बरतनों, छोटे-बड़े डिब्बों की तलाशी ली है। मैंने चपाती बनाना सीख लिया है, कैसे दलिया और सूप बनाते हैं, यह भी आ गया है। दो सॉलिड और लिक्विड चीजों को मिलाकर नई चीजें बनाने का तजुर्बा करता हूँ। इन दिनों किचन गार्डन बहुत काम आता है। मैं कद्दू के फूलों के पकोड़े बनाता हूँ, कभी-कभी लौकी के फूलों से भी, हालाँकि ऐसा किया नहीं जाता है। ताजा तोड़ी हुई मकई और मिली-जुली सब्जियों का सूप। मैं अब हर तरह की नई-नई चीजों को बनाने का आविष्कारी बन गया हूँ।

कर्फ्यू सपनों को भी उत्तेजित करता है-अपनी ललक और चाहत के। मैंने कल सुनील और उसके सहयोगियों को सपने में देखा। मुझे याद नहीं कि वे अपने गाँव में थे या और कहीं, मगर वे थे, उनके शरीर असली थे, मगर जबानों पर मोहर थी। मैंने उनसे बात करने की कोशिश की। मैंने अपने शब्दों को बार-बार कहा, ताकि वे मुझे सुनें। ऐसा लग रहा था कि उन्होंने सुना, बल्कि उन्हें समझ भी आया कि मैं क्या कह रहा था। मुझे लगा जैसे वह मुझे कुछ कहने की कोशिश कर रहे थे, मगर उनके खुले हुए मुँहों से कोई आवाज नहीं निकल रही थी। उनके वाक्-तंतु शायद टूट गए थे, उनके बोलने की क्षमता चली गई थी। उनके चेहरे पर चमक थी, कपड़े नए और रंगीन थे, जैसे वह किसी खुशनुमा यात्रा पर जाने के लिए तैयार थे। मैं काँपते हुए जाग गया। इस सपने का मतलब मुझे समझ नहीं आया। क्या उन्होंने आत्म समर्पण कर दिया है, क्या वे जिंदा हैं, क्या वे अपने गाँव में ही हैं? मैंने अपनी आँखें बंद कर लीं, ताकि मैं फिर उनके पास पहुँच जाऊँ, मगर सब व्यर्थ हुआ। मुझे सिर्फ काला अँधेरा दिखाई दिया। मैं उनके खूबसूरत कपड़ों को नहीं भूल सका, क्योंकि बचपन में मैं इन कपड़ों को फरिश्तों से जोड़ता था।

कुछ देर बाद, मेरे चाहने के बगैर मैंने गिरजा को सपने में देखा। वह किसी

दूर बाग में खुश थी। उसके होंठों पर एक अविचल मुस्कराहट थी। तब मैंने उसे अपनी तरफ हाथ हिलाते देखा। मैंने उसके पास जाने की कोशिश की, ताकि मैं उससे पूछूँ कि वह घर कब वापस आ रही थी, मगर वहाँ अजीब घटनाएँ हो रही थीं। मैं जितना उसके पास जा रहा था, वह उतना ही दूर जा रही थी। वह एक पीछे हटती हुई लहर जैसी लग रही थी, जो कभी हाथ नहीं आती। उसकी मुस्कराहट कितनी आकर्षक थी? मैंने इसका मतलब जानने के लिए उस पर ध्यान देने की कोशिश की। क्या यह सब सुखद था? क्या यह किसी दिशा की तरफ या किसी खबर का संकेत था? मैंने बहुत कोशिश की, मगर मुझे कुछ समझ नहीं आया। क्या मैं इतना मंदबुद्धि हो गया था कि मुझे अपनी पत्नी की मुस्कराहट का अर्थ समझ नहीं आ रहा था? मैंने दुबारा कोशिश की, फिर वह अचानक अपने बच्चों में बदल गई। वे मेरी तरफ हाथ हिला रहे थे, मेरा स्वागत कर रहे थे, मगर उनके सुंदर मुँहों से कोई शब्द नहीं निकल रहे थे। मैंने उनकी तरफ जाने की कोशिश की, मगर फिर पहले जैसा हुआ, वे भी पीछे जा रहे थे। क्या यह सिर्फ काल्पनिक बच्चे थे? मैंने फिर से अपना ध्यान केंद्रित करने की कोशिश की। वे वही थे, हमारे अपने बच्चे, मगर वह एकदम अचल, मोम के पुतलों जैसे थे। सेहतमंद बच्चे, जिनके खुश चेहरों पर मुस्कराहट थी। मैं फिर से जाग गया। मुझे लगा मेरे सपने अधकच्चे थे। क्या वह इसलिए असली नहीं थे, क्योंकि मैं भूखा था, काश कि मैं गिरजा से बात कर पाता और उससे पूछता कि मुझे क्या करना चाहिए, यहाँ रहना चाहिए या वहाँ आ जाऊँ? हम दोनों के बीच संचार और संपर्क जैसे सूख गया था, सपनों ने भी मुझे असफल कर दिया।

मेरी जिंदगी को क्या हो गया है? मैं जिंदा रहने के लिए, साँस लेने के लिए संघर्ष कर रहा हूँ। यह एक लंबी, खिंची हुई अदालती सुनवाई जैसी हो गई है, जो किसी भी चीज की तरफ इशारा नहीं करती है। अगर मेरा दोस्त अरविंद यहाँ होता, वह मेरी अनुभवजन्य बुद्धिमत्ता से खुश होता, क्योंकि उसने शून्यता का तब निर्माण किया था, जब उसके पास सब कुछ था। वह अब कहाँ है? क्या वह भी मेरे साथियों, दोस्तों और रिश्तेदारों की तरह चला गया है या उसका नाम भी उग्रवादियों की बैलेंस शीट में जमा हो गया है? हो सकता हो, वह यहीं हो; क्योंकि उसका सबसे अच्छा समय रजाई के अंदर ही होता है। इन दिनों वह अपना ध्यान रात-दिन रजाई के अंदर से ही शून्यता पर केंद्रित कर रहा होगा। यहाँ से अरविंद उतना ही दूर लगता है, जितनी दूसरी दुनिया।

26

कर्फ्यू अभी भी जारी है। रेडियो लोगों की अनंतकालीन कैद के विरोध के बारे में खबर देता है। वी.सी. और उसके सहायक के हत्यारों का कहीं नामो-निशान नहीं है। मुझे नहीं लगता कि लोकल पुलिस, जिनको यह काम सौंपा गया है, उन्हें कभी पकड़ पाएँगे। रंजीत ने मुझे बहुत बार बताया कि लोकल पुलिस कैसी है। उसे पूरा विश्वास है कि वह अगर सचमुच चाहते तो उन्होंने बहुत जल्द सारे आतंवादियों और उनके समर्थकों को जेल में डाल दिया होता। आखिरकार यह आतंकवादी कौन हैं? वही लोग, जो उनके साथ बड़े हुए हैं, उनके साथ खाना खाया है और कितने तो उनके दोस्त और रिश्तेदार हैं, मगर लोकल पुलिस, जिन्हें उनके साथ सहानुभूति है, बिना वजह अपनी जान खतरे में नहीं डालना चाहते हैं। बाहर से जो पुलिस फोर्स मँगाई है, वह कुछ खास असरदार नहीं है; क्योंकि न तो उन्हें जगहों का पता है और न ही वे लोकल भाषा समझते हैं। इसलिए कुछ नहीं हो सकता। रंजीत कहता है कि सरकार के प्रति लोगों के बढ़ते आक्रोश से पार्लियामेंट के सदस्य चिंतित हैं। गवर्नर की क्रियाशीलता की बहुत ज्यादा आलोचना की गई है, मगर वह अड़ा हुआ है। वह चाहता है कि आम आदमी अपने भाइयों के खिलाफ रिपोर्ट करके उसे शांति बहाल करने में मदद करें। क्या वे ऐसा करेंगे? अगर वे चाहेंगे भी तो भी नहीं। वे डरे हुए हैं। आतंकवादियों के हाथों में जो बंदूकें हैं, उनसे लोग डरते हैं। सैकड़ों लोग निर्दयता से मारे गए हैं, क्योंकि उन पर मुखबिर होने का शक था। मेरा मतलब है सचमुच के खबरी, पंडितों की तरह नहीं, उनके लिए तो यह एक लेबल था।

हम एक दुष्चक्र में फँसे हुए हैं। मुझे पता नहीं कि क्या इसे तोड़ा जा सकता है? अफवाह है कि गवर्नर को शायद हटा दिया जाएगा। मुझे लगता नहीं कि गवर्नर को बदलने से कोई फर्क पड़ेगा। एक उचित पॉलिसी की बेहद कमी है। वे लोग जो बयान दे रहे हैं, शोर मचा रहे हैं, वे जानते नहीं कि असली समस्या क्या है। सबसे बड़ी विडंबना यह है कि जो लोग इस आंदोलन में बढ़-चढ़कर भाग ले रहे हैं, वे भी यह नहीं जानते कि कि यह सब क्या हो रहा है। इसलिए बहुत सारे संस्करण, बहुत सारे सैद्धांतिक दृष्टिकोण और बहुत सारी योजनाएँ हैं। हर कोई कुछ कहना चाहता है और इन हालातों का फायदा उठा रहा है। रंजीत के मुताबिक इसका नतीजा यह है कि आम लोग ज्यादा दुःखी होंगे। पिछले हफ्ते मेरे घर के बाहर के दुकानदार ने बताया कि एक समय था, जब इस दुकान से उसका घर चलता था,

मगर अब वह उसे ही खाता है। बहुत जल्दी ही वह इसकी दीवारें भी खा जाएगा।

मेरा एक पड़ोसी है, जो पहले निचले तबके से था। अब वह अमीर बन गया है। वह इस बात पर पछता रहा है कि इनकलाब गलत समय पर आ गया है। अभी-अभी ही तो उसकी जिंदगी आरामदेह हो गई थी और अब उसे इस मुसीबत के साथ रहना पड़ रहा है। बहुत सी ऐसी शिकायतें गुप्त रूप से होती हैं, मगर बाहर नहीं जाती हैं; क्योंकि लोग ऐसी बातें पब्लिक में करने से डरते हैं। इसका मतलब है कि उनकी सच्चाई, नारों और प्रचार पुस्तिकाओं द्वारा फैलाई गई सच्चाई से ज्यादा भारी है, पर जिसका प्रभात्व नहीं होगा। मुझे पूरा विश्वास है कि अहिस्ता-अहिस्ता यह एक याद बनकर रह जाएगी, एक धुँधली, अस्पष्ट और जल्दी गायब होनेवाली याद। आम सहनेवालों की आवाज हमेशा दबकर रह जाएगी। किसी दिन यह किसी बुजर्ग की कहानी की शोभा बढ़ाएगी, जो शायद वह अपने नाती-पोतों को सुनाएगा, मगर इसे कभी भी गंभीरता से नहीं लिया जाएगा। लोगों को इस झूठ के बारे में नेताओं, स्वघोषित नेताओं के लिखे हुए संस्मरणों से पता चलेगा। सिर्फ इन्हीं से पता चलेगा कि क्या हुआ था। दुर्भाग्यपूर्ण, मगर सच!

कुछ नेता स्पष्ट रूप से आंदोलन की विचारधारा, जिसको उग्रवादियों का समर्थन प्राप्त है, कारों में घूमते हुए लोगों को याद दिलाते हैं कि उन्होंने इस आंदोलन के लिए कितनी कुरबानियाँ दी हैं। मेरे घर के बाहर का दुकानदार, मेरा दुःखी पड़ोसी, नजीर का भूख से बेहाल परिवार, भगवान् जाने ऐसे कितने लोग हैं, जिन्होंने अपने तरीके से तंगहाली, सख्ती और भूखे रहकर कुरबानियाँ दी हैं, मगर उन्हें इसके बदले में कुछ मिलेगा क्या? क्या उनका नाम शहीदों की सूची में आएगा? रंजीत ने इस बात को मजाक में उड़ा दिया होता। दुनिया के किस हिस्से में आम आदमी का नाम उस सूची में आता है, जिसके लिए उसने अपना सब कुछ उस अभियान के लिए कुरबान किया, जिसके लिए उसे लड़ने के लिए कहा गया था? आम आदमी मामूली सिपाहियों की तरह होते हैं, जिन्हें सिर्फ लड़ना होता है और किसी इनाम की आशा नहीं रखनी होती है, क्योंकि इनाम आदमी की किस्मत का ही हिस्सा होता है। तुम्हें उतना ही मिलेगा, जितना तुम्हारी किस्मत में होगा।

पर मेरी किस्मत में क्या है, मेरी स्थिति क्या है? मेरे भाइयों ने मुझे असुरक्षा के कगार पर धकेला है। अगर मैं यह जगह खतरे की वजह से छोड़कर जाता हूँ, तो क्या मुझे बार-बार यह नहीं कह जाएगा कि मैं गद्दार हूँ। अगर मैं रह जाता हूँ तो मैं एक संदिग्ध व्यक्ति हूँ, दुश्मन का एजेंट हूँ। अगर मैं, धमकियों और शक की सुई मेरी तरफ होने के बावजूद रह जाता हूँ तो मैं एक बहिष्कृत, एक पिछलग्गू

और एक उपहास का पात्र हूँ। मैंने ऐसा क्या किया है कि जिसकी वजह से मेरा नसीब ऐसा है? सुनील ने कहा होता, तुम्हारा जन्म। तुम एक पंडित पैदा हुए थे, इसलिए तुम्हें सहना पड़ेगा। यही तुम्हारी किस्मत है। मुसलमानों की नई सियासी भाषा में तुम्हारे अस्तित्व को इसलिए मिटा दिया गया है, ताकि एक नए सोशियो-पोलिटिकल ऑर्डर के लिए अनुकूल जगह बनाई जाए। इसलिए तुम्हें जाना है। क्या मेरा यहाँ से जाना किसी को कुरबानी लगेगा? नहीं, यह मुमकिन नहीं है। कुछ लोगों की किस्मत में इनाम होता ही नहीं है।

मैंने फैसला कर लिया है कि मैं नहीं जाऊँगा, चाहे मुझे कुछ भी हो जाए। चाहे किसी को मेरी मृत्यु के बारे में पता चले या न चले और मैं बिना किसी कीर्ति के चला जाऊँ, या मेरा नाम कहीं पर भी न आए, फिर भी मैं अपने लोगों की जगह पर ही मरना चाहूँगा। अपने लोग, पर तुम्हारे अपने लोग कौन हैं? तुम तो पहले ही अपनी जगह में अजनबी हो गए हो। अगर तुम यह जगह छोड़कर भी जाते हो तो भी दूसरे देशवासियों को इससे कोई तकलीफ नहीं होगी। अगर तुम्हारी अपनी जन्मभूमि में ही पहचान नहीं है, तुम दूसरों से क्या आशा रखते हो? तुम अभी यहाँ से, वहाँ से, सब जगह से अदृश्य हो गए हो।

अगर मुझे बाहर से कुछ नहीं मिलता है, फिर तो अच्छा है कि मैं यहीं रह जाऊँ, अगर इसका मतलब मरना ही है। ऐ मृत्यु, अगर तुममें हिम्मत है तो आओ और अपनी सुहावनी साँसों से मुझे सरोबार कर लो।

27

कर्फ्यू आखिरकार हटा दिया गया है। गवर्नर को बहुत ज्यादा दबाव के आगे झुकना पड़ा। जैसा कि मालूम था, वी.सी. के हत्यारों को पकड़ा नहीं जा सका। शायद वे कभी पकड़े भी नहीं जाएँगे, हालाँकि सबको मालूम है कि वह यहीं हैं, इन्हीं घरों में, इन्हीं परिवारों में। कर्फ्यू हटने से एक उल्लासमय वातावरण है, हालाँकि जिन हालातों में हम हैं, वे इनसे मेल नहीं खाते। सड़कें लोगों के शोर से भरी हैं। सब लोग बाहर हैं, जो दूसरी तरह की रिहाई मना रहे हैं।

रंजीत मेरे दरवाजे पर है। वह चाहता है कि मैं बाहर आऊँ, खाने-पीने का सामान और दूसरी चीजें खरीदूँ। मैं उससे कहता हूँ कि हम लोग कौलों के यहाँ जाते हैं और वह मान जाता है। लगभग 15 मिनटों में हम पंडितों के छोटे से क्षेत्र में पहुँचते हैं। एक समय यह पूरा इलाका एक काफी बड़ा फलों का बगीचा था। जमींदार ने फलों के पेड़ काट डाले, जमीन को छोटे-छोटे प्लॉटों में बाँटा और

उन्हें लोगों को बेच दिए। शहर के इस भाग में इसी तरह छोटे-छोटे मोहल्ले बना दिए गए हैं। नई बस्तियाँ बनाने के लिए पेड़ गायब हो रहे हैं।

कौल एक बुजर्ग दंपती है, जिनकी गिरजा के माता-पिता के साथ दोस्ती है। वे इसलिए यहाँ हैं, क्योंकि वे कहीं जा नहीं सकते। उनका इकलौता बेटा देश के किसी शहर में रहता है। उनका उसके साथ कोई संपर्क नहीं है। कौल का कहना है कि उसको उनके ससुरालवालों ने बहुत पहले खरीद लिया था और अब वह उनकी पूँजी है। उसके कहने का मतलब है कि उसने उस औरत के साथ शादी की, जिसके साथ उसे प्यार हो गया था और वह अब उसकी कीमत चुका रहा था। उसकी पत्नी को पैसे और गहने नहीं चाहिए थे। उसकी अजीब शर्त यह थी कि उसे उसके जन्मदाता माँ-बाप को भूलना होगा और वह सचमुच भूल गया। इसलिए ये लोग अभी यहीं हैं। मैं उनसे पूछनेवाला ही था कि क्या उनका बाहर जाने का प्लान था, मगर मैंने अपने आपको रोक लिया। इससे उनके दिल के जख्म फिर से कुरेदे जाते। इसलिए जब मैंने उनसे हाल-चाल पूछा तो मैंने सोचा कि कि उनका जवाब होगा, "जैसा हो सकता है," मगर इस बार उनका जवाब अलग था।

कौल ने बताया कि उनके पड़ोसी की बेटी के साथ जो हुआ था, उससे पूरा पंडित इलाका हिल गया था। हम दोनों हैरान और स्तब्ध रह गए थे। जब मैंने पूछा किसकी बेटी तो उन्होंने बताया रैना की बेटी। मैं रैना की बेटी को अच्छी तरह से जानता हूँ। वह सुंदर, लंबी, आकर्षक है। कर्फ्यू शुरू होने से पहले संजना, एक दूर-दराज गाँव में टीचर थी, उसके साथ एक भयावह घटना हो गई थी।

उस भयंकर दिन जब संजना स्कूल पहुँची तो उसके सहकर्मियों ने उसे दयनीय दृष्टि से देखा, क्योंकि स्टाफ रूम में तीन लोग उसका इंतजार कर रहे थे। बाकी सब टीचर मुस्लिम थे। या तो वे उसे बचाने में असमर्थ थे या वे उसे बचाना नहीं चाहते थे। वह ऑफिस में हस्ताक्षर करने घुसी तो तीन लोग, जो उसका इंतजार कर रहे थे, उन्होंने उसे अपने पीछे आने के लिए इशारा किया। उसे आश्चर्य तो हुआ, मगर उसने आभास नहीं दिया, क्योंकि कुछ समय पहले उसके सहकर्मियों ने उससे कहा था कि अगर उससे कोई बात करना चाहे तो उसे आनाकानी नहीं करनी चाहिए।

वे उसे एक कमरे में ले गए, जो कबाड़खाना था। जहाँ पर टूटी कुरसियाँ, मेज, ब्लैक-बोर्ड और फटे-पुराने टाट थे। उसे एक जर्जर कुरसी पर बिठाया गया। वे उसके इर्द-गिर्द खड़े होकर वैसे ही पूछताछ करने लगे, जैसे कि फिल्मों में जासूसों से की जाती है। उनका तरीका और हाव-भाव हास्यापद थे। उन्होंने उससे

कहा कि वह उस प्लान के बारे में क्या जानती थी, जिसके बारे में उनको पूरा विश्वास था कि वह उन्हें खत्म करने के लिए था। चूँकि संजना उनसे पहली बार मिल रही थी, उसने उनसे कहा कि वह किसी ऐसे प्लान के बारे में नहीं जानती थी। वह यह मानने के लिया तैयार नहीं थे कि संजना अनजान थी। उन्हें लगा कि संजना सख्त जान थी, इसलिए उससे दूसरी तरह से पेश आना पड़ेगा। इसलिए उसे तोड़ने के लिए उन्होंने दूसरे हथकंडे अपनाए। उन्होंने उसके चेहरे पर टॉर्च की रोशनी डाली, जिससे वह लगभग अंधी ही गई। एक ने उसके मुँह पर पानी का गिलास इतनी जोर से मारा कि उसके मुख से दर्दभरी चीख निकल गई। हालाँकि उसे बहुत जोर से दर्द हो रहा था, मगर वह कुछ नहीं बोली; क्योंकि उसे कुछ भी पता नहीं था।

उसके स्पष्ट और सच कहने के बावजूद कि वह कुछ नहीं जानती थी; वे उससे सवाल पूछ-पूछकर परेशान करते रहे। कुछ पल के लिए उसे हँसी जैसी आ गई, मगर उससे पूछताछ करनेवाले अपना काम बहुत गंभीरता से कर रहे थे। उन्हें पूरा विश्वास था कि वह एक बहुत ऊँची संस्था की एजेंट थी, जो मुजाहिदीन के खिलाफ काम कर रही थी और उन्हें नेस्तनाबूद करने के लिए उनके पास कई खतरनाक प्लान थे। जब उसने उन्हें बताया कि उसे किसी बात का पता नहीं था और उसे इस बात की हैरानी थी कि वह उससे क्या आशा कर रहे थे तो उन्हें बड़ा गुस्सा आया। वह बर्बरता पर उतर आए। उन्होंने उसे गालियाँ दीं, थप्पड़ मारे और धमकी देकर कहा कि वह उसके साथ बहुत बुरा कर सकते हैं, अगर उसने सब कुछ नहीं बताया। बेचारी संजना कुछ नहीं जानती थीं, सिवाय केमिस्ट्री के, जो उसका विषय था और जो वह स्कूल में पढ़ाती थी। उसे समझ नहीं आ रहा था कि वह अपने आपको कैसे बचाए। अपनी बेबसी पर वह रोने लगी और जितना ज्यादा वह रोती गई, वह उससे उतनी ज्यादा जबरदस्ती करने लगे। फिर उन्होंने उससे पीटा, उसकी बाँहें मरोड़ी, उसके चेहरे पर वार किए और फिर एक और हथियार का इस्तेमाल किया। उन्होंने उसकी कोमल त्वचा सिगरेटों से जलाई। इसके बाद वह बेहोश हो गई।

संजना को याद नहीं कि उसके बाद क्या हुआ। जब उसे होश आया, उसने अपने आपको दूसरे कमरे में एक टूटी-फूटी कुरसी पर पाया। वहाँ पर कोई नहीं था। उसने मदद के लिया पुकारना चाहा, मगर उसके मुँह से बोल नहीं निकल रहे थे। वह जब जोर लगाकर चिल्लाई तो एक कमजोर सी, दबी सी आवाज निकली। दो महिला स्टाफ के सदस्य अंदर आए। उन्होंने उसे शोर मचाने से मना किया।

उन्होंने सब लोगों के स्कूल से निकलने के बाद उसे बाहर निकलने में मदद की। उन्होंने उसे घर जाने के लिए कहा और कहा कि वह कुछ दिन स्कूल न आए। उन्होंने उसे भरोसा दिया कि उसका वेतन घर भेज दिया जाएगा। तब संजना ने उठने की कोशिश की, मगर उसकी टाँगें अकड़ गई थीं। उसके सारे शरीर पर नील पड़ गए थे और टाँगों पर जलने के निशान थे। उसे पता नहीं था कि उसके चेहरे का क्या हाल था। जब उसने अपनी सहकर्मी से पूछा कि यह सब क्या था तो उन्होंने इसे इशारे से बताया कि अच्छा रहेगा, अगर वह अपना मुँह न खोले।

जब काफी मुश्किल के बाद संजना घर पहुँची तो उसके पिताजी उसकी हालत देखकर रो पड़े। उसकी पंगु माँ का शरीर जैसे हिल गया। जवानी में उसकी माँ बहुत सुंदर और एक्टिव थी, मगर अब उसका शरीर सुन्न था। उसके पति ने उसकी आँखों की भाषा को पढ़ना सीख लिया था, क्योंकि वह अपनी बातें आँखों के द्वारा ही समझाती थीं।

संजना के पिता ने देखा कि माँ की आँखें दर्द से भरी थीं। बाद में उसने कौलों को बताया कि माँ ने आँखों से बता दिया था कि संजना माँ की हालत का हरजाना भर रही थी। हालाँकि वह शुरू से ही निकलने के पक्ष में नहीं थे, मगर इस हादसे के बाद उन्होंने अपने दोस्त को, जो थोड़ी दूर पर रहते थे, बुलाया और उनसे कहा कि जितनी जल्दी हो सके उनके लिए टैक्सी का इंतजाम करें। दूसरी सुबह मुँह अँधेरे वे सब कुछ छोड़कर निकल गए। वह संजना की हालत से इतना दुःखी और परेशान थे कि उन्हें कोई चीज उठाने का मन ही नहीं हुआ। उसके पिताजी घर में एक और बीमार नहीं चाहते थे।

जब कौल संजना की कहानी सुना चुके तो मेरी और रंजीत की आँखों में आँसू थे। उसके पिताजी अपनी बुरी तरह से बीमार पत्नी को जबरदस्ती नहीं ले जाना चाहते थे, क्योंकि उसने कई बार इस बात का इशारा किया था कि वह अपनी जन्म भूमि में ही मरना चाहती थी, मगर बेटी की हालत देखकर उसने जल्द-से-जल्द वहाँ से निकलने को कहा था। वह नहीं चाहती ती कि उसकी बेटी को और शारीरिक यातना सहनी पड़े। उसे मालूम था कि आतंकवादियों ने कैसे एक और स्कूल टीचर को आरी पर चढ़ाकर उसके दो टुकड़े कर दिए थे, जैसे वह लकड़ी का कुंदा थी।

संजना और उसके माता-पिता चले गए हैं। ऐसे ही हजारों और किसी-न-किसी वजह से गए हैं और दुनिया चलती रही है। क्या संजना जैसे लोगों के लिए कोई बोलेगा; क्या कोई मानवाधिकार संस्था इस बात को उठाएगी; वे केवल इतना

जानना चाहते हैं कि कितने आतंकवादी जेल में हैं, उन्हें कैसा खाना मिलता है, जेल अधिकारियों की लापरवाही से कितने मर गए हैं? संजना जैसे लोग उनकी प्राथमिकता में नहीं आते हैं। आतंकवादी हिंसा से पीड़ित लोग कष्ट भोगने के लिए ही पैदा होते हैं। संजना की दुर्दशा से पूरा मोहल्ला ऐसे हिल गया है कि सब लोग सामान बाँध रहे हैं। वे कर्फ्यू की वजह से बँधे हुए हैं।

कौल भी जानेवाले हैं। वे नहीं चाहते हैं कि वह अपने आपको मुक्तिदाता कहने वाले संगठन, जिनकी संख्या आज की तारीख में 100 से ऊपर हो गई है, के गुस्से का शिकार हो जाएँ। आप ऐसे कितने लोगों से बच पाएँगे, क्योंकि अलग-अलग गुटों में अपनी तरफ ध्यान आकर्षित करने की होड़ लगी हुई है? रंजीत मुझे एक ओर संजना जैसी कहानी के बारे में बताना चाहता है, जो इससे भी ज्यादा वीभत्स और भयानक है।

28

बहुत पहले की बात है, घाटी के दूर-दराज गाँव में दो दोस्त परिवार रहते थे, जो दो अलग-अलग समुदायों से थे। उनके पहले बच्चे लड़कियाँ थीं और दोनों का नाम अंग्रेजी अक्षर एस से शुरू होता था—सरला और साराह। यह संयोग था या दोनों परिवारों ने जानबूझकर किया था, यह पता नहीं है, मगर यह सच है कि दोनों लड़कियाँ एक-दूसरे के आँगन में खेलती थीं, एक ही गाना गाती थीं और दोनों बड़ी होकर एक ही स्कूल में पढ़ने लगीं। पढ़ाई खत्म होने के बाद दोनों गाँव में नए खुले स्कूल में पढ़ाने लगीं। बहुत लोगों का कहना है कि उन्होंने यह एक-दूसरे के साथ रहने के लिए किया, जिसकी वजह से दोस्ती की डोर और भी मजबूत हो गई।

गाँववालों को भी अपने ही गाँव के टीचर होने पर अच्छा लगा। यह खुशी मनाने का मौका था। दोनों की शादी हो गई। उन्होंने अपनी शादीशुदा जिंदगी और मातृत्व की खुशियाँ भी बाँटी। उनका एक-दूसरे के प्रति प्यार-मोहब्बत बहुत प्रसिद्ध हो गया था। वे सचमुच बहनें थीं और उनका एक-दूसरे के प्रति प्यार और परवाह एक मिसाल बन गई थी, मगर अब उनका रिश्ता रूढ़िवादियों की आँखों में चुभने लगा था। ऐसी लहर पूरी घाटी में फैल गई थी। साराह को इस बात का अंदाजा नहीं था कि यह लहर उसके घर की चौखट तक पहुँच गई थी।

एक दिन साराह को अपने भाई की बात से आश्चर्य हुआ, जब उसने साराह से अचानक कहा, “अगर तुम चाहती हो कि हम अपने मकसद में कामयाब हो जाएँ, तो तुम्हें सरला के साथ अपना रवैया बदलना होगा।” अब तक तो तुम्हें

हमारा मकसद समझ आ गया होगा। उसके मुँह से इतना ही निकला, "हाय अल्लाह! यह कैसे मुमकिन है? सरला मेरी सगी बहन से भी बढ़कर है।" मगर उसका भाई भी कम नहीं था, उसने कहा, "हमारा आंदोलन कुरबानी माँगता है। तुम क्या इतना भी नहीं कर सकती?" आहिस्ता-आहिस्ता उसके भाई ने उसकी बाधा की दीवार गिरा दी। वह उसे रोज-रोज, थोड़ा-थोड़ा करके परिवर्तित करता रहा, जब तक वह पूरी तरह से कट्‌टर नहीं बन गई। बेचारी सरला यह नहीं जानती थी कि अब उसकी बहन मिल्लत की बहन बन गई थी और उसने इनसानियत का धर्म छोड़कर अलगाव का धर्म अपना लिया था, वह धर्म, जो लोगों के खिलाफ नफरत फैलाता है। उसे पता नहीं था कि जब बुराई को अच्छा वातावरण मिलता है तो वह बड़े-बड़े लड़ाई के मैदानों में वैसे ही फलती-फूलती है, जैसे लोगों के दिलों में। सरला साराह को अपने पति और बच्चों के बारे में बताती रही, मगर उसे लगने लगा था कि अब साराह वैसी हँसमुख और जिंदादिल नहीं रही थी, जैसे वह पहले थी। जब सरला ने चिंता जाहिर की तो साराह ने यह कहकर टाल दिया कि परिवार में कुछ परेशानी थी।

साराह ने इस बात का ध्यान रखा कि उसके बदले हुए स्वभाव से सरला के साथ उसके रिश्ते में कोई फर्क नहीं आए, क्योंकि उस पर मिल्लत का दबाव बढ़ता जा रहा था। उसके भाई ने उसे हिदायत दी थी कि वह हर हालत में सरला के साथ संपर्क बनाए रखे, क्योंकि उनका मकसद उसके पति के साथ संबंध रखने से था, जो कि टेलीकाम्युनिकेशन डिपार्टमेंट में एक महत्त्वपूर्ण अधिकारी था। वे चाहते थे कि वह जरूरी जानकारी पाने में उनकी मदद करे। बाद की घटनाओं से पता चला कि उनको यह बात बढ़ा-चढ़ाकर बताई गई थी कि उनके विरुद्ध केंद्र और राज्य सरकार की एजेंसियों के पास गुप्त जानकारी थी। साराह ने अपनी दोस्ती को इस तरह रखा कि सरला को जरा भी शक नहीं हुआ, मगर साराह की सफलता का रहस्य, हालाँकि जैसे कि बाद में लोगों ने बताया, कोई सफलता नहीं थी, सरला का अपनी बहन में अटूट विश्वास था। उसने हमेशा माना था कि साराह के साथ उसका रिश्ता पवित्र था, जो अक्षत था और कोई बदल नहीं सकता था। इसलिए वह अपने गाँव में ही बनी रही, जबकि उसके संप्रदाय के लोग वहाँ से चले गए थे। गाँववालों का विश्वास था कि जब तक साराह वहाँ थी, सरला का कोई बाल भी बाँका नहीं कर सकता था।

एक दिन साराह के भाई को लगा कि उसे वह सुराग मिल गया था, जिसका उसे इंतजार था। उसने अपने ग्रुप को अपने प्लान पर अमल करने को कहा। वह

साराह के घर से सरला के निकलने का इंतजार करने लगे। उन्होंने सड़क के एक सुनसान कोने में उसका रास्ता रोका और एक अज्ञात स्थान पर ले गए। जब यह खबर फैली, किसी को विश्वास नहीं हुआ कि उसके साथ ऐसा होना संभव था। प्लान के मुताबिक साराह सरला के पति के पास गई और उससे कहा कि उसे अपहरणकर्ताओं के बारे में पता था और वह सरला को बचाने के लिए उसकी मदद करेगी। उन लोगों का आपस में इतना विश्वास था कि सरला का पति बिना सोचे-समझे उस जगह उसके साथ गया, जहाँ पर उन लोगों ने उसे लुभाने के लिए सरला का चारे की तरह इस्तेमाल किया था।

जब सरला को पता चला कि उसके और उसके पति के साथ विश्वासघात हुआ था तो उसने साराह और बाकी सब लोगों को खूब बुरा-भला कहा। उसका गुस्सा और उसकी गालियाँ अपहरणकर्ताओं से बरदाश्त नहीं हुईं। उन्होंने उसके पति के सामने उसके साथ बुरी तरह से बलात्कार किया। उसके स्तन काट डाले, और अपने अग्निमय गुस्से को ठंडा कर दिया। उसका पति मजबूरी में यह सब देखकर पत्थर जैसा हो गया और उसने अत्याचारियों के सवालों का जवाब देने से इनकार कर दिया। उन्होंने हर तरह से कोशिश की, सारे हथियार इस्तेमाल किए, मगर वह उसका मुँह नहीं खुलवा सके। फिर निराशा की हालत में उन्होंने उसे पीट-पीट कर मार डाला। दोनों ने मरकर प्यार, धोखा, विश्वास और विश्वासघात की एक नई मिसाल कायम की।

ऐसा सुनने में आया है कि वहाँ जिंदगी अब पहले जैसी नहीं रही। साराह का भाई निराश था कि उन्हें कोई जानकारी नहीं मिली। हालाँकि बहुत लोगों ने साराह के मिल्लत के लिए किए गए काम की सराहना की, मगर इस घटना के बाद वह वैसी नहीं रही, जैसी वह पहले थी। वह एकांतवासी हो गई है और बहुत कम घर से निकलती है।

29

आतंकवाद ने हमें वह चेहरा दिखा दिया है, जो हमने पहले नहीं देखा था। मुझे याद है, जब मैं कॉलेज में पढ़ता था, उस समय किसी की हत्या हुई थी। उससे शहर में हलचल मच गई थी। किसी को विश्वास नहीं हुआ था कि ऐसे शांत वातावरण में ऐसा कुछ हो सकता है। लोग उसके बारे में हफ्तों बाते करते रहे और जब लोगों को पता चला कि यह किसी बाहर वाले का काम था तो उन्होंने चैन की साँस ली।

हमारे समाज में लड़ाइयाँ ज्यादातर जुबानी होती थीं। शायद यही कारण है कि कश्मीरी भाषा में पर्याप्त गालियाँ हैं, जिनका अनुवाद नहीं हो सकता है। लोग एक-दूसरे पर शारीरिक प्रहार करते थे, वे कुश्तीबाजों की तरह एक-दूसरे के बाजू कसकर पकड़ते थे, माथे से माथा भिड़ाते थे, जंगली जानवरों की तरह गुर्राते थे और जी भर के गालियाँ देते थे। अगर हालात ज्यादा बिगड़ जाते तो एक-दूसरे को मुक्के मारते थे। सर्दियों में लोग फिरन के नीचे से काँगड़ी निकालकर एक-दूसरे पर अंगारों की वर्षा करते थे। अकसर देखनेवाले उन्हें एक-दूसरे से अलग करते थे, मगर आजकल लोग बंदूकें और पिस्तौल इस्तेमाल करते हैं, गालियाँ और गोलियाँ दोनों का ही इस्तेमाल करते हैं। हम लोगों ने संप्रदायों के बीच नफरत की दीवारें खड़ी की हैं। दु:ख की बात यह है कि यह हमें हमारे सियासी और धार्मिक भावनाओं को दिखाती हैं।

यह सच है कि बहुत पुराने समय में जब इस्लाम ने घाटी में अपने पैर फैलाए तो धर्म के नाम पर बहुत जुल्म हुए थे। हमारे पास आँखों देखे वृत्तांत हैं कि कैसे लोगों को मौत के घाट उतारा गया था, मगर मैंने ऐसा कुछ नहीं देखा। शायद इसी हरजाने की वजह से आजकल हिंसा के सिवा हम कुछ नहीं देखते।

क्या यह हिंसा आतंकवाद का पुनरुत्थान है, एक नई जागरूकता, जो कई युगों के बाद आई है, या यह कुछ नया है? घाटी में मेरे दोस्त इसे पैनिस्लामी जागरूकता मानते हैं, क्योंकि अब मुसलमानों का सपना सारी दुनिया को कब्जे में लेने का है और वे हर उस जगह, जहाँ वह बहुमत में हैं, अपनी हकूमत चलाना चाहते हैं। कभी-कभी मुझे हैरानी होती है कि मुट्ठी भर पंडितों के ऊपर अपनी ताकत दिखाने से उनको क्या फायदा होगा?

दिल्ली में हमारे कम्युनिस्ट दोस्त शुद्ध धर्म निरपेक्षता की शब्दावली में बताते हैं कि यह कोई धर्मयुद्ध नहीं है, बल्कि पिछड़े हुए लोगों का उन लोगों के विरुद्ध उठना है, जो मुसलमानों की पूरी जनसंख्या को कंट्रोल करते थे। कुछ कैबिनेट मंत्री, जो इस समस्या को समझने की कोशिश कर रहे हैं, भी इस बात पर विश्वास करते हैं। मुसलमानों ने तब हथियार क्यों नहीं उठाए, जब उन्होंने देखा कि सब नौकरयाँ पंडितों के पास थीं? मुझे ऐसे लोगों पर दया आती है, क्योंकि उनकी सोच न केवल छोटी है, बल्कि खतरनाक और गैर-जिम्मेदाराना भी। ऐसे लोग समस्याओं को सुलझाने के बजाय नफरत और मतभेद को बढ़ावा दे रहे हैं। हमारे नेता जॉर्ज फर्नांडीज को ही लीजिए। वे कश्मीर के लिए स्पेशल मंत्री रहे। उन्होंने कई बार कश्मीर का दौरा किया, सैकड़ों मुसलमानों से मिले और कई वक्तव्य

दिए कि मुसलमान इसलिए नाराज हैं, क्योंकि नौकरियों में उनका प्रतिनिधित्व कम है। उनके जैसे लोगों को समझना चाहिए कि शेख अब्दुल्ला और उसके बाद के मुख्यमंत्रियों ने खास पक्षपातपूर्ण पॉलिसी लागू की थी, जिसकी वजह से पंडितों को नौकरियाँ नहीं मिलती थीं। सच तो यह है कि पंडितों का कोई प्रभाव न तो राज्य में और न केंद्र में ही था। अगर फर्नांडीज ने यह सच्चाई समझी होती तो उन्होंने वर्तमानकालिक समस्या की वजह कहीं और देखने की कोशिश की होती, इस्लाम के पुनरुत्थान में देखी होती। दु:ख की बात यह है कि सरकार में लोगों को अपनी नाक के आगे कुछ दिखाई नहीं देता।

अगर जम्मू-कश्मीर की एक के बाद एक आनेवाली सरकारों ने एक अच्छे समाज की बुनियाद डाली होती, जो न्यायपूर्ण व्यवहार पर बनी होती और भारत सरकार की तरफ से दिए जानेवाले फंड उद्‌देश्यपूर्ण और अर्थपूर्ण कामों में लगाए होते तो आम लोगों की हालत बेहतर होती। शायद उन्होंने अभी की सरकार का विरोध नहीं किया होता, यहाँ तक कि धर्म की नई सत्ता के आकर्षण ने भी आम आदमी की जिंदगी में इतनी उथल-पुथल नहीं मचाई होती।

असल में ऐसा हुआ है कि एक के बाद एक आनेवाली सरकारों ने अपने इर्द-गिर्द प्रभावशाली समर्थकों को रखा, जहाँ उन्होंने ऐसे लोगों को इकठ्ठा किया, जिन्होंने सत्ता का फायदा उठाया और धन बटोरा, जबकि आम आदमी वहीं का वहीं रह गया। जब ये सत्ता में थे, इन्होंने स्थिति को ज्यों-का-त्यों रखा और जैसे ही सत्ता से बाहर हो गए वे आलोचक और विरोधी बन गए। कश्मीर के लीडरों ने हमेशा यही किया है, ताकि वे लोगों की नजरों में बने रहें। जब भी सरकारों ने जरूरी समझा, उन्होंने लोगों को याद दिलाया कि उनका भारत के साथ संबंध अस्थायी और सीमित था और जैसा कि हमेशा होता आया है, लोगों ने अपने आपसे धोखा और धाँधली होने दी।

एक बार फिर से राजनीतिज्ञों के चेहरों से नकाब हटा दिया गया है, मगर आश्चर्य की, बल्कि कौतूहल की बात यह है कि लोगों ने गुस्सा अपने लीडरों पर नहीं, जो इतने सालों से धोखा देते रहे हैं, बल्कि सरकारी प्रणाली और पंडितों पर निकाला, जिनके पास इतने लोग भी नहीं थे कि वे अपने बलबूते पर एक एसेंबली सीट ही जीतते। संस्थागत निर्माण के अभाव की वजह से अपना गुस्सा क्रियात्मक रूप की तरफ ले जाने के बजाय वे आतंकवादियों के बताए गए हिंसक मार्ग पर चलने लगे।

30

आखिरकार सुनील वापस आ गया। वह दुबला और परेशान लग रहा है। मैंने उससे पूछा कि पीर के भाषण के बाद गाँव के हालात कैसे थे? उसने कहा कि कोई खास बदलाव नहीं था, बस पंडित निकलने के लिए तैयार थे, मगर हालात किसी और वजह से बिगड़ गए थे। शामजी के दामाद अशोक की वजह से, जो अपने बीवी-बच्चों को देखने आया था।

जब अशोक अपने घर पहुँचा, जहाँ वह अपनी माँ और दो भाइयों के साथ रहता था, तो उसे हालात काफी तने हुए लगे। सुरक्षाकर्मियों ने कुछ आतंकवादियों को मारा था, जो सरहद पार कर रहे थे। खबर आग की तरह फैल गई, जिसकी वजह से हर जगह विरोध हो रहे थे। घर पहुँचने पर उसकी माँ उसे देखकर खुश नहीं हुई, क्योंकि उसने लोगों के चेहरों पर बदले की वह आग देखी थी, जो वह हमेशा उन पंडितों पर निकालते थे, जो कुछ समय के लिए घर से बाहर रहे थे। कुछ ही मिनटों में पड़ोस का एक लड़का आया, जिसने अशोक को बताया कि कुछ लोग पासवाले दर्जी की दुकान के पास उसे मिलना चाहते थे। वह उस दर्जी को अच्छी तरह जानता था। इससे पहले कि उसकी माँ कुछ बहाना करके उसे रोक लेती, वह निकल गया था। चिंता के मारे हाथ मलने के सिवा वह कुछ नहीं कर सकी।

दर्जी उससे बड़ी शिष्टता से मिला और उससे पूछा कि वह पिछले कई दिनों से दिखाई क्यों नहीं दिया? अशोक ने कहा कि वह अपने बीवी-बच्चों से मिलने गया था। जैसे ही वह पूछनेवाला था कि उसने उसे क्यों बुलाया था, उसने दो नौजवानों को अपनी तरफ आते देखा। उनकी आँखें दर्जी की आँखों से मिलीं और आँखों-ही-आँखों में कुछ बात हो गई। अशोक समझ गया कि आँखों-आँखों में क्या बात हो गई थी। वह घर की तरफ भागा और कुछ ही दूर पहुँचा था कि उनमें से एक ने उस पर गोली चलाई। खून से तरबतर वह अपनी माँ की आशान्वित बाँहों में गिरा, जो जानती थीं कि कुछ अनर्थ होनेवाला था। इसलिए वह उसका इंतजार कर रही थी। उसने किसी भी संभावित घटना के लिए प्लान सोच के रखा था।

वह पास के पुलिस स्टेशन पहुँची और उनसे उसे हस्पताल पहुँचाने की सहायता माँगी। पुलिसवालों ने खानापूर्ति करने में उसका काफी समय गँवा दिया। जब उसने बेटे के बहते हुए खून की तरफ इशारा किया, तब उन्होंने कुछ जल्दी

दिखाई। उसे दो पुलिस वाले और गाड़ी दी, जिसमें वह शहर की तरफ गए। जब वह शहर के नजदीक पहुँचे, तब तक अशोक को होश था और वह माँ को दिलासा देता रहा कि वह बच जाएगा। उसने पुलिसवालों से विनती की कि वे उसे आर्मी हस्पताल ले जाएँ, जहाँ उसका तुरंत इलाज होगा, मगर उन्होंने मना किया। उन्होंने गुस्से और सख्त लहजे में कहा कि उनके पास ऐसा कोई अधिकार नहीं था और गाड़ी को सरकारी अस्पताल की तरफ मोड़ लिया।

अशोक ने आँखें बंद की, गहरी साँस ली और धीरे से माँ से कहा कि सब भगवान् के भरोसे छोड़ दो। उसे अपने बचने की बिल्कुल आशा नहीं थी, क्योंकि डॉक्टर आतंकवादी हिंसा के शिकार को छूते तक नहीं थे। हालाँकि पुलिस फायरिंग में जख्मी लोगों का इलाज तुरंत होता था।

उसे आपातकालीन वार्ड में भरती किया गया, मगर डॉक्टर उसे देखने तक नहीं आया। उसकी माँ हताश होकर रोने लगी, फिर भी कुछ असर नहीं हुआ। जब उसे लगा कि अशोक की साँसें बुझने लगी थीं तो उसने उसका सिर अपनी गोद में ले लिया और उसके आँसू उसके बेजान चेहरे पर गिरने लगे।

वेदना की मूर्ति बनी, उसकी माँ बेटे की लाश लेकर घर पहुँची और अपनी बहू को खबर भेजी कि क्या हुआ था। जब यह खबर शामजी के घर पहुँची तो बेटी के रोने से पहले ही शामजी बेहोश होकर गिर गए। जो हुआ था, वह काफी नहीं था। उसके बाद पुलिस रोज उनके घर आकर अशोक के वहाँ रहने के बारे में फिजूल सवाल पूछती, जैसे कि घर जाने से पहले वह गाँव में क्या कर रहा था, उसकी पत्नी के साथ उसके संबंध अच्छे थे कि नहीं? उनके बहुत सारे ग्रुप रोज शामजी के घर आते और उन्हें और भी असुरक्षित बनाते। गाँव के कुछ मुसलमानों को कहते हुए सुना गया कि उसकी वजह से उन्हें परेशानी होनेवाली थी, क्योंकि बाहर से आए हुए सुरक्षाकर्मी भी हत्या की छानबीन करने आए थे और बाकी लोगों को परेशान कर रहे थे।

शामजी उनके ताने, जो कि बढ़ते ही जा रहे थे, सुन-सुनकर इतना परेशान हो गए कि वे घर छोड़ने पर मजबूर हो गए। सुनील को उन्हें जम्मू जाने के लिए सहायता करनी पड़ी।

"गाँव के बाकी लोगों ने क्या किया?" मैंने पूछा। उसका जवाब था, "सब तैयार हैं।" शामजी की दुर्दशा ने मुझे सोचने पर मजबूर किया कि और कितने पंडितों को किसी-न-किसी वजह से घाटी को छोड़कर जाना पड़ेगा।"

31

मैं अशोक को अपने दिमाग से नहीं निकाल सकता। पाँच साल पहले बसंत के एक खूबसूरत दिन उसकी शादी हुई थी। मुझे अच्छी तरह से याद है, वह बड़ी सी रंग-बिरंगी फूलों से सजी हुई कार और उसके साथ छोटी बसें, जिनमें काफी बाराती बैठे हुए थे। यह छोटा सा जुलूस शामजी के आँगन के बाहर एक छोटी सी नदी के पास रुका। यह सब एक खूबसूरत तस्वीर लग रही थी। पीछे छोटी पहाड़ियाँ, लंबे सफेदे के वृक्ष और सुबह की सुहानी धूप। ऐसा लग रहा था जैसे एक बड़े से कैनवस पर एक सीन पेंट किया गया हो।

अशोक की ड्रेस नए और पुराने फैशन के बीच की थी। पुराने समय में दूल्हे एक शेरवानी, जिसके बटन गले तक होते थे, एक सफेद चूड़ीदार और केसरिया रंग की पगड़ी पहनते थे, पर आजकल दूल्हे अंग्रेजी सूट और उससे मैच करती टाई, भूरे रंग के जूते, क्योंकि काला रंग ठीक नहीं माना जाता है और एक भारी रेशमी या जरदोजी की साड़ी की पगड़ी पहनते हैं। अशोक एक खूबसूरत दूल्हा लग रहा था। उसका कद लंबा, शरीर अच्छा खासा और रंग गोरा था। उसकी चाल-ढाल काफी आकर्षक थी। उसने हल्के क्रीम रंग का सूट, पोल्का डॉट की टाई, बनारसी साड़ी की पगड़ी पहनी थी, जिसका रंग सुरमई और बॉर्डर लाल रंग का था। बॉर्डर पगड़ी के बाहर का हिस्सा था और बहुत ही अच्छा लग रहा था। जिस कार की अगली सीट पर वह बैठा था, वह बच्चों से भरी हुई थी। उनमें से एक के पास छाता था, जो कि पूरी तरह से रंग-बिरंगे फूलों से ढका हुआ था, क्योंकि दूल्हे को दुल्हन के घर की तरफ एक सुरक्षात्मक छतरी के नीचे जाना होता है।

उसके आने की खबर शंख बजाकर दी गई, जिससे दुल्हन के घरवालों में भगदड़ मच गई। जवान, बूढ़े, सब आदमी रास्ते के दोनों तरफ खड़े हो गए और औरतें झुंड बनाकर मधुर स्वरों में स्वागत के गाने गाने लगीं। बाराती दूल्हे के पीछे-पीछे चलने लगे। चूँकि शादी गाँव में थी, इसलिए हर तरफ शादी का माहौल था, बारात और दूल्हे के स्वागत के लिए काफी लोग जमा थे और संयोग से मैं वहीं था। चूँकि मेरा दोस्त सुनील मुख्य आयोजक था, इसलिए मुझे भी दावत में बुलाया गया था।

बेचारा अशोक! अब वह नहीं रहा, नफरत और अविश्वास उसे खा गया। कितना बचकाना लगता है कि जिस जगह वह दूल्हा बनकर आया था, उसी जगह को उन्होंने जासूसी के गुप्त मिशन का स्थान बताया।

32

यह नवंबर में पतझड़ का और एक दिन था, मेरे पुराने घर में, पर वहाँ नहीं, जहाँ मैं पैदा हुआ था। मौसम में थोड़ी ठंडक थी। ठंडी सुबह में अभी तक धुंध थी और जमीन गीली थी। सब लोग इधर-उधर कर रहे थे। कल एक बहुत बड़ी दावत थी। सैकड़ों लोगों ने सुबह का खाना खाया, जिसमें मीट के कई तरह के पकवान थे, जो लगभग एक दर्जन रसोइयों ने मेरे अंकल की निगरानी में बनाए थे। फिर रात का खाना था, जो सिर्फ महिलाओं के लिए था और भीड़ ऐसी थी कि पूछो मत। ऐसा लग रहा था, जैसे परिवार के सब सदस्यों ने अपनी जान-पहचान के सब लोगों को खाने पर बुलाया था।

खाने के बाद कई रस्में हुईं। मुझे नहलाया गया और आनेवाली शादीशुदा जिंदगी की अच्छी शुरुआत के लिए मेरी हथेलियों पर मेहँदी लगाई गई। सब बुजुर्ग महिलाएँ रिवाज के मुताबिक गाना गाने लगी। जिसमें हर एक रस्म को एक संगीतमय लय में परिवर्तित करके आहिस्ता-आहिस्ता गाया जाने लगा। हर लाइन के बाद वह खुशबूदार पदार्थों से मेरे माथे को छूतीं और जलने के लिए काँगड़ी में डाल देतीं, जिससे कमरे में एक नशीली खुशबू फैलती। इसके बाद मेरे चेहरे के अलग-अलग भागों पर चुंबनों की बौछार हुई और साथ में मेरे सुखी भविष्य के लिए प्यार भरे आशीर्वाद। सब कुछ मार्मिक, दिल को छू जानेवाला था। मेरी माँ, मेरी माँ की तरफ से, मेरे पिताजी की तरफ से और बहुत से रिश्तेदारों ने मुझे इतना प्यार दिया कि मेरी आँखों में आँसू आ गए। फिर सब महिलाओं ने, खासकर जवान खूबसूरत लड़कियों ने, क्योंकि मेरे परिवार में खूबसूरत महिलाओं की कमी नहीं है, मेरी बहनों की सहेलियों, कजिन और पड़ोसियों की लड़कियों ने एक ग्रुप बनाया और पारंपरिक गाने गाए। उसके बाद फिल्मी गाने गाए गए, जो कि मौके के अनुरूप थे, जिनको उन्होंने पारंपरिक वाद्य यंत्रों के साथ गाया। हालाँकि उनके गाने में कोई कौशल नहीं था, मगर उसमें प्यार और सद्भावना थी, जो कि बदकिस्मती से अब हमारी जिंदगियों से चली गई हैं। वे दिन प्यार, मोहब्बत, सहानुभूति और अभूतपूर्व आत्मीयता से भरपूर थे। रात गानेवालों के साथ झूमती रही और सुबह में तब्दील हो गई।

इस सबके बीच में मेरे दादाजी सबसे व्यस्त थे, क्योंकि उनके पोते की शादी होनेवाली थी। उन्होंने सबको जगा दिया। कोई शेव कर रहा था तो कोई नहा रहा था और कोई नए कपड़े पहन रहा था। औरतें अपने नहाने, धोने और बातों में

व्यस्त थीं। दादाजी ने मेरे सिर पर केसरिया पगड़ी बाँधी और पगड़ी के बीचोबीच सोने की एक पिन खोंस दी। जब उन्हें इत्मीनान हो गया कि सब ठीक-ठाक था तो उन्होंने एक बड़ा सा चुंबन मेरे माथे पर दिया। सब बुजर्ग महिलाएँ, जो बारात में नहीं जा रही थीं, मौके के अनुसार गाना गा रही थीं। इसके बाद एक बार फिर से शोर-शराबे के बीच खुशबूदार पदार्थ जलाने का दौर हुआ। जब मैं पूरी तरह से तैयार हो गया तो सब लोग मुझे देखने आए कि मैं कैसा दूल्हा लग रहा था। यह सब देखकर मेरे दादाजी की आँखें नम हो गईं और उनका गला भर आया। जब मेरे माँ-पिताजी मुझे देखने अंदर आए तो मेरी माँ की आँखों से आँसुओं की धाराएँ बहने लगीं। इसके बाद मेरे दूसरे अंकल और आँटी लोग, जिनमें से कुछ देश के दूसरे भागों से आए थे, उन सबने भी वही किया। यह बड़ी अच्छी सी अनुभूति थी कि मुझे इतना प्यार मिल रहा था और सबका ध्यान मुझ पर केंद्रित था।

नूरा, मेरी धर्ममाता, जिसने मुझे इस संसार में आने में मदद की थी, अपने पति और बच्चों के साथ मेहमान बनकर आई थी। हालाँकि हम लोग अब शहर के अलग-अलग भागों में रह रहे थे, मगर फिर भी संपर्क में थे। नूरा ने मुझे प्यार भरी नजरों से देखा, शायद उसे विश्वास नहीं हो रहा था कि जिस बच्चे ने उसका फिरन गंदा कर दिया था, वह आज दूल्हा बना हुआ था। उसने मुझे चूमा और घर के हर सदस्य को मुबारकबाद दी। कभी-कभी मैं सोचता हूँ कि तब समय कितना आहिस्ता-आहिस्ता गुजरता था। सब कुछ हो रहा था, मगर कोई ज.ल्दबाजी नहीं थी। हमारे कई नए मुस्लिम पड़ोसियों ने मुझ पर सिक्के और टाफियाँ फेंकी और बच्चे भाग-भागकर जितना उठा सकते थे, उठाने लगे।

फिर हम घर के बड़े से आँगन में आए, जहाँ पर मुझे रंगोली पर खड़ा किया गया। एक के बाद एक मेरे रिश्तेदार और दोस्त आए, जिन्होंने मुझे ताजे पीले फूलों की मालाएँ, सुंदर रंगों की सूखे फूलों की मालाएँ, इलायची और अलग-अलग नोटों की मालाएँ पहनाईं। यह करेंसी नोटों का आजकल व्यापारियों ने एक नया प्रचलन शुरू किया है, ताकि दूल्हा बहुत ही ज्यादा आकर्षक लगे। रंग-बिरंगे फूलों से सजा हुआ छाता मेरे कजिन के हाथ में था। मैं जहाँ भी जाता, वह छाता मेरे सिर पर रखकर मेरे पीछे-पीछे आता था। सब जवान और बुजुर्ग महिलाओं ने मेरे माथे को चूमा और मौके के अनुसार गाने गए। बीच-बीच में थोड़ा मजाक भी डाला गया था, ताकि हँसी खुशी का माहौल बन जाए।

आखिरकार शंख ध्वनि, गानों, संगीत, शोर और काफी भाग-दौड़ के बीच मुझे घर से कार में बिठाने के लिए निकाला गया। कार तरह-तरह के सुंदर फूलों

और रंग-बिरंगे गुब्बारों से सजी थी। मेरे भाइयों और बहनों ने बढ़िया नए कपड़े पहने थे और सबसे ज्यादा स्मार्ट और खूबसूरत तो मेरे पिताजी लग रहे थे, क्योंकि मेरे दादाजी मुख्य आयोजक की भूमिका निभा रहे थे, इसलिए मेरे पिताजी मेरे बड़े भाई जैसे लग रहे थे। जैसे सब कुछ चल रहा था, वे खुश और संतुष्ट लग रहे थे। बहुत से लोग मुझसे मिलने और मुझे देखने के लिए आए और उनमें से कुछ बारात के साथ जाने के लिए रुक गए। कारों और टैक्सियों का काफिला मेरी कार के पीछे-पीछे चला।

थोड़ी देर में हम दुल्हन के घर पहुँचे, जहाँ हम घर के बाहर रुके। जब शंख बजाकर हमने अपने आने की खबर दी तो वहाँ काफी हलचल हुई। उनके रिश्तेदार और दोस्त सड़क के दोनों के तरफ हमारे स्वागत के लिए सुंदर सजे हुए द्वार तक खड़े थे। उनके चेहरे सुबह की धूप में चमक रहे थे। फिर थोड़ी देर बाद शंख बजाकर मुझे कार से उतारा गया। दुल्हन के रिश्तेदार व औरतें पारंपरिक गीत गाने लगीं और मुझे एक बार फिर से रंगोली पर खड़ा किया।

अब दुल्हन की सहेलियाँ दुल्हन को लेकर आईं। उसने बहुत ही सुंदर सिल्क की साड़ी और बहुत ही उम्दा हाथ की कढ़ाई वाला शॉल ओढ़ा था। मेरी सास एक थाली में आटे के जलते हुए दीये और मिठाइयाँ लेकर आईं। उन्होंने भी मेरी माँ की तरह मेरा माथा चूमा और फिर वही मिठाई मुझे और गिरजा को खिलाई। उनके किसी रिश्तेदार ने उसका घूँघट उठाया और कई कैमरों ने इस पल को कैमरों में कैद कर लिया। इसके बाद उसको अंदर ले गए, मगर मुझे एक और पूजा करने के लिए रुकना पड़ा, जो कि घर के मुख्य दरवाजे पर होनेवाली थी। एक छोटे से ब्रेक के बाद मुझे भी अंदर ले गए।

मुझे और गिरजा को एक खास सजे हुए कमरे में एक लंबी पूजा के लिए ले गए। छोटे-छोटे ब्रेक के बीच पूजा काफी देर के लिए चली, जिसमें संस्कृत के मंत्र थे, जो हमें एक-दूसरे को एक सूत्र में बाँधने के लिए बोले गए। पूजा का एक दिलचस्प अंश वह था, जब मेरे और गिरजा के ऊपर एक बहुत ही खूबसूरत जरीवाला शॉल डाला गया, जिसे चार लोगों ने चार कोनों से पकड़ा था। फिर जमा हुए लोगों ने हमारे ऊपर फूलों की वर्षा की और उधर पुजारी मंत्र पढ़ रहे थे।

और जब मेरे दादाजी ने गिरजा को उसके पिताजी से एक तोहफे की तरह लिया तो भावुकता से उनकी आवाज काँप रही थी। बाद में उन्होंने मुझे बताया कि यह वह पल होता है, जहाँ पर लड़की में एक प्रत्यक्ष सा बदलाव आएगा। मुझे यह बड़ा विचित्र सा लगा, मगर उन्होंने अपने अनोखे अंदाज में बताया कि

यह एक जादू का पल होता है। मैंने शायद इस बात पर विश्वास नहीं किया होता, अगर मुझे यह याद नहीं आता कि इस तरह के परिवर्तन और भी कई संप्रदायों में भी प्रचलित थे।

इसके तुरंत बाद जब सबको समझ आ गया कि वह नए घेरे में आ गई थी, तो कई लोग, खासकर उसके माता-पिता और रिश्तेदारों की आँखों में आँसू आ गए और उनकी आवाज में उदासी थी। एक होनेवाली पत्नी को अपने माता-पिता का घर छोड़ना होता है, उनसे अपने संबंध तोड़ने होते हैं और एक नई भूमिका में आना होता है। बाद में मेरी सास ने बताया कि लड़की के सफल भविष्य का रहस्य इसमें होता है कि वह उस पल के महत्त्व को समझे और जब गिरजा मेरी पत्नी बन गई तो मैंने यह सचमुच देखा है। यह एक तरह का चमत्कार था। कुछ ही हफ्तों में जो मेरे घर में था, वह उसका हो गया और अपने माता-पिता, भाई-बहनों के साथ उसके संबंधों में बदलाव आ गया। जब भी वह हमारे घर के बारे में बात करती तो 'हमारा' कहती और अपने मायके के बारे में बात करती, 'उनका' कहती। हालाँकि कुछ दिन पहले वह वहाँ का ही हिस्सा थी और तब वह 'हमारा' था और जब मैंने इस बात पर आश्चर्य जताया तो उसने सभ्रांत, प्रौढ़ महिला की तरह कहा कि यह औरत के नसीब का हिस्सा होता है और मैं मर्द होने की वजह से इस बात को समझूँगा।

गिरजा क्या तुम्हें अंदाजा है कि इस समय मैं अकेला हूँ, क्या तुम्हें याद भी है कि मैं यहाँ हूँ, तुम कहाँ हो, तुम मुझसे सपनों में बात क्यों नहीं करती हो? शायद तुम नहीं कर सकती हो, क्योंकि आतंकवाद के धुएँ ने मेरे सपनों को भी जलमग्न कर लिया है। मैं सिर्फ दरवाजे पर दस्तकवाले सपने देखता हूँ। शायद यह सुरिंदर की वजह से है, क्योंकि वह हमेशा कहता है, "दरवाजे से सावधान रहो। दरवाजा मत खोलो।" इसका मतलब हो सकता है सारी दस्तकों का अंत। मैं यह दस्तक दिन में क्यों नहीं सुनता, ताकि सब मामला खत्म हो जाए।

33

सुनील फिर से आया है। किस्मत ने उसे एक नई भूमिका दी है। पहले मैं उसे एक दुःखांत अभिनेता समझता था, इसलिए नहीं कि वह वीर रस के साँचे में ढला था, बल्कि उसकी महत्त्वाकांक्षा थी कि वह एक खुशहाल, शादीशुदा और एक गर्वित पिता हो, लेकिन किस्मत ने यह सब व्यर्थ कर दिया। मगर इन मुश्किल दिनों ने उसे एक संदेशवाहक बनने पर मजबूर किया है—मौत का संदेश। मुझे याद

है कि उसने मुझे एक बार बताया था कि ग्रीक नाटककार मंच पर हिंसा या मृत्यु नहीं दिखाते थे, बल्कि उसके बारे में दर्शकों को बता दिया जाता था। वे चाहते थे कि दर्शक किसी की मृत्यु से झकझोरे तो जाएँ, मगर वह वीभत्स और भद्दा न लगे। सुनील अपना काम ठीक से कर रहा है।

इस बार सुनील का वृत्तांत इतना वहशियाना था कि मुझे विश्वास नहीं हुआ कि आतंकवादी केवल आतंक फैलाने के लिए लोगों को मार रहे हैं। सचमुच उनके हाथों में आई हुई बंदूकों ने उन्हें मानसिक रोगी बना दिया है। यह मानना थोड़ा मुश्किल है कि वह हर एक पंडित को जासूस समझते हैं, जिसे निर्दयता से खत्म कर देना चाहिए। आतंकवादी उन पंडितों के साथ कुछ ज्यादा ही निर्दयी हो गए हैं, जो थोड़े दिनों के लिए बाहर गए थे और वापस लौट आए थे। रंजीत ने मुझे दो लोगों के बारे में बताया, जो सिर्फ इसलिए मारे गए थे; क्योंकि वे कुछ दिनों के लिए अपने रिश्तेदारों से मिलने जम्मू गए थे। वे बसों को वहाँ रोकते हैं, जहाँ वे घाटी में प्रवेश करती हैं और उन लोगों को वहीं पकड़ते हैं, जैसे कि जम्मू एक गोला बारूद उत्पन्न करनेवाली जगह है, जो कश्मीर के बंदूकधारियों को तबाह करेगी।

इस बार सुनील की कहानी उस आदमी के बारे में है, जो अनंतनाग से संबंधित है, जिसे कश्मीर का धान्यागार कहते हैं। यह हरे-भरे खेतों और फलों से लदे हुए बागों से भरा पड़ा है। यह जम्मू-कश्मीर के रास्ते में पड़ता है। यह दुःखद कहानी शंभुनाथ की है।

शंभुनाथ गाँव का एक सम्मानित और प्रतिष्ठित व्यक्ति था, जो कि मुख्य कस्बे से लगभग 15 किलोमीटर दूर है। उसने अपनी जिंदगी स्कूलों में पढ़ाते हुए बिताई थी। पढ़ाना उसके लिए सिर्फ आमदनी का जरिया ही नहीं, बल्कि एक धुन थी। वह अपने और आसपास के गाँवों में शिक्षा के प्रति अपने योगदान के लिए जाना जाता था और लोग हमेशा उसे मास्टरजी के नाम से बुलाते थे।

जमींदारी सुधार की वजह से उन्हें अपनी आधी से ज्यादा भूमि छोड़नी पड़ी थी, क्योंकि सरकार ने जितनी भूमि निर्धारित की थी, वह उससे ज्यादा थी। इसलिए उन्होंने खेतों की तरफ इसलिए भी ध्यान दिया, क्योंकि उनके पास जितना रह गया था, वह तभी उनके हाथ में आता अगर वह खुद खेती करते। चूँकि वह रिटायर हो गए थे, इसलिए वे अपना काफी समय खेतों में बिताते थे। इससे उन्हें कुछ और भी फायदा हुआ, क्योंकि इससे उनके व्यक्तित्व के कुछ और पहलू सामने आए। प्रकृति के बीच रहकर उन्हें किसान होने की खुशी मिली और उन्होंने मनुष्य और प्रकृति के बीच के करीबी रिश्ते के बारे में कविताएँ लिखीं। गाँव के सब लोग

उन्हें श्रेष्ठ, अनुकरणीय, दयावान और स्नेहमय व्यक्ति समझते थे, मगर जब समय कठिन हो, हवा में अविश्वास और नफरत हो तो अनुकरणीय लोगों की भी दुष्ट लोगों के साथ दुःख झेलना पड़ता है।

शंभुनाथ घाटी के हालातों की वजह से कोई खास परेशान नहीं थे। वे अपना काम और लोगों में विद्या बाँटने का काम बराबर करते रहे, मगर उनके बड़े, शादीशुदा बच्चों ने अपना निर्णय ले लिया, जिसमें उन्होंने कोई आपत्ति जाहिर नहीं की। उन्होंने जिंदगी अपने तरीके से जी थी और मानते थे कि उनके बच्चें भी अपने तरीके से जीने की आजादी थी। उनके दो बेटे पहले ही जम्मू में सरकारी नौकरी में थे। उन्होंने 1986 की बुरी घटनाओं के बाद जम्मू में अपना तबादला करवा दिया था। उस वक्त मुसलमानों ने खुलेआम एक विचारपूर्वक प्लान बनाकर पंडितों पर हमला किया था।

शंभुनाथ का छोटा बेटा उनके साथ इसलिए था, क्योंकि वह बेकार था। उसने घाटी में नौकरी के लिए दरख्वास्त दी थी, मगर तब तक कोई जवाब नहीं आया था, इसलिए वह अपने भाइयों के साथ कुछ समय बिताने के लिए जम्मू चला गया था, मगर जब उसे चिट्ठी मिली तो वह फौरन जम्मू से वापस आ गया। वह मेन टाउन में गाड़ी से उतरा और घर चला गया। जब उसने देखा कि उसके पिताजी खेत में हैं तो वह उनसे मिलने वहीं चला गया। चूँकि वह उसी दिन श्रीनगर जाना चाहता था तो उसके पिताजी ने उसे आधा सामान वहीं छोड़ने को कहा। उसने अपना सूटकेस वहीं छोड़ दिया और कपड़े के झोले में कुछ कपड़े लेकर चला।

शंभुनाथ अपने काम में व्यस्त हो गए और कभी सोचा भी नहीं था कि उनके अपने बेटे से मुलाकात का यह दुर्भाग्यपूर्ण नतीजा निकलेगा। बेटे के जाने के बाद दो नौजवान उनसे मिलने आए। पहले तो गर्मजोशी से उनका स्वागत किया और रिवाज के अनुसार उनका हाल-चाल पूछा। उसके तुरंत बाद उन्होंने बेटे और जम्मू जाने के बारे में पूछा। उन्होंने वही कहा, जो उनको पता था कि वह श्रीनगर इंटरव्यू के लिए गया है, मगर वह नौजवान उस गुप्त संदेश के बारे में जानना चाहते थे, जो बेटे ने बाप को दिया था। शंभुनाथ उनकी कल्पनाशील बातें और उनके बेटे के बारे में सुनकर हँस दिए और उनके बेतुके डर को मजाक में उडा दिया, मगर वे ऐसे टलनेवाले नहीं थे। उनको लगा कि वह बात को टाल रहे हैं, जिससे वे गुस्सा हो गए। वह सब कुछ जानने के लिए उसे पास के बाड़े में ले गए। आतंकवादी अपना बनाया हुआ वह सच सुनना चाहते थे जो दुर्भाग्यवश शंभुनाथ को पता नहीं था, क्योंकि उन्होंने कुछ नहीं बताया, इसलिए उन लोगों ने ऐसे केस को वैसे ही

लिया, जैसे वे लेते थे। उन्होंने उन्हें मारा, धमकाया, मगर वह टस-से-मस नहीं हुए। तब गुस्से के पागलपन में उन्होंने उनकी दोनों आँखों में लोहे की गरम सलाखें डालकर उनको हमेशा के लिए चुप करा दिया।

मेरा दिल शंभुनाथ के लिए खून के आँसू रोया। क्या सारी जिंदगी लोगों का भला करने का उन्हें यह इनाम मिला? आतंकवादियों की क्रूरता से लोगों का विश्वास अपने भगवानों पर से भी डगमगा गया है।

34

मुझे रह-रहकर नूरा की याद क्यों आ रही है? नूरा, जिसने मेरी माँ को मेरे जन्म के समय मदद की थी और मेरी शादी में भी शामिल हुई थी। क्या मैं चाहता हूँ कि वह मेरी मृत्यु का भी संचालन करे?

मुझे नहीं मालूम कि नूरा कहाँ है। पिछली बार जब मैं उससे मिला था, तब वह थकी-थकी सी लग रही थी। हम दोनों के लिए वह एक उदास, मगर गर्मजोशी का पल था। वह अपनी बेटी के घर में थी, जहाँ वह अपने नाती की शादी में गई थी। यह बहुत ही खास मौका था। उसके पति हसन काक भी उसके साथ थे। मैंने देखा कि वे लोग वाजवान की तैयारियाँ देख रहे थे, जो एक खूबसूरत स्थान पर आयोजित किया गया था।

नूरा की बेटी एक ऊँचे सरकारी पद पर है और उसके पति भी एक ऊँचे पद पर इंजीनियर हैं। उन्होंने शहर से थोड़ी दूर एक नई बस्ती में घर बनवाया है, जहाँ हरा-भरा लॉन है और उसका एक बड़ा सा हिस्सा सब्जियाँ उगाने के लिए रखा है।

मुझे वह खूबसूरत धूप से धूली हुई दोपहर अभी भी सजीव तरीके से याद है।

अक्तूबर के आखिरी दिन थे, मौसम सुहावना और तनावमुक्त था। जब मैं नूरा की बेटी के बड़े लॉन में पहुँचा, वहाँ लोग खाना खा रहे थे। एक बड़े से शामियाने में सफेद सलवार और फिरन पहने रसोइए लोगों को खाना परोस रहे थे। हर पाँच-छह मिनट में रसोइए नीचे बैठे हुए मेहमानों के बीच घुसकर करछुल भर-भरकर मुँह में पानी आनेवाले वाजवान के चाहनेवालों को खाना परोस रहे थे।

सब मेहमान चार आदमियों के ग्रुप में एक बड़ी सी थाली के इर्द-गिर्द बैठे थे। यह थाली खास मौकों के लिए बनाई जाती है। यह शायद उन लोगों को समानवाद याद दिलाने के लिए होता है, जैसे मेरे दोस्त ने मजाक में कहा कि इनका समुदाय समानवाद में विश्वास रखता है। वह सामानवाद खाने के समय दिखाई देता है। औरतें और बच्चे वहाँ नहीं थे। उनको अलग जगह खाना परोसा जाता है।

कुछ गैर-मुस्लिम भी थे, जो अलग-अलग प्लेटों में खाना खा रहे थे। नूरा और हसन काक शामियाने के एक दूर के कोने में बैठकर हालात का जायजा ले रहे थे। जैसे ही उन्होंने मुझे दूर से देखा, वे मुझे एक बड़े से सजे-सजाए कमरे में ले गए, जिसमें पूरी तरह से कालीन बिछे हुए थे।

कमरे में पहुँचकर वह एकदम बदल गए। उन्होंने मुझे बाँहों में भर लिया और बार-बार मेरे गले मिले, खासकर नूरा ने यह बार-बार किया। शायद वह अपने आपको विश्वास दिलाने की कोशिश कर रही थी कि मैं सचमुच वहाँ था, जैसे कि यह काफी नहीं था, वह लाड-प्यार वाले शब्द हर बार गले मिलने पर जो उसने कहे, वह हमारी भाषा में खासकर प्रयोग किए जाते हैं और जिनका रूपांतरण नहीं किया जा सकता।

नूरा और हसन काक जानते थे कि मैं चूँकि पंडितों के एक विशेष संप्रदाय से था और उस दिन मीट नहीं खा सकता था, इसलिए उन्होंने मुझे उनके साथ लंच करने के लिए नहीं कहा, बल्कि मेरी सहूलियत के लिए उन्होंने मुझे दूध और फल दिए। मुझे दूध एक स्टेनलेस स्टील के गिलास में दिया गया, चाइना कप में नहीं, यह भी उन्हें पता था। नूरा मुझे खूब ध्यान से देख रही थी, जैसे कि वह कुछ याद करने की कोशिश कर रही थी। तब वह बीते समय में पहुँच गई, जो हम लोगों ने साथ बिताया था और वह सब, जो हमारी जिंदगियों से बहुत तेज रफ्तार से छूट रहा था।

नूरा ने मुझे एक लंबी सी कहानी सुनाई। मेरी पैदाइश की और बचपन के उन पलों की, जो मैंने उनके बड़े से आँगन में बिताए थे। उसने मुझे बार-बार अपने ससुरालवालों और मेरे दादाजी के बड़े से परिवार के साथ बहुत ही मजबूत बंधनों के बारे में बताया। उसने मुझे मेरे अंकल और आंटियों के बारे में वे बातें बताईं, जो मैंने आज तक किसी से नहीं सुनी थीं।

उन दिनों जिंदगी बहुत शांत और आहिस्ता से चलती थी और नूरा के सुनाने का तरीका भी वैसा ही था। मुझे लगा, वह शायद ऐसा इसलिए कर रही थी, क्योंकि उसे अपनी जवानी के दिनों में जाना अच्छा लग रहा था और मेरी मौजूदगी उसे प्रेरणा दे रही थी। उसने बताया कि वर्तमान बहुत ही खतरनाक हो गया था, क्योंकि आतंकवादियों की गतिविधियाँ बहुत ही अजीब तेजी और स्पष्टता से सामने आ गई थीं। आतंकवादियों ने उसके बेटे पर दो बार हमला किया था, क्योंकि वह स्टेट का बहुत ही सख्त और काबिल पुलिस ऑफिसर था। इसलिए उसे बेटे की जान की चिंता थी। उसने बताया कि परिवार एक तरह से ज्वालामुखी पर बैठा था। घर से

निकलना जान का जोखिम बन गया था।

नूरा ने मुझे मेरे माता-पिता और बच्चों के बारे में पूछा, "कितने साल के थे, क्या कर रहे थे, वे मुझ जैसे थे या मेरी पत्नी के जैसे?" जब मैंने उसे बताया कि वे ज्यादा मुझसे मिलते थे और स्कूल में अच्छा कर रहे थे तो वह खुश हो गई। जब मैंने उसे कहा कि मैं अलग हो गया हूँ और अपना घर बना लिया है तो उसने कोई शिकायत नहीं की। मुझे लगा कि वह ठीक तरह से समझ गई थी, क्योंकि कश्मीरी बुजुर्ग साँझे परिवार के टूटने पर जैसी भावुकता दिखाते हैं, वैसा उसने कुछ नहीं कहा। उसने मुझसे कहा कि वह खुद पुश्तैनी घर को बेचने पर मजबूर हो गई थी। उसकी बेटी की इच्छाओं को ध्यान में रखते हुए उसने एक छोटा सा घर उसके करीब ही बनवाया, क्योंकि बेटी चाहती थी कि वह उनकी अच्छी तरह से देखभाल कर सके। उसके बेटे की पुलिस की नौकरी के कारण वह कई-कई दिन तक बाहर रहता था। नूरा ने अपने नाती-पोतियों के बारे में बड़े प्यार से बातें कीं। उसके बेटे का पहला बेटा अभी कुछ ही महीनों का था।

मैं जब जाने के लिए उठा तो मैंने देखा कि हम लोगों ने उस कमरे में लगभग चार घंटे बिताए थे और बाहर की दावत को भूल ही गए थे। तब तक मेहमान निकल चुके थे और बच्चे, जिनको दावत के दौरान अंदर रहने को कहा गया था, अब खाली शामियाने में खेल रहे थे। जब मैंने नूरा और हसन काक से माफी माँगी कि मैंने उन्हें दावत से दूर रखा। उन्होंने मुझे विश्वास दिलाया कि वे मुझसे मिलना चाहते थे, दावत तो एक बहाना था।

अंत में निकलने के समय नूरा के होंठों पर प्रार्थना थी। "अल्लाह तुमको सलामत रखे और हम फिर मिलें।" इस समय मुझे पता नहीं कि मैं उससे मिलने जिंदा रह पाऊँगा कि नहीं, मगर मैं उसकी दयालु उपस्थिति को मिस कर रहा हूँ।

35

शहर की स्थिति, बल्कि पूरी घाटी की स्थिति में कोई सुधार नहीं था। पूरी घाटी में पंडितों के मारे जाने की खबरें जोर-शोर से आ रही थीं।

कल देर शाम को, जब अँधेरा घना होकर डरावने साए बना रहा था, मैंने दरवाजे पर दस्तक सुनी। मेरा दिल धक् हो गया, क्योंकि अँधेरा होने पर जब दरवाजे पर दस्तक सुनाई दे तो वह भागते हुए आतंकवादी की ही हो सकती है। मुझे सुरिंदर के शब्द याद आए, "निराश हालत में आतंकवादी अपने आपको पुलिस से बचाने के लिए कुछ भी करेंगे, अपने आपको छिपाने के लिए किसी

के भी घर में घुस जाएँगे।" अपनी साँस को रोककर मैंने दरवाजे की तरफ देखा। उसके बाद दूसरी और फिर तुरंत तीसरी थपथपाहट सुनाई दी। मैंने उसी समय वह कोड पहचान लिया। मैं थोड़ा परेशान इसलिए हो गया था, क्योंकि यह दस्तक इतनी रात को नहीं, बल्कि दिन में सुनाई देती थी। यह थोड़ा असामान्य था और मुझे मालूम पड़ा कि मैं सही था, क्योंकि मैंने सुनील को बहुत ही अस्त-व्यस्त हालत में देखा। उसके साथ एक और आदमी था, जिसे मैं नहीं जानता था। दोनों बहुत ही थके-थके लग रहे थे। सुनील का साथी डरा हुआ लग रहा था। जैसे ही वे अंदर घुसे, मैंने दरवाजे पर कुंडी लगाई और भाग कर सबके लिए चाय बनाई, ताकि वे साँस लें और अपना आत्मसंयम फिर से बहाल करें। इसके बाद सुनील ने मक्खनजी से मेरी पहचान कराई।

मक्खनजी हम दोनों से उम्र में थोड़े ज्यादा लगते थे। मँझले कद, गोरे रंग, तीखे नैन-नक्श और अधपक्के बालों से वे खूबसूरत लग रहे थे, मगर उस समय उनके चेहरे पर परेशानी झलक रही थी। सुनील ने अपनी पकाने की क्षमता का इस्तेमाल करके एक मजेदार खाना बनाया, जिसके लिए उसने कहा कि यह मक्खनजी के सम्मान में था, जो अपनी आजादी मना रहे थे। उसने मेरी हैरान नजरों को देखा, क्योंकि मुझे मक्खनजी की गतिविधियों के बारे में कुछ भी मालूम नहीं था। सुनील ने मक्खनजी से कहा कि वे अपनी नई-नई आजादी की कहानी खुद सुनाए।

उन्हें ऐसा करने में थोड़ा समय लगा। मैंने देखा कि यह करने में वे मजा ले रहे थे। ऐसा लग रहा था कि वे अपने भयावह अनुभव को अपने सिस्टम से बाहर फेंकने की कोशिश कर रहे थे। शायद इन बातों का वर्णन करने से वे सक्षम बनते। मक्खनजी का अनुभव सचमुच अविश्वसनीय और भयावह था। उसको सुनने के बाद मुझे कोई शक नहीं रहा कि उनका जन्म दुबारा हुआ था।

मक्खनजी अनंतनाग के एक गाँव में रहते हैं, जहाँ बहुत सी साफ पानी की छोटी-छोटी नदियाँ हैं और हर नदी के पास एक घर है, जो कि लगभग सभी पंडितों के हैं। ऐसा कई युगों से है और इस बारे में किसी को कोई शिकायत नहीं है। मैं ऐसा इसलिए कह रहा हूँ, क्योंकि मुसलमान दूसरी तरफ रहते हैं, जहाँ कोई नदी नहीं है। पिछले कई दशकों से मुसलमानों के घरों की संख्या और साइज बढ़ रहे थे, मगर वे सभी गाँव के उसी तरफ थे। पंडितों ने भी इसे बदलता समय देखकर मान लिया है। उनके घरों की लोकेशन अब उतनी असाधारण नहीं लगती है, जितनी पिछले दशकों में लगती थी, क्योंकि उनकी समानता में मुसलमानों के भड़कीले घर, जिनकी लहरदार टीन की छतें, चमकदार शीशे की खिड़कियाँ और सीमेंट

से बने बाहरी हिस्से से पंडितों के घर पुराने फैशन, बल्कि आदि मानव के जमाने के लगते हैं, मगर उनमें पुराने वास्तुकला की छाप दिखाई देती है, जिससे उनमें एक अनूठी खूबसूरती नजर आती है। इसी मोहल्ले में मक्खनजी का घर बड़े और अच्छे घरों में से था।

चार दिन पहले जब मक्खनजी काम के बाद घर लौट रहे थे तो दो नौजवानों ने, जो एक सफेद एंबेसडर गाड़ी से उतरे, उन्हें टोक दिया। गाड़ी का इंजन चल रहा था। ड्राइवर और एक आदमी, जिसका आधा चेहरा ढका हुआ था, गाड़ी में बैठे थे। मक्खनजी गाँव के सब लोगों को जानते थे और सब गाँववाले भी उन्हें अच्छी तरह से जानते थे। इसलिए जब उन्होंने उनसे पूछा कि क्या वे मक्खनजी को जानते हैं और वे उन्हें कहाँ मिलेंगे तो उन्होंने उन्हें यह नहीं बताया कि वे ही मक्खनजी थे, बल्कि पूछा कि वह उनको क्यों खोज रहे थे। जब उन्होंने बताया कि उन्हें उनके साथ कुछ जरूरी बातें करनी हैं, जो कि गोपनीय हैं तो उन्हें शक हो गया। उन्होंने बहुत ही नम्रता से बताया कि वह मक्खनजी को नहीं जानते हैं। इसके लिए उन्हें गाँव में जाकर पूछना पड़ेगा। जब उनकी कार, जो उन्होंने थोड़ी दूर पर खड़ी की थी, गाँव की तरफ गई तो तो उन्होंने कार की नंबर प्लेट देखी। उनका शक यकीन में बदल गया, क्योंकि गाड़ी जिले के एक सियासी लीडर की थी, जिसे वे जानते थे और जिसकी आतंकवादियों के प्रति सहानुभूति सबको पता थी। उसने ड्राइवर को पहचाना और अधढके चेहरेवाले को भी, जो उस लीडर का सहायक था।

मक्खनजी एक जवान लड़के की तरह जितनी तेजी से भाग सकते थे, भागे। लोगों से बातें किए बिना वे तेजी से घर की ऊपर की मंजिल की तरफ गए, ताकि वे नौजवान उन्हें पकड़ न पाएँ। जैसे ही वे पहुँचे, वह दो नौजवान भी घर में घुसे।

उनके हाथों में बंदूकें देखकर मक्खनजी की पत्नी बेहोश होकर गिर पड़ी, मगर उनकी 80 साल की माँ ने असाधारण बहादुरी और अक्लमंदी दिखाई। उसने अपनी पड़ोसन राहती को आवाज दी कि उसके बेटे की सलामती सुनिश्चित करे और एक नौजवान की गरदन पकड़ ली। वह पकड़ छुड़ा नहीं पाया, मगर दूसरा, जो उसकी पकड़ से बच गया, उसने पड़ोसन की अपील पर कोई ध्यान नहीं दिया। उसे विश्वास था कि वह उसे उलझाने, उसका ध्यान काम से हटाने के लिए किया गया था। वह शिकार की तलाश में घर में घुस गया।

मक्खनजी ने ऊपर की मंजिल से उन्हें आते देख लिया था। वह एटिक पर गए और अपने आपको छिपाने के लिए बड़े से संदूक में, जिसमें वह रजाइयाँ

और गद्दे रखते थे, छिपने का फैसला किया, मगर संदूक के अंदर जाने के बजाय उन्होंने अपने आपको संदूक के पीछे और झुकी हुई छत के बीच में जो दरार थी, वहाँ छिपा लिया। वे जानते थे कि वह जगह तंग, मगर सुरक्षित थी, क्योंकि किसी को भी कुछ नहीं दिखाई देता था। देखने के लिए ऊपर से झुकना पड़ता। वह बड़ी मुश्किल से उसमें घुस गए और साँस रोककर बैठ गए। तब तक उग्रवादी ऊपर पहुँच चुका था।

मक्खनजी को उसकी मौजूदगी का एहसास हुआ। वह चावल के बड़े मिट्टी के बरतनों, टूटे हुए ट्रंक और अलमारियों में देख रहा था। जब उग्रवादी वहाँ पहुँचा तो उसने राहत की एक लंबी साँस ली, क्योंकि उसे विश्वास था कि उसका शिकार वहीं कहीं था। उसने जोर से मक्खनजी को नाम से बुलाया और कहा कि वह बाहर आए, क्योंकि उसका खेल खत्म हो गया था। जब उसे कोई जवाब नहीं मिला तो उसने संदूक का ढक्कन उठाया। वहाँ से सब कुछ बाहर निकाला, पुरानी रजाइयों की तह खोल-खोलकर देखा, मगर शिकार नहीं मिला। अपने दाँतों को पीसते हुए उसने संदूक का ढक्कन इतनी जोर से मारा कि मक्खनजी की चीख निकलते-निकलते रह गई। तब उसने सुना कि उग्रवादी निराशा में हर चीज पटक रहा था, मगर उसने अपना धैर्य नहीं छोड़ा।

उग्रवादी को जब एहसास हो गया कि उसने शायद गलती की थी तो वह भागकर तेजी से उतरा। अपने साथी को मक्खनजी की माँ के चंगुल से छुड़ाया और राहती के घर की तरफ भागा। मक्खनजी को इसी मौके का इंतजार था। वह तेजी से एटिक से उतरे, अपनी माँ और बेहोश पत्नी को इशारे से बताया कि वे सुनील के गाँव की तरफ जा रहे थे। वहाँ से वे दोनों शहर की तरफ भागे और अँधेरा होने के बाद मेरे घर की तरफ।

मेरे मन में बहुत से प्रश्न उठ रहे थे। मुझे लग रहा था कि एक शरारती सूत्रधार की तरह मक्खनजी ने अपनी कहानी में बहुत सी बातें बिना कहे छोड़ दी थीं। उनकी माँ ने अपने आपको कैसे बचाया। उग्रवादियों ने उसे क्यों नहीं मारा, जबकि वे उनके रास्ते में आई थी। उनका जवाब अविश्वसनीय तरीके से छोटा और संतुष्ट था। उनकी माँ को इसलिए नहीं मारा गया, क्योंकि उन्हें उनकी हत्या में कोई दिलचस्पी नहीं थी। वे समुदाय के सबसे जाने-माने व्यक्ति को अगवा करके उसके सदस्यों में खलबली मचाना चाहते थे।

जहाँ कहीं भी पंडित रह रहे थे, वहाँ पर उग्रवादी ऐसे हालात पैदा कर रहे थे कि वे असुरक्षित महसूस करें और वे वहाँ से भागने के लिए मजबूर हो जाएँ,

उनकी ही तरह, जो पहले चले गए थे। पहले लोग थोड़ा-बहुत सामान जो ले जा सकते थे, ले जाते थे, मगर अब उग्रवादी चाहते थे कि वे खाली हाथ जाएँ। यह उन्होंने सुनिश्चित किया, जब उन्होंने दो पंडितों की गोली मारकर हत्या की, जब वे ट्रक में सामान लाद रहे थे। एक परिवार के साथ तो बहुत ही ज्यादती की गई। वे लोग सालों से जम्मू में रह रहे थे और सिर्फ अपना सामान लेने श्रीनगर आए थे, जिसकी वजह से उन्हें अपनी जान गँवानी पड़ी। उन लोगों ने तीन-चार घंटों में सब सामान ट्रक में लाद दिया और एक-दूसरे की तरफ संतुष्टि और राहत से देखा। तभी उग्रवादी, जो उन्हें दूर से देख रहे थे, दोनों की गोली मारकर हत्या कर दी। इस हड़बड़ी में ड्राइवर ट्रक लेकर भाग गया और दोनों लाशें पीछे छोड़ गया। उसके बाद कौन ऐसा रिस्क लेता?

36

मुझे मक्खनजी की कहानी को समझने में थोड़ा समय लगा। मुझे थोड़ी चिंता हुई, क्योंकि मैं इस परिस्थिति को समझ नहीं पा रहा था, जहाँ हमें ऐसे हालात में धकेला गया था, जिनके ऊपर हमारा कोई कंट्रोल नहीं था। अगर पहले हालात भिन्न थे तो अब वे ऐसे क्यों हो गए थे और वह भी इतनी तेजी से? या हो सकता है कि परिस्थितियाँ आहिस्ता-आहिस्ता बदली थीं, मगर हम लोग, जिसमें मैं भी शामिल हूँ, या तो हम देख नहीं पाए या हम समझना नहीं चाहते थे। जब मैंने मक्खनजी से इस बात का जिक्र किया तो उन्होंने भी वही भ्रम, वही बेचैनी महसूस की। उनको पूरा विश्वास था कि हम लोगों ने बदलाव को भाँपने में गलती की थी, जो कुछ भी बुरी बातें पिछले कुछ समय में हुई थीं, जिनमें सांप्रदायिक विवाद भी था, इस सबको हमने प्रासंगिक कहकर टाल दिया था। अब उनको भी यह यकीन हो गया था कि यह सब एक बड़े ही सुचारु तरीके से बनाया हुआ प्लान था, जो कुछ मुसलमानों के मुताबिक थोड़ा जल्दी लागू किया गया था। इसकी वजह जिया-उल-हक की अचानक और आकस्मिक मौत थी। इससे मुझे एक रास्ता चलते आदमी की बात याद आ गई। जब 1989 में उग्रवादी खुले आम बाहर आ गए थे तो उसने कहा कि यह सब इतनी जल्दी नहीं होना चाहिए था। उस वक्त मैंने इस बात को एक लापरवाह टिप्पणी समझकर नजरअंदाज कर दिया था। अब मुझे समझ आया कि उसने जो कहा था, सच ही कहा था।

यह बात भी साफ हो गई कि कोई एजेंसी तो है, जो इन घटनाओं की योजना बनाती है। अगर यह सच है तो हमारी खुफिया एजेंसियाँ क्या कर रही थीं?

मक्खनजी ने सीधे शब्दों में कहा कि वे सो रही थीं, मगर फिर उन्होंने मुस्कराते हुए कहा कि वे लोग तो अपना काम कर रहे थे, मगर राज्य और केंद्र सरकारों को इन बातों की परवाह नहीं थी।

केंद्र में राजनीतिज्ञ अपनी कुरसियों को बनाए रखने और सत्ता के खेल में इतने व्यस्त थे कि उन्हें देश की सुरक्षा की कोई चिंता ही नहीं थी। राज्य सरकार ने हमेशा की तरह हालात को ऐसे ही चलने दिया, जब तक कि वह अनर्थकारी न हो गए। 1989 में उग्रवादियों ने वह सब किया, जो वे करना चाहते थे, बल्कि जितनी वह आशा रखते थे उससे भी ज्यादा और वह भी बिना उनकी उपस्थिति के। उन्होंने लोगों को कई-कई दिन तक दफ्तर नहीं जाने दिया, फिर भी किसी को चिंता नहीं हुई। उन्होंने सब शराबों की दुकानों बंद करने का आदेश दिया, तब भी किसी को कोई परेशानी नहीं हुई। कई होटलों के कर्मचारी, जो कि सरकारी बार चलाते थे, उनको घसीटकर बाहर निकाला गया और सरेआम उनकी पिटाई की गई, मगर पुलिस ने कुछ नहीं देखा। सिनेमा हाल जबरदस्ती बंद कराए गए, मगर सरकार पर इन असामान्य घटनाओं का कोई असर नहीं हुआ। लोगों को नेशनलाइज्ड बैंकों से पैसा निकालने को कहा गया और बैंक अधिकारियों ने इसे होने दिया। संक्षेप में कह सकते हैं कि आतंकवादियों ने जो चाहा, वह सब कुछ हासिल कर लिया। बस एक आदेश दिया, दबाव डालने की जरूरत भी नहीं पड़ी। राज्यपाल अपने चेंबर में आराम और शांति से बैठे थे और मुख्यमंत्री गोल्फ खेलने में व्यस्त थे। दोनों ने ही मिलकर उग्रवादियों की तरफ जनता की कल्पना को आकर्षित करने में मदद की।

आदेशों को देने, आचार संहिता निधारित करने—जैसे पहनावा, बाहरी रंग-रूप, व्यवहार आदि के अतिरिक्त जिस तेजी से लोगों ने उनकी बातें माना उससे उग्रवादी और भी निर्भीक हो गए। उन्होंने यह भी सुनिश्चित किया कि वे अपने आप को निडर, बहादुर और समर्पित मुजाहिद प्रस्तुत करें। जैसे लोगों के नए मुक्तिदाता, जिनके हिसाब से प्रजातांत्रिक तरीके से बनी हुईं, सरकारों ने उन्हें निराश किया था। हम लोगों के लिए यह स्थिति थोड़ी असामान्य थी, क्योंकि हम लोगों ने डी फैक्टो अधिकारियों का ऐसा जोरदार प्रदर्शन पहले नहीं देखा था। यह सब अपनी आँखों से देखने के बाद ही इनसान विश्वास कर सकता था। एक सत्ताधारी सरकार को एक गुट ने निष्क्रिय कर दिया। वे लोगों को आदेश देने लगे थे और जो वे चाहते थे, लोगों से स्वीकार कराया। चुने हुए मंत्री और अधिकारी दफ्तरों में बैठकर कामों में व्यस्त थे और क्या काम कर रहे थे, यह सबको पता था। एक अफवाह यह भी थी कि वे उग्रवादियों को सुरक्षित स्थान देने पर काम कर रहे थे, क्योंकि जिन

लोगों को पुलिस की सहायता की जरूरत थी, पुलिस को उन्हीं से दूर रखा गया था। जब मैंने चिंताजनक तरीके से मक्खनजी को बताया कि हम लोगों ने भी तो इसे रोकने के लिए कुछ नहीं किया तो सुनील का उत्तर जितना छोटा हो सकता था, हुआ, "हम क्या कर सकते थे?" क्या हम किसी गिनती में आते हैं? क्या हमारी कोई आवाज है?" मैं समझ गया कि मुट्ठी भर लोग इस बदलाव की हवा का रुख नहीं मोड़ सकते। तब मैंने कुछ निराश होकर कहा, "फिर हम यहाँ क्यों हैं?" "हम यहाँ हैं, क्योंकि हम यहाँ थे। शायद आदत और कुछ नहीं।" सुनील ने कहा।

हमारी इस निराशाजनक बातचीत के दौरान मक्खनजी काफी गंभीर लग रहे थे। अगली सुबह उनको अपनी जान बचाने के लिए जम्मू के लिए निकलना था। उन्होंने सुनील को अपनी माँ और पत्नी के लिए हिदायतें दीं। उनको मालूम था कि उन लोगों को भी वहाँ से निकालने की तैयारी करनी थी। उनकी माँ कब तक गाँव के घर को बचा सकती थी? इसके अतिरिक्त इस घटना ने सारे गाँव को हिलाकर रख दिया होगा और लोगों को अपने अदृश्य दुश्मनों से भागने पर मजबूर किया होगा, क्योंकि ये उनसे ज्यादा खतरनाक साबित हुए थे, जिन्हें वे जानते थे। जब मक्खनजी ने सुनील को बता दिया कि उन्हें क्या-क्या करना है तो उसके बाद उन्हें थोड़ी राहत मिली। उन्होंने एक और कहानी सुनाई, जो 1986 में अनंतनाग में हुई थी और क्यों उनके जैसे लोगों ने उन घटनाओं पर ध्यान नहीं दिया? वे उन घटनाओं को, जिनको उन्होंने तब हल्के में लिया था, अब समझने की कोशिश कर रहे थे। उन्होंने बीती बातों को फिर से दोहराने की कोशिश की, यह समझने के लिए कि अभी क्या हो रहा था।

यह सब एक छोटी सी बात से शुरू हुआ, जैसा कि इतिहास में अकसर होता आया है। एक उत्साही मुस्लिम नौजवान देश के बाहर की यूनिवर्सिटी से अरबी में पी-एच.डी. की डिग्री लेकर घर लौटा। आने के बाद उसे लगा कि उसका कस्बा एक सोई हुई जगह के सिवा कुछ नहीं था। वह जगह निराली और पुरानी थी, क्योंकि वहाँ अभी तक पंडितों और मुसलमानों के बीच मैत्री संबंध चल रहे थे। उसे लगा कि इन बंधनों को तोड़ने की जरूरत है। उन लोगों में मुसलमानों की नई छवि के अनुसार स्फूर्ति डालनी होगी। बजाय इसके कि वह मुसलमानों के चरित्र के बारे में अपनी नई-नई समझ लोगों के गले में उतारने के लिए अपने बाप का बना-बनाया मंच इस्तेमाल करता, जहाँ से वह हर शुक्रवार को अपने धर्म के बारे में लोगों को संबोधित करता था, उसने एक नया तरीका चुना। एक पुरजोश भाषण में, जो कि बाद में मशहूर हुआ, उसने अपने भाइयों को बताया कि पंडितों ने उनके

तीन धर्मस्थलों को गैर-कानूनी तरीके से हथिया लिया था। उन्हें वापस लेने की जरूरत थी। भाषण बहुत ही सनसनीखेज और उत्तेजक था। बहुत सारे लोग, जिन्हें पता ही नहीं था कि बीते हुए समय में कैसा था, इतने उत्तेजित हो गए कि उन्होंने सीधे एक्शन लेने का फैसला कर लिया। उन्होंने मेन टाउन से एक बड़ा जुलूस एक धर्मस्थल की तरफ निकाला। उस समय, पर उससे पहले नहीं, पुलिस हरकत में आ गई। ऐसा लग रहा था, जैसे किसी हिंदी फिल्म के लिए स्क्रिप्ट लिखी गई थी। पहले तो उन्होंने बिना किसी जबरदस्ती के भीड़ को तितर-बितर करने की कोशिश की और जब उससे कुछ नहीं हुआ और भीड़ अपना आपा खो बैठी तो उन्होंने फायरिंग की। हर कोई बचने के लिए भागा। इस भगदड़ में एक लड़का गोली लगने से मर गया। काजी, जैसे कि वह बाद में जाना जाने लगा, मशहूर हो गया। उसने एक अच्छे कूटनीतिज्ञ की तरह इस मौत को अपने धर्म को आगे बढ़ाने के लिए इस्तेमाल किया।

अपने एक और जोरदार भाषण में उसने बताया कि जहाँ पर उस लड़के की मृत्यु हुई थी, वह जगह अब पवित्र हो गई थी, इसलिए उसकी याद में उस जगह को पवित्र बनाने के लिए एक मस्जिद बनाई जानी चाहिए, जिसका नाम शहीदी मस्जिद रखा जाना चाहिए। यह धारणा बहुत जल्दी फैल गई। जिनको इस ढाँचे के बदलाव से असर पड़ता, उन्होंने इस प्रस्ताव का विरोध किया, क्योंकि इस प्रस्ताव से कई घरों और दुकानों को हटाना पड़ता, जो कि पंडितों के थे।

पुलिस एक बार फिर से एक्शन में आ गई, उन लोगों को तितर-बितर करने के लिए लोग सड़कों पर उतर आए थे। उधर काजी आजादी से घूम रहा था और अपने नए-नए महत्त्व से काफी संतुष्ट था।

काजी की मुसलमानों में बढ़ती हुई लोकप्रियता से दूसरे सियासी लीडरों को खतरा महसूस हुआ। वे मुसलमानों की जागरूकता को अपने फायदे के लिए इस्तेमाल करने की सोचने लगे। अपने आपको धर्म-निरपेक्ष कहनेवाली पार्टी—इंडियन नेशनल कांग्रेस भी इसमें कूद पड़ी और बड़ी भारी भीड़ को संबोधित करते हुए उन्होंने मुसलमानों को एक्शन के लिए प्रेरित किया। उनके भाषणों ने पंडितों को याद दिलाया कि उन्हें मुसलमानों की इच्छाओं का सम्मान इसलिए करना है, क्योंकि वे बहुतायत में हैं और वे जगहें, जो कि सदियों से पंडितों की थीं, वह सच्चाई, जो बहुत लोग निजी तौर पर जानते और मानते भी थे, उन्हें मुसलमानों को सौंपनी चाहिए।

एक ऐसा लीडर, जिसकी बेटी के 1989 के अपहरण के बाद उग्रवाद

सचमुच पूरी तरह से राष्ट्र विरोधी आंदोलन बन गया, फिर एक और धर्म निरपेक्ष पार्टी का सम्मानित लीडर और भारत का गृहमंत्री बन गया। इस बहुदंतेदार हमले का नतीजा यह हुआ कि पहली बार दोनों समुदायों में बहुत बड़ा विवाद खड़ा हो गया। हिंसक मुस्लिम भीड़ ने पंडितों पर हमले किए और कई गाँवों में घर जलाए गए। बहुत जल्दी लीडरों की एक टोली शांति और मैत्री का पाठ पढ़ाने आई और इस बात पर जोर दिया कि यह झगड़ा शांत पानी में एक छोटी सी लहर और शरारती तत्त्वों की कल्पना थी, जिसका कोई आधार नहीं था। बहुत सारी संस्थाएँ, जिनमें से कुछ बाहर से थीं, उन्होंने प्रभावित लोगों को घर और मंदिरों की मरम्मत के लिए आर्थिक सहायता दी, जो एक ही दिन में तबाह कर दिए गए थे। कुछ पंडितों ने बदलाव की हवाएँ देखीं। उन्होंने अपनी संपत्ति का कुछ हिस्सा बेचकर जम्मू और दूसरे पड़ोसी राज्यों—हिमाचल, हरियाणा, दिल्ली में जमीन खरीदकर घर बनाए, मगर मक्खनजी वहीं टिके रहे और अब हरजाना भर रहे थे।

जब मक्खनजी अपनी कहानी सुना चुके, तब तक रात ढल चुकी थी। हम तीनों जैसे शोकाकुल छायाएँ लग रहे थे। बाहर सन्नाटा था, मगर हमारे दिल उत्तेजित थे। हर गुजरनेवाला लम्हा एक विपत्ति था। मैंने मक्खनजी को सुबह तक आराम करने को कहा, क्योंकि उन्हें सुबह जम्मू के लिए निकलना था। मैंने जब सुनील से पूछा कि उसका क्या प्लान था तो उसने कहा कि कि वह निश्चित नहीं था। पहले वह मौत का फरिश्ता था, मगर अब वह एक मुक्तिदाता था। मुझे मालूम था कि वह बहुत बड़ा खतरा मोल ले रहा था, क्योंकि उग्रवादियों ने बहुत से लोगों को उन लोगों पर नजर रखने के लिए लगाया था, जो बहुत ज्यादा इधर-उधर कर रहे थे, मगर उसे परवाह नहीं थी। उसने बताया कि वह मक्खनजी को गाड़ी में बिठाएगा और फिर अपने गाँव अपने लोगों के पास लौट जाएगा।

मक्खनजी आज सुबह-सुबह निकल गए। उन्होंने चिंता और कृतज्ञता से भरे हुए गले से कह दिया कि वे सुनिश्चित करना चाहते थे कि कोई उनको मेरे घर से निकलते हुए न देखे। मुझे बेचारे मक्खनजी के लिए दुःख है, क्योंकि मुझे और उन्हें मालूम है कि एक बार वे जम्मू चले गए तो फिर उन्हें वापस आने का मौका नहीं मिलेगा। एक बार जो बाहरवाला हो गया, वह फिर हमेशा के लिए बाहरवाला हो गया। यह मुसलमानों का नया नारा है। क्या मक्खनजी उत्कंठापूर्वक अपनी इस धरती को नहीं देखेंगे, जहाँ वे पैदा हुए थे, जहाँ वे जवान हुए, क्या यह उनके लिए हृदय विदारक नहीं होगा?

37

मक्खनजी से मुझे उन मक्खनजी की याद आई, जिनसे मैं तब मिला, जब मैं छोटा बच्चा था। इस समय वे कहाँ होंगे, श्रीनगर में या जम्मू में? मेरे जैसे लोगों के लिए जिंदगी कितनी कठिन हो गई है, हम कहीं भी इस असुरक्षा की वजह से नहीं जाते, ताकि हम देखें कि हमारे लोग कहाँ हैं, मुझे इस बात का कोई अंदाजा नहीं है कि मेरे कितने रिश्तेदार यहाँ हैं? मेरे पिताजी की बहन और उनका परिवार मेरे घर से बहुत दूर रहते हैं। मुझे यह भी नहीं पता कि क्या वे सुरक्षित हैं, क्या वह यहीं पर हैं या जम्मू में?

मक्खनजी हमारे रिश्तेदार नहीं थे। हमारी उनसे इतनी ज्यादा पहचान भी नहीं थी। वे मेरे दादाजी की एक बुजुर्ग कजिन के पड़ोसी थे। आप अंदाजा लगा सकते हैं कि वे मेरे क्या लगते थे, मगर उन दिनों इस तरह के संबंध कोई असामान्य नहीं थे, क्योंकि खून के रिश्ते ही सिर्फ रिश्ते नहीं होते थे। मेरे दादाजी की कजिन का नाम सती द्यद था। वह एक उलेखनीय महिला थीं। उनका लंबा-चौड़ा शरीर दिल को दहलानेवाला था। कम उम्र में विधवा होने के कारण उन्होंने अपने बच्चों को पालने में काफी संघर्ष किया था और मेरे दादाजी ने उनको काफी सहारा दिया था। अपने रिश्तेदारों और बच्चों पर रौब जमाने के लिए वे अकसर हमारे यहाँ आती थीं, ताकि वे सबको दिखाएँ कि इस दुनिया में अभी भी उनके भरोसेमंद लोग और शुभचिंतक थे।

मैंने उन्हें पहली बार मेरे घर में, जहाँ मेरा जन्म हुआ, देखा था। उनके सफेद बाल, गोल चेहरा और शरीर विशाल था, जिस पर वे खुला-खुला फिरन पहनती थीं। उनके बड़े शरीर को बैठने के लिए दो-तीन गद्दे डालने पड़ते थे और अच्छी तरह बैठने के लिए कम-से-कम आधा घंटा लगता था। वे बैठक में सबसे महत्त्वपूर्ण जगह पर बैठती थीं और आदेशों पर आदेश देती थीं। उनकी जरूरतें भी विशाल थीं और हर थोड़ी देर के बाद वे काफी सारा पानी पीती थीं और उनकी खाने की माँगों का कोई अंत नहीं था। वे बार-बार छींकती थी, क्योंकि वे नाक से नसवार सूँघती थीं। मेरे दादाजी बहुत गुस्सेवाले थे, जिसकी वजह से सब लोग उनसे डरते थे, मगर वे भी सती द्यद के सामने दुबककर रहते थे। एक बार जब मैंने दादाजी से थोड़े अनादर से उनके बारे में बात की, क्योंकि उन्होंने मुझे डाँटा था, तो उनकी प्रतिक्रिया देखने लायक थी। उन्होंने अपनी हथेली से मेरा मुँह इतनी जोर से दबाया कि मेरी रुलाई निकलने लगी थी। उन्होंने मुझे इशारे से समझाया कि

मैं कभी उनके विरुद्ध कुछ नहीं बोलूँगा। मुझे यह समझ नहीं आया कि हमारे घर में उसकी इतनी ज्यादा क्यों चलती थी।

जब वे अच्छे मूड में होती थीं तो बड़ी मोहक लगती थी। वे अपने फिरन की बड़ी सी जेब में हाथ डालकर चाँदी के रुपए, जो मैं हमेशा उनके साथ ही जोड़ता था, खनखनाती थीं। क्या वे अमीर थीं? एक दिन मैंने अपने पिताजी से पूछा, मगर वह निश्चय से कुछ नहीं कह सके, मगर मुझे लगता था कि वे अमीर थीं। वे एक बड़े से पाँच मंजिला मकान में रहती थीं, जिसका आँगन इतना बड़ा था कि उसमें दो बड़े-बड़े शामियाने आ सकते थे, जहाँ पर दो बारातों को बिठाया जा सकता था। बाद में मुझे पता चला कि उनके पति ने चाँदी से भरा हुआ बरतन और एक छोटी सी बोरी में सोने के गहने उनके लिए छोड़े थे। शायद इसीलिए सब उनका सम्मान करते थे। जब वे अपनी जेब खनखनातीं तो मैं भागकर उनकी गोद में कूद जाता था। वे मुझे गले लगातीं और अपना गुलाबी मुँह मेरे चेहरे पर काफी देर तक रखती। वे बच्चों को बहुत प्यार करतीं, मगर तभी तक, जब तक बच्चे उनकी सख्त संहिता के मुताबिक ठीक तरह से बर्ताव करते। मेरी माँ और मेरी ताईजी, जो लगभग एक ही उम्र की थीं, उनके सामने दो आज्ञाकारी नौकरानियों की तरह आदेश का पालन करने के लिए उनके सामने हाथ बाँधे खड़ी रहतीं।

एक बार वे हमारे यहाँ लगभग एक महीना रही थीं। उसके बाद उन्होंने मुझे अपने घर बुलाया। मैं जल्दी मान गया, क्योंकि विशाल शरीर और सख्त आचरण के बावजूद उनका दिल एक कोमल फूल की तरह था, नर्म और मीठा। उनके घर में मैं हमेशा उनके साथ बैठता था। वे मुझे अपनी जवानी के दिनों की लंबी और मंत्रमुग्ध करनेवाली कहानियाँ सुनातीं। कुछ कहानियाँ मुझे झूठी लगती थीं। मुझे इस बात का विश्वास नहीं होता था, वे कभी जवान, दुबली-पतली दुल्हन रही होंगी। मैं उनके मोटापे का अकसर मजाक उड़ाता था। वे मुस्कराती थीं और मुझे डराती थीं। एक दिन मेरी माँ भी, जो तब बहुत ही सुंदर थीं, कुछ लोग कहते थे कि वे एक फिल्म एक्ट्रेस जैसी थीं और मेरी पत्नी भी, जब मैं बड़ा होकर शादी करूँगा और बच्चे होंगे, उनके जैसी हो जाएँगी। वे कहती थीं कि औरतें मोटी हो जाती थीं, क्योंकि उन्हें बच्चे पैदा करने होते थे। मुझे इस बात पर विश्वास नहीं हुआ। उनकी डरा देनेवाली बातों के बावजूद मुझे उनके पास बैठना अच्छा लगता था। शायद वे मुझमें दिलचस्पी लेती थीं, इसलिए उनकी बड़ी बहू, जो मुझे बूढ़ी ही लगती थी और छोटी बहू मेरा खास ख्याल रखती थीं। सब मोहल्लेवाले उनकी बहुत इज्जत करते थे—बच्चे, औरतें, आदमी सब। हर कोई उनके लिए काम करने

को तैयार रहता था। उनमें से, जो हर रोज उनसे मिलने आते थे, वे मक्खनजी थे। उनका कद छोटा, बाल भूरे और चेहरे पर भूरी चित्तियाँ थीं, जिनकी वजह से वे देखने में अजीब लगते थे।

सती द्यद और मक्खनजी के घरों के बीच एक पतली गली थी। दिन में वे अपनी गोल बालकनी पर सफेद कवर की मसनद के सहारे आराम से बैठकर मक्खनजी समेत चारों पंडित पड़ोसियों के घरों पर नजर रखती थीं। चूँकि वे बातचीत में निपुण थीं, वह गली पार की औरतों के साथ अपने घर में बैठकर ही बातें करते थीं। वे लोग हमेशा सींक की छोटी टोकरियों से कुछ-न-कुछ भेजते रहते थे, जिनको रस्सियों के सहारे बड़ी कुशलता से इधर-उधर किया जाता था। एक गरम-गरम सब्जियों का बरतन, एक फल का टुकड़ा, भुने हुए चने या तली हुई मूँगफलियाँ। एक कमांडर की तरह वे हर एक से आज्ञा का पालन कराती थीं।

ऑफिस से आने के बाद मक्खनजी बड़ी कर्तव्यनिष्ठा से उनके घर पर भक्ति-भाव से आते थे। उनसे पूछते कि वे दिन में कैसी थीं और उनसे आदेश लेते थे। वैसे उन्हें मक्खनजी से काम कराने की जरूरत नहीं पड़ती थी, क्योंकि उनके बेटे उनका सारा काम बड़े सम्मान और आज्ञाकारी तरीके से करते थे। फिर भी वे हमेशा उनसे पूछते कि उनको कोई काम तो नहीं कराना था। जब सती द्यद को लगा कि मैं घर में बैठकर बोर हो रहा हूँ तो उन्होंने मक्खनजी को आदेश दिया कि वे आनेवाले रविवार को मुझे हारी पर्वत ले जाएँ। यह मेरे बचपन की एक यादगार सैर थी, क्योंकि इससे मैं कई तरह से बदल गया।

उस रविवार को, मुँह अँधेरे, जैसी कि उन दोनों की प्रथा थी, मक्खनजी मुझे अपने साथ वहाँ ले गए, जो कि आजकल के पुराने शहर का सबसे घना इलाका है। पत्थरों से बिछी हुई तंग गलियाँ, ऊपर से बहती नालियाँ, जो काले-गाढ़े पानी से भरी हुई थीं, जिसमें सूखी घास, गीले कागज और कई तरह के चीथड़े थे। कुछ गलियाँ बदबू से भरी थीं, क्योंकि पाखाने के बड़े-बड़े अलग-अलग रंगों के टुकड़े नाली में धीमे प्रवाह में बह रहे थे। मैंने शहर का वह हिस्सा पहले कभी नहीं देखा था।

क्योंकि सुबह का समय था, इसलिए ज्यादा लोग घरों से बाहर नहीं निकले थे। हमने छोटे-छोटे, गिच-पिच घरों की कतारें देखीं, जो बहुत पुराने और भीड़ से भरे हुए थे। किसी-किसी घर में जोर-जोर से रेडियो बजने की आवाज आ रही थी, क्योंकि खिड़कियाँ नीची थीं, इसलिए घर के अंदर भी दिखाई देता था। इस तरह की कई गलियों को पार करके हम खुली सड़क पर आ गए, जो नवहट्टा चौक था।

वहाँ से हवा बदल गई, क्योंकि अब हम खुली सड़क पर चल रहे थे, जहाँ बहुत ज्यादा घर नहीं थे। इसका एक बड़ा सा हिस्सा छोटी-छोटी कब्रों से, जिसमें कुछ खुरदुरी सी कटी हुई और कुछ खूबसूरती से तराशी हुई थीं, जिन पर कैलिग्राफी से कुछ शब्द लिखे गए थे, ढका हुआ था। फिर हम वहाँ घुसे, जो एक जमाने में एक बड़ी सी बंद जगह का मुख्य द्वार था। दीवार काफी चौड़ी थी और बहुत ही पुरानी लगती थी। यहाँ पर सड़क के दोनों तरफ घरों के झुरमुट थे। मैंने दो अलग-अलग स्थल देखे, जिनमें एक मुसलमानों की जियारत थी।

दूसरी तरफ एक छोटा मकान था। वहाँ पर खड़े हुए लोगों के हाथों में दीये जल रहे थे और वे संस्कृत श्लोक और कश्मीरी भजन गा रहे थे। हर किसी ने कुछ समय तक जलते दीये को हाथ में लिया, कुछ मंत्रों का उच्चारण किया और दीये को गोल दायरे में या अर्धवृत्त में घुमाया। यह गणेश का मशहूर मंदिर था। पहाड़ी का एक बड़ा सा भाग, जिसे चारों ओर से ढका गया था और उसे सिंदूर से रँग दिया गया था, वह रंग, जो गणेशजी के साथ जोड़ा जाता है। कुछ लोग साइड के द्वार से अंदर गए, मगर हम बाहर ही रहे।

मक्खनजी ने पुजारी से बात की, दो दीये लिये और एक मुझे दिया। भगवान् को संबोधित करने से मुझे एक खुशनुमा, एक अजीब सी आनंददायक अनुभूति मिली। सब लोगों की तरह मैंने भी कुछ मिनट के लिए आँखें बंद कीं और अपना ध्यान मूर्ति पर केंद्रित करने की कोशिश की। कुछ पल के लिए मुझे अपने अंदर एक आभा सी लगी, मगर ज्यादा देर तक नहीं रही। शायद इसलिए कि वहाँ बहुत से लोग थे, काफी शोर था, कुछ तो बातें भी कर रहे थे, कुछ भजन गा रहे थे और कोई कुछ और कर रहे थे। मैंने देखा कि आदमी, औरतें, बच्चे आते जा रहे थे। मक्खनजी ने बताया कि यह हमारे हारी पर्वत के इर्द-गिर्द जाने की शुरुआत थी।

गली को पार करके हमने और भी पहाड़ी अपनी दाहिने तरफ देखी और बादामों के बड़े-बड़े बाग हमारी बाईं तरफ थे। वह समय बादामों के फूलों के खिलने का था और जब वे खिलते हैं तो पेड़ बहुत ही खूबसूरत लगते हैं। ऐसे सुंदर दृश्य मैंने आनेवाले सालों में कई बार देखे। पहाड़ी के दाहिने तरफ का हिस्सा एक बड़ी सी पत्थरों की दीवार थी। मक्खनजी ने बताया कि वहाँ एक पुराना किला हुआ करता था, जो दुर्गा का मंदिर था। यह हमारे कैलेंडर के अनुसार, कुछ खास शुभ दिनों पर ही खुलता है।

मुख्य किले के नीचे एक और जगह थी, जहाँ हम खड़े थे। वहाँ से वह बहुत ही सुंदर लग रहा था। वहाँ पहुँचने के लिए हम लगभग सौ सीढ़ियाँ चढ़नी पड़ीं।

हर एक सीढ़ी एक पत्थर की पट्टी थी, जिस पर कुछ खुदा हुआ था। इसके दोनों ओर मुंडेर थी, जो उन लोगों के सुस्ताने के लिए उपयुक्त जगह थी, जो ऊपर मंदिर जाते थे। अंदर देवी शारिका की मूर्ति और पहाड़ी का एक हिस्सा था, जो सिंदूर और फूलों से ढका हुआ था। मैंने वहाँ बहुत से लोगों को देखा, जो देवी को संबोधित करके कश्मीरी में लोकल वाद्य यंत्रों के साथ भजन गा रहे थे। मक्खनजी ने बताया कि वे सब रातभर गा रहे थे तो मेरी आँखें आश्चर्य से खुल गईं। उस वक्त मुझे पता नहीं था कि एक दिन मैं भी उनके साथ गाऊँगा, क्योंकि मुझे बाद में पता चला कि वे हमारी कुलदेवी थीं। मुझे यह भी पता चला कि सब कश्मीरी पंडितों की एक संरक्षक देवी होती है और उनके रिवाज और देवी को क्या चढ़ाना है, इसी बात पर निर्भर होता है।

दूसरी देवियों के विपरीत शारिका देवी मीट का चढ़ावा स्वीकार करती हैं। हमारे पंचांग के हिसाब से किसी भी शुभ दिन तहरी और भेड़ के कलेजे के टुकड़े, जो तीखे लाल मिर्च में बनाए जाते हैं और काफी मजेदार होते हैं, चढ़ाए जाते हैं। उस दिन मुझे दूसरे पुजारी के हाथ से दिया हुआ प्रसाद एक चम्मच चरणामृत और नकुलदाने से ही काम चलाना पड़ा। वहाँ हर एक के माथे पर सिंदूर का एक बड़ा सा टीका था, जो पुजारी ने लगाया था। लोग देवी की छवि पर पीतल या स्टील के बरतनों से पानी चढ़ा रहे थे।

मंदिर से निकलकर हम दूसरी तरफ से उतरे। वहाँ भी सीढ़ियाँ थीं, मगर जहाँ से हम ऊपर गए थे, उससे समतल थीं। बाहर अच्छी हवा चल रही थी और बहार की एक अच्छी सी खुशबू आ रही थी, मगर सूरज अभी निकला नहीं था। पहाड़ी के निचले भाग में मैंने और भी छोटे-छोटे मंदिर देखे और बैठने के लिए कई जगहें थीं, जो चारों तरफ से खुली थी, मगर ऊपर छत थी, जहाँ लोग सुस्ताते थे और कुछ अपनी-अपनी देवियों का ध्यान करते थे।

अब तक काफी लोग आ गए थे। भीड़ काफी बड़ गई थी, खासकर वे, जो रोज आते थे, मगर ऊपर नहीं जाते थे। लोग बातें कर रहे थे और कुछ जोर-जोर से भजन गा रहे थे। पहाड़ी के चक्कर लगाते हुए मैंने एक सूखा गहरा कुआँ देखा, जो शायद दो-तीन सौ फीट गहरा था। मुझे उस तरफ जाने की हिम्मत नहीं पड़ी। फिर मैंने एक बड़ी सी चोकोर बिल्डिंग देखी, जो मुख्य जेल और पागलखाना था। वह बिल्डिंग देखकर मैं एक अजीब पेसोपेश में पड़ गया, क्योंकि मैं इसे किसी तरह से भगवान् और मंदिरों से नहीं जोड़ सका। इससे पहले कि मैं मक्खनजी से इस बारे में पूछता, हम वहाँ से चल दिए।

हम पहाड़ी की बाहरी सतह से एक दूसरे बड़े से गेट से निकले, जो बहुत ही विशाल और काफी पुराना लगता था। यह बड़ी सी जगह का एक हिस्सा था, जहाँ पर दोनों तरफ से इतनी जगह थी कि थके-माँदे लोग कुछ देर तक सुस्ता सकें। मक्खनजी ने कहा कि यह बिल्डिंग मुगलों के जमाने में बनाई गई थी। मैं सचमुच थक चुका था और थोड़ी देर के लिए थकान दूर करने के लिए बैठ गया। जब मक्खनजी को लगा कि मैं उठना नहीं चाहता था तो उन्होंने मुझे अपनी पीठ पर लाद लिया। मुझे लग रहा था कि मेरे बोझ के वजह से वे कराह रहे थे, मगर वे बहादुरी से चलते गए, क्योंकि वह सती द्यद के गुस्से का सामना नहीं करना चाहते थे। आखिरकार जब हम मेन सड़क पर पहुँचे तो हम ताँगे पर बैठे, जिसने हमें घर की मेन गली के पास छोड़ दिया। तब तक मैं इतना थक चुका था कि एक कप दूध पीकर सो गया।

38

जब मैं स्टूडेंट था तो मैं मानता था कि संजोग बुरी किताबों या फिल्मों में, खासकर हिंदी फिल्मों में दिखाई पड़ता है, मगर आज मैंने देखा कि ऐसा असल जिंदगी में भी होता है। मैंने सपने में देखा कि मक्खनजी मेरे सामने खड़े हैं। मैंने सपने में भी नहीं सोचा था कि वे मुझे ऐसे विवादस्पद संघर्ष के समय ऐसी असामान्य स्थिति में मिलेंगे। मैं उनको बहुत ही लंबे समय के बाद देख रहा था, इसलिए मुझे उन्हें पहचानने में थोड़ा समय लगा। अब वे बूढ़े हो गए हैं। उनके घने और लंबे बाल झड़ गए हैं। वे एक विनयी की तरह मुझसे भीख माँग रहे हैं कि मैं उन्हें उन लोगों से बचाऊँ। जब मैंने उनसे पूछा कि उनके साथ ऐसा क्या हुआ था तो उन्होंने मुझे सर्वानंद कौल की कहानी सुनाई, जिसका उग्रवादियों के द्वारा मारा जाना कल रेडियो पर घोषित हुआ था।

मक्खनजी सर्वानंद के दूर के रिश्तेदार हैं। वे पुराने शहर की घुटन से भागकर उनके पास चले गए थे, क्योंकि उनकी तरफ आतंकवाद बाकी जगहों से ज्यादा दिखाई पड़ता था। ऐसा लगता है, जब वे किसी सभा में मिले थे तो मक्खनजी ने उन्हें अपने घर की दर्द भरी कहानी सुनाई। इस पर सर्वानंद ने कहा कि वे कुछ दिन उनके यहाँ आकर रहें। उन्होंने यह भी कहा कि वहाँ पर कोई खतरा नहीं है, क्योंकि उन्हें गाँववालों पर पूरा भरोसा है।

बहुत से गाँवों में पंडितों ने मुसलमानों से स्पष्ट रूप से पूछा था कि वे क्या चाहते हैं कि वे वहाँ रहें या निकल जाएँ। प्रेमी को, जो सर्वानंद का उपनाम

था, मुसलमानों ने बड़ी शालीनता से रुकने को कहा था। मक्खनजी को लगा यह समझनेवाली बात थी। कौन नहीं चाहेगा कि ऐसे आदमी उनके साथ रहें? गाँव के एक सम्मानित बुजुर्ग होने के अलावा वे एक मशहूर विद्वान् और एक उम्दा कवि थे। उन्होंने भगवद्गीता जैसे ग्रंथों का कश्मीरी में अनुवाद किया था। गाँववालों के विश्वास दिलाने पर वे और उनका परिवार वहीं रह गए थे। उनकी वजह से और पंडित परिवार भी रह गए थे।

जब मक्खनजी उनके घर पहुँचे तो प्रेमी हमेशा की तरह प्रफुल्लित थे। उन्होंने उन्हें गर्व से बताया कि गाँव के मुसलमानों ने न केवल उनको रुकने को कहा, बल्कि यह भी सुनिश्चित किया कि कोई भी उनको किसी भी प्रकार की हानि न पहुँचाए। मक्खनजी को वहाँ सचमुच अच्छा लगा। प्रेमी उन्हें अपने खेतों को दिखाने के लिए ले गए। अपने प्लान के बारे में बताया और घाटी के ताजे हालात के बारे में भी बातचीत की। उन्होंने माना कि जो हो रहा था, वह गलत था, मगर उनके हिसाब से स्थिति इतनी भी खराब नहीं थी और उन्हें पूरा विश्वास था कि सब बहुत जल्दी ठीक हो जाएगा। चूँकि मक्खनजी रिटायर हो चुके थे, इसलिए उन्हें वापस घर जाने की कोई जल्दी नहीं थी, जहाँ पर हालात कुछ खास ठीक नहीं थे, जितने प्रेमी के गाँव में थे। उन्होंने फैसला कर लिया कि वे जब तक रह सकेंगे, रह लेंगे, मगर प्रेमी का आशावाद बहुत दिनों तक नहीं चला। उनकी बर्बरतापूर्वक हत्या कर दी गई। मक्खनजी और गाँववालों को साफ तौर पर समझ आ गया कि पंडित घाटी में रहकर अपनी जान जोखिम में डाल रहे थे।

मक्खनजी ने बताया कि यह सब कैसे हो गया। एक शाम को तीन नौजवान उनके घर पर आए। उन्होंने कहा कि उन्हें एक जरूरी मसला हल करना था, जिसके लिए उन्हें उनकी मदद की जरूरत थी। प्रेमी ने उनका स्वागत किया और बैठने को कहा, मगर वे न माने। वे चाहते थे कि प्रेमीजी बाहर आएँ, क्योंकि मामला इतना नाजुक था कि घर के अंदर उसकी चर्चा नहीं हो सकती थी। प्रेमी तो हमेशा मदद के लिए तैयार रहते थे। वे मान गए। जब उनके बेटे ने देखा कि वह उन लोगों के साथ बाहर जा रहे थे, जिन्हें वे ठीक से नहीं जानते थे तो उसने उन लड़कों से पूछा कि क्या वह भी उनके साथ जा सकता था। उन्होंने कुछ देर के लिए एक-दूसरे की तरफ देखा और मान गए। इसकी वजह से यदि परिवार के सदस्यों को कोई संदेह था तो वह भी दूर हो गया। मक्खनजी ने कहा कि उनके लिए वह वरदान ही था, क्योंकि बाद की बातों से पता चला कि इससे उन्हें बिना कोई खतरा उठाए दो लोगों को मारने का मौका मिला।

जब वे बाहर निकले तो वहाँ थोड़ा अँधेरा था। आवेग में आकर मक्खनजी भी थोड़ी दूर रहकर उनके पीछे हो लिये। अगर उन्होंने ऐसा नहीं किया होता तो हमें कभी पता नहीं चलता कि उनके घर से निकलने और सुबह, जब उनके मृत शरीर पाए गए, के बीच में क्या हुआ था। पुराने जमाने के मुक्तिदाताओं की तरह प्रेमी का शरीर एक पेड़ से ठोकी हुई कील से लटक रहा था और उनका बदकिस्मत बेटा, जिसने जानबूझकर मौत को गले लगाया था, एक टहनी से टँगा हुआ था। उग्रवादियों ने बहुत लोग मारें हैं, मगर इस बेरहमी से नहीं।

जो मक्खनजी ने मुझे बताया, उस पर मेरे लिए विश्वास करना कठिन था। हालाँकि वे उग्रवादियों और उनके शिकारों के पीछे थे, मगर उन्हें उनकी बातें पूरी तरह से नहीं सुनाई दे रही थी। उन्हें उनकी बातें सुनने के लिए अपने कानों पर जोर डालना पड़ा। उन नौजवानों को कोई मसला हल नहीं करना था, कोई सवाल नहीं पूछने थे और न किसी सलाह की जरूरत थी। उन्हें प्रेमी के वहाँ रहने से तकलीफ थी, क्योंकि वह पुराने टाइप के पंडित थे। पगड़ी पहनते थे, माथे पर तिलक लगाते थे और आजादी से गाँव में घूमते थे। टीका, जो पंडितों का प्रतीक माना जाता था, उनके लिए असहनीय था; क्योंकि यह उनकी नई योजना में फिट नहीं बैठता था। मुझे पूरा विश्वास है कि प्रेमी को उनकी बातों से गहरा धक्का लगा होगा और उन्होंने इस अलगाववाद के लिए उन्हें फटकारा होगा। नौजवानों को यह अच्छा नहीं लगा और गुस्से से कहा कि उन्होंने अपनी पगड़ी और तिलक का बहुत प्रदर्शन कर लिया। अब दोनों चीजों को जाना होगा, क्योंकि उनका समय खत्म हो गया था।

जब प्रेमी के बेटे को लगा कि हालात काबू से बाहर हो रहे थे तो उसने कहा कि उसके पिता अब बूढ़े हो चुके हैं और अपनी आदतें नहीं बदल सकते। इसके अतिरिक्त गाँव के मुसलमान भाइयों को उनके इसी तरह रहने का समर्थन है। इससे उन्हें और भी गुस्सा आया। उन्होंने उन मुसलमानों को गालियाँ दीं, उन्हें दकियानूसी बुलाया और कहा कि वह पंडितों से इतने प्रभावित हो गए हैं कि अपने ही धर्म को भुला बैठे हैं। उन्होंने पंडितों को सुरक्षा प्रदान करने के आदेश-पत्र पर भी सवाल उठाए।

जब उनका गुस्सा ज्यादा ही भयानक हो गया तो प्रेमी के बेटे ने अपने पिता से विनती की कि वे घर लौट जाएँ। इससे उन नौजवानों को और भी गुस्सा आया, क्योंकि वे यह नहीं चाहते थे। उन्होंने बेटे को पकड़ा और उसे पीटने ही वाले थे कि प्रेमी ने हस्तक्षेप किया, मगर उन्होंने उन्हें धक्का दिया औए बेटे को इतना मारा कि

वह बेहोश हो गया। प्रेमी को सदमा लगा। उसके बाद उन्होंने जो किया, उस पर विश्वास नहीं किया जा सकता। वे रस्सी का टुकड़ा लाए और बेटे का गला घोंट दिया, जो न आह भर सका और न कराह सका। तब उन्होंने प्रेमी को पकड़ा और कई बार झकझोरा। उनकी पगड़ी नीचे गिरकर लुढ़क गई। उन्होंने पगड़ी को राक्षसीय प्रचंडता से ऐसे कुचला, जैसे वह कोई जहरीला साँप था, जिसे मारना जरूरी था। उन्होंने प्रेमी के तिलक को देखा और उस पर थूका, जैसे वह कोई दुष्ट, घिनौनी चीज थी। इसके बाद उन्हें वह वीभत्स ख्याल आया। कहीं से वे एक कील और हथौड़ा लाए। पहले उनके पूरे शरीर को पीटा। मार-मार कर उनका भुरता बनाया। फिर वे उन्हें एक पेड़ के पास ले गए, उनको पेड़ के सामने खड़ा किया और वहाँ पर कील ठोंकी, जहाँ पर तिलक था। जो चीज उन्हें अच्छी नहीं लगी, उसको खत्म ही कर दिया। शायद प्रेमी की आँखें खुली रह गई थीं। बदमाशों को लगा कि वे उनका मजाक उड़ा रहे थे। नहीं तो वे उनकी आँखें बाहर क्यों निकालते?

उग्रवादियों ने लाशें वहीं छोड़ दीं, ताकि दूसरी सुबह लोग देख सकें। पंडितों और उनके हिमायतियों को सबक मिले। गाँववालों ने अपने धर्म का फल देखा, मगर किसी को दो शब्द बोलने की भी हिम्मत नहीं हुई। किसी ने आवाज भी नहीं निकाली। सिर्फ प्रेस को एक अच्छी सी हैडलाइन मिल गई। इस वीभत्स दृश्य को देखकर मक्खनजी का पाजामा गीला हो गया। उनको पूरा विश्वास था कि कातिलों को उनकी मौजूदगी का एहसास हो गया था और वे उनको खोज निकालेंगे। उन्हें पता था कि उनसे बहस करने का कोई फायदा नहीं था। इसलिए वे भाग कर मेरे पास आए और मुझसे मदद माँगने लगे।

प्रेमी की हत्या के बाद अनंतनाग से लेकर कोक़रनाग तक पूरे इलाके से बड़ी तादाद में पंडितों का प्रवासन हुआ। मुजाहिदों ने अपने पते अच्छी तरह खेले थे। उन्होंने समुदाय के एक सम्मानित व्यक्ति को बर्बरतापूर्वक मारकर पूरे समुदाय में डर और आतंक की लहर को सारे इलाके में फैला दिया था। पंडितों के घर और खेत खाली पड़े हैं और वे आनेवाले सालों में भी ऐसे ही रहेंगे। मुझे समझ नहीं आ रहा है कि प्रेमी को ऐसी सजा क्यों मिली? शायद उनके कर्मों के फल की वजह से।

39

मैं सिर्फ प्रेमी के बारे मैं क्यों सोच रहा हूँ? क्या इसलिए कि मक्खनजी ने मुझे बचपन में अपनी पीठ पर लादा था, वे अभी भी मेरे घर पर हैं और प्रेमी की

दर्दनाक मृत्यु से बहुत ज्यादा प्रभावित हुए हैं या इसलिए कि यह घटना ताजा और बहुत ही घृणास्पद है ? उनका कत्ल मेरे पीछे भूत बनकर घूम रहा है। यह मुझे एक सच्चाई को समझने पर मजबूर करता है कि कोई उन पंडितों के बारे में बात नहीं करता है, जो मर गए हैं या रोज मर रहे हैं। मैंने इस बात पर गौर किया है कि बाहर के लोग सिर्फ पुलिस की पाशविकता, उग्रवादियों पर जुल्म और उनके समर्थकों के बीच की मुठभेड़ में आम नागरिकों की मृत्यु के बारे में ही बात करते हैं और लिखते हैं। प्रेमी की मृत्यु से अब यह बात चरम बिंदु पर पहुँच गई है। वे मौतें जिनको सियासी मौतें कहा गया था, जैसे टपिलू, वांचू, भट्ट और टी.वी. डायरेक्टर लस्सा कौल। इन सब मौतों ने लोगों को अपनी जन्म भूमि में रहने के बारे में सोचने पर मजबूर किया है और अपने मुस्लिम दोस्तों और पड़ोसियों के दावे के बारे में भी।

ये सब महत्त्वपूर्ण लोग थे। कोई-कोई सियासत से भी जुड़ा हुआ था, मगर किसी भी क्रांतिकारी संस्था से नहीं। वे लोगों में नफरत फैलाने के जिम्मेवार भी नहीं थे। टपिलू एक वकील थे और घाटी में अकेले बी.जे.पी. के लीडर। 1989 में जब घाटी में हालात इतने भी खराब नहीं थे, तब जब उग्रवाद इतना भी नहीं फैला था, जितना यह 1990 के शुरू के दिनों में था, वे एक भीड़भाड़ वाले इलाके में सामने से मारे गए, जब वह अपने काम के लिए घर से निकल रहे थे। गंजू एक रिटायर्ड जज थे। उनको अपने पेशे की वजह से उन अपराधियों का फैसला सुनाना पड़ा, जो आजकल शहीद माने जाते हैं। इसलिए वे शहर के सबसे व्यस्त इलाके, हरी सिंह हाई स्ट्रीट में लंच के समय मारे गए। भट्ट, जो एक वकील था, एक नौजवान के हाथों अनंतनाग के सबसे व्यस्त इलाके में मारा गया, जब वह डिस्ट्रिक्ट कोर्ट से बाहर निकल रहा था, जहाँ उसने एक मुस्लिम को राज्य सरकार के विरुद्ध केस जिताया था। उसका गुनाह क्या था ? हमें बाद में पता चला कि वह एक स्पष्टवादी इनसान, एक बहुत ही काबिल वकील और एक बहुत ही अच्छा पत्रकार था। उग्रवादियों ने यह तर्क फैलाया कि वह उन पंडितों को चुन-चुनकर मारते थे, जिनके पिछले कामों की वजह से आजकल के मुसलमानों की महत्त्वाकांक्षाओं में बाधा पड़ गई थी। इस संशोधनवाद की उमंग की जरूरत यह थी कि इतिहास को दुबारा लिखा जाए, उन लोगों को मारकर जिन्होंने जाने-अनजाने में ऐसा कुछ किया था, जो उनके विरुद्ध हो गया था। सबने इस तर्क को मान लिया, घाटी और बाहर की संस्थाओं ने भी, क्योंकि इन हत्याओं पर कोई शोर नहीं मचा। जहाँ तक मुझे पता है, पुलिस ने अभी तक किसी को सजा नहीं दी है।

मगर बेचारे लस्सा कौल का क्या ? जब मैंने एक मुस्लिम दोस्त से पूछा कि

उसका क्या दोष था तो उसने कबूल किया कि उसे पता नहीं था। रेडियो कश्मीर के डायरेक्टर के तौर पर उसने संस्था की छवि उभारने की हर कोशिश की। उसने सब वरिष्ठ मुसलमानों को मीडिया के प्रति अपने योगदान के लिए सम्मानित किया और कश्मीरी भाषा के साहित्य और संस्कृति को बढ़ावा दिया। टी.वी. डायरेक्टर के तौर पर उन्होंने विजुअल मीडिया को भी उसी जोश से भर दिया, मगर जो वादी में अपना सिक्का चला रहे थे, उन्हें इसमें कोई दिलचस्पी नहीं थी। वे चाहते थे कि वह मीडिया को उनके फायदे के लिए इस्तेमाल करें, क्योंकि वे एक ऐसी संस्था के हैड थे और टी.वी. आतंकवादियों की गतिविधियों के बारे में रिपोर्ट देता था, जिससे उनकी छवि खराब हो रही थी, इसलिए उसको खत्म करना जरूरी था। जैसे ही उन्होंने अपने नए घर के दरवाजे के हैंडल को पकड़ा, जहाँ वे अपने बूढ़े माँ-बाप को देखने बहुत दिनों के बाद गए थे, उन पर इतनी तेजी और इतनी तादाद में गोलियाँ दागी गईं कि वे वहीं पर खत्म हो गए। सरकार अभी तक उनके हत्यारों को नहीं पकड़ पाई है। हालाँकि तबसे काफी समय बीत गया है। लस्सा कौल बहुत ही भारी सिक्यूरिटी वाले इलाके में भारी सुरक्षा के बीच थे। किसी को यह पता नहीं होना चाहिए था कि वे अपने माँ-बाप से मिलने जा रहे थे, फिर भी वे मारे गए। उग्रवादियों के पास एक बहुत ही उत्तम गुप्तचर सिस्टम है।

स्थिति यह है कि आतंकवादी पंडितों को मार रहे हैं, सिर्फ उनको ही नहीं, जिनके सियासी संबंध हैं। इसलिए शहर के किसी हिस्से में या घाटी के किसी दूर गाँव में दो या तीन पंडित हर रोज मारे जाते हैं। प्रेमी कोई सियासी लीडर नहीं थे, पर एक किसान और एक कवि थे, जो प्यार और भाईचारे के गीत लिखते थे। फिर भी वे मारे गए, क्योंकि कुछ लोगों को वे पंडित्व का उत्साही प्रतीक लगते थे।

अगर मुसलमानों को यह लगता है कि पंडित उनके अच्छे कश्मीर, या जैसा भी कश्मीर उनके दिमाग में है, के मार्ग में बाधा हैं तो वे हमारे निष्कासन के लिए एक कानून क्यों नहीं पास करते? इससे उनका काम भी आसान हो जाएगा और पंडितों को भी पता चलेगा कि वे कहाँ हैं। सरकार बहुत ही गैर-जिम्मेदारी से काम कर रही है। अगर इस तरह चुन-चुनकर की गई हत्याओं को रोका नहीं जाता तो मुझे पता नहीं कि हमारा क्या होगा।

क्या पंडित सचमुच आतंकवादियों की योजना में रुकावट हैं? मुझे नहीं लगता कि ऐसा कुछ है। उन्होंने हमेशा मुस्लिम समुदाय की तरक्की करने में सहायता की है। जब एक के बाद एक सरकारों ने उनके घाटी में न रहने की हर

कोशिश की, जब उन्होंने पेशेवर कॉलेजों में दाखिले और नौजवान लड़कों और लड़कियों को पक्षपाती पॉलिसी के तहत नौकरियाँ दीं, तब भी वे यहीं रहे, क्योंकि यहाँ उनके घर हैं। अब हर कोई उनसे कहता है कि वे यहाँ के नहीं हैं और सरकार भी उनके खिलाफ कुछ नहीं कर रही है। तो उनके पास भागने के सिवा और कोई चारा नहीं है।

मैं क्या करूँ ? मक्खनजी दूसरे कमरे में सो रहे हैं। वे क्या करेंगे, एक मक्खनजी को मैंने परसों विदा किया, क्या मुझे दूसरे को भी विदा करना पड़ेगा ? जहाँ तक मेरा सवाल है, मुझे गिरजा और बच्चों का इंतजार करना चाहिए। उन्होंने वापस आने का वादा किया है। क्या यह एक वजह है या बहाना ? मैं कह नहीं सकता।

40

आजकल जम्मू बहुत चर्चा में है। आतंकवादी इसे एक सिटी नहीं मानते हैं और न ही स्टेट का एक महत्त्वपूर्ण हिस्सा। हालाँकि यह सर्दियों की राजधानी है, मगर उनकी नजर में है एक दुश्मन सिटी, क्योंकि यह उनके संभावित शिकारों को शरण देता है। बहुत से पंडित यहाँ पर कैंपों में रहते हैं, जहाँ उन्हें कामचलाऊ टैंट दिए गए हैं। आतंकवादी इसे एक वर्जित स्थान मानते हैं। जम्मू से वापस आए पंडित को शक की नजरों से देखा जाता है, क्योंकि वे मानते हैं कि पंडित वहाँ से तोड़-फोड़ की कला सीखकर आते हैं। बहुत से वापस आए लोगों को खत्म कर दिया गया है। यह एक किस्म की चेतावनी है कि जो लोग घर छोड़कर गए हैं, वे वापस नहीं आ सकते।

दिलचस्प बात यह है कि यहाँ पर भी मुसलमानों का दोगलापन नजर आता है। बहुत से मुसलमानों के लिए जम्मू आमोद-प्रमोद की जगह है। वे घाटी के दमघोंटू माहौल से बचने के लिए वहाँ जाते हैं, फिल्में देखते हैं, व्हिस्की पीते हैं और मौज-मस्ती करते हैं। जब वे वापस आते हैं तो किसी को कोई परेशानी नहीं होती, पर जब पंडित वापस आते हैं तो हर कोई उन पर शक करता है। ऐसी परिस्थितियों को कंट्रोल करने के लिए उन्हें मार देना सबसे अच्छा है।

मक्खनजी जम्मू जाने का इंतजार कर रहे हैं, क्योंकि उनके जिंदा रहने का यही एक रास्ता है। वे घाटी में एक अभिशप्त प्राणी हैं, मगर जम्मू में उनकी जिंदगी कैसी होगी, इस वक्त वे यह नहीं सोच रहे हैं, मगर वहाँ पर पैर रखते ही सोचना पड़ेगा। जब मेरा दोस्त अली मोहम्मद मुझे पिछली बार मिला था तो उसने बताया कि जम्मू में पंडितों की दशा शोचनीय है। उसके कुछ पड़ोसियों ने, जो

उसे वहाँ मिले थे, उसे बताया कि वे किन हालात में रह रहे थे। इससे एक बात की पुष्टि होती है कि पंडित वहाँ अमानवीय हालत में रहते हैं। वे परिवार, जिनके पास श्रीनगर, बारामुला, अनंतनाग, सोपोर में बड़े-बड़े मकान थे, अब कैसी-कैसी तंग जगहों में रह रहे हैं। इतने सारे लोगों के आने से रहनेवाली जगहों पर काफी दबाव पड़ा है। सिटी इतने लोगों का भार लेने में असमर्थ है और संख्या बढ़ते रहने से हालात बद से बदतर होते जा रहे हैं। किराए आसमान को छू रहे हैं और जरूरत के सामान की कीमतें भी बहुत बढ़ गई हैं। गाँव में रहनेवालों की हालत सबसे ज्यादा खराब है। सरकार ने उन्हें शहर के बाहरी इलाकों में टैंटों में ठहराया है, जहाँ सुविधाएँ न होने के बराबर हैं। घाटी के खुशनुमा मौसम में रहनेवालों को अब एक ही जगह, जम्मू की गरमी में गुजारा करना पड़ रहा है। मर्दों, औरतों और बच्चों को सचमुच एक-दूसरे के ऊपर सोना पड़ रहा है। "क्या इसे जिंदगी कहते हैं?" अली मोहम्मद ने दुःखी होकर पूछा, क्योंकि मुझे पता है कि जम्मू की गरमी और सूखा कैसा होता है तो मैं देख रहा हूँ कि वहाँ क्या हो रहा होगा। बहुत जल्द बरसात होगी, ऐसी बरसात, जो पंडितों ने आज तक कश्मीर में नहीं देखी होगी। उनके टैंट बारिश और हवा से टूट जाएँगे। वे लोग आहें भरेंगे, कराहेंगे और अपने आपको कोसेंगे।

अली मोहम्मद कहता है कि पंडित अपनी शोचनीय दशा देख चुके हैं। वे ताड़ से गिरे और खजूर में अटके हैं। उसके पड़ोसी की बूढ़ी माँ ने उससे कहा कि उनके बुरे दिन आए हैं। वे एक नरक से दूसरे नरक में आए हैं। पहले नरक से उन्हें मुक्ति मिलती, एक गोली लगती और मामला खत्म। दूसरा नरक सुलगती हुई चिता थी, जो आपको आहिस्ता-आहिस्ता खत्म कर रही है। पंडितों की दयनीय हालत के बारे में बातें करते हुए अली मोहम्मद की आँखों में आँसू थे। पंडितों के साथ बिताए हुए साल जाया नहीं हुए हैं, मगर वह अली मोहम्मद जैसे ही लोग हैं, जिन्होंने ऐसे हालात पैदा किए हैं, जिसकी वजह से पंडितों को घर छोड़कर भागने के लिए मजबूर होना पड़ा। जब मैं अली को इस बात से चिढ़ाता हूँ तो वह कोई जवाब नहीं देता। वह मुझे गले लगाकर सॉरी कहता है, मगर क्या अली जैसे और मुसलमान हैं, जो ऐसा कह सकते हैं? नहीं। यहाँ हमें दावे के साथ कहना होगा कि यह विरोधाभासी है। मुसलमान सख्त और नर्म दोनों हैं। वे कभी गरम हैं तो कभी ठंडे। वे बहुत ही खतरनाक तरीके से अस्थिर हो जाते हैं। जब वे अकेले होते हैं, वह गाय की तरह दब्बू होते हैं, पर जब इकट्ठे हो जाते हैं तो सियारों की तरह उग्र हो जाते हैं। कहीं-न-कहीं समस्या है। मुझे पता है कि मेरा अली एक

फरिश्ता है। वह मुझे फिर से गले लगाता है और मुझसे कहता है कि मुझे अपने घर में देखकर वह खुश है। यहाँ वह मेरे साथ रो सकता है और अगर मैं जम्मू जाऊँगा तो वह मेरे लिए रोएगा। मैं उससे पूछता हूँ कि इनमें से क्या ज्यादा अच्छा है? वह इसे सुकरात की दुविधा मानता है। जब न्यायाधीशों ने फैसला किया कि उसे मरना होगा, उसने उन्हें अलविदा करके कहा कि उसे मरना होगा और उन्हें जिंदा रहना होगा। कोई नहीं कह सकता है कि दोनों में से बेहतर कौन होगा, वे या न्यायाधीश। आतंकवादियों ने खुदा की जगह ली है, वे सिर्फ फैसला ही नहीं करते, बल्कि मारते भी हैं।

क्या मैं अपने आपको जम्मू की आहिस्ता-आहिस्ता वाली मौत के लिए तैयार करूं या घर में तुरंत मौत के लिए? मैं इस उत्तर के लिए अली से सहायता माँगता हूँ। अली असफल होता है, तभी वे मूक और दुःखी हैं, वह जानता है कि हमारे नसीब भिन्न हो गए हैं, क्योंकि हमारे धर्म अलग हैं, मगर हमने तो अपने धर्म न स्वयं बनाए हैं और न ही माँगे हैं। वह एक मुस्लिम पैदा हुआ था और मैं हिंदू। हमारे नसीब का फैसला हमारे जन्म पर हुआ था, मगर अली के भाई इस स्वाभाविक घटनाक्रम में हस्तक्षेप करके उसे ऐसी दिशा में ले जाना चाहते हैं, जहाँ वह पहले नहीं था। इसलिए वे इस फर्क को चरम सीमा तक ले जाना चाहते हैं। अब स्थिति ऐसी है कि अगर आप पंडित हैं तो आपको कश्मीर में अपना नसीब बनाने का कोई हक नहीं है। अगर आप मुस्लिम हैं तो आप ऐसा कर सकते हैं।

आजकल उन्होंने वह भी बदल दिया है। "क्या हम दोनों फँस गए हैं?" वह स्पष्टवादी है, उसने कहा नहीं। वह मानता है कि मेरी स्थिति खराब है, क्योंकि यहाँ मेरे पास कोई विकल्प नहीं है। मुझे उग्रवादियों की पहुँच से बाहर जाना है, वह तभी संभव है, अगर मैं यह घाटी छोड़कर जम्मू या उसके आगे कहीं चला जाता हूँ।

मैंने मक्खनजी के कमरे से उनके चलने-फिरने की आवाज सुनी। क्या वे जम्मू की आजादी के सपने देख रहे हैं? बेचारे मक्खनजी! समझ नहीं आता कि उनके लिए रोऊँ या सारी बात को हँसी में टाल दूँ? काश अली यहाँ होता तो मुझे इस दुविधा से निकलने में सहायता करता।

41

भगवान् उन्हीं की सहायता करते हैं, जो अपनी सहायता स्वयं करते हैं। हमें इसी पर विश्वास करना सिखाया गया था, मगर क्या पंडित इस स्थिति में हैं कि वे

अपनी सहायता कर सकें? मेरा विचार है कि वे ऐसा नहीं कर सकते हैं। इतिहास बहुत सदियों से उनके विरुद्ध रहा है। कभी बहुत पहले कश्मीर में उनके आनंदमय दिन हुआ करते थे, मगर अब वे कई सदियों से दुःख भोग रहे हैं, खासकर जबसे घाटी में इस्लाम आया। बहुत से आँखों देखे वृत्तांत हमें बताते हैं कि कैसे तलवार के बल पर उनके दमनकर्ताओं ने उन्हें धर्म बदलने पर मजबूर किया। उन दिनों भागने के लिए जम्मू का मार्ग नहीं था। इसके बावजूद बहुत से लोग पहाड़ों को फाँदकर और अनेक तकलीफों के बाद भागने में सफल रहे। कुछ तो रास्ते में ही मर गए, मगर ज्यादातर लोगों के पास दो ही विकल्प थे। नए धर्म में मिल जाओ या मरने के लिए तैयार हो जाओ। जिनमें हिम्मत थी, उन्होंने मृत्यु स्वीकार कर ली और जो कमजोर थे, उन्होंने इस्लाम कबूल किया और यह सालों साल चला। धर्म का प्रलोभन इतना नहीं था, जितना शासक का दबाव, जिसने लोगों को आत्मसमर्पण करने के लिए मजबूर किया। मुख्य रूप से पंडित अपना एक ऐसा समुदाय नहीं बना पाए, जिसमें वे एक सामंजस्य में काम करते। उन्होंने अलग-अलग जीना सीख लिया। हर कोई अपने आपको लीडर मानता है और अपना फैसला खुद करता है। इससे वे शायद वे मजबूत और उपाय-कुशल बन जाएँ, मगर यह उनके समुदाय को कमजोर करता है। उनकी कोई आवाज नहीं है, जिससे सरकारी पॉलिसी या जनता की राय पर कोई प्रभाव पड़े। इसकी वजह से ही उन्हें घाटी से भीगे चूहों की तरह मजबूर होकर भागना पड़ा। इसकी वजह से हर कोई समुदाय, चाहे वह घाटी में हो या बाहर, महसूस करता है कि हमारा कोई महत्त्व ही नहीं है, तो ऐसी स्थिति में हमारे लिए कोई क्यों आवाज उठाएगा, हमारे लिए कोई आँसू क्यों बहाएगा?

42

मक्खनजी आज जम्मू के लिए निकल गए। उन्हें यहाँ रहने के लिए कहने का कोई फायदा नहीं था। वे बहुत ही ज्यादा सहमे हुए थे और उनका परिवार भी पहले से ही वहाँ था। मैंने पूछा नहीं कि वे वहाँ किस तरह की जिंदगी की अपेक्षा करते हैं। मुझे पूरा विश्वास है कि वे जानते थे, इसके बावजूद उन्होंने यह कदम उठाया और कभी-कभी यह ठीक ही होता है। मैं खुद इतना खुशनसीब नहीं हूँ। मैं हमेशा 'करूँ या न करूँ', 'जाऊँ या न जाऊँ', में ही फँसा रहता हूँ?

सुनील अभी भी वहीं पर है। मुझे पता नहीं कि उसका और उसके लोगों का, जैसे कि वह उन्हें बुलाता है, क्या हुआ? बहुत दिनों के बाद जब वह आया तो कोई

अच्छी खबर नहीं लाया था। मैंने उससे कहा कि वह सचमुच मौत का संदेवाहक बन गया है और उसने अच्छी खबरे लाना बंद किया है, तो वह हँसा, पर दूसरे ही पल वह बहुत ज्यादा गंभीर हो गया और मुझ पर बरस पड़ा। "मुझे आश्चर्य है कि इन खलबलीवाले दिनों में भी तुम अच्छी खबर की आशा रखते हो। तुम्हें यहाँ से जाने के लिए तैयार रहना चाहिए, क्योंकि हमारा अब यहाँ रहने का कोई चांस नहीं हैं।" मुझे आश्चर्य हुआ कि सुनील ऐसी निराशाजनक शैली में बातें कर रहा था। उसने बताया कि हम जंग हार चुके हैं और तब उसने मुझे अचंभे में डालनेवाली बात बताई कि उसके गाँव के सब पंडित चले गए थे। उसने खुद उन्हें भेज दिया था। जब मैंने वजह पूछी तो उसने बताया कि शबीर ने उसे सलाह दी थी कि जितनी जल्दी हो सके, उनको गाँव से बाहर ले जाओ।

यह सब कुछ अचानक हो गया था। हालाँकि उनके वहाँ से जाने के आसार पहले से ही साफ दिखाई दे रहे थे। पीर की घटना के बाद सुनील का अपने भाइयों के साथ गाँव में अपनी मौजूदगी दिखाने के लिए अपना टहलने का प्रोग्राम समाप्त हो चुका था, क्योंकि मुसलमानों ने अब उनके अभिवादन को अस्वीकार करना शुरू किया था। यह साफ था कि मुसलमान उनकी मौजूदगी को पसंद नहीं करते थे। पंडितों को अपनी जान गँवाने का डर और बढ़ने लगा। मान लो उन पर हमला बोला गया तो वे क्या करेंगे? उनकी सुरक्षा के लिए तो पुलिस भी नहीं थी। यह उनकी खुशकिस्मती थी कि शबीर वहाँ था। एक दिन शाम के समय वह तेजी से सुनील के घर आया और जोर देकर कहा कि इससे पहले कि उसके और उसके लोगों के साथ कुछ अनुचित घटना हो जाए, उन्हें वहाँ से निकल जाना चाहिए। जब सुनील ने उसके डर को बेबुनियाद कहकर टाल दिया तो वह बहुत ही गंभीर हो गया। उसने सुनील के कानों में धीमे से कह दिया कि कल दिन के ढल जाने तक कुछ हो जाएगा। इससे सुनील को मजबूर होकर उसे गंभीरता से लेना पड़ा, मगर वह असहाय था, क्योंकि इतने कम समय में गाँव से निकलना मुमकिन नहीं था और यह बात उसने शबीर को समझाई। शबीर को यह कोई समस्या नहीं लगी, क्योंकि वह उपाय-कुशल था। उसने वादा किया कि वह उनके गाँव से निकलने के सारे जरूरी इंतजाम करेगा। उसे बस इस बात को सुनिश्चित करना था कि वे लोग तैयार रहें। उसके निकलते ही सुनील ने पंडितों को तैयार किया। आधी रात को शबीर दो खाली ट्रक लेकर आया। सारे पंडित अपनी नई जिंदगी शुरू करने के लिए ऊधमपुर की तरफ रवाना हुए। जो थोड़ा-बहुत वह अँधेरे में उठा सकते थे, ले गए। मुझे जम्मू के बदले ऊधमपुर सुन कर हैरानी हुई। सुनील ने बताया

कि सरकार ने ऊधमपुर के बाहर उन लोगों के लिए कैंप लगाए थे, जो और कहीं नहीं जा सकते थे।

जब मैंने उससे पूछा कि वह क्यों नहीं गया तो उसने मुझे प्यार भरी नजरों से देखा और कहा कि वह मुझे अकेले छोड़कर नहीं जाना चाहता था। अब उसके अपने लोगों में से केवल मैं ही रह गया था।

43

आज मैं बहुत दिनों के बाद ऑफिस जा पाया, क्योंकि कर्फ्यू में ढील के कारण बहुत लोगों को ऑफिस जाने के लिए समय मिल गया। मेरे लगभग सारे मुस्लिम सहकर्मी मुझे देखकर हैरान रह गए। एक ने मेरे पास आकर मेरे कान में आकर कहा कि उसे लगा था मैं भी जम्मू चला गया हूँ। मुझे लगा कि मुसलमानों ने यह पहले ही मान लिया है कि हमारे भाग्य में केवल जम्मू है। जब मैंने उससे कहा कि जम्मू मेरे लिए कोई मायने नहीं रखता, क्योंकि श्रीनगर ही मेरा घर है तो वह कुछ खास खुश नहीं लगा, लेकिन उसे कुछ कहने की हिम्मत नहीं हुई। जो कोई मुझे मिला, मैंने कह दिया कि अगर कर्फ्यू की वजह से मैं ऑफिस नहीं आ पाया तो मुझसे ऑफिस आने की आशा न रखें। उन्होंने मुझे आश्वासन दिया कि वह कोई समस्या नहीं थी, क्योंकि वे जानते थे कि मैं शहर से दूर रहता था और पब्लिक ट्रांसपोर्ट की हालत खराब थी।

हालाँकि सरकार ने कर्फ्यू हटा दिया था, मगर इसका मतलब यह नहीं था कि हालात सामान्य हो गए थे। कर्फ्यू सिर्फ सरकार की तरफ से नहीं था, बल्कि उग्रवादियों और दूसरी संस्थाओं की ओर से भी था। इस प्रकार के कर्फ्यू का एक नया नाम है सिविल कर्फ्यू। इसका पालन ज्यादा जोश से किया जाता है। आप एक पुलिसवाले का कहा अनसुना कर सकते हैं, मगर एक उग्रवादी का नहीं।

पिछले साल; जब आतंकवादियों ने फरमान जारी किया था कि 15 अगस्त को सिटी में ब्लैक आउट होगा तो किसी में भी इसका विरोध करने की हिम्मत नहीं पड़ी। उस रात शहर के एक सिरे से दूसरे सिरे तक अँधेरा-ही-अँधेरा था। मेरा अंदाजा है कि घाटी की दूसरी जगहों में यही हाल रहा होगा।

उसके दूसरे दिन मेरे दोस्त ने मुझे बताया कि उसके घर को कैसे नुकसान पहुँचाया गया था, क्योंकि उसके किराएदार की पत्नी ने अपनी मंजिल की लॉबी में सिर्फ एक मिनट के लिए बिजली जलाई थी। जैसे ही शीशे पर रोशनी फैली, एक जोर का धमाका हुआ। एक बड़ा सा पत्थर खिड़की पर फेंका गया। ग्रिल के

होने की वजह से उसका सिर बच गया। अब तक लोगों को पता चल गया था कि उग्रवादियों का आदेश कानून की तरह है, जिसका उल्लंघन करने की सख्त सजा दी जाएगी।

लोग अगर सरकारी या गैर-सरकारी ऑफिस न जाएँ तो कोई समस्या नहीं। मैंने जब अपने सहकर्मियों से कहा कि मैं शायद न आ पाऊँ तो उन्होंने कहा कि मैं जब तक चाहूँ, ऑफिस से दूर रह सकता हूँ। सब लोग जानते हैं कि सरकार का अस्तित्व कहीं नहीं है। पिछले साल जब सरकारी दफ्तर, शिक्षा संस्थान, दुकानें कई दिनों तक बंद रहे तो किसी को कोई परेशानी नहीं हुई। यह तब हुआ था, जबकि उग्रवादियों ने अपने चेहरा भी नहीं दिखाया था।

घर वापस आते हुए मुझे एक और मुश्किल का सामना करना पड़ा। मैं बस में घुसा ही था कि ड्राइवर ने हमें उतरने को कहा। जब उससे वजह पूछी गई तो उसने बताया कि ट्रांसपोर्ट बाकी के दिन के लिए बंद हो गया। बाहर आकर मालूम पड़ा कि दो जगह फायरिंग हुई थी, जिसमें कई लोग वहीं मर गए थे। इसलिए हमें पैदल चलना पड़ा।

मैं सिर्फ दस मिनट ही चला था कि मैंने एक बहुत बड़ा जुलूस देखा, जो कि सिटी सेंटर की तरफ जा रहा था। मैंने फैसला किया कि जुलूस को जाने देता हूँ, पर कोई फायदा नहीं हुआ; क्योंकि जुलूस अंतहीन था। मेरे दोस्त ने बताया कि यह एक मील लंबा था। घर पहुँचने के लिए मुझे भी चलना पड़ा। हर कोई, जिसे भी घर पहुँचना था, साथ चल दिया। एक उफनती हुई नदी की तरह जुलूस सब कुछ और सबको, जो भी उसके रास्ते में आता गया, साथ ले चला।

यह असल में पुलिस की फायरिंग में मारे गए लोगों के विरोध में था और चंद मिनटों में यह एक सियासी रैली बन गया। हर तरह के नारे गरज रहे थे; आजादी के, मुस्लिम व्यवस्था के और मुजाहिदीन के। मर्द, औरतें और बच्चे घरों से निकलकर लोगों का स्वागत करने और गर्जन में शामिल होने के लिए निकल आए। जब मैं जुलूस में शामिल हो गया, तब तक यह उत्तेजित लोगों का विशाल समूह हो गया था। मैं बहुत डर गया। भीड़ अगर चाहेगी तो कुछ भी कर सकती है—घरों को लूट लेगी या पूरे शहर में आग लगा देगी। हालाँकि यह पसीनों का मौसम नहीं था, मगर मेरे पसीने छूट गए। एक बहुत ही डरावना ख्याल मेरे दिमाग में आया। अगर उन्हें पता चला कि मैं पंडित हूँ तो वे बहुत ही आसानी से मेरे शरीर को रौंदकर निकल जाएँगे। भीड़ के विध्वंसकारी सामर्थ्य को देखकर मैं इससे बाहर निकलने के लिए संघर्ष करने लगा। मैं एक छोटी सी गली की तरफ मुड़

गया, जो एक बड़ी सड़क से मिलती थी और अपनी जान बचाने के लिए भागा।

मैंने इससे पहले इतने ज्यादा आवेशित और उत्तेजित लोगों को एक साथ नहीं देखा था। ये लोग तेजी से बहती हुई एक नदी की तरह थे, जिससे यह सब डरावना लग रहा था। लोगों की आँखों में ऐसी तेज आग थी और उन सबके हाव-भाव में इतनी ऊर्जा थी कि किसी भी समय कुछ भी हो सकता था। सौभाग्य से कुछ हुआ नहीं। जब मैं घर पहुँचा तो सुनील मेरा इंतजार कर रहा था। उसे दिखाई दे रहा था कि मैं कितना घबराया हुआ था। जब मैंने उसे इस विस्फोटक जुलूस के बारे में बताया तो उसने कहा कि ऐसे जुलूस आए दिन निकलते रहेंगे। अगर सरकार ऐसे बाधाकारी जुलूसों पर पाबंदी लगाएगी तो लोग चिढ़ जाएँगे। यह सच है कि जब कर्फ्यू नहीं होता है तो लोग मौके की ताक में रहते हैं कि कैसे लोगों को सड़क पर उतारें, जैसे कि फायरिंग या उसकी अफवाह। यह हमारी आजकल की जिंदगी का एक नया पैटर्न बन गया है।

मैंने सुनील से पूछा कि यह कहाँ पर खत्म होगा? वह विचारमग्न है, मगर कुछ कहता नहीं। जब मैं उसकी आँखों में कुछ खोजना चाहता हूँ तो मुझे याद आता है कि उसने इस प्रश्न का उत्तर पहले ही दिया है। सरकार लाचार है, क्योंकि उसने उसी विनाशक दिन अपना स्थान छोड़ दिया था, जिस दिन उसने उग्रवादियों को लोगों के दिलों में जगह बनाने दी और इस तरह उनकी कल्पना में अपने लिए एक सुरक्षित जगह बना ली थी।

44

वह विनाशक दिन एक आम दिन की तरह दिसंबर, 1989 में शुरू हुआ था। तब तक उग्रवादियों ने सिटी और घाटी के दूसरे भागों में व्यापक तौर पर लोगों का ध्यान अपनी तरफ आकर्षित कर लिया था। सामने आए बिना ही उन्होंने लोगों को अपनी मर्जी से काम पर जाने से रोका, मर्दों और औरतों के पहनावे को बदल दिया, शराब का पीना और बेचना बंद कराया और लोगों को अपना पैसा कहाँ और कैसे निवेश करना है, बताया। उनका कथन, हालाँकि जबानी तौर पर प्रसारित किया जाता था, मगर एक कानून बन गया था, जिसका पालन न करने पर आपको सख्त सजा दी जा सकती थी और पालन न करनेवाला अपना पैसा, अपनी संपत्ति या अपनी जान भी खो सकता था। हक्का-बक्का आदमी चिंताजनक और स्तब्ध था, क्योंकि हर आनेवाला दिन नए और अप्रत्याशित बदलाव लाता था। एक अदृश्य हाथ उनका संचालन करता था।

जब हर एक यह सोच रहा था कि सरकार की प्रशासनिक मशीनरी आम आदमी की जिंदगी में उग्रवादियों के प्रभाव का विरोध क्यों नहीं कर रही थी, तब लोगों ने दबी जबानों से सुना कि आखिरकार अब पुलिस एक्शन में आ गई थी। पुलिस ने निर्भीकता और साहसी कुशलता से चोटी के पाँच महत्त्वपूर्ण लीडरों को, जिनका हाथ कई लोगों की और पुलिस के अलग-अलग रैंकों की गुप्तचर विभाग के अफसरों की हत्या में था, पकड़ लिया। इससे सरकार को उग्रवादियों से लड़ने के प्रयास को काफी तीव्रता मिली। बहुत लोगों को विश्वास हो गया कि जो समस्या उन्हें पिछले कई दिनों से परेशान कर रही थी, अब सुलझा ली जाएगी। कुछ लोगों ने इसे एक महत्त्वपूर्ण उपलब्धि माना, बढ़ते हुए उग्रवाद को एक धक्का लगा और अब वह राहत महसूस करने लगे। इस आशा भरे माहौल में किसी ने यह नहीं सोचा कि यह उन नाटकीय घटनाओं का आधार बन जाएगा, जिससे लोगों ने उग्रवादियों के आंदोलन को एक नए दृष्टिकोण से देखा।

हालात एक नाटकीय पराकाष्ठा की तरफ बढ़े, जो कि एक वज्रपात की तरह था। मालूम हुआ कि किसी उग्रवादी संगठन ने रूबिया सईद, एक मेडिकल विद्यार्थी का अपहरण किया। तब तक सिविलियन और सरकारी अफसरों का अपहरण आम बात हो गई थी, मगर एक जवान लड़की के साथ उन्होंने ऐसा कभी नहीं किया था और न कभी सुना गया था। यह विश्वास करने लायक नहीं था, क्योंकि वह भारत के गृह मंत्री की बेटी थी।

उसके अपहरण की पहली प्रतिक्रियाएँ स्तब्धता, डर और गुस्सा थे। सब लोग स्तब्ध रह गए, क्योंकि वह एक जवान लड़की थी और आश्चर्यजनक इसलिए, क्योंकि उग्रवादियों ने एक महत्त्वपूर्ण निशाना चुना था, जिसकी वजह से उनके खिलाफ प्रबल एक्शन लिया जा सकता था।

कुछ ही घंटों में उग्रवादियों ने यह स्पष्ट कर दिया कि वे उसे तभी छोड़ेंगे, जब सरकार उन पाँच उग्रवादियों को रिहा करेगी, जो कुछ दिन पहले गिरफ्तार किए गए थे। इससे वह नाटक शुरू हुआ, जिसने उग्रवाद को एक नया मोड़ दिया। स्टेट के मुख्यमंत्री विदेश दौरे पर थे और प्रशासन हक्का-बक्का था। रूबिया के पिता घबराए और चिंताजनक थे। देश के प्रधानमंत्री समस्या से पूरी तरह से अवगत थे और केंद्र सरकार ने सिटी की इस स्थिति के लिए चिंता जताई। सबको लगा कि यह सरकार के लिए एक महत्त्वपूर्ण परीक्षा थी, जिसमें वह दुर्भाग्यवश घपला कर गई।

मुझे इस घटना पर लोगों का गुस्सा होना अच्छी तरह से याद है। लोगों ने इस

बात की घोर निंदा की, क्योंकि अपने सियासी मसलों को हल करने के लिए उन्हें औरतों को इस गंदगी में नहीं धकेलना चाहिए था। बहुत सी संस्थाओं ने, जो कि उग्रवादियों से सहानुभूति रखती थीं, इस घटना की काफी निंदा की। अगर सरकार ने अक्लमंदी या व्यावहारिक बुद्धि दिखाई होती तो लोगों के इस घृणित काम के प्रति गुस्से का फायदा उठाया होता। दुर्भाग्यवश उन्होंने ऐसा नहीं किया। उनकी घबराहट जाहिर थी। केंद्रीय कैबिनेट मंत्री राज्य में आते गए और बंद दरवाजों के पीछे चर्चाएँ चलती रहीं। अफवाहें बड़े जोर-शोर से चलती रहीं, मगर ऐसा लग रहा था कि सरकार का उग्रवादियों के प्रति रुख कड़ा नहीं था। समय बीतने के साथ असहनीय तनाव भी बढ़ता गया।

जब लोगों को पता चला कि सरकार रूबिया सईद के बदले उग्रवादियों को छोड़ने के बारे में गंभीरता से सोच रही थी तो वे बहुत उत्तेजित हो गए। लोगों की भीड़ शहर की महत्त्वपूर्ण जगहों पर उग्रवादियों की रिहाई से पहले कई दिन और रातों से जमा थी। ऐसा लगता था जैसे शहर की सड़कों पर अव्यवस्था उतर आई थी। लोगों में डर, उत्तेजना, यहाँ तक कि आशा भी थी, मगर यह थोड़ी अस्पष्ट और अनिश्चयी थी।

जब वार्त्ताएँ जारी थीं तो उग्रवादियों ने इस बात का खास ध्यान रखा कि यह प्रचार होता रहे कि रूबिया सुरक्षित थी और उसे किसी किस्म का नुकसान नहीं पहूँचाया जाएगा। वह उनकी सम्मानित मेहमान थी और उनको भी उतनी ही प्यारी थी, जितनी बाकी लोगों को। उसका अपहरण एक न टलनेवाली जरूरत थी। सरकारी मीडिया उग्रवादियों के साथ उसकी सुरक्षा की खबरें समय-समय पर उसी तरह से दे रहे थे, जैसे किसी बीमार लीडर की।

लोगों की आशाओं के विपरीत सरकार उनके ब्लैकमेल के सामने झुक गई। उग्रवादी रिहा कर दिए गए। रूबिया अपने बाप की सुरक्षित बाँहों में चली गई और एक फूहड़पन से सँभाली गई कहानी का सुखमय अंत हुआ।

बहुत जल्द यह मालूम पड़ा कि उग्रवादियों का एक्शन एक सावधानी से योजनाबद नाटक था, जिसमें बहुत से लोग शामिल थे और खासकर वे, जिनका सरकार में प्रभुत्व था। पूरा ड्रामा ऐसी कुशलता से बनाया गया था, जिसका अंत वैसे ही हुआ, जैसे वे चाहते थे। बीसियों लोग बहुत ही तफसील से इस घटनाक्रम को जानते थे, उसके अपहरण से लेकर उसकी रिहाई तक। वे यह भी जानते थे कि यह पब्लिसिटी तमाशा था, जो लोगों का ध्यान आकर्षित करने के लिए किया गया था। सिर्फ अधिकारी वर्ग ही कुछ नहीं जानते थे। इसकी वजह से भारत सरकार

कमजोर दिखी। मुझे याद है कि कैसे एक मुस्लिम पहचानवाले ने मुझे सब कुछ पूरी बारीकी से बताया था। उसने कहा कि जो लोग इससे जुड़े हुए थे, वह उनका नाम और पता जानता था, वह जगह जहाँ रूबिया को अपहरण के दौरान रखा गया था, कब और कैसे उसे एक जगह से दूसरी जगह ले जाया जाता था, और इस पूरी कार्य विधि में कितने लोग शामिल थे।

यहाँ पर एक महत्त्वपूर्ण प्रश्न यह है कि क्या जो मेरे पहचानवाले ने बताया, सच है कि नहीं, क्योंकि मेरे पास इसे चैक करने का कोई साधन नहीं है कि क्या रूबिया की जिंदगी सचमुच खतरे में थी। सब जानते थे कि उग्रवादियों को उसको छूने की हिम्मत नहीं थी, उसको मारना तो एक बहुत ही भयानक गलती होती, क्योंकि इससे पैदा गुस्से से उनकी और आंदोलन की छवि खराब होती। अगर सड़क का आम आदमी यह जानता था तो कोई वजह नहीं कि सरकार नहीं जानती थी। पूरी स्थिति का जायजा लिये बिना ही वह दबाव में आ गए। इसका नतीजा यह हुआ कि सरकार ने पहली और बहुत ही महत्त्वपूर्ण पारी उग्रवादियों के खिलाफ गँवा दी। मुझे अच्छी तरह से याद है कि बहुत से लोग सरकार के इस रवैए से खुश नहीं थे।

एक आम आदमी ने जैसे पहले अपहरण के बारे में सोचा था, अब अपना रवैया बदल दिया था। अब उसे लगा कि उग्रवादियों ने एक जवान लड़की का अपहरण करके कोई गलती नहीं की थी। जिन्होंने पहले इसको मुस्लिम मजहब के हिसाब से देखा था, उन्होंने भी अब अपनी राय बदल ली थी। जब लोगों ने देखा कि उग्रवादियों ने क्या हासिल कर लिया था तो वे उनके प्रशंसक बन गए और उन्होंने मजहब की जरूरतों के बारे में अपनी राय बदल दी। उन्हें समझ आ गया कि अपना काम निकालने के लिए कूटनीति और उसके इस्तेमाल का मूल्य क्या है। लोगों के बदलते हुए मूड को जानने के लिए उस दिन, जिस दिन उग्रवादी रिहा हुए थे, श्रीनगर की सड़कों को देखना था। यह जश्न मनाने के लिए लोगों के वाहन और कारें रोकी गईं और सब ने दिल खोलकर पैसे दिए। उन लोगों ने भी जो देना नहीं चाहते थे, भीड़ के गुस्से से बचने के लिए मजबूर होकर चंदा दिया। मैंने अपनी आँखों से देखा कि एक सरकारी गाड़ी लोगों की भीड़ के सामने रुक गई और उसमें बैठा हुआ, एक केंद्र सरकार का अधिकारी, जो सिटी के हालात का जायजा लेने आया था, उसने भी अपना पर्स खोला। जश्न सारे शहर में मनाया गया और उसकी वजह से रात अँधेरे और निराशा से बदलकर हल्की गुलाबी हो गई थी।

जो उग्रवादी रिहा हो गए थे, अब हीरो बन गए। लोगों के मन में उनके

सिद्धांतों, उनके लक्ष्य, उनकी आशाओं और तरीकों के बारे में पूर्ण परिवर्तन हो गया। उन्होंने दिखा दिया था कि वे कर सकते हैं, उन पर विश्वास किया जा सकता है और वे सम्मान के काबिल हैं। हालाँकि उनके कुछ पाने के तरीके परंपरागत तरीकों से रूढ़िवादी थे। उनके मुकाबले में पुराने लीडर सिर्फ बातें करना जानते थे।

उग्रवादियों की रिहाई से उनके आंदोलन को काफी बढ़ावा मिला। उस दिन से, जैसा कि लोगों ने बाद में कहा, उग्रवादी उनके दिल और दिमाग में प्रवेश कर गए। लोगों को जो भी आशंकाएँ थीं, वे सब खत्म हो गईं। यह सब इसलिए हुआ, क्योंकि राज्य और केंद्र सरकारों ने इस पूरी समस्या को गैर-जिम्मेदाराना और बेढंगे तरीके से हैंडल किया, अपनी पुलिस फोर्स को निराश किया और उनका मनोबल चूर-चूर कर दिया। इस बात से आनेवाले दिनों में सुरक्षा बलों की कार्य कुशलता को गहरा धक्का लगा।

45

मेरा मुस्लिम पड़ोसी, जिसको मुझमें एक नई दिलचस्पी हो गई है, अकसर मेरे घर, मेरा साथ देने के लिए और जैसा कि वह मजाक में कहता है, मेरा दिल अपनी जगह रखने के लिए आता है। जब वह मेरे साथ रहता है तो वह आसपास के हालात के बारे में बात करता है। उसे राज्य के सियासी विस्तार की अच्छी समझ है और उसकी राय भी काफी सही है। उसने मुझे बताया कि स्टेट में उग्रवाद शायद नई घटना लगती है, मगर यह इतनी भी नई नहीं है, बल्कि इसके बीज तो देश के बँटवारे के समय 1947 में बोए गए थे, जब पाकिस्तान का कश्मीर पर अपना हक जतलाने का सपना टूट गया।

उस दर्द की टीस से वह उबर नहीं पाया और उसने यह निश्चित करने की कोशिश की कि वह कश्मीर में हालात स्थायी नहीं होने देगा। राज्य का राजा डाँवाँडोल अवस्था में था कि किसके साथ मिले। पाकिस्तान ने कबालियों के भेस में अपनी फौजों को कश्मीर पर कब्जा करने के लिए भेजा। भारतीय सेना उन्हें रोकने के लिए उन पर टूट पड़ी, मगर कश्मीर का कुछ हिस्सा पाकिस्तान के कब्जे में आ गया और पी.ओ.के. कहलाया। 1965 ने फिर से घुसपैठियों को कश्मीर की सरकार के लिए मुश्किलें और अशांति फैलाने की कोशिश करने के लिए भेजा, मगर वह अपने मकसद में कामयाब नहीं हो पाए, बल्कि उनमें से कई घुसपैठियों को पुलिस पकड़ने में सफल भी हुई। 1971 में पाकिस्तान को लड़ाई के मैदान में सिर्फ खदेड़ा ही नहीं गया, बल्कि वह विखंडित भी हो गया, जिसकी वजह से एक

नया देश, बगलादेश वजूद में आ गया।

दुर्भाग्य की बात है कि भारत उस वक्त अपनी मजबूत स्थिति का फायदा नहीं उठा पाया। श्रीमती गांधी भुट्टो के प्रति उदार थी और कश्मीर की समस्या ज्वलंत रह गई। इन तीनों मौकों पर पाकिस्तान की पॉलिसी घुसपैठियों के माध्यम से किसी तरह घाटी में अफरा-तफरी फैलाने की थी, मगर अब उन्होंने एक नई योजना बनाई, जिसमें उन्होंने कश्मीरियों को भारत के विरुद्ध सुनियोजित जंग में शामिल कराने का फैसला किया।

उन्होंने एक बहुत ही ध्यानपूर्वक युक्ति बनाई, जिसके परिणामस्वरूप मजहब और पैसों को मिलाकर उच्चस्तरीय उत्प्रेरक आतंकवादी बनाए गए। पाकिस्तान के गुप्तचर विभाग ने नई लड़ाई के बीज बोए, जिसका मकसद अंतरराष्ट्रीय स्तर पर भारत को शर्मिंदा करना था। उनकी योजना थी कि आम जिंदगी में विघ्न डाला जाए, ताकि डर, अस्त-व्यस्तता और काम न चलने देने का वातावरण पैदा किया जा सके। अपने लोकल एजेंटों के जरिए उन्हें लोगों को काम पर जाने से रोकना था, अलग संप्रदायों के लोगों में असंतुष्टि फैलानी थी और संचार व्यवस्था जैसे टी.वी. और रेडियो स्टेशनों, सुरक्षा और राष्ट्रीय संस्थानों पर हमला और तबाह करना था, ताकि पूरी दुनिया का ध्यान कश्मीर की अशांति पर लाया जाए। लोगों के अंदरूनी असंतोष की वजह से पाकिस्तान एक सही मौके पर सेना का सहारा लेकर, खुलेतौर हस्तक्षेप करता और इस तरह वह अपना बदला भारत से लेता, मगर जिया-उल-हक की अचानक मौत से पूरा प्लान भंग हो गया। इसकी वजह से कश्मीर में आतंकवाद के स्वरूप में अप्रत्याशित बदलाव आए।

सबसे सीधा और खतरनाक असर जिया की मौत के बाद पाकिस्तान में एक अस्थिरता और अस्त-व्यस्तता का था, जिसका असर कश्मीर पर भी पड़ा। उग्रवादी संगठनों ने अपनी मुख्य प्रेरणा और दिशा खो दी, जिसकी वजह से घाटी में उग्रवाद में एक नियंत्रणहीन सा घुमाव आ गया। सब नौजवानों को जिनका पाकिस्तान में मत परिवर्तन कराया गया और अनुशासित सिपाहियों की तरह ट्रेन किया गया था, कहा गया कि वे अपने से कुछ न करें, बल्कि सरहद पार से ऑर्डर का इंतजार करें। ये लोग अचानक अपने आप कुछ भी करने के लिए आजादी माँगने लगे। वह ताकत बंदूकों के जरिए वह उनके सिर में चली गई, खासकर जो नशीली उत्तेजना जवान और अनुभवहीन थे। बंदूकें गोलियों से खाली करना और दहशत फैलाना उनके लिए एक रोमांचकारी मनोरंजन का साधन बन गया।

मुझे नहीं मालूम कि मैं अपने दोस्त की बातों पर विश्वास करूँ या नहीं,

मगर उसे पक्का पता था कि उग्रवाद की यह दिशा घाटी में नहीं होनी थी। कुछ महीनों तक उग्रवादियों को अपनी छवि ठंडी रखनी थी। उनका मकसद था पहले से निर्धारित लक्ष्य को पूरा करना, जैसे कि घाटी के लोगों को अनुशासित करना, उनको उस वक्त की सियासी व्यवस्था को ठुकराना और बीच-बीच में फायरिंग करते रहना और इस तरह से आंदोलन को जीवित रखना और चलाते रहना था। इसके साथ-साथ काफी लोगों को तोड़-फोड़ और अशांति फैलाने में शामिल करना भी था। इसके बाद ही इसको एक आम आदमी को विद्रोही बनाना और ज्यादा-से-ज्यादा लोगों को इसमें शामिल कराना, मगर यह सब ट्रेंड लोगों के निर्देशन में होना चाहिए था, ताकि इससे कुछ ठोस फायदे आएँ, मगर पाकिस्तानी निर्माता की असामयिक मृत्यु से इसको धक्का लगा।

जो कुछ उसने कहा, वह मुझे सही लगा।

45

लोग उग्रवाद, उसके आकर्षण और प्रभावकारिता के बारे में इस समय जो कुछ सोचें या इसके व्यावहारिक कौशल को स्वीकृति दें या न दें, मगर सबको पक्का विश्वास है कि उग्रवाद अब रहने के लिए आ गया है। पाँच उग्रवादियों की रिहाई ने इसे एक नई प्रेरणा दी है और आम आदमी की कल्पना को उड़ान। 1989-90 की सर्दियों की घटनाओं ने निश्चित किया कि इसका नक्शा बदल गया है। मैं उस वक्त शहर में नहीं था, मगर गिरजा और बच्चों की 19 जनवरी की भयानक रात की यादें ताजा हैं।

जब घड़ियों ने रात के बारह बजाए तो लगा कि जोर का धमाका हुआ और सब मस्जिदों के लाउड स्पीकर एक साथ गरजे, "हम क्या चाहते?" "आजादी।" यह इतना अचानक था कि लोग सोई-सोई आँखों से उठकर बाहर देखने के लिए आए कि क्या हो रहा है। जैसे ही लोगों को पता चला कि उग्रवादियों का बुलावा था तो सारे उत्तेजित लोग उनका साथ देने के लिए सड़कों पर उतर आए। उन्होंने दूसरों को बाहर आकर कोरस में शामिल होने को कहा। हर एक मोहल्ले में उन्होंने लोगों के दरवाजे पीट-पीटकर सब स्वस्थ लोगों को सड़क पर निकाला।

यह मास मीडिया का एक बहुत ही सावधानी से प्लान किया हुआ, कल्पनाशील यंत्र का सही इस्तेमाल था। मस्जिदों से पहले से ही रिकॉर्ड किए हुए कैसेट बजाकर ऐसा असर दिखाया गया कि जैसे सड़कों पर बहुत से लोग थे। जो घरों में थे, उन्हें लगा कि सिर्फ वही वहाँ नहीं थे। जब उन्होंने बाहर देखा, तो

उन्होंने भी दूसरे लोगों को वही करने पर मजबूर किया। कैसेट बजाने ने वह कर दिखाया, जो उसमें रिकॉर्ड किया गया था—नारे लगानेवालों की गूँजती आवाजें।

मुझे मालूम है कि हमारे मेहल्ले और दूसरे कई मेहल्लों में पंडित मुसलमानों का साथ देने के लिए निकले थे, कई जगहों पर उन्हें निकलने के लिए मजबूर भी किया गया। कुछ लोगों ने मुसलमानों के साथ आम अभियान में भाग लिया और एक सोशियो-पोलिटिकल बदलाव के लिए अनुनय भी की, मगर तब तक भीड़ युद्ध के लिए तैयार हो गई थी, मुसलमानों के दृष्टिकोण में एक दिखाई देनेवाला बदलाव आया। यह साफ हो गया कि वे एक नई व्यवस्था चाहते थे, निजामे मुस्तफा, जिसकी वजह से गैर-मुस्लिम अपने आप उस धर्मसंघ से बाहर हो गए। उसके बाद जब-जब उन्होंने अल्पसंख्यक समुदाय के लोगों को चुन-चुनकर मारना शुरू किया और लोगों के नारों ने एक धार्मिक रंगत ली तो गैर-मुस्लिमों के बीच एक डर और घबराहट की लहर दौड़ गई, खासकर पंडितों में। इसकी वजह से ही उनका स्टेट के दूसरे भागों में और उसके बाहर स्थानांतरण हुआ।

पहले-पहले इसमें काफी अस्त-व्यस्तता दिखाई दी, मगर आहिस्ता-आहिस्ता मुसलमानों ने पंडितों का भागना उग्रवाद का पहला फायदा माना। इसलिए जो लोग वापस आए, उन्होंने उनके साथ बहुत बुरा किया। जब उन्होंने देखा कि बहुत बड़े हिस्से को तो निकाल दिया था, वह भी लगभग हमेशा के लिए, तब उन्हें इसमें आर्थिक फायदों की भी अनेक संभावनाएँ नजर आई। आहिस्ता-आहिस्ता आंदोलन में बहुत ज्यादा रूढ़िवाद आया और अफवाहें थीं कि दूसरे मुस्लिम देशों से किराए के सैनिक घाटी के मुस्लिमों के साथ जुड़ गए थे।

गिरजा ने मेरी अनुपस्थिति में इस बात का बहादुरी से सामना किया था। उसने वहीं पर रहने की हिम्मत दिखाई थी, क्योंकि जनवरी की घटना के बाद हमारे सारे पंडित पड़ोसी वहाँ से भाग गए थे। इसलिए जब मैं वापस आया तो उसे राहत महसूस हुई, मगर वह दुःखी भी थी, बच्चे इस दमघोंटू, डर और नफरत के वातावरण से अपनी आजादी के लिए जोरदार माँग करने लगे थे। रातोरात मुसलमानों के साथ दोस्ती और भाईचारे का दुबारा से एक नए तरह से मूल्यांकन किया जाने लगा। इतिहास का पुनः परीक्षण और संशोधन एक नए दृष्टिकोण से नई धारणाओं के साथ किया गया, जो कुछ स्पष्ट और कुछ अस्पष्ट रूप से होने लगा।

मुझे मुसलमानों के बर्ताव और सोच में बदलाव को स्वीकार करना थोड़ा मुश्किल लगता है, मगर मेरा मुस्लिम दोस्त मुझे इसको एक अलग दृष्टिकोण से दिखाता है, जब वह कहता है कि मुसलमानों का भी कश्मीर में रहना आसान नहीं

था। उनके लीडर, खासकर शेख अब्दुल्ला ने उनकी जिंदगियों और आजादी को अपने कंट्रोल में ले लिया था, ताकि वे अपनी महत्त्वाकांक्षा पूरी कर सकें। उसने मुझे साफ-साफ शब्दों में कहा कि उनका चालाकी से इस्तेमाल और विश्वासघात किया गया था। हजारों समझदार मुसलमान उग्रवादियों का साथ दे रहे थे, कितने सही ढंग से, मैं कह नहीं सकता, क्योंकि उनकी निराशा को एक निकास द्वार मिल गया था। मुझे यह बहुत ही दुःखद लगता कि लोगों के बरदाश्त की इतनी देर तक परीक्षा ली गई कि वे हताश और लापरवाह हो गए। मुझे पूरा विश्वास है कि उग्रवादियों की राजनीति और जिस तरह का फोकस वह पूरे आंदोलन को दे रहे हैं, ठीक नहीं है, क्योंकि वह एक तरह का आत्मघाती खेल खेल रहे हैं, जिसमें मासूम नागरिकों की मौत भी जरूरी है, मगर मेरे दोस्त का कहना है कि उनकी भी अपनी समस्याएँ हैं।

47

1947 में शेख अब्दुल्ला एक ऐतिहासिक पुरुष था। सब लोग उसकी इज्जत करते थे, क्योंकि उसने महाराजा हरी सिंह के स्वेच्छाचारी शासन के विरुद्ध अपनी आवाज उठाई थी। महाराजा को राजगद्दी अपने पिता से विरासत में मिली थी। भारत के दूसरे राजाओं की तरह वह भी तानाशाह था और ऐश्वर्य और आरामपसंद जिंदगी जीता था, मगर कई मामलों में वह बहुत प्रगतिशील था। उसने राज्य के बच्चों के लिए शिक्षा अनिवार्य कर दी और उन्हें स्कूल भेजने के लिए घरों से खींच-खींचकर निकाला गया, मगर जहाँ तक सत्ता का सवाल था, उस मामले में वह अलोकतांत्रिक था। इससे प्रेरित होकर अब्दुल्ला ने उसके विरुद्ध एक आंदोलन शुरू किया। इस अभियान में उसे घाटी के ज्ञानसंपन्न ग्रुपों का समर्थन मिला, जिसमें पढ़े-लिखे और आजाद ख्याल पंडित भी थे। बहुत लोगों का मानना है कि उसके पहले के सांप्रदायिक बंधनों से निकलने में वे उसके समर्थक थे, क्योंकि उन्होंने उसे समझाया कि महाराजा के खिलाफ उनकी लड़ाई सांप्रदायिक नहीं थी। उसे धर्म निरपेक्ष बनाया जा सकता था। इसका नतीजा यह हुआ कि थोड़े ही समय में वह लोगों का एक ऐसा निर्विवाद लीडर बन गया, जिसकी छवि बहुत ही साफ-सुथरी थी।

मगर कश्मीरियों के लिए यह दुर्भाग्य की बात थी कि शेख एक नए तरह का तानाशाह बन गया। मैंने कई पंडितों और मुसलमानों से सुना कि वह अपने बारे में बहुत ज्यादा सोचता था। हालाँकि उसने लोगों को धर्म निरपेक्षता और लोकतांत्रिक

सिद्धांत दिए और उन्हें आत्मसम्मान भी दिया, मगर यह सब वह ज्यादा देर तक नहीं रख सका। कुछ ही सालों में उसकी तानाशाही सार्वजनिक अधिकार क्षेत्र में घुस गई।

इस बात में कोई शक नहीं है कि राज्य की आजादी में उसने अहम् भूमिका निभाई थी। इसलिए उसे सत्ता की डोर सँभालने के लिए दी गई, मगर कुछ ही समय में उसने दिखा दिया कि एक लोकप्रिय चुना हुआ नेता भी उतना ही तानाशाह हो सकता है, जितना कि एक महाराजा। पहले असेंबली चुनाव में उसके उमीदवार बिना किसी विरोध के जीत गए। नाम के लिए भी कहीं एक विरोधी नहीं था। इतना ही नहीं, किसी भी वैकल्पिक आवाज के शुरू होते ही उसे दबा दिया जाता था। उसकी प्रकृति और तरीके देखकर, देश के और देश के बाहर के कुछ लोगों ने उसे कश्मीर का सुलतान बनने के सपने दिखाए, जिसके पास हरम भी हो, क्योंकि तब तक औरतों के प्रति उसकी कमजोरी का सबको पता चल गया था। उसे बढ़िया खाने का भी शौक था और बहुत लोग तो उसके पेट से होकर ही सियासत में आ गए थे। 1953 में उसकी हिरासत पर जो कि विवादों के दलदल में फँसी है, उसके अति मानवीय बनने के खतरनाक झुकाव के कारण जरूरी हो गई थी। बहुत सालों की कैद के बाद उसकी रिहाई और श्रीमती गांधी के साथ उसके समझौते से यह निश्चित हो गया था कि उसको सबसे ज्यादा प्यार सत्ता से ही था। इसीलिए उसका 1975 के बाद का शासन, जब रिश्वतखोरी अपनी चरम सीमा तक पहुँच गई थी, उसके करियर का सबसे ज्यादा निराशापूर्ण चरण माना जाता है।

उसकी सरकार की बड़ी कमजोरी उसकी भिन्नता थी। वह हर बार स्टेट के भारत से विलय के बारे में कश्मीर, जम्मू और नई दिल्ली में अलग-अलग लहजे में ऐसे बोलता था, जैसे कि खबरों में बने रहने के लिए यही सबसे अच्छा तरीका था। इसमें काफी शरारत थी। इस विलय के मुद्दे को वह एक लीवर की तरह प्रयोग करता था, ताकि वह केंद्र पर अपना दबाव बनाए रखे और उनसे पुराना हिसाब बराबर करे। इसमें एक तरह की धमकी थी कि अगर उसे अपने मन की नहीं करने दी जाएगी तो वह समस्या खड़ी कर देगा। इससे सबसे ज्यादा फायदा पाकिस्तानी समर्थकों को हुआ, क्योंकि वे हमेशा अपनी माँगों के समर्थन के लिए उसको कोट करते थे। उसने समस्याओं को अस्पष्ट रखकर लोगों के मन में भ्रम पैदा किया, क्योंकि उन्हें कभी नहीं बताया गया कि विलय स्थायी था या अस्थायी। जैसे कि मेरा दोस्त एक सांकेतिक रूपालंकार में बतलाता है कि उसने कश्मीर के लोगों को टैंटलस की यंत्रणा दी कि शीशे की बोतल में उन्हें ड्रिंक तो दिखाई देता है, मगर

उसमें ताला है। वह उन्हें आशा के कगार पर ले तो आया, मगर उन्हें पूरी तरह अनुभव करने का मौका नहीं दिया। अगर वह एक सच्चा लीडर होता, तो उसने लोगों को साफ-साफ बता दिया होता कि कश्मीर का भविष्य स्थापित हो चुका था, ताकि वे आर्थिक और सामाजिक सामंजस्य को हल करने पर अपना ध्यान लगाते। अगर ऐसा हुआ होता तो जम्मू-कश्मीर बहुत ही विकसित, संपन्न और शांतिपूर्ण होता। लोगों को फिजूल सियासी झगड़ों में इतना व्यस्त रखा गया कि उन्होंने कभी उस अन्याय की तरफ ध्यान नहीं दिया, जो उनके सोशियो-इकनोमिक ढाँचे को अंदर से खा रहा था। केंद्र से जो पैसा आता था, उसमें बहुत ज्यादा इतनी धाँधली थी, खासकर शेख के हिरासत में लेने के बाद, राज्य में, खासकर घाटी में, एक शक्तिशाली ग्रुप बन गया, जो किसी चीज को होने ही नहीं देता था। उन्हें डर था कि किसी भी किस्म का बदलाव उनके विरुद्ध जाएगा। कभी-कभी मुझे इस बात का दु:ख होता है कि अगर मुसलमान इन चीजों को समझते तो यह धारणा नहीं पालते कि मुठी भर पंडितों की वजह से ही उनकी किस्मत में फर्क आ गया था।

जो लीडर उन्हें मिले थे या जो उन्हें दिए गए थे, उनसे वे निराश थे। इस बात का अनुमान एक घटना से लगता है। हालाँकि यह कभी इतिहास के पन्नों में अपना स्थान नहीं बना पाएगा। एक समय एक अंग्रेजी फिल्म शहर के सिनेमा हॉल में दिखाई जा रही थी। यह रेगुलर शो था। सिनेमावालों को लोगों की भीड़ को देखकर यह अंदाजा हुआ कि यह फिल्म वे दिन में तीन बार दिखा सकते थे, क्योंकि अंग्रेजी फिल्में सिर्फ शाम के सात बजे ही दिखाई जाती थीं। कारोबार के हिसाब से यह सफल थी। फिल्म का नाम 'ओमर मुख्तार' था। यह एक शक्तिशाली लीडर की कहानी का नाटकीयकरण था, जिसने अपनी पूरी जिंदगी घर के ऐशो-आराम से दूर, अपने आपको दुश्मनों से सुरक्षित रखने के लिए इसलिए काटी थी, ताकि वह तानाशाहों से अपने लोगों की आजादी के लिए काम करे।

फिल्म में सुचित्रित दिखाया गया था कि कैसे वह अपने लोगों के हक को वापस दिलाने के लिए कड़ी मेहनत करता है। मुझे बहुत धुँधला सा याद है कि फिल्म कैसी थी, पर मुझे अंथोनी क्वीन का शक्तिशाली अभिनय याद है, जो मुझे लगता है, उसका यादगार रोल था। फिल्म देखने के लिए बड़ी भीड़ जुटती थी और शहर में इसकी बहुत चर्चा थी। यह उन लोगों ने भी देखी, जिन्हें अंग्रेजी का एक भी शब्द समझ नहीं आता था। इससे लोगों पर अप्रत्याशित और अविश्वसनीय प्रभाव पड़ा। इसने लोगों को यह सोचने पर मजबूर किया कि सच्चा लीडर कैसा होता है और वह कितने बदकिस्मत थे कि उन्हें ऐसे लीडर नहीं मिले थे। फिल्म की

लोकप्रियता और इसके प्रभाव को देखकर फिल्म को हटवा दिया गया। इससे लोगों की आशाओं को गहरा धक्का लगा, जिसकी वजह से हिंसक विरोध हुए, यहाँ तक कि दंगे होने तक की नौबत आ गई। मैं इन पलों को इसलिए बहुत ही महत्त्वपूर्ण मानता हूँ, क्योंकि पहली बार मुझे लोगों में एक परिपक्वता और जागरूकता दिखाई दी, जो पहले नहीं थी।

शेख अब्दुल्ला समेत कश्मीर के सारे लीडरों को लोगों ने बारीकी और समीक्षात्मक तरीके से देखा। पहले तो शेख को काफी महत्त्व दिया जाता था, यहाँ तक कि आँख बंद करके उसकी पूजा की जाती थी। अब उन्हें लगने लगा कि आम आदमी की तरह उसके भी मिट्टी के पाँव हैं। जैसे-जैसे दिन बीतते गए, उन्हें उसकी चाल लड़खड़ाती हुई दिखी। कुछ लोगों को इस दुविधा को दूर करने में बहुत परेशानी हुई, क्योंकि शुरू के दिनों का आदर्शवाद और वह दिशा, जो उसने उनकी आशाओं को दी थी, वे भूल नहीं पा रहे थे। यह हमेशा उसके साथ और उसके समर्थन का आधार रहा, मगर शेख कश्मीरियों पर हावी रहा। उसने उनकी नब्ज पकड़ी थी। उसे मालूम था कि कश्मीरी भावुक हैं, इसलिए उसने चालाकी से अपना काम निकालने में महारत हासिल की थी। जब भी उसको लगता था कि उसकी लोकप्रियता कम हो रही थी, वह लोगों का इमोशनल ब्लैकमेल करता था। अपना आखिरी चुनाव, जो उसने अपनी मृत्यु से पहले जीता था, जिसे लोग अभी भी मानते हैं कि सिर्फ वही एक चुनाव निष्कलंक और न्यायसंगत था, उसने बहुत मेहनत से समर्थन बढ़ाया। उसने झूठी खबर फैलाई थी कि वह मृत्यु शैया पर था। उसके समर्थकों ने लोगों से अपील की और उन्हें याद दिलाया कि उसने उनके लिए क्या किया था।

अपने बाद के सालों में शेख ने सत्ता में रहने के लिए चालाकी का इस्तेमाल किया। लोगों ने देखा कि अपने बेटे फारुख को राजनीति में लाने के लिए उसने अपनी सत्ताधारी पार्टी में दरारें पैदा कीं। उसने कई वरिष्ठ नेताओं को अनदेखा किया। यह कश्मीर और कश्मीरियों के लिए एक बहुत ही दुःखद घटना थी। उसने नेशनल कॉन्फ्रेंस में गुटबाजी शुरू की, जिससे राज्य में एक खालीपन आ गया, जो अंतत कश्मीर में उग्रवाद के शुरू होने की बड़ी वजह बन गई।

48

सुनील अभी भी मेरे साथ है। वह बेचैन लग रहा है। बाहर की दुनिया में जरा भी बदलाव नहीं आया है। अभी भी लंबे समय के लिए कर्फ्यू लगाया जाता

है, जिसकी वजह से लोग काम पर नहीं जा पाते हैं। स्कूल, कॉलेज अभी भी बंद हैं। कोई नहीं कह सकता कि यह कब तक चलेगा। मुझे अभी-अभी एक दोस्त से पता चला कि मेरी पत्नी ठीक है। यह एक बहुत ही जटिल फोन कॉल से मुमकिन हुआ, जो कई हाथों से गुजरती हुई पहुँची। डाक सेवा आजकल नहीं के बराबर है। हमें पहले से ही काम ठपवाली परिस्थितियों ने जकड़ा है। हर गड़बड़ में लोग मारे जाते हैं। हर मृत्यु से हड़ताल होती है और हर हड़ताल एक नए दंगे का रूप लेती है और फिर से मौतें। लोगों और पुलिस के बीच आमना-सामना बढ़ता ही जा रहा है।

उग्रवादी अपना काम बराबर कर रहे हैं। वे पुलिस और सुरक्षा बलों की तलाश में रहते हैं और यह भी सुनिश्चित करते हैं कि रोज के रोज पंडितों को भी मारा जाए। बी.बी.सी. ने भी बताया कि पंडित घाटी से भाग रहे हैं। कुछ लोग गवर्नर पर इलजाम लगा रहे हैं कि वे लोगों को घाटी से निकलने के लिए प्रोत्साहित कर रहे हैं। यह मुझे समझ नहीं आया। क्या कोई अपना घरबार छोड़कर इसलिए जाता है, क्योंकि किसी ने उसे ऐसा करने को कहा है, क्या यह करना इतना आसन है? मैं तो अभी भी यह फैसला नहीं कर पाया हूँ। मुझे यह भी पता नहीं है कि मुझे जाना चाहिए या नहीं। मुझे आश्चर्य इस बात का है कि हर तबके के लोग यह इलजाम लगा रहे हैं। उग्रवादी, उनके समर्थक और वह, जो आराम से संरक्षित इलाकोंवाले घरों में या देश की राजधानी में रह रहे हैं।

49

सुनील और मैंने थोड़ी तबदीली के लिए बाहर जाने का फैसला किया, ताकि हम लोग देखें कि शहर में क्या हो रहा है। चूँकि सुनील के पास स्कूटर था, इसलिए यह मुमकिन हो पाया। बाहर निकलने पर पता चला कि यह एक अर्द्ध कर्फ्यू जैसा दिन था, ऐसा दिन जिस पर कोई लेबल नहीं लगा था। किसी को पता नहीं कि उस दिन सचमुच कर्फ्यू था। केवल ट्रांसपोर्ट बंद था। हमने बहुत कम वाहन देखे, मगर पैदल चलनेवाले बहुत ज्यादा थे, जो जल्दी ही एक भीड़ में बदलनेवाले थे। एक स्थान पर हम एक बहुत ही भीड़वाले स्थान से गुजरे। जल्द ही हम एक मोड़ के पास पहुँचे, जहाँ हमें छोटी भीड़ ने रोक कर स्कूटर से उतरने के लिए मजबूर किया। हम थोड़ा घबरा गए, क्योंकि आगे की गली बिल्कुल वीरान थी। हमने देखा कि भीड़ का एक भाग पासवाली गली में एक स्थान पर बिना मतलब के पत्थर फेंक रहा था। वहाँ से भाग निकलने के चक्कर में हमने यह देखने की कोशिश भी नहीं की कि वहाँ क्या हो रहा था। सारा नजारा परेशान करनेवाला था।

अचानक कोई चिल्लाया कि स्कूटर के टैंक से पेट्रोल निकाला जाए। स्कूटर तुरंत चित हो गया। हम लोग स्तब्ध रह गए और घबरा गए। ऐसा लगा, जैसे हमें लकवा मार गया था। अचानक एक और आवाज ने उन्हें रुकने को कहा। मैंने देखा कि बोलनेवाले के चेहरे पर मुस्कराहट थी और उसने हमें आँख भी मारी या यह मेरा भ्रम भी हो सकता था। हम लोगों ने बहुत ही फुरती से स्कूटर को सीधा किया। सुनील ने एक जोरदार किक मारी और मैं उछलकर पिछली सीट पर बैठ गया। मैंने यह भी सुना कि भीड़ में किसी ने कहा कि हम उनके अपने आदमी थे।

जैसे ही हमें लगा कि हम मुसीबत से छूट रहे थे कि किसी ने मेरी टाँग खींची और मुझे पीछे की सीट पर बैठने से रोका। पहले तो मुझे लगा कि यह मजाक या शरारत थी, जो लोगों को मजा दिलाने के लिए किया गया था, मगर उसके बढ़ते हुए दबाव से मैं समझ गया था कि यह मजाक नहीं था। मुझे अपने आपको उसके चंगुल से छुड़ाने के लिए काफी संघर्ष करना पड़ा। जब स्कूटर चल पड़ा, मैं पीछे मुड़कर लोगों की प्रतिक्रिया देखने लगा। लोगों के चेहरे खुश नहीं लग रहे थे। कुछ तो हैरान थे कि जैसे उन्होंने किसी को पीटने का एक हाथ लगा मौका खो दिया था।

उसी वक्त मैंने देखा कि एक बड़ा सा पत्थर हमारी तरफ आ रहा था। मैं वार बचाने के लिए झुक गया और पत्थर सुनील के हैलमेट पर लगा। इस धक्के से वह हिल गया और हैलमेट पर एक बड़ा सा निशान लगा। पत्थर से चोट लगने के बारे में सोचते ही मैं लगभग बेहोश हो गया। इस कठिन मोड़ को सफलतापूर्वक पार करके, जहाँ कुछ भी हो सकता था, हमें सिर या टाँग गँवानी पड़ती, हमें पुलिस ने रोका। इससे पहले कि वह हमसे कुछ पूछते, हमने अपने पहचान-पत्र दिखाए, संतुष्ट होकर उन्होंने हमें जाने दिया।

निकलने से पहले हमने पुलिस से भीड़ की मौजूदगी का कारण पूछा, जहाँ से हम बाल-बाल बचकर आए थे। उन्होंने कहा कि लोग वहाँ एक पासवाला मकबरा जलाने आए थे, जो एक कश्मीरी संत का तीर्थ स्थान था। जब हम घर पहुँचे तो हमने अपने आप को खुशकिस्मत समझा कि हम ठीक-ठाक वापस पहुँच गए थे। मैंने कई बार यह महसूस किया कि बाहर की दुनिया मेरे जैसे लोगों के लिए कितनी खतरनाक और डरावनी थी।

50

आज मोहिंदर भागकर मुझे बताने आया कि मैं बहुत ज्यादा दिखाई देता हूँ और असुरक्षित भी हूँ। मुझे आश्चर्य हुआ कि एक दिन को छोड़कर मैं कई हफ्तों

से घर से निकला ही नहीं था और किसी को देखने भी नहीं गया था। एक पुराना दोस्त, जिसके साथ हमारी बहुत पुरानी पहचान है, मुझे दूध और सब्जियाँ लाकर देता है, जिससे मेरा काम चल जाता है और जिसकी वजह से मुझे बाहर जाने की जरूरत नहीं पड़ती है। मुझे विश्वास है कि मेरे कई दोस्त और पहचानवाले जानते भी नहीं होंगे कि मैं शहर में हूँ। मैंने मोहिंदर को यह सब इसलिए कहा कि मैं उसे विश्वास दिला सकूँ कि उसका डर निराधार और बेबुनियाद था, मगर वह किसी भी तरह मेरी बात सुनने के मूड में नहीं था। वह अपना इरादा बनाकर आया था।

उसने मुझे गंभीरतापूर्वक बताया कि जो लोग महत्त्वपूर्ण हैं, वे जानते थे कि मैं यहाँ हूँ, उन्हें मेरी गतिविधियों के बारे में पूरी जानकारी थी, उन्हें यह भी पता था कि मैं कितनी बार घर से निकला था और मैंने कितने लोगों से बातचीत की। यह सचमुच बहुत ही डरावना था। उसने बताया कि उग्रवादियों के पास एक बहुत ही विस्तृत गुप्तचर विभाग है, जो गुप्तचर जैसे लगते नहीं हैं। जो आदमी मुझे रोज दूध देता है या जिसके साथ में भरोसे से बात करता हूँ, एक मुखबिर भी हो सकता है। वह मेरे खिलाफ नहीं हो, वह मेरा बुरा भी नहीं चाहता हो या नहीं चाहता हो कि मुझे कोई नुकसान पहुँचे, मगर यह सब उसे मेरी और मेरी गतिविधियों के बारे में जानकारी हासिल करने से रोक नहीं सकता, क्योंकि वह समझता है कि यह उसकी अपने लोगों के प्रति जिम्मेवारी है। इस प्रकार वह अपनी बिजनेस और फर्ज को मिलाता है। इस तरह मेरा दूधवाला, जिसका मैं पुराना ग्राहक हूँ, मेरे और अपने लिए काम करता है। उस पर शक भी नहीं हो सकता और वह एक प्रभावशाली मुखबिर भी है। यह मुझे बहुत ही आश्चर्यजनक लगा।

मोहिंदर ने कहा कि ऐसे बीसियों लोग हैं, जैसे मेरा दूधवाला, वह जो सरकारी दफ्तरों में काम करते हैं और गैर-सरकारी संस्थाओंवाले और बहुत ही निचले तबके के सरकारी कामवाले लोग। मुझे अचानक ख्याल आया कि मेरे दोस्तों और मेरे सहकर्मियों का भी कर्तव्य है कि मुझे मिलें, ताकि वह उपयुक्त ग्रुपों को मेरी गतिविधियों के बारे में, यहाँ तक कि वर्तमान सियासत के बारे में मेरी राय के बारे में बताएँ। जब मैंने मोहिंदर को बताया कि मेरी वजह से किसी को कोई खतरा नहीं था, उसने कुछ नहीं कहा। बहरहाल, उसने कहा कि पंडितों और उनकी गतिविधियों के बारे में जानकारी रखना उन लोगों की पॉलिसी थी जो यह काम चलाते थे; क्योंकि वे किसी किस्म का जोखिम नहीं उठाना चाहते थे। फिर उसने मुझे एक मिसाल दी, जो बहुत ही आश्चर्यजनक थी।

शहर के एक मोहल्ले में एक बुजुर्ग पंडित दंपती रहते थे। उनके बच्चे राज्य

के बाहर रहते थे, इसलिए उन्होंने हमेशा के लिए शहर छोड़ने का फैसला कर लिया, मगर जाने से पहले वे अपना मकान बेचना चाहते थे, जो कि उस समय के हालातों के मुताबिक लगभग नामुमकिन था। बुजुर्ग ने इस बात को अपने मुस्लिम रिटायर्ड दोस्त और कुलीग के सामने उठाया, जो लगभग हर रोज उनसे मिलने आता था। उसने खरीदार खोजने के लिए उनकी मदद करने का फैसला किया। जब उसने अपनी पत्नी के सामने इसका जिक्र किया तो उसकी पत्नी ने उसे सलाह दी कि वह घर अपनी बेटी के लिए खरीदें, जिसके लिए वह राजी हो गया।

दूसरे दिन वह पंडितों को उनके घर में में मिला और घर को अपनी बेटी के लिए खरीदने का फैसला बताया। उसकी इस बात से वे खुश हो गए। ऐसा हुआ, जब वे पोर्च में बैठकर बातें कर रहे थे, एक औरत उनके बाग में घास निकाल रही थी। चूँकि वह रोज आती थी, इसलिए वह उसकी मौजूदगी के बारे में सचेत नहीं थे। समझौते को अंतिम रूप दिया गया कि पैसे कैसे देने हैं, ताकि किसी को मालूम न हो, क्योंकि दोनों को मालूम था कि पंडितों की संपत्ति खरीदना और बेचना जोखिम भरा था।

उसके एक दिन बाद, पंडितों के दोस्त से, जो अपने संप्रदाय का एक सम्मानित व्यक्ति था, कुछ मुस्लिम मिलने आए। उन्होंने उसे फटकारा कि वह आंदोलन के विरुद्ध काम कर रहा था और उसे याद दिलाया कि इस परीक्षा की घड़ी में उसे अपने निजी लाभ के बारे में नहीं सोचना चाहिए। उन्होंने उससे साफ-साफ कहा कि पंडित का घर उसका हो ही चुका है, क्योंकि उसे बिना बेचे ही जाने के लिए मजबूर किया जाएगा। इसलिए सौदा करने की जरूरत ही नहीं।

दूसरे दिन उसने अपने पंडित दोस्त को बताया कि वह घर बेचना भूल जाएँ, बल्कि जाने की तैयारी करें, क्योंकि उसने पहले ही उग्रवादियों का ध्यान अपनी तरफ आकर्षित करा लिया था और यह उसके लिए ठीक नहीं था। जब उन्होंने यह जानने की कोशिश की कि जो बातें उनके घर में हुई थीं, उनके बारे में किसी को कैसे पता चला तो उन्हें उस घासवाली की याद आई।

उसकी यह बात सुनने के बाद मुझे ऐसा लगा जैसे जेल की दीवारें मेरे करीब आती जा रही थीं। वे सारे चेहरे मेरी आँखों के सामने आ गए, जिनसे मैं पिछले दो हफ्तों में मिला था और बातें की थी। मैंने बहुत जोर देकर याद करने की कोशिश की कि क्या मैंने किसी के खिलाफ, किसी स्थिति के बारे में अपनी राय जाहिर की थी, या ऐसा कुछ जिससे कोई अपमानित महसूस करे और बदला लेने की सोचे, मगर मेरे दिमाग में कुछ नहीं आया। मैंने मोहिंदर को बताया कि मैंने उस

वक्त के सत्ताधारियों के विरुद्ध किसी को कुछ नहीं बताया। वह बस हँस दिया। उसने मजाक में कहा कि उग्रवादियों का यह दायित्व नहीं कि वे मेरे खिलाफ इलजामों की छान-बीन करें, ताकि वह मुझे खत्म कर सकें। मुझे शक के बिना पर भी खत्म किया जा सकता है। इससे पहले कि मैं इस डरावनी संभावना के बारे में बात करता, उसने मुझे बताया कि उसकी आंटी ने दूधवाले की दुकान के पास क्या सुना था।

दूधवाले की दुकान पर हमेशा लोगों की भीड़ रहती थी, जहाँ पर लोग अपनी बारी के लिए खड़े रहते थे। दूधवाले रहमान के बारे में यह मशहूर था कि वह बिना मिलावट के दूध बेचता था, जैसा कि शहर में कम ही मिलता है। मोहिंदर की आंटी उसकी एक सम्मानित खरीदार होने के कारण रहमान उससे खास बर्ताव करता था। वह अकसर दूसरे खरीदारों से विनती करता था कि वे उसको आगे आने दें, ताकि उसे ज्यादा इंतजार न करना पड़े। उस दिन जब वह दुकान के सामने खड़ी थी तो लोग मोहल्ले में कम होते हुए पंडितों की संख्या के बारे में बातें कर रहे थे। एक ने कहा कि मोहल्ले के आखिरी कोने में अभी भी एक पंडित था। मोहिंदर की आंटी को समझ आ गया कि वे मेरे बारे में बातें कर रहे थे। जब किसी ने कहा कि वह एक भद्र पुरुष हैं और उनसे किसी को कोई नुकसान नहीं होगा, तो दूसरे ने, जो ग्रुप का लीडर लगता था, उसे डाँटकर चुप करा दिया और कहा कि इस समय हर कोई चाहे वह भद्र पुरुष हो या न हो, एक दुश्मन था और उन पर नजर रखने की जरूरत थी। इस पर एक जोशपूर्ण बहस छिड़ गई, जिसमें उन्होंने कई भद्रपुरुष पंडितों के बारे में बातें कीं और अपनी तरह की भाषा में बताया कि उनको स्वर्ग में पहुँचा दिया गया था। अपने आपको विश्वास दिलाने के लिए उन्होंने सहमति प्रकट की कि अकेले पंडित से कोई खतरा नहीं था। वह एक ब्लैंक चेक था, जिसे कभी भी कैश किया जा सकता था। यह सब सुनने के बाद मोहिंदर की आंटी भागती हुई मोहिंदर के पास आई और वह सब बता दिया जो उसने सुना था और कहा कि मुझे यहाँ से जाने के लिए दबाव डाले।

एक पल के लिए मुझे अपनी गरदन में फंदा कसता हुआ लगा, मगर दूसरे ही पल मुझे मेरी नानी और खराब ग्रहों के बारे में याद आया। मैंने मोहिंदर से कहा कि अगर सचमुच मेरे दिन गिने-चुने रह गए थे, तब तो मौत मुझे कहीं भी आ सकती है, यहाँ या कहीं भी। यहाँ मैं एक गोली से मरूँगा, जम्मू में मैं अपने अंकल की तरह हीट स्ट्रोक या मेरे कजिन के दोस्त की तरह साँप के काटने से। मोहिंदर ने मेरी तरफ आश्चर्य से देखा। क्या मैं उसे चुप कराने में सफल हो गया था? शायद

कुछ समय के लिए। देववाद के कुछ फायदे भी हैं, मैं जान गया।

क्या मैं सचमुच खतरे मैं हूँ, क्या मुझे अपनी जान के लिए डरना चाहिए, क्या मुझे मोहिंदर की चेतावनी को गंभीरता से लेना चाहिए? मुझे अपना डॉक्टर दोस्त याद आ गया। उसने अपने अत्याचारियों की इच्छाओं का पालन कर लिया था। उसकी तरह और भी पंडित परिवार चले गए थे, क्योंकि उनके मुस्लिम दोस्तों ने उन्हें जाने के लिए कहा था। उन्हें उनकी जान की चिंता थी और जब वे चले गए, तो उन्हीं लोगों ने उनकी खुले आम आलोचना की थी। यह क्या था, परवाह, उपयुक्तता या विश्वासघात?

एक संतुष्ट उत्तर पाना कठिन है, मगर मुझे वह दिन याद आया, जब मैंने अपने मुस्लिम दोस्त के साथ रास्ते में बात की थी। वह घबरा गया। बाद में जब हमें कोई नहीं देख रहा था तो उसने मुझसे विनती की कि मैं दूसरे लोगों की उपस्थिति में उससे बात न करूँ। उसने यह भी कहा कि मुझे मौके की गंभीरता को समझना चाहिए। पंडित के साथ संपर्क उसको और उसके परिवार को खतरे में डाल सकता है।

यह नई जानकारी दुःखदायी है। क्या हम भयावह दैत्य बन गए हैं, क्या हमारे छूने से लोगों की जिंदगी खतरे में पड़ सकती हैं या हम अछूत हैं जिनसे लोगों को दूर रहना चाहिए?

51

मैं अपनी स्थिति को समझने की कोशिश कर रहा था और यह जानना चाहता था कि हालात यहाँ तक कैसे पहुँच गए? जब मैंने बाहर हंगामे की आवाज सुनी तो मैंने खिड़की से बाहर देखा। मुख्य सड़क के पास छोटे-छोटे ग्रुपों में लोग उत्तेजित होकर बातें कर रहे थे। कुछ उत्तेजनापूर्वक और कुछ अजीब इशारे कर रहे थे। स्पष्ट रूप से लग रहा था कि कुछ महत्त्वपूर्ण हो गया था। या तो किसी महत्त्वपूर्ण लीडर को हिरासत में ले लिया गया था या कोई उग्रवादी लीडर मारा गया था। मैं भागकर लोगों से पूछने के लिए गया और भयावह खबर थी कि मौलवी फारुख की मृत्यु हो गई थी। दो या तीन लोग उसके घर में घुसे और उसे वहीं के वहीं मार दिया।

मौलवी शहर के एक शांतिपूर्ण इलाके में रहता था, जो शहर के कष्टदायी स्थानों से दूर था। उसका घर लगभग एक किले की तरह था, जिसके इर्द-गिर्द एक ऊँची दीवार थी और बाहर चारों पहर संतरी रहता था। सबसे आश्चर्यजनक बात

समय था। वह दिन के उजाले में सुबह के समय मारा गया। मैंने उस आदमी से, जिसने मुझे यह खबर दी थी, डिटेल के बारे में पूछा। उसने कहा कि उसे मालूम नहीं था। मैंने उसकी तरफ अविश्वास से देखा, मगर जल्दी समझ गया कि उसने ऐसा क्यों कहा था। वह मौलवी की अचानक मृत्यु से इतना अभिभूत हो गया था कि उसने कातिलों के बारे में सोचा ही नहीं।

कुछ देर बाद मुझे और भी आश्चर्य हुआ। मैंने सुना कि मौलवी की मृत्यु के बारे में काफी संस्करण प्रचलन में थे। सरकारी खबर थी कि कुछ नौजवान उसके घर में घुसे और उसे सीधे-सीधे गोली मारी और भागने में सफल हो गए। उसके घर में काम करनेवाला, शायद उसका माली था, जिसने उन्हें अंदर आने दिया था या अंदर आते देखा था। इसमें बतानेवालों का कुछ भ्रम था।

गैर-सरकारी संस्करण के मुताबिक, जो हर घंटे पर और भी प्रबल होता जा रहा था, केंद्रीय सरकार के एजेंटों ने उसे मारा था। कुछ लोगों ने तो राज्य के गवर्नर की तरफ भी इशारा किया और इसे गुप्त रखने की कोशिश में उन्होंने इलजाम उग्रवादियों पर लगाया था, ताकि लोगों में उनकी छवि खराब हो और उनकी बढ़ती हुई लोकप्रियता पर रोक लगे।

असल में हुआ क्या था, यह पता लगाना थोड़ा मुश्किल था। चूँकि मेरे घर के बाहर भीड़ पूरा दिन सक्रिय रही, मुझे उसकी हत्या के बारे में और ब्योरा मिला, मगर हत्यारों के बारे में विवाद सुलझ नहीं पाया।

दूसरा संस्करण जो मौलवी के साथ जुड़ा हुआ था, वह था मौलवी की बढ़ती हुई सियासी स्थिति से जुड़ाव। उस वक्त के राजनीतिक गतिरोध को दूर करने के लिए भारत सरकार उसका समर्थन माँगने के लिए कोशिश कर रही थी और काफी हद तक सफल भी हो गई थी, क्योंकि उसे शहर के महत्त्वपूर्ण लोगों का समर्थन प्राप्त था और उसका राजनीतिक अनुभव भी पक्का था। चूँकि राज्य में लीडर लगभग गायब हो गए थे तो सरकार चाहती थी कि उस खाली जगह को उसकी उपस्थिति से भरा जाए। इसे पूरा करने के लिए केंद्र सरकार चाहती थी कि वह बाहर निकले और उन लोगों से बातचीत मुमकिन करे, जिन्हें उग्रवादियों के साथ सहानुभूति थी और इस तरह घाटी में शांति और सामान्य हालात हो जाएँ। यह कदम इस धारणा पर उठाया गया था कि आम आदमी हालात से दुःखी थे और इस तरह के प्रस्ताव का स्वागत करेंगे। बहुत लोगों का मानना था कि मौलवी ने इस प्रस्ताव को मानने में अपनी रजामंदी दिखाई थी, कुछ लोगों ने यहाँ तक भी कहा कि उसके साथ एक समझौता भी हो गया था और उस पर काम हो रहा था।

अगर यह समझौता सफल हुआ होता तो उग्रवाद को एक गहरा धक्का लगा होता। उग्रवादियों को जब लगा कि उनका आंदोलन खतरे में था तो उनके पास उसे खत्म करने के सिवा कोई चारा नहीं था। उनको पता था, यह जोखिम का काम था, क्योंकि जब लोगों को पता चलता कि उसकी मौत उनके हाथों हुई थी तो उन्हें जरूर गुस्सा आता और लोगों पर उनका प्रभाव खत्म हो जाता। उनके लिए यह मुश्किल स्थिति थी, मगर इससे पहले कि ज्यादा देर हो जाती, उन्हें कुछ करना था।

उग्रवादियों ने उसे खत्म करने के लिए एक प्लान बनाया, एक ऐसा प्लान, जिसका इलजाम किसी और पर लगे। उसे खत्म करने के बाद उन्होंने जोरदार प्रचार चलाया, जिसमें उन्होंने इस घटना की जोरदार निंदा की, इसे कायरतापूर्ण काम बताया और केंद्र सरकार पर इसका इलजाम लगाया। उन्होंने लोगों को यह समझाया और जोरदार शब्दों से उनसे स्वीकार कराया कि यह केंद्रीय सरकार की बदमाशी है, क्योंकि वह लोगों का ध्यान बँटाने के लिए किसी भी तरह की जघन्य हरकत कर सकती है और उन्हें विभाजित करना चाहती है। वे इतने हताश हो गए हैं कि वे ऐसी बेरहम हत्या करने से भी नहीं चूके। पंडित लोगों की दोस्ती की वजह से मौलवी को अपनी जान से हाथ धोना पड़ा।

चूँकि उग्रवादियों ने पहले से ही लोगों के दिलों में अपनी जगह बना ली थी और सैकड़ों लोग सुरक्षा बलों के साथ मुठभेड़ और फायरिंग में मारे गए थे तो बहुत से लोगों को यह दृष्टिकोण सही लगा। कुछ लोगों ने दबी जबान में तर्क प्रस्तुत करने की कोशिश की कि केंद्रीय सरकार को मौलवी के मरने से क्या फायदा था, मगर ऐसे भावुक समय में ऐसा विवेकपूर्ण दृष्टिकोण कौन मानता है?

मौलवी की मृत्यु एक दु:खद घटना थी, क्योंकि उसकी मरनेवाली उम्र नहीं थी और उसने ऐसा कुछ गलत भी नहीं किया था। वह मुसलमानों के एक बड़े भाग का धर्मगुरु था। वह एक बड़ी सी हवेली में यूनिवर्सिटी के गेट के बाहर रहता था, उस जगह के बहुत करीब, जहाँ से वाइस चांसलर और उसका सहायक अगवा कर लिये गए थे। जबसे मौलवी ने मुसलमानों के धर्मगुरु का पद ग्रहण किया था, उसने हमेशा राजनीति की तरफ भी इसलिए रुझान दिखाया था, ताकि वह नेशनल कॉन्फ्रेंस द्वारा चलाई गई सरकार का विरोध करे। परंपरागत रूप से यह पार्टी, जिसका लीडर शेख था, शेरों की पार्टी कहलाती थी और मौलवी की पार्टीवाले बकरे कहलाते थे, जो उनके विरोधी थे। एक समय मौलवी ने मोरारजी देसाई की जनता पार्टी के साथ हाथ मिलाया था, ताकि वह शेख की ताकत से लड़ सके और उसको उस ऊँचे सम्मान से नीचे ले आए। हालाँकि पार्टी की मौजूदगी को दिखाने

के लिए बड़े-बड़े जुलूसों का आयोजन किया गया, मगर राज्य की जटिल राजनीति में वह कोई खास जगह नहीं बना पाया।

मौलवी की समस्या यह थी कि लोगों में उसकी कोई भरोसेमंद छवि नहीं थी। एक धर्मगुरु के तौर पर उसके काफी अनुयायी थे, मगर एक राजनीतिज्ञ के तौर पर कश्मीर के बाकी लीडरों की तरह वह भी रुख और एक्शन में अस्थिर था। एक बार उसने कश्मीर के विलय के बारे में काफी विवादस्पद और उत्तेजनात्मक बयान दिए। दूसरी बार उसने बिना किसी संकोच के राज्य और भारत सरकार के बीच जोड़ बनना चाहा। बहुत लोगों का यह भी मानना था कि वह एक पाकिस्तानी एजेंट था, जिसको सरहद पार से बराबर पैसा मिलता रहता था और वह अपने धर्मगुरु होने की प्रतिष्ठा का इस्तेमाल अपने फायदे के लिए करता था।

आम लोगों में उसकी भिन्न छवियों के बावजूद वह हमेशा खबरों में रहने की कोशिश में रहता था कि वह हमेशा चर्चा में रहे और इस सबसे आनंद लेता था। वह एक समृद्ध जिंदगी जीता था। अपने बच्चों को प्रतिष्ठित पब्लिक स्कूलों में भेजता था। शहर में उसकी एक प्रभावशाली मौजूदगी थी। एक धार्मिक लीडर होने के नाते उसे सामाजिक और आर्थिक क्षेत्र में लोगों के लिए एक सार्थक भूमिका निभानी चाहिए थी, मगर उसने इस दिशा में कुछ खास नहीं किया। उसने ज्यादातर अपने बारे में ही सोचा, अपनी जगह मजबूत की और जिंदगी में बड़ी चीजों को ही लक्ष्य बनाया। यह एक तरह से दु:खद था कि उसकी मौत इस समय और ऐसे भयानक हालातों में हुई।

52

मुझे मौलवी के बारे में अपने एक दोस्त से बहुत सी बातें मालूम हुईं, जो स्कूल में उसका सहपाठी था। मौलवी की मृत्यु से मुझे याद आया कि मैंने उस दोस्त को पिछले कई हफ्तों से न देखा था, न उसके बारे में सुना था। इसलिए मैंने उसके भाई को, जो एक समय में मेरे दफ्तर में काम करता था, उसके बारे में जानने का एक संभावित प्रयास किया। मुझे मालूम पड़ा कि मेरा दोस्त दिल्ली में था, क्योंकि उसकी पत्नी के एक रिश्तेदार की मृत्यु मेडिकल इंस्टीट्यूट में हुई थी। मुझे उसके लिए चिंता हो गई, क्योंकि घाटी से इतने दिन बाहर रहने से वह एक संदिग्ध व्यक्ति माना जाएगा और उसका आना मुश्किल हो जाएगा। जब मैंने उसके भाई से इस बारे में बात की तो वह हँसा। उसने कहा कि यह सिर्फ पंडितों पर ही लागू होता है, मुस्लिमों पर नहीं।

हर बार जब मुझे इस विभाजन के बारे में सचेत किया जाता है तो मुझे खराब लगता है। क्या घाटी में केवल हम ही लोग हैं? जिन पर शक किया जाता है? ऐसा क्यों है कि बाकी सब इस शक से परे हैं? मुझे बताया गया है कि सिखों पर भी भरोसा किया जा सकता है, मगर पंडितों पर नहीं। यह केवल एक प्रश्न ही नहीं है कि मुसलमानों को हम पर भरोसा है कि नहीं, मगर यह और ही जटिल किस्म का मामला है। नाथजी ने सालों पहले मुझसे ऐसा कुछ कहा था। अपनी बात को साबित करने के लिए उन्होंने मुझे एक दिलचस्प कहानी सुनाई, जिस पर मैंने तब विश्वास नहीं किया था, मगर अब मुझे विश्वास न करने का कोई कारण नहीं है। नाथजी की कई साल पहले मृत्यु हुई है, मगर उनकी कहानी मेरी जिंदगी में वापस आई है।

यह कहानी बख्शी गुलाम मोहम्मद के बारे में है, जो शेख अब्दुल्ला का विश्वसनीय डिप्टी था, जिसने उसके 1953 के बंदी बनने के बाद उसका स्थान लिया। उसने राज्य को शांत रखने में अभूतपूर्व हिम्मत दिखाई, क्योंकि शेख की गिरफ्तारी की वजह से राज्य में व्यापक अशांति और हिंसा फैल गई थी, जिसमें बहुत से लोग मारे गए। उसने राज्य को आहिस्ता-आहिस्ता वापस पटरी पर खड़ा किया और कई उन्नतिशील कामों को प्रारंभ किया। केंद्र सरकार ने उसे हर तरह की सहायता दी, काफी आर्थिक सहायता भी दी, जिससे उसने स्कूल, सड़कें स्टेडियम, कई बड़ी-बड़ी बिल्डिंगें और सरकारी कर्मचारियों के लिए आवासिक क्वार्टर बनवाए। उसने सरकारी कर्मचारियों के लिए घर बनाने के लिए लोन और कॉलोनियाँ बनाने के लिए छोटे-छोटे प्लाट कम कीमतों पर दिए।

अच्छी चीजों के साथ-साथ उसने कुछ ऐसी चीजें भी कीं, जो उसके हिसाब से सही थीं, मगर केंद्रीय सरकार के साथ उसके असंतोष का कारण बनीं। चूँकि उसने सत्ता तब सँभाली थी, जब लोगों को शेख की गिरफ्तारी की वजह से बहुत ज्यादा नाराजगी थी और हालात को सामान्य बनाने में लोगों ने हिचकिचाहट दिखाई थी, इसलिए बख्शी ने कड़ा रुख अपनाया और उनके प्रतिरोध को रोकने के लिए कठोर कदम उठाए। इनसे मदद तो मिली, मगर ये प्रजातांत्रिक कसौटी पर खरे नहीं उतरे। इस पॉलिसी की दुर्भाग्यपूर्ण बात यह थी कि उस मुश्किल चरण से निकलने के लिए उसने इन उपायों को अस्थायी तरीकों की तरह इस्तेमाल करने के बजाय उन्हें स्थायी रूप से रख लिया, जो उसके काम करने के तरीके की पहचान बन गए।

पुराने जमाने के राजाओं की तरह उसने अपने आपको एक परोपकारी

तानाशाह के साँचे में ढाला और उसने गुंडों की एक फौज बनाई, जो उसके कई भाइयों में से एक ने संगठित की। उनका काम घाटी में शांति कायम रखना था। उनके काम करने के तरीके की सबसे सुस्पष्ट बात यह थी कि उन्होंने लोगों को धमकाने के लिए हथियार नहीं उठाए। पुराने जमाने की तरह वह ताकत का और कभी जरूरत पड़ने पर असंवैधानिक तरीकों का भी प्रयोग करते थे। अगर बाहुबल से इच्छित नतीजा नहीं मिलता था तो वे पुलिस की मदद लेते थे, जिन्हें जैसे घाटी में सब लोग जानते हैं, गुंडों को अनुशासन में रखना आता था।

बख्शी के तरीके से नए हीरो और नई कहानियाँ बन गईं। लोगों को साफ-साफ बता दिया गया कि सरकार को इज्जत देने और राज्य की आज्ञा का पालन करने में ही उनकी भलाई है। ऐसा सुनिश्चित कानून बनाया गया और इसे लागू करने के लिए एक दस्ता बनाया, जो असहमति प्रकट करनेवालों के लिए सजा के नए-नए तरीके आविष्कार करते थे, जो सीधे पुलिस के वरिष्ठ अधिकारियों के नियंत्रण में होते थे। जो भी कोई रेडियो पाकितान की खबरें सुनते हुए पाया जाता, उसे इस्तरी करने की मेज बनाया जाता। जो सरकार के खिलाफ आवाज उठाने की कोशिश करने की हिम्मत करते, उनसे दो तरीकों से पेश आया जाता। यह उनकी योग्यता पर निर्भर होता था, जैसे कि बख्शी के सलाहकार हमेशा कहते थे। अगर वह लोकप्रिय होता तो उसे सरकार की तरफ से नम्रतापूर्वक लाभप्रद ऑफर दिया जाता, मगर अगर वह ऐसे ही कोई शोर-शराबा करनेवाला बातूनी या उपद्रवी होता तो उसकी पिटाई होती। संक्षेप में बख्शी, जैसा कि उसके एक प्रशंसक ने कहा, "एक प्रैक्टिकल आदमी था, जो जानता था कि सरकार कैसे चलाई जाती है और शांति कैसे बनाए रखी जाती है और कैसे हर एक को उसकी जगह दिखाई जाती है।"

बख्शी लोगों को वह सब देता था, जो वह चाहते थे, मगर सिर्फ तब तक, जब तक वे उसके आदेशों का पालन करते। इससे राज्य में नए और अकल्पनीय रिश्वत के स्रोत बन गए, जो कि बाद में किसी भी तरह से नहीं गए। रिश्वत और कार्यक्षमता पर्यायवाची बन गए। कोई आदमी, जिसको कानूनन खर्च करने से थोड़ा ज्यादा खर्च करके अपना काम निकालना आता था, वह उपाय कुशल कहलाता था। आप कुछ भी काम करा सकते थे, बशर्ते कि आप थोड़ा ज्यादा पैसा खर्च करने को तैयार होते। बख्शी के विश्वसनीय अधिकारियों की सैकड़ों कहानियाँ हैं, जो हर चीज और किसी भी काम को करने के लिए पैसे लेते थे। परमिट, लाइसेंस, कोटा, नौकरी, कुछ भी। इसका नतीजा यह हुआ कि योग्यता एक दायित्व बन

गई। कुछ बहुत ही रद्दी लोग राज्य के बड़े ऊँचे स्थानों पर इसलिए पहुँचे, क्योंकि उनके पास सही सियासी संबंध थे या सही तरह के पैसे।

बख्शी एक दयावान और उदार प्रकृति का आदमी था। वह लोगों से बड़ी गर्मजोशी से मिलता और बहुत ही धैर्य और ध्यान से उनकी बात सुनता। उसे जहाँ कहीं भी जरूरत महसूस होती, वह तुरंत जिस तरह से मुमकिन होता, उनकी मदद करता। गरीबों और जरूरतमंदों की वह तुरंत मदद करता, उन्हें रियायत और सुविधाएँ देता, मगर जो उसकी पॉलिसी को चलाते थे, वह अलग-अलग लेवल के अधिकारी लालची और संवेदनहीन थे। वे अपनी पोजीशन का पूरा फायदा उठाते थे। वे जितना कमा सकते थे, कमाते थे, क्योंकि सिस्टम में दंडमुक्ति थी। इसके अतिरिक्त सब लोग जानते थे कि बख्शी, जो भी करता था, जिसमें बीसियों काम अच्छे भी होते थे, पर ऐसे भी किए जाते थे, जिनमें कानून और स्थापित नियंत्रक प्रक्रिया को ताक पर रखा जाता था।

बख्शी ने एक बड़ी पॉलिसी चालू रखी, जो कि शेख के समय में मजबूती से स्थापित की गई थी। वह यह थी कि मुस्लिम बहुतायत का सम्मान किया जाए और उसको बढ़ावा दिया जाए। राज्य एक गाय की तरह था, जिससे जितना दूध दुह सकते हो, दुह लो, ताकि मुसलमान आराम और खुशी से रहें। यह उन्होंने बहुत गलत किया, क्योंकि उन लोगों को विश्वास दिलाया गया कि उन्हें बिना कोई काम किए कुछ भी मिल सकता है। यह तो साफ हो गया था कि इससे लाभ उठानेवाले अमीर, प्रभावशाली और ऐसे लोग थे जो जानते थे कि उनका उपद्रवी गुण उनको कैसे ज्यादा-से-ज्यादा फायदा देगा।

बख्शी ने अपने सलाहकारों से कहा कि वह ऐसे डिपार्टमेंट, क्षेत्रों और संस्थाओं की शिनाख्त करें, जहाँ पर वह पहली बार मुसलमानों के फायदे के लिए काम करने का श्रेय ले सके। उसको बताया गया कोई भी एरिया अछूता नहीं रह गया था। इससे वह बहुत परेशान हो गया। वह जानता था कि उसे जल्दी ही कुछ करना पड़ेगा, क्योंकि वह एक नाजुक स्थिति में था। उसे लोगों को अपनी तरफ करना था। इसलिए उसने सलाहकारों को हिदायत दी कि वे बहुत ध्यान से सरकार की सारी संस्थाओं और डिपार्टमेंट की शिनाख्त करके देखे, जहाँ पर मुसलमानों के प्रति पक्षपातपूर्ण तरीके को पूरी तरह से लागू नहीं किया गया हो।

लगभग सब लोगों ने सलाह दी कि सबसे अच्छा दाँव शिक्षा विभाग था। यह एक बहुत ही बड़ा साधन था, क्योंकि सरकार ने पूरे स्टेट में स्कूल और कॉलेज खोलकर प्राइमरी से लेकर एम.ए. की स्टेज तक की शिक्षा मुफ्त कर दी थी।

जब शेख ने यह पॉलिसी शुरू की थी तो उसने स्कूलों और कॉलेजों की शिक्षा कुछ कारणों से अलग रखी थी। रेवेन्यू और पब्लिक वर्क्स में लापरवाही बरदाश्त की जा सकती थी, मगर स्कूलों और कॉलेजों में नहीं। यह लोगों को आखिरकार बहुत भारी पड़ता, क्योंकि उनके बच्चों को घटिया शिक्षा से नुकसान ही उठाना पड़ता और यह तो समुदाय के भविष्य का सवाल था और वहाँ वह समझौता नहीं करना चाहता था। इसका नतीजा हुआ कि पंडितों को दूसरे डिपार्टमेंट में नौकरियाँ मिलनी मुश्किल थीं, मगर उन्हें स्कूलों और कॉलेजों में नौकरियाँ आसानी से मिलीं। कुछ समय के बाद शेख थोड़ा ढीला पड़ गया, मगर उतना नहीं, जितना दूसरे डिपार्टमेंट में। इसलिए वहाँ इतनी क्षति नहीं हुई। मुझे याद है कि कैसे पंडित टीचर और लेक्चरर की नौकरी मिलना अपने पेशे की एक सम्मानित और उपयुक्त शुरुआत समझते थे। सरकार ने कॉलेज टीचर को सम्मानित करने के लिए उन्हें गजेटड रुतबा दिया। बख्शी के लिए शिक्षा विभाग ही एक आशा थी। अपनी पॉलिसी को शुरू करने के लिए उसने कॉलेजों में लेक्चररों की भरती शुरू करने का आदेश दिया। अपनी उत्तेजना में वह भूल गया कि भरती उसकी सोच के हिसाब से हो रही थी कि नहीं। उसने यह काम शिक्षा विभाग के एक उच्च अधिकारी को दिया। वह एक नेक नीयत विद्वान् था, जो कश्मीरी नहीं था।

जब उस अधिकारी ने अपना काम अपनी काबिलीयत के हिसाब से बखूबी कर लिया तो उम्मीदवारों की लिस्ट लेकर वह बख्शी से मिलने गया। लिस्ट को देखते ही उसका पारा चढ़ गया, क्योंकि वह लिस्ट योग्यता के आधार पर बनी थी, उसकी इच्छानुसार नहीं, जिसके बारे में दुर्भाग्यवश, उस अधिकारी को कोई सुराग नहीं था। बख्शी ने लिस्ट को रद्द कर दिया और एक सिलेक्शन कमीटी बनाई, जिसको बताया गया कि वह सरकार की सलाह को सही मानो में निभाए। संविधान के विशेष प्रावधान की माँग के बिना सरकार ने एक नई अलिखित पॉलिसी शुरू की, जिसमें लोगों को धर्म के आधार पर चुना जाने लगा और आनेवाले समय के दौरान एक ऐसा मापदंड बन गया, जो बाद में सरकार के हर क्षेत्र में अपनाया गया। जब सारे देश में कोशिश हो रही थी कि काम और कार्यक्षमता का स्तर हर क्षेत्र में ऊँचा हो जाए, पर हमारा राज्य हर वह तरीका अपना रहा था, जिससे मुसलमानों को सम्मान और सत्ता का फायदा हो। राज्य सचमुच कल्याणकारी राज्य यानी वेलफेयर स्टेट बन गया था।

शिक्षा, खासकर स्कूलों में, एक तरह का तमाशा बनकर रह गई। राज्य ने स्कूलों को एक सुरक्षा वाल्व की तरह इस्तेमाल किया, जहाँ पर हर वर्ग के

असंतुष्ट लोगों को टीचरों की नौकरी दी गई। हर महीने अपना वेतन लेने के अतिरिक्त वे कुछ नहीं करते थे। सरकारी स्कूलों के गिरते हुए स्तर के बारे में सबको पता था, मगर किसी को कोई परवाह नहीं थी। पढ़ाई की नई-नई दुकानें बड़ी तादाद में खुलीं, ताकि विद्यार्थी अपनी पढ़ाई ठीक से करें। प्राइवेट ट्यूशन एक नया उद्योग बन गया, जिसके ऊपर पंडितों ने अपनी पकड़ मजबूत रखी। चूँकि बहुत से लोगों को पैसे कोई लाभकर काम किए बिना ही मिल रहे थे तो इसका कुछ हिस्सा अपने बच्चों के ऊपर उन नए पढ़ाई सेंटरों में खर्च करने में उन्हें कोई आपति नहीं थी।

स्टेट के पेशेवर कॉलेजों में भी दाखिला ऐसे ही नियंत्रित किया गया, जो था तो अघोषित, मगर उसका सतर्कता से पालन इस तरह किया गया कि मुसलमानों को उनके सामाजिक महत्त्वपूर्ण दल की नैतिकता के आधार पर उन्हें उपयुक्त हिस्सा मिले। अकसर यह एक चौंका देनेवाले अनुपात को छू जाता था, जिससे बच्चों और उनके माँ-बाप को कोर्ट जाने पर मजबूर होना पड़ता था।

बख्शी शहर में नई कॉलोनियाँ बनवाने के लिए मशहूर हो गया। नाथजी यहीं पर पिक्चर में आते हैं। इन कॉलोनियों के ज्यादातर प्लाट पंडितों को दिए गए। उन्होंने पुराने शहर में अपने पुश्तैनी मकान बेच दिए और अपने संसाधनों में लोन वगैरह लेकर नए मकान बनाए। बहुत से लोगों को यह बेहतर जिंदगी जीने का एक अच्छा मौका मिला, क्योंकि इससे उनके रहने के स्टाइल में थोड़ा बदलाव आया, मगर ज्यादातर लोगों को काफी निजी कुरबानियाँ देनी पड़ीं। मुझे याद है कि कुछ लोगों ने अपनी कुछ मनपसंद योजनाओं को मुल्तवी कर दिया, यहाँ तक कि छोड़ ही दिया, ताकि वे बच्चों के लिए अच्छा वातावरण बना सकें।

शहर के मुस्लिम इस आबंटन से नाखुश थे। उन्होंने इसको मुसलमानों की इच्छाओं के सम्मान की पॉलिसी का खुले तौर पर उल्लंघन माना। उनको लगा कि इनमें से ज्यादातर प्लॉट पंडितों को नहीं, उनको मिलने चाहिए थे। इसलिए वे एक डेलिगेशन बनाकर बख्शी के पास अपना गुस्सा और नाराजगी प्रकट करने गए। इस डेलिगेशन का एक सदस्य, नाथजी का दोस्त, सलाम डार था।

उस समय नाथजी उद्विग्न और नाखुश थे, क्योंकि उनके इकलौते बेटे ने राज्य के बाहर नौकरी देखने का फैसला कर लिया था। उसने अपने राज्य में नौकरी पाने का बहुत इंतजार किया था, मगर सेलेक्शन कमेटियों की लगातार नामंजूरी की वजह से वह इतना दुःखी हो गया था कि वह जल्द-से-जल्द बाहर जाना चाहता था। नाथजी ने अपने दोस्त सलाम डार से इसका जिक्र किया। उसने

कहा कि उनका बेटा जो करना चाहता है, उसे करने दें, क्योंकि वह ठीक ही कर रहा था। उसने बहुत ज्यादा स्पष्ट किए बिना कहा कि उसके जैसे बुद्धिमान व्यक्ति के लिए कश्मीर में कोई जगह नहीं है। उसका बेहतर भविष्य बाहर ही है। नाथजी को लगा था कि उनका दोस्त उनके बेटे को घर छोड़कर जाने से मना करेगा, मगर यहाँ तो उल्टा ही हो रहा था। इसलिए वे निराश हो गए, उनको लगा कि उनके साथ धोखा हुआ है। नाथजी का उतरा हुआ चेहरा देखकर सलाम डार ने उनसे कहा कि वह उन्हें ऐसा कुछ कहने पर मजबूर कर रहे हैं, जो उसे कहना नहीं चाहिए, जैसे कि बख्शी के साथ मीटिंग में क्या हुआ था। वह सुनिश्चित करना चाहता था कि नाथजी को गलतफहमी न हो और उनकी जिंदगी भर की दोस्ती खतरे में न पड़ जाए, क्योंकि उसने नाथजी के बेटे को बाहर जाने के लिए मंजूरी दी थी।

जब मुस्लिम डेलिगेशन बख्शी से मिलने गया तो बख्शी ने उनसे कहा कि वे अपनी बात खुलकर कहें। उन्होंने उसे साफ शब्दों में कहा कि प्लॉटों के आबंटन में उसने नाइंसाफी की थी, जो उसने सब्सिडायजड रेट पर पंडितों को दिए थे, क्योंकि इसका अनुपात बिल्कुल गलत था। चूँकि बख्शी ने कोई जवाब नहीं दिया तो उन्होंने थोड़ा ज्यादा निडरता और विस्तार से उनके साथ अनैतिक बर्ताव के बारे में कहा। उन्हें सुनने के बाद बख्शी ने कहा कि जो उन्होंने कहा था, वह बिल्कुल सही था, मगर उन्होंने तस्वीर का दूसरी तरफ अनदेखा करके यह नहीं सोचा कि ऐसा क्यों किया गया था। उसके असली मकसद को समझने के लिए वह इस स्कीम से संबंधित कुछ प्रश्नों के उत्तर दें, जिससे उनको समझ आएगा कि इस स्कीम का फायदा पंडितों को नहीं, बल्कि मुसलमानों को होगा। यह ऐसा नहीं होगा, जैसा कि ऊपर से दिखाई पड़ता है।

बख्शी ने उनसे कहा कि लुभावने प्रस्तावों का फायदा उठाने के लिए पंडित अपने पुराने घर बेचेंगे, जो कि ज्यादातर पुराने शहर में हैं। उनके रेट खरीदनेवालों के अनुकूल होंगे, क्योंकि लगभग सारे खरीदार मुस्लिम होंगे। यह उनका पहला फायदा होगा। यह बहुत लोगों को उनके जीवनकाल का बढ़िया अवसर होगा, क्योंकि उन्हें अपना घर एक वाजिब कीमत पर मिलेगा। सदस्य पूरी तरह से उससे सहमत हो गए।

नए घर बनाने के लिए पंडितों को भारी निवेश करना पड़ेगा, इससे मुसलमानों के लिए आमदनी के नए जरिए खुलेंगे, क्योंकि कारपेंटर, बढ़ई, मजदूर और बिल्डिंग सामान के सप्लायर भी उनके ही समुदाय से हैं। चमकती आँखों से उसने कहा कि पंडित अपने जीवन की जमा-पूँजी खर्च करके उनकी जेबें भरेंगे, वे कर्ज

लेंगे, अपने सपनों का घर बनाने के लिए वे अपनी पत्नी के गहने बेचेंगे। जमीन के प्लॉट के सस्ते लुभावने प्रस्ताव के बिना पंडित अपना सारा पैसा जम्मू या कश्मीर के बाहर ले जाएँगे, जैसे कि प्रचलन दिखाई दे रहा था, उन सबकी आमदनी में कितना नुकसान होगा। यह सब सुनने के बाद डेलिगशन के सदस्य अवाक् रह गए। उनमें से किसी ने नहीं सोचा था कि बख्शी उन्हें गूँगा कर देगा। उनमें से कुछ को तो अर्थशास्त्र भी समझ आने लगा कि कैसे मार्केट की तरफ पैसों का बहाव आएगा और बहुत लोगों के लिए आमदनी का जरिया बनेगा।

कहानी वहाँ तक नहीं पहुँची होती, जहाँ इसका संबंध नाथजी के साथ जुड़ जाता है, अगर उस ग्रुप में एक तेज नौजवान नहीं होता, जिसने बख्शी की व्याख्या की प्रतिक्रिया थोड़ी अलग तरह से नहीं दिखाई होती। उसने माना कि काफी ज्यादा मकान बनाने के प्रोग्राम से अर्थव्यवस्था में बढ़त होगी, क्योंकि इससे लोगों का रोजगार और व्यापार बढ़ेगा, मगर इससे पंडित प्रोपर्टीवाले बन जाएँगे। वे नए घरों के मालिक बन जाएँगे, जिनकी कुछ सालों के बाद कीमतें दस गुना बढ़ जाएँगी। इसमें कोई शक नहीं कि इस वक्त काम करनेवालों को फायदा होगा, मगर असली फायदा तो पंडितों का ही होगा।

नौजवान की समझदारी और ठोस व्यावहारिक बुद्धि से खुश होकर बख्शी ने उसे सही होने पर मुबारकबाद दी, मगर उसे बताया कि उसने उतना ही समझा, जितना उसे ऊपर से दिखाई दे रहा था। उसने उसे अपने पास बुलाया, उसकी नाक पकड़ी और बच्चों की तरह समझाकर कहा कि उसे बख्शी की उँगलियों के बीच जो था, उससे आगे नहीं दिखाई दे रहा था। वह सिर्फ अर्थशास्त्र जानता था, राजनीति नहीं।

अपने विशिष्ट ढंग से बख्शी ने डेलिगेशन के सदस्यों को इस तरह संबोधित किया, "यह सारे घर, जो तुम्हारे वर्तमान दु:ख का कारण हैं, तैयार हो जाएँ, ज्यादा-से-ज्यादा पंडित नए घर बनाने के लिए प्रोत्साहित हो जाएँगे। एक समय आएगा, जब इन घरों की कॉलोनियों से सिटी को एक नया रूप मिलेगा। एक उपयुक्त समय पर तुम इनको हासिल कर सकते हो, बशर्ते कि तुम अपने पत्ते समझदारी से खेलोगे। मुझे लगता नहीं कि मुझे तुम्हें वह बताना पड़ेगा, जो इतना स्पष्ट है कि घर एक आलू की बोरी नहीं है, जो आदमी अपने कंधे पर उठा ले। जब सारे घर बन जाएँ तो तुम पंडितों के खिलाफ झंडे उठा लो, उन्हें कश्मीर से बाहर खदेड़ो और इन बने-बनाए घरों को अपने कब्जे में कर लो। इससे तुम्हें पहला फायदा इनके बनाने से मिलेगा और बाद में तुम्हारे इस्तेमाल के लिए घर

मिलेंगे। इस तरह तुम्हें केक बनाने से फायदा होगा, इसके बाद तुम्हें केक भी मिलेगा और उसे जिंदगी भर खाते रहना।"

जिस नौजवान ने बख्शी को अंतिम भाग खोलने के लिए प्रेरित किया, उसने शायद इसे एक मजाक या एक चतुर तर्क समझा होगा, मगर सलाम डार ने नहीं। एक अनुभवी और समझदार व्यक्ति होने के कारण उसे दिखाई दिया कि भविष्य में क्या होनेवाला है। वह खुश हो गया कि उसके दोस्त के बेटे ने खुद ही बाहर जाने का फैसला कर लिया था।

जब मैं आजकल इस कहानी को याद करता हूँ तो मुझे लोगों की इतना आगे की सोचने की क्षमता पर आश्चर्य होता है। सब कुछ वैसा ही हुआ, जैसा कि बख्शी ने अनुमान लगाया था। पिछले बीस सालों में शहर और कस्बों में भारी पैमाने पर मकान बनाने की सक्रियता हुई है। किसानों ने अपनी कृष्य भूमि, यहाँ तक कि फलों के बागों को प्लॉटों में बाँटकर पंडितों को बेचा। वे करोड़पति बन गए और अब बिना एक पैसा खर्च किए उनके पास पंडितों के छोड़े हुए घरों पर कब्जा करने का मौका है। कुछ मौहल्लों में सरकारी कर्मचारियों के समर्थन से, यह बहाना करके कि उनके घर उग्रवादियों और सुरक्षा बलों की मुठभेड़ में जलकर खाक हो गए, बहुत सारे घरों पर कब्जा हो चुका है।

नाथजी इस कहानी को गंभीरतापूर्वक लिये बिना ही सालों पहले स्वर्ग सिधार गए, मगर यह कहानी हमेशा जीवित रहेगी, एक चेतावनीपूर्वक कहानी, जो अनसुनी रह गई; क्योंकि यह रहस्यमय कवरों में ही लिपटी रह गई। शहर के अँधेरे के विशालकाय धब्बे, खासकर नई कॉलोनियों में वे धब्बे हैं, जो पंडितों के घर हैं, जिन्हें वे अपनी जान बचाने की खातिर छोड़कर गए हैं, मगर उन्होंने वे घर वैसे ही बनाए थे, जैसे बख्शी ने देखा था—कर्ज लेकर, सोना गहना बेचकर। अब वह घर खाली हैं, वे लोग जो इन इलाकों में रहते हैं, उन पर कब्जा करने के लिए तैयार हैं। मेरे डॉक्टर दोस्त ने अपना घर खो दिया है, मगर वह अब भी हर महीने उस लोन के पैसे चुका रहा है, जो उसने घर बनाने के लिए सरकार से लिया था। उसकी पत्नी अभी भी बिना कंगन के है। मेरे मामाजी ने एक अच्छे मुहूर्त का इंतजार किया, ताकि वे गृह प्रवेश के साथ-साथ अपनी बेटी की शादी भी वहीं करें, मगर ऐसा हुआ नहीं। अब वह जम्मू की तपती गरमी से जूझ रहे हैं। उन्हें बिल्कुल मालूम नहीं था कि वे उसी आदमी के लिए घर बना रहे हैं, जिसको उन्होंने घर की हिफाजत के लिए रखा था।

53

बख्शी के दिनों में कश्मीर में हालात सामान्य थे। हालाँकि वह एक तरह से तानाशाह ही था, मगर राज्य को तरक्की की तरफ कैसे बढ़ाना है, यह उसे मालूम था। उसकी कोशिश थी कि कश्मीर में पैसा आता रहे, जिसकी वजह से लोगों में अचानक संपन्नता आ गई। नए पर्यटन केंद्र बनाए गए और पुरानी जगहों को सुधारा गया, जिसकी वजह से सारे देश से पर्यटकों के झुंड-के-झुंड आने लगे।

उन दिनों मैं बी.एससी. में पढ़ रहा था। कॉलेज जाना, हर एक का चहेता सपना था; क्योंकि पढ़ाई मुफ्त थी, इसके लिए इंटरमीडिएट या एफ.ए., एफ.एस. सी., जो कि सबसे कठिन परीक्षा मानी जाती थी, पास करनी थी। इसे पास करना एक ऐसी सड़क थी, जिसके बारे में सबको मालूम था। हमारे टीचर अच्छे शिक्षित और सक्षम थे। विद्यार्थी भी उनका सम्मान करते थे। मेरे कॉलेज के चार साल एक लंबा सधा हुआ रास्ता था, जिसमें कुछ पल थोड़े असाधारण और जोखिमवाले थे, जो आजकल के विद्यार्थियों को मामूली लगेंगे।

उन दिनों मैंने रोशन नाम के लड़के से दोस्ती की। वह था तो एक सामान्य विद्यार्थी, मगर उन दिनों के हिसाब से दुनियादारी अच्छी तरह से जानता था। वह एक मध्यम वर्गीय परिवार से था, मगर अकेला बेटा होने के कारण उसके पास खर्चने के लिए काफी पैसा होता था और चाय-पानी पर वह अच्छे से खर्चता था। उसके पास नई-नई समस्याओं को सुलझाने की अभूतपूर्व प्रतिभा थी, चाहे अपने माँ-बाप से जरूरत से ज्यादा पैसा निकलवाना हो या सिनेमा हॉल में कपड़े गंदे किए बिना घुस जाना।

रोशन को फिल्में देखना अच्छा लगता था, मगर कॉलेज के समय के बाद या छुट्टी के दिन फिल्म देखने की हिम्मत नहीं पड़ती थी, क्योंकि उसके पिताजी को यह किसी जुर्म से कम नहीं लगता था। उनका मानना था कि फिल्में नैतिक भ्रष्टाचार का एक मूल स्रोत थीं। उन्होंने अपनी जिंदगी में कभी कोई फिल्म नहीं देखी थी और इस बात की पूरी कोशिश की कि रोशन फिल्में देखकर अपने आपको बिगाड़ न दे।

अपने पिता के गुस्से से बचने के लिए और अपने आनंद के लिए उसने कॉलेज के दौरान फिल्में देखना शुरू किया। चूँकि वह अकेला नहीं जाना चाहता था, इसलिए उसने इस शरारत भरे काम में अपने कुछ सहपाठियों को अपने साथ मिला लिया। मुझे अच्छी तरह से याद है कि हमने तीन दिन लगातार फिल्में देखीं,

जिनमें दो धार्मिक और एक रोमांटिक थीं। फिजिक्स क्लास में टीचर ने मुझसे पूछा कि मैं तीन दिन अनुपस्थित क्यों था तो मैंने उनसे सफेद झूठ कहा कि मैं अपने कजिन की शादी में व्यस्त था। मेरा सौभाग्य था कि उन्होंने बाकी लड़कों से नहीं पूछा, वैसे भी वे किसी गिनती में नहीं आते थे। अगर उनसे पूछा होता तो मेरा झूठ इतना विश्वसनीय नहीं लगता।

रोशन को सिर्फ फिल्म देखने में ही दिलचस्पी नहीं थी, बल्कि वह फिल्म के रिलीज होने के पहले दिन के पहले शो में देखने का शौक रखता था, ताकि वह अपने सहपाठियों को प्रभावित कर सके और वे उसकी कार्यकुशलता की तारीफ करें, मगर नई फिल्म शुक्रवार को लगती थीं, उस दिन कारीगरों और श्रमजीवियों की छुट्टी होती थी। पहले दिन फिल्म देखना कोई आसान काम नहीं था, क्योंकि इस दिन हफ्ते का सबसे भीड़वाला दिन होता था। टिकट खरीदने के लिए भीड़ में लाइन में खड़े रहकर खिड़की तक पहुँचने के लिए बहुत ही बहादुरी के कारनामे करने पड़ते थे। घंटों लाइन में खड़े रहकर टिकट मिलना काफी असंभव होता था, क्योंकि जैसे ही पहली टिकट दी जाती थी, लाइन की सुव्यवस्था खत्म हो जाती थी और एक शोर भरी बेकाबू भीड़ हिंसक हो जाती थी। फिर सारे गुंडे खिड़की पर उड़ते हुए दैत्यों की तरह लोगों के सिरों पर बैठकर झपटा मारकर जितने टिकट ले जा सकते थे, ले जाते थे और उसके बाद वह उन्हीं नेकनीयत, शरीफ लोगों को फायदे में बेचते थे, जिनको उन्होंने लाइन से निकलने पर मजबूर किया होता था।

उन ब्लैक मार्केट करनेवालों को उनके रूप-रंग से आसानी से पहचाना जाता था। वे बड़े हृष्ट-पुष्ट, चेहरे पर थोड़ी सी दाढ़ी और चाल आक्रमकवाले होते थे। वे अकसर पुलिसवालों के साथ देखे जाते थे। उनके साथ ऐसे हँसते-बोलते थे जैसे कि वे अपने बहुत ही करीबी दोस्तों के साथ हों। अपनी टिकटों का कोटा लेकर वे उन्हीं पुलिसवालों के सामने बेचते थे, जिससे बाकी लोग बहुत चिढ़ते थे। बाद में मुझे पता चला कि वे सचमुच उनके दोस्त होते थे, कुछ ज्यादा पैसा कमाने में वह उनके बिजनेस पार्टनर होते थे।

इस तरह के तकलीफदेह अनुभव से बचने के लिए उसने एक नई योजना का आविष्कार किया। उसने पिछली फिल्म के अंतिम दिन की टिकटें खरीदीं, क्योंकि उस दिन भीड़ सबसे कम होती थी। ब्लैक मार्केट करनेवालों की भीड़ भी नहीं होती थी और वे कहीं दिखाई नहीं देते थे। वह इन टिकटों को, दूसरे दिन जब नई फिल्म रिलीज होती थी, इस्तेमाल करता था। लोअर क्लास में लोग बेंचों पर

बैठते थे और सीट नंबर नहीं होता था। इस नई योजना से हम सबसे पहले हॉल में घुसते थे और एकदम खुश और फ्रेश लगते थे। अंदर पहुँचकर रोशन अपने दोस्तों को एक संतुष्ट उपलब्धि से देखता। फिल्म के पहले दिन ही टिकट मिलना कोई मामूली बात नहीं थी।

फिर भी हमें इस कार्य प्रणाली के लिए कुछ सावधानी बरतनी पड़ती थी, यह सुनिश्चित करना पड़ता था कि हमारी टिकटों का रंग वैसा ही हो, जैसा उस दिन की टिकटों का होता था; क्योंकि वे लोग अकसर अलग-अलग दिनों में अलग-अलग रंगों का इस्तेमाल करते थे।

रोशन एक शेखीबाज भी था, जिसको अपने कारनामों के बारे में बोलने में बड़ी खुशी मिलती थी। उसने इस तकनीक के बारे में दूसरे विद्यार्थियों से कहा, जिन्होंने इसका इस्तेमाल करने में जरा भी देर नहीं की। सिनेमा हॉलवालों ने सतर्कता बरती कि ऐसे लोग हॉल में घुसने न पाएँ। एक बार हम जैसे ही हॉल में पहुँचने में सफल हो गए, हमारे साथ वे तीन लोग भी थे, जिन्होंने खिड़की से टिकटें खरीदी थीं। उसी समय वह चेक करनेवाले दोषियों को पकड़ने के लिए हॉल में आए। खुशकिस्मती थी कि वे हमें पकड़ नहीं पाए, क्योंकि लोअर क्लास के लिए टिकटों के काउंटर फोयल नहीं होते थे।

दूसरी बार हमने देखा कि हॉल में टिकटों की जाँच उनके नंबरों को मिलाकर की जा रही थी। यह देखकर हम चुपचाप खिसक लिये और मौके का इंतजार करने लगे, मगर गेट पर बैठे लोग वहाँ से हिले ही नहीं। उन्होंने फैसला कर लिया था कि वे कल के टिकटवालों को पकड़कर ही रहेंगे और उन्हें सजा दिलवाएँगे। मजबूरी में हमें फिल्म देखने का प्रोग्राम छोड़ना पड़ा, मगर रोशन को पैसों का नुकसान बरदाश्त नहीं हुआ, जो उसने कल की टिकटों पर खर्च किए थे। उसने कंपाउंड के एक कोने में खड़े होकर पाँच गुना भाव से सारी टिकटें बेचीं। हम लोगों ने बड़ी अच्छी तरह से चाय-नाश्ता किया, मगर जिन लोगों ने टिकटें खरीदी थीं, उनकी जमकर पिटाई हुई। उसके बाद से हमने फिल्मों के साथ ऐसे जोखिम भरे कामों की समाप्ति की।

आजकल घाटी में सिनेमा हॉल बंद हैं, क्योंकि उग्रवादियों ने आदेश दिया है कि वह आजादी के आंदोलन के लिए हानिकारक है। किसी उपयुक्त चीज को हासिल करने के लिए लोगों को पूरी निष्ठा से हर तरह की आनंद देनेवाली चीजों से दूर रहना चाहिए। उन दुकानों को भी, जो वीडियो कैसेट किराए पर देते थे, बंद करने पर मजबूर किया गया है। यह बात अलग है कि इससे एक नया गुप्त

वर्ग पैदा हुआ, जो आंदोलन के छोटे लीडरों के साथ मिलकर ग्राहकों को चार गुना ज्यादा कीमत पर कैसेट सप्लाई करते हैं। हर चीज की एक कीमत होती है।

54

मोहिंदर एक सनसनीवाली खबर लेकर आया है। एक पूरा परिवार, जो इतने महीनों से बड़ी हिम्मत करके अपने घर में रह रहा था, को मौत के घाट उतार दिया गया है। यह स्थान हब्बकदल और फतेहकदल के बीच, दूसरे और तीसरे पुल के बीच में है। मेरा एक सहपाठी, जो वहाँ रहता था, अपने आप को 2/3 पुल का निवासी बताता था। ये लोग उसके घर के बिल्कुल पास रहते थे।

मोहिंदर ने कहा कि वे लोग दो बूढ़ी महिलाओं की वजह से वहाँ फँस गए थे, जिनकी दुनिया श्रीनगर तक ही सीमित थी। उनके लिए अपना घर छोड़ना और जम्मू जाना अकल्पनीय था। उनके साथ उनके बच्चे, उनकी पत्नियाँ और उनके बच्चे भी रह गए थे। यह एक बड़ा और सम्मानित परिवार था। कई मुस्लिम लीडरों ने उनके वहाँ रहने पर उन पंडितों की भर्त्सना की, जो अपने घरों को छोड़कर चले गए थे। हालाँकि उनके वहाँ रहने की वजह बिल्कुल निजी थी, मगर बहुत लोगों को यह पता नहीं था। इसकी वजह से पास के दूसरे मोहल्ले के पंडितों पर हितकारी प्रभाव पड़ा। उन्हें वहाँ रहने के लिए प्रोत्साहन मिला, हालाँकि उन पर भी काफी दबाव था। शायद इसीलिए उग्रवादियों ने उन्हें दूसरों में डर पैदा करने के लिए सही निशाना बनाया।

सुबह सवेरे जैसे ही दिन की शुरुआत हुई थी, जब बाहर और दूसरे घरों में गतिविधियाँ बहुत कम थीं, गोलियों की आवाज से मोहल्ले की शांति भंग हो गई। आवाज इतनी ऊँची और लगातार थी कि यह कई दिनों गूँजती रही।

जब गोलियों की आवाज बंद हो गई तो लोग यह देखने के लिए निकले कि क्या हो गया था। उन्होंने एक पशुव्रत दृश्य देखा। पूरे घर में मर्द, औरतें और बच्चे खून के तालाबों में पड़े हुए थे। ऐसा लगता था कि उग्रवादियों का एक बड़ा दस्ता उन पर झपटा था और उन्होंने यह सुनिश्चित कर लिया था कि पूरा परिवार, जिसमें लगभग एक दर्जन लोग थे, मर जाएँ, कोई भी जरा सी देर के लिए भी यह भी बताने के लिए न बचे कि क्या हुआ था। हर जगह लाशें बिछी हुई थीं, एक सामने के पोर्च पर, दो सीढ़ियों पर, बच्चे बिस्तरों पर, एक महिला किचन के पास और दो बूढ़ी महिलाएँ बैठक के कोनों में। पंडितों को सचमुच अपनी जगहों पर जकड़ा गया था, जहाँ से वह अपनी किस्मत से भाग नहीं सकते थे। चूँकि कोई

भी नहीं बचा था, इससे पता चलता है कि यह हमला बहुत ही सावधानी से प्लान किया गया था।

इन हत्याओं की शहर में सब लोगों ने और सब संस्थाओं ने घोर निंदा की। यह एक रिवाज था, जो काफी आम हो गया था। इसके बाद फिर से एक चुप्पी छा गई। आस-पड़ोस के सब पंडित अपना सामान बाँधकर जवाहर टनल, जो मेन घाटी को बाकी राज्य से अलग करता है, एक सुरक्षित स्थान खोजने के लिए पार कर गए।

ऐसी हत्याएँ एक नई योजना का हिस्सा हैं, खासकर पंडितों के लिए, जो अभी भी घाटी में हैं। उग्रवादी उन बचे-खुचे पंडितों की जगहों को साफ करने के लिए एक परिवार को निशाना बनाते हैं, खासकर उनको, जिनसे बाकी लोगों को वहाँ रहने की प्रेरणा मिलती थी। जो उनके करीबी मुस्लिम पड़ोसी हैं, उन्हें उनसे सहानुभूति है, वह उनसे उनकी इस दुर्दशा पर माफी भी माँगते हैं, मगर साथ ही उन्हें समझाते भी हैं कि उनका वहाँ रहना सुरक्षित नहीं है; क्योंकि वे उनकी रक्षा करने में असमर्थ हैं। सुनील के गाँव में यही हुआ। प्रेमी के गाँव की भी यही कहानी है। अब शहर के दूसरे हिस्सों में और दूसरे गाँवों में भी यही हो रहा है। एथनिक क्लींजिंग यानी जातीय सफाई का यह सबसे सस्ता तरीका है, क्योंकि यह बिना गोली जाया किए लोगों को बाहर खदेड़ देता है।

55

मैंने बहुत से लोगों को जम्मू की तरफ भागते हुए देखा है। वे नहीं जानते (या हो सकता है कि वे जानते हैं) कि वहाँ कौन सा नरक उनका इंतजार कर रहा है, क्योंकि वहाँ से भी पंडित विरोधी लहर की खबरें आ रही हैं। हालाँकि वह इसी राज्य का, इसी देश का भाग है, मगर पंडितों के साथ एपर्थयड, यानी रंग भेद नीति की तरह बर्ताव हो रहा है। उनके बच्चे जम्मू के किसी स्कूल या कॉलेज में दाखिला नहीं ले सकते, क्योंकि वे कश्मीर से हैं। जम्मू के लोग खतरा महसूस कर रहे हैं, इसलिए टेंटों में और किराए की बिल्डिंगों में स्कूल खोले गए हैं। बच्चों का दुःख और और भी बड़ा है, क्योंकि अधिकारियों ने उनसे कहा है कि जम्मू में रहने के बावजूद वे कश्मीर यूनिवर्सिटी के ही विद्यार्थी रहेंगे, जिसका मतलब है कि उनको वहाँ के शैक्षिक और परीक्षा के कैलेंडर का पालन करना होगा, जो कि वजूद में ही नहीं है। श्रीनगर में स्कूल और कॉलेज अभी तक बंद हैं। जम्मू में कश्मीरी विद्यार्थी अभी भी वहाँ की अभिशप्त किस्मत से बँधे हुए हैं।

हालाँकि जम्मू के लोग पंडितों से जो भी किराया ले रहे हैं, उसमें खुश हैं, मगर वह बराबर शिकायत कर रहे हैं कि उन पर कितनी मुश्किलें आन पड़ी हैं।

सारे देश को पंडितों की दुर्दशा और कठिनाइयाँ दिखाने के बजाय रिपोर्टर और जर्नलिस्ट उनकी वजहें ईजाद कर रहे हैं। कलकता का एक सज्जन सोचता है कि पंडित अपना घर-बार, अपनी जिंदगी की जमा-पूँजी इसलिए छोड़कर भाग रहे हैं, ताकि वे बाकी देश में मुसलमानों को बदनाम करें।

उनका तर्क है कि आदमी अपना घर इसलिए जलाएगा, ताकि उसके पड़ोसी का घर भी जले। मार्क्सिस्ट और कम्युनिस्टों के एक स्कूल का मानना है कि पंडितों की पीड़ा का कारण उनके बीते हुए समय में मुसलमानों का शोषण है। लगता है कि हम मध्य युग की न्यायिक प्रक्रिया में वापस जा रहे हैं, जहाँ पर लोगों को उनके पूर्वजों के पापों की सजा दी जाती थी। इन स्पष्टीकरणों में संवेदनहीनता की बात यह है कि पंडितों की पीड़ा का कारण जानने के लिए पीछे जाना पड़ेगा, जैसे कि वे पीड़ित नहीं अत्याचारी हैं, जो अपने या अपने पूर्वजों के पापों की सजा भोग रहे हैं।

जम्मू के लोग उनके लिए सिर्फ भला-बुरा ही कहते हैं, जैसे कि वे विनाशकारी कीड़े हैं, जो उनको उनकी जगह पर सिर्फ उन्हें तकलीफ देने के लिए उतरे हैं। जम्मू के कुछ वरिष्ठ पत्रकार, जो कश्मीरी मुसलमानों की खुशामद करके फले-फूले हैं, सिर्फ उनकी पीड़ा के बारे में लिख रहे हैं और पंडितों की दीन हालत से उन्हें कोई फर्क नहीं पड़ता, जबकि उनकी दुर्दशा उनके सामने है। मुझे इस बात पर विश्वास नहीं होता कि लोग किसी की पीड़ा और दुःख से उदासीन कैसे हो सकते हैं? सिर्फ अली मोहम्मद पंडितों की मुश्किल जिंदगी के बारे में सहानुभूति से बोलता है।

जम्मू के लोग इतने संवेदनहीन क्यों हैं? वे क्यों सोचते हैं कि यह जगह सिर्फ उनकी ही है। आखिकार जम्मू और कश्मीर एक ही राज्य है और यहाँ के लोगों को पूरा हक है कि वे कहीं भी रहें। क्षेत्र के आधार पर पक्षपात क्यों हो? मुझे अपनी नानी की याद आई। हमारे ग्रह अपने साइज और असर में बढ़ रहे हैं, जो हम सबकी जिंदगी का अभिशाप हैं। कोई नहीं, यहाँ तक कि राज्य की सरकार भी पंडितों की कठिनाइयों के बारे में नहीं जानती है। यह सच है कि भारत सरकार की ओर से गुजर-बसर के लिए कुछ राशन उन लोगों को दिया जा रहा है, जो सरकारी मुलाजिम नहीं हैं, मगर उनके जीवित रहने के लिए उतना ही काफी नहीं है।

कोई समझ भी नहीं पा रहा है कि पंडित कैसे बरबाद हो गए हैं। वे ऐसे पीड़ित हो गए है, जैसे आज तक इतिहास में कभी नहीं सुना गया। अपने ही राज्य

में, अपने ही देश में रिफ्यूजी हो गए हैं। भारत सरकार इस बात को मानने से इनकार करती है कि उन लोगों के प्रवासन पर ध्यान दिया जाए। सरकार दूसरे लोगों की कठिनाइयों को बिना समय खोए मदद की घोषणा करती है, मगर अपने देश के लोगों की कठिनाइयों पर मौन बैठी है। मेरा दोस्त व्यंग्यात्मक लहजे में कहता है कि सरकार अमेरिका की प्रतिक्रिया का इंतजार कर रही है। एक बार अमेरिका पंडितों की विपत्ति को मान ले तो ही भारत सरकार अपनी चुप्पी को तोड़ेगी। ऐसा लगता है कि कोई भी गरीबों और असहाय लोगों की सहायता के बारे में बात नहीं करना चाहता। कोई यह भी नहीं समझता कि आखिकार इसका नतीजा क्या निकलेगा, क्योंकि तब तक हम अपनी दीवारों की मरम्मत नहीं करते, जब तक कि वे गिरने वाली न हो जाएँ, जिससे हम और बड़ी दुर्घटना के लिए जगह बनाते हैं।

शायद मेरा पड़ोसी मुझसे अधिक जानता है। उसके मुताबिक भारत सरकार इसलिए पंडितों के बारे में बात नहीं करना चाहती, क्योंकि वे हिंदू हैं। एक धर्म निरपेक्ष देश ऐसा नहीं कर सकता। मैंने कहा कि जब मुस्लिम मुसीबत में होते हैं तो वे उनके बारे में बात करने से शरमाते नहीं हैं, तो उसने कहा कि वह अलग बात है। धर्मनिरपेक्ष भारत की जिम्मेवारी अल्पसंख्यकों के प्रति है, जो कि ज्यादातर मुस्लिम हैं। हमारा दुर्भाग्य यह है कि हम उस राज्य के अल्पसंख्यक हैं, जो बहुसंख्यकवाले देश में अल्पसंख्यक हैं। हमारा सुधार कभी नहीं हो सकता।

56

आज वसु का जन्मदिन है। आज पहली बार गिरजा, वसु और विनय जन्मदिन मनाने के लिए मेरे साथ नहीं हैं। ऐसा इसलिए है, क्योंकि हमारा समुदाय बहुत तनाव और बुरी तरह से विघ्न में है। हमारा समुदाय अलग तरह से संगठित है (अफसोस अब नहीं) जैसा और कहीं नहीं मिलेगा। हमारे सारे रिश्तेदार चार से पाँच किलोमीटर के दायरे में रहते थे, इसलिए वसु का जन्मदिन एक बड़ा आयोजन होता था। वह मेरे दादाजी की पहली परपोती थी। गिरजा अपनी गर्भावस्था के आखिरी महीने में काफी बड़ी, खूबसूरत और सुदृढ़ लगती थी। यह थोड़ा अविश्वसनीय लगता है, मगर वह गर्भावस्था के आखिरी दिन तक काम पर गई थी। वसु के जन्म के दिन जब उसने दर्द की शिकायत की तो वह ऑफिस जाने के लिए तैयार थी। डॉक्टर ने इसे प्रसव का पहला आसार बताया। हम उसको एक नर्सिंग होम में ले गए। कुछ ही घंटों में पूरा कुनबा वहाँ था। मेरे माता-पिता, गिरजा के माता-पिता और हमारे साझे परिवार के बहुत से लोग मदद के लिए तैयार थे।

वसु के जन्म से पहले गिरजा के कमरे में एक उत्सवी माहौल था। लोग फल, चाय के फ्लास्क, गरम-गरम समोसे और पकौड़े लेकर आ रहे थे, जा रहे थे। नर्सिंग होम के बाहर मिठाई और चाय की दुकानें थीं। थोड़ी ही देर में हमारे पड़ोसी, रिश्तेदार और दोस्त आ पहुँचे। औरतों की उपस्थिति से मुझे खासकर याद आया कि कैसे गिरजा के बड़े पेट की वजह से अटकलबाजी लगातार चल रही थी कि उसका बेटा होगा या बेटी। उन्होंने बड़ी बारीकी से पेट की रूपरेखा, उसका फूला हुआ मध्य भाग, उसकी चाल, उसका चेहरा और उसका मिजाज देखा। उनमें से जो अनुभवी और समझदार थे, उनका कहना था कि उसका खिला हुआ चेहरा, उसका खुशनुमा बर्ताव और चाल लड़के की तरफ इशारा कर रहे थे, पर उसका भारीपन, क्योंकि वह विशाल हो गई थी, उसके विरुद्ध हो गया। यह साफ तौर पर लड़की की तरफ इशारा करता था।

क्या हम भी ऐसा ही सोच रहे थे, क्या यह सोचना जरूरी हो गया कि क्या होगा? ''क्यों नहीं?'' मेरे कजिन ने, जो मेरी ही उम्र का था, जोर से कहा। मुझे याद है कि जब उसकी पत्नी ने लड़की को जन्म दिया तो वह कैसे जार-जार रोया था। मुझे इस बच्चे के लिंग की चिंता नहीं थी, मुझे बस चिंता थी कि वह ठीक हो।

मैंने गिरजा को उसकी परीक्षा की घड़ी में देखा, मगर मैं कह नहीं सका कि उस वक्त उसके दिमाग में क्या चल रहा था। मुझे उसकी शारीरिक असुविधा दिखाई दे रही थी उसे। कई छोटे-छोटे दौरों के बाद एक लंबा सा दौरा उठा और वह दर्द से लुढ़क गई। डॉक्टर उसे ऑपरेशन थिएटर में ले गए, जहाँ हमारी बेटी, एक सुकड़ी सी प्राणी ने इस दुनिया में एक गर्मीवाले दिन की शाम को प्रवेश किया।

हालाँकि मैंने अपने छोटे भाई-बहनों को आसानी से सँभाला था, पर उसे सँभालने में मैं विश्वस्त नहीं था, क्योंकि उसके जैसी छोटी चीज मैंने पहले नहीं देखी थी। फिर आखिरकार मैंने उसे गोद में ले लिया तो उसका नतीजा बहुत ही रोमांचक था। मैं उसे थोड़ा ऊँचा करके अपनी छाती की तरफ लाया, ताकि मैं उसे अच्छी तरह से देख सकूँ। ऐसा लग रहा था, जैसे वह भी वही चाहती थी। उसने आहिस्ता से अपनी आँखें खोलीं। इसके बाद उसने एक मीठी सी मुस्कान दी। मैं बहुत उत्तेजित हो गया। हालाँकि मुझे पता था कि उसने मुझे नहीं पहचाना था। तब मुझे माँ के अकसर कहे हुए शब्द याद आए कि नवजात शिशु तभी मुस्कराते हैं, जब उन्हें उस दुनिया की बातें याद आती हैं, जहाँ से वह आए होते हैं, न कि इस दुनिया की नई चीजें या अपने माता-पिता को देखकर।

छोटी सी वसु इतनी जल्दी बड़ी हो गई कि सब लोग आश्चर्य में पड़ गए।

आठवें महीने में वह एक जोशीली बच्ची थी, जो इत्मीनान से बोलने और चलने लगी थी। मुझे पता नहीं कि वह अभी कहाँ है? जन्मदिन मुबारक, प्यारी वसु।

57

वसु दो महीने की थी, जब मेरे दादाजी इस दुनिया से बहुत ही शालीनता से चले गए। वे हमेशा ओजस्वी और सुदृढ़ थे। नौकरी से रिटायर होने के बाद भी वह अपने आपको पूरा व्यस्त रखते थे और शाम को काफी देर तक घूमने जाते थे। वह सुबह जल्दी उठते थे और दो-तीन घंटे पूजा के कमरे में बिताते थे।

एक दिन उन्हें कमजोरी सी लगी और वे बिस्तर पर लेट गए। जब मेरे पिताजी और मेरे अंकल ने शाम को ऑफिस से लौटने के बाद उन्हें लेटे हुए देखा तो उन्हें चिंता हो गई। उनको लगा था कि उनका अंतिम समय आ गया था, जो बदकिस्मती से सच निकला। तीन दिन के अंदर उनकी हालत अविश्वसनीय तरीके से बिगड़ गई। फैमिली डॉक्टर ने उनके लक्षणों से हमें डराया कि उन्हें कई तरह की बीमारियाँ थीं और वे ज्यादा दिन तक नहीं रहेंगे।

मेरे दादाजी 85 साल के ऊपर थे, मगर हम कभी उनके बीमार होने या उनकी मृत्यु के बारे में सोच भी नहीं सकते थे। उन्होंने वसु को बस डेढ़ महीने ही देखा था। मुझे लगता है कि एक परपोती को देखने के लिए इतना समय कम होता है, मगर दादाजी जीवन और सांसारिक चीजों को अलग दृष्टि से देखते थे। जितना थोड़ा समय उन्हें मिला, उन्होंने उसे दुलारा, उसके साथ खेले भी, उनको वह मोहक और प्यारी लगी। उन्होंने उसके पैदा होने पर प्रसन्नता प्रकट की, उस छोटे से ढाँचे ने उनसे कुछ रहस्यमय मुस्कानें निकालीं। क्या ये मुस्कानें इस बात का संकेत थीं कि वे उसे बहुत दिनों तक देख नहीं पाएँगे।

मुझे यह समझने में थोड़ा समय लगा कि दादाजी इस संसार का त्याग करने के लिए पूरी तरह से तैयार थे। जब मैं उनकी बीमारी के दूसरे या तीसरे दिन उनको देखने गया तो मुझे लगा, वे जानेवाले थे। इस जानकारी से मुझे ऐसा धक्का लगा कि मैं अपना संयम खो बैठा और जोर से रो पड़ा, मगर दादाजी सिर्फ मुस्कराए, उन्होंने मेरा चेहरा अपने हाथों में लिया और मेरे गालों को चूमा। फिर उन्होंने मेरे पिताजी से, जो वहीं बैठे थे, प्रार्थना की कि मुझे समझाएँ कि मुझे इस वक्त रोना नहीं चाहिए। उनके सारे परिवार के सदस्यों; खासकर अपने पोते-पोतियों के प्रति लगाव के बावजूद वे अलग-थलग थे, एक सच्चे योगी। अपनी रुग्ण शैया से वे लगातार अपने गुरुजी की तस्वीर को देखते रहते।

उसके एक दिन बाद, जब वे थोड़ा बैठने की स्थिति में थे, उन्होंने काँगड़ी मँगाई और हम सबको उस कमरे में आने के लिए कहा। काँगड़ी में छोटी सी आग जलाई और उसमें कागज के छोटे-छोटे टुकड़े जलाए। जब हर टुकड़े से एक-दो सेकंड के लिए लपट उठती, वे अपनी कमजोर आवाज में कुछ कहते, जो हमें ठीक से सुनाई नहीं पड़ा। यह कुछ मिनटों के लिए चला। तब उन्होंने अपना सिर उस आग के सामने झुकाया और नमस्कार किया। हम सब यह बड़े कौतूहल, मगर गंभीरता से देख रहे थे, क्योंकि हम जानते थे कि अपने जीवन के आखिरी समय में ऐसा कुछ साधारण नहीं करेंगे। तब उन्होंने थोड़ा कहवा मँगाया और फिर सामान्य हो गए।

जब सब लोग चले गए तो मैंने उनसे पूछा कि जो उन्होंने किया था, उसका क्या मतलब था। उन्होंने कहा कि वे देवताओं को विश्वास दिलाना चाहते थे कि वे जाने के लिए तैयार थे। जो धार्मिक काम उन्होंने किया था, यह उनके शरीर को जलाने का प्रतीक था, उन्होंने अपने शरीर को अग्नि को सौंप दिया था। अब यह देवताओं को फैसला करना था कि वे उन्हें कब बुलाएँगे। यह सब उन्होंने इस संसार से अपने जीवन की शीघ्र मुक्ति के लिए किया था, जिसको उन्होंने बहुत प्यार किया था। यह मेरे लिए एक दैवी सच्चाई थी। ऐसा लगता था जैसे देवता सचमुच उनके संकेत का इंतजार कर रहे थे, क्योंकि शाम होते-होते वे कोमा में चले गए और दूसरे दिन उन्होंने अपना नश्वर शरीर छोड़ दिया।

उनकी अंतिम यात्रा की तैयारी से पहले पिताजी ने मुझे उनका बड़ा बक्सा खोलने को कहा, जो हमेशा उनके बैड के नीचे रहता था। जब मैंने ढक्कन खोला तो मैंने देखा कि इसमें वह सब सामान था, जिसकी हमारे रिवाज के मुताबिक एक मृत व्यक्ति के दाह संस्कार में जरूरत पड़ती है। उनके नहाने से लेकर चिता के जलाने तक, उनके अंतिम समय के लिए हाथ से सिला कफन, शरीर को ढकने के लिए एक छींट की शीट, एक बड़ा सा शॉल, जो साधारणतया मृत शरीर पर डाला जाता है। अर्थी पर फेंकने के लिए सिक्के और संस्कार के बाद धार्मिक कामों के लिए करेंसी नोट।

मैं मरने की इस तरह की सतर्क तैयारी से आश्चर्यचकित था। दादाजी का जवाब नहीं था! मैं सोचता हूँ कि मौत के बाद उनकी जिंदगी के क्या सपने, क्या कल्पनाएँ रही होंगी। उनके दिमाग में क्या चल रहा था, जब वे अपनी अंतिम यात्रा के लिए चीजें इकट्ठी कर रहे थे। क्या अपने मृत कपड़े अपने आप पर फिट करते हुए उनकी आँखों में आँसू आ गए होंगे? मैं विश्वास से कह सकता हूँ कि नहीं आए होंगे।

58

आज मैंने अपने लेखों के संग्रह को, जो बढ़ता ही जा रहा है, एक स्नातक पाठक की तरह पढ़ा। क्या मैंने केवल अपने समुदाय का दर्द देखा? क्या मैं मुस्लिमों के दर्द से अवगत हूँ। मेरे एक मुस्लिम दोस्त के मुझ पर लगाए गए इलजाम में कितनी सच्चाई है? मुझे अपने लोगों के अतिरिक्त और किसी का दर्द नहीं दिखाई देता। क्या मैं इतना स्वकेंद्रित हो गया हूँ?

मैंने अपने दोस्त से कहा कि मुसलमानों ने भी दर्द भोगा है। उग्रवादियों ने बीसियों को मुखबिर कहकर मारा है और कितने ही सुरक्षा बलों और उग्रवादियों के क्रॉस फायर और पुलिस की तलाशी में मारे गए हैं, मगर दोनों समुदायों की पीड़ा की तुलना नहीं की जा सकती। पहला ये कि यह हालात मुस्लिमों ने खुद बनाए हैं, जिसकी वजह से लोग मारे गए। मैंने कारण नहीं बताया, क्योंकि यह विवाद के क्षेत्र में जाता है।

दूसरा, मुसलमानों में भी बहुत लोग मारे जा चुके हैं और अभी भी मर रहे हैं। उनमें से अधिकतर इन मौतों को इस नजर से देखते हैं, जो पंडितों से अलग हैं। उन्हें और उनकी आनेवाली पीढ़ियों को लगता है कि वे एक ऐसे अभियान के लिए लड़ रहे हैं, जिसके लिए वे मरने को तैयार हैं। उनकी मौत व्यर्थ नहीं जाएगी, क्योंकि इससे उन लोगों की जिंदगी को, जो इस संघर्ष से सही-सलामत निकल जाएँगे, एक नया रूप मिल जाएगा। इस वजह से उनके इस बलिदान का आम जनता के सामने आभार प्रकट किया जाता है और बाकी लोगों के लिए प्रेरणा का स्रोत माना जाता है। यह बात अलग है कि बहुत से लोग जो मर गए हैं, गरीब परिवारों से हैं। अमीर और ऊँचे तबके के ज्यादातर मुसलमान, जिनके पास वादी के बाहर संपत्ति और बिजनेस हैं, कभी-कभार अपना चेहरा दिखाते हैं और आंदोलन के लिए पैसा देते हैं।

यह भी सच है कि कुछ मुसलमानों को संदेह है कि घाटी में जो हो रहा है, वह ठीक नहीं है। वे भी पंडितों के साथ जम्मू और दूसरी जगहों की ओर चले गए हैं, क्योंकि उनकी सोच को आंदोलन की सफलता के लिए हानिकारक माना जाता है। कुछ लीडर सब मंचों पर, सभाओं में यह कहते थकते नहीं हैं कि आंदोलन पूर्ण रूप से लोगों से आज्ञा का पालन माँगता है और उसके लक्ष्य और तरीकों पर कोई बहस या तर्क-वितर्क नहीं होगा। इनको न माननेवाले अभी भी घाटी में हैं। वे कभी-कभी तकलीफदेह सवाल उठाते हैं, मगर ज्यादा जोर से नहीं, क्योंकि उसके

लिए उनको सजा मिलेगी। क्या हम सचमुच किसी ऐसी चीज के लिए लड़ रहे हैं, जो इच्छा के अनुसार और हासिल करने के योग्य है? क्या यह आंदोलन अलग-अलग सियासी फायदेवालों के बीच सत्ता हासिल करने के लिए नहीं है, जहाँ पर मासूम लोगों को मोहरों की तरह इस्तेमाल किया जाता है?

मुसलमानों के आंदोलन को अलग-अलग तरीके से देखने से उनकी पीड़ा को एक जटिल तीक्ष्णता मिली, जिसकी वजह से इसको परिभाषा देना भी मुश्किल हो गया है। फिर भी इस बात से कोई इनकार नहीं कर सकता कि शोक और दु:ख इसका एक अनिवार्य भाग है। एक बाप का दिल दर्द से रिसता रहता है, एक माँ का विलाप हृदय को चीरता है और आम जनता का विलाप भी ऊँची आवाज में होता है, मगर इससे पहले कि यह दर्द और दु:ख अंदर समाकर उदासी में बदल जाए और एक निरर्थकता और दोषदर्शिता का कारण बन जाए, समुदाय के लीडर आकर शोक को आकांक्षित सम्मान के लबादे में लपेट लेते हैं। बाप का रिसता हुआ हृदय एक गर्व के ढाँचे से ढँक जाता है और माँ का रोना एक नई शहादत का नारा दिलाता है। इस तरह मुसलमानों की पीड़ा को तर्कसंगत और वीरतापूर्ण बनाया जाता है। मुझे पता नहीं ऐसा कब तक चलेगा? शायद बहुत दिनों तक।

मौत, वीरता और शोक आपस में एक निंदनीय घटनाचक्र में उलझ गए हैं, जिसको तोड़ना मुश्किल हो सकता है। सब कुछ इतना जल्दी-जल्दी हो रहा है कि लोगों को सोचने का समय ही नहीं मिल रहा है। जो वे सीख रहे हैं, वह तकलीफदेह है।

वे इन मौतों को इस जिंदगी का एक हिस्सा, अनिवार्य हिस्सा समझते हैं। गिरा हुआ खून अभी सूखा भी नहीं होता है कि लोग अपने काम-काज में लग जाते हैं।

आवाजें और भी हैं। एक राह चलते ने कहा कि यही वह है, जो हमने अपने आप को बनाया है और यही आगे बहुत दिनों तक चलता रहेगा। हमने इस जगह को, इसके अच्छे नाम को मिट्टी में मिला दिया है और इसे एक पाप की जगह में बदल दिया है। एक बुजुर्ग महिला कहती है—अल्लाह हमें यहीं पर इन पापों की सजा देगा, इसी जन्म में। लगता है हम कयामत के कगार पर हैं।

57

घर पर बैठना और बाहर जाने की संभावना को टालना, ताकि अपनी जान जोखिम में न डालूँ, क्या यही मेरी जिंदगी बन गई है? यह खुद पर लगाई हुई कैद

क्यों और कब तक, क्या मैं सचमुच मरने से डरता हूँ, मैं किसलिए जीता हूँ? मैंने गिरजा और बच्चों को इसलिए बाहर भेजा, क्योंकि मैं नहीं चाहता था कि वे इस अप्रिय और दमघोंटू वातावरण में फँसे। मैं उनके साथ क्यों नहीं गया? ये ख्याल मुझे परेशान करते हैं और मेरी चिंता को बढ़ा देते हैं।

क्या किसी में शक्ति और चाहत है कि वह उस नफरत और विघ्न का प्रतिरोध कर सके, जो अभी घाटी में है? अभी तक मैंने किसी व्यक्ति विशेष या किसी ऐसी संस्था के बारे में नहीं सुना, जिन्होंने उग्रवादियों के कार्यक्रम का विरोध किया हो, बल्कि ज्यादा-से-ज्यादा लोग उनके उन विचारों और तरीकों की तरफ परिवर्तित हो रहे हैं, हालाँकि उन पर उन्हें कोई विश्वास भी नहीं है। मैं अकेला हूँ।

मेरे बारे क्या? मुझे मालूम है कि मैं विरोध नहीं कर सकता, अगर मैं चाहता भी, क्योंकि मैं अकेला हूँ। ऐसा करने से मैं मृत्यु को बुलावा देता हूँ। अगर मैं ऐसी निराश स्थिति में पहुँच गया हूँ, जहाँ मैं अपनी मर्जी के अनुसार जी नहीं सकता और जो हो रहा है, उसके खिलाफ लड़ भी नहीं सकता, तब मेरे जिंदा रहने का अभिप्राय क्या है? क्या यह उन अर्थहीन साँसों को जारी रखना है, जिनके पास न तो जान डालने की और न ही उत्साहित करने की ताकत है? ये विचार निराशाजनक हैं, जो हमेशा मुझ पर आक्रमण करते हैं। मेरी शांति और मानसिक संतुलन को तबाह कर देते हैं।

मगर अभी, जब मैं यह लिख रहा हूँ, मैं अपने आपको मजबूत महसूस करता हूँ; क्योंकि मुझे लगता है कि मेरा यहाँ होना ही मेरी अवज्ञा का प्रदर्शन है। हालाँकि यह कोई बहादुरी नहीं, मगर उतना ही महत्त्वपूर्ण है, जितना कि उस आदमी का, जो बंदूक लेकर बाहर जाता है। मेरी मौजूदगी ही उग्रवादियों की ताकत को चुनौती है, क्योंकि यह उग्रवादियों के प्रति सम्मान पर मेरा इंकार दर्शाती है।

मेरा लिखना ही मेरे विरोध का एक प्रभावशाली तरीका है। अपने विचारों को खुलकर प्रवाहित करके मैं कुछ भी बोलने के हक के लिए लड़ रहा हूँ। जब किसी दिन बदलाव की हवा नफरत और अविश्वास के इस दमघोंटू वातावरण को उड़ाकर ले जाएगी, इन शब्दों को इनकी असली स्पिरिट में पहचाना जाएगा, जो कि उस स्थिति के खिलाफ था, जिसमें मेरे पास दुश्मन से लड़ने के लिए कोई हथियार नहीं था।

जब लोग जेल में होते हैं, वह पागल होने से बचने के लिए और वर्तमान का प्रतिरोध करने के लिए कलम का इस्तेमाल करते हैं। उनका लिखना उन्हें चलते रहने के लिए प्रेरित करता है और अच्छे समय की आशा दिलाता है।

मुझे यहाँ पर बने रहना चाहिए और जो मुझे महसूस होता है, उसे लिखना चाहिए। लिखना मेरी जिंदगी है, मेरा अस्तित्व।

60

क्या मैं आज तक अपनी खुशकिस्मती की वजह से बच पाया हूँ, या क्योंकि अभी भी शहर के लोग मुझे शुभेच्छा और सम्मान देते हैं, कम-से-कम वे, जो मुझे जानते हैं। मेरे दो पुराने विद्यार्थियों के अचानक आने से एक दिन मेरे लिए अविस्मरणीय अनुभव हो गया। उन्होंने मुझे विश्वास दिलाया कि मेरे शुभचिंतक अभी भी हैं, जिन्हें मेरी मौजूदगी से कोई परेशानी नहीं है।

शाम के पाँच बजे उन्होंने मेरे दरवाजे पर दस्तक दी। उस वक्त दिन की अच्छी-खासी रोशनी थी। मैं उन्हें साइड की खिड़की से देख सकता था। नजारा सुखद रूप से आश्चर्यजनक था। अच्छे कपड़े पहने एक नवयुवक और एक नवयुवती आशापूर्वक बंद दरवाजे की तरफ देख रहे थे। हालाँकि मैं उनको पहचान नहीं पाया, मगर मैं समझ गया कि वे शालीन लोग थे और खतरनाक बिल्कुल नहीं लग रहे थे। मैंने बिना किसी हिचकिचाहट के दरवाजा खोल दिया।

अंदर आने के बाद उन्होंने मुझे मास्टरजी कहकर संबोधित किया, एक उपाधि, जो मैं लगभग भूल चुका था, क्योंकि मैं टीचिंग लाइन में नहीं था। ऐसा लगता था वे मुझे अच्छी तरह से जानते थे, मगर मैं उनको पहचान नहीं पाया। शायद मेरे चेहरे पर हैरानी देखकर उन्होंने स्थिति को सामान्य होने के लिए मेरा हाल पूछा और कहा कि मैं घर की चहारदीवारी के अंदर अपने आपको कैसे व्यस्त रखता हूँ। तब उन्होंने बच्चों के बारे में पूछा। उनके बात करने के तरीके से और उनके चेहरे के हाव-भाव से लगता था कि वे मेरे लिए चिंतित थे।

हालाँकि मैंने उनसे काफी मिलनसारी से बात की, पर मैं अपने अटपटेपन की वजह से काफी सचेत था, क्योंकि अपनी याद्दाश्त पर बहुत जोर डालने के बावजूद मैं उनके साथ अपने संबंध को याद नहीं कर पाया। मैं निराश होकर उनके करीब गया, ताकि मैं उनके चेहरों को अच्छी तरह से देख सकूँ। एक पल के लिए मुझे लगा कि मैं बहुत ढीठ हो गया था, मगर सौभाग्य से मुझे उनका चेहरा ठीक से नहीं देखना पड़ा। अचानक मुझे वे दोनों याद आ गए। अब वह शादीशुदा दंपती थे, मगर मैं उनको अपने विधार्थियों की तरह जानता था, जिनको मैं घर में व्यक्तिगत रूप से पढ़ाता था।

उन्हें देखकर मुझे वह समय याद आया, जब मैं एक प्राइवेट स्कूल में पढ़ाता

था, जहाँ पर मेरा वेतन इतना कम था कि मुझे अपनी आमदनी बढ़ाने के लिए प्राइवेट ट्यूशन करने पड़ते थे। मौके का फायदा उठाते हुए ये स्कूल अमीर और प्रभावशाली लोगों ने सरकारी स्कूलों के गिरते हुए स्तर की वजह से और पैसा कमाने के लिए खोले थे। वे उत्कृष्ट कोटि की शिक्षा देते थे। वे अच्छी योग्यतावाले नौजवानों और नवयुवतियों को, जो कि काफी तादाद में उपलब्ध थे, नौकरी पर रखते थे और उनसे काफी कम वेतन पर दिन मैं आठ-आठ घंटे काम लेकर उनका शोषण करते थे। मेरे ज्वॉइन करने के एक साल के भीतर मैंने एक सक्षम टीचर के रूप में ख्याति प्राप्त कर ली। बच्चों को अपने घर में या उनके घरों में पढ़ाता था। इस प्रकार मैंने कई प्रभावशाली और अमीर परिवारों के साथ घनिष्ठ संबंध बना लिये। मेरे ग्राहक बढ़ गए और मैं स्कूल की नौकरी छोड़कर पूरे समय ट्यूशन करने लगा।

अपने विद्यार्थियों को पहचानकर मैंने उन्हें मुबारकबाद भी दी। मैंने उनके साथ अपने परिवार के बारे में बातें कीं कि गिरजा और बच्चों के साथ क्या हुआ था और किन परिस्थितियों की वजह से मुझे उन्हें दिल्ली भेजना पड़ा मगर मैंने उन्हें साफ-साफ बता दिया कि जैसे ही हालातों में सुधार होगा, वे वापस आ जाएँगे; क्योंकि हमारा यहाँ से पूरी तरह छोड़कर जाने का प्लान नहीं था। उस वक्त मैं बहुत भावुक हो गया और मेरी आवाज भर्रा गई। बड़ी मुश्किल से मैंने अपने आँसुओं को रोका। जब उन्होंने देखा कि मैं संभवतया टूटने की कगार पर था तो वे मेरे पास आए, बहुत शिष्टता से मेरे हाथों को अपने हाथों में लिया और मेरे साथ बैठ गए।

कोई सवाल पूछने या मुझसे बिना सफाई माँगे; उन्होंने मुझसे कुछ कहने की इजाजत माँगी। मैंने निस्संकोच इजाजत दे दी। उन्होंने मुझसे कहा कि मेरा मोहल्ले के एक कोने में अकेला रहना ठीक नहीं। उन्होंने कहा कि अच्छा रहेगा, जब तक गिरजा और बच्चे वापस आते हैं, मैं उनके घर में शिफ्ट हो जाऊँ। उनके साथ रहने से मुझे स्वास्थ्यवर्धक और अनुकूल वातावरण मिलेगा, मेरी दिनचर्या में कुछ प्रसन्नता आएगी और मैं घर के उन कष्टप्रद काम करने से बच जाउँगा, जो मुझे मजबूरी में खुद करने पड़ते थे।

मैंने कभी सोचा भी नहीं था कि मुझे ऐसा निमंत्रण मिलेगा। इससे में भौचक्का रह गया। हालाँकि यह एक बहुत ही खुशनुमा अनुभव था और इतना अच्छा था कि मुझे समझ नहीं आया कि मैं इसका क्या जवाब दूँ। मैं शायद एक या दो मिनट चुप रहा या शायद हक्का-बक्का एकटक उनकी तरफ देखता रहा, जब तक उन्होंने दुबारा विनती की कि मैं उनके साथ घर चला जाऊँ। यह सुनकर मैं अपनी

स्तब्धता से बाहर आया, उन्हें उनके ध्यान और दयालुता के लिए और अपने पुराने टीचर को याद करने के लिए धन्यवाद किया। हालाँकि मैंने यह कृतज्ञता से कहा था, मगर उन्होंने मुझे गलत समझा। उन्हें लगा कि यह एक ढकी-छुपी शिकायत थी कि वे मुझे पहले देखने क्यों नहीं आए। वे अनावश्यक रूप से शर्मिंदा हो गए और अब आने के लिए थोड़ी व्याख्या की। दो दिन पहले ही उन्होंने मेरे यहाँ होने की खबर सुनी थी।

मैंने उनको आने के लिए बहुत-बहुत धन्यवाद दिया और पूरी कोशिश से विश्वास दिलाया कि मुझे उनकी सच्चाई पर कोई संदेह नहीं, मगर मैं उनके लुभावने निमंत्रण को स्वीकार नहीं कर सकता। मैंने कहा, "मैंने किसी और समय बहुत खुशी से स्वीकार किया होता, मगर इस वक्त नहीं कर सकता। मुझे इस स्थिति का सामना अपने घर में ही करना है, क्योंकि यह मेरे विश्वास और परीक्षा की घड़ी है।" मैंने चाहा था कि मैं दृढ़ विश्वास के लहजे में बोलूँ, मगर मेरी आवाज ने मुझे धोखा दे दिया। मैं इतनी अनावश्यक तीव्रता से बोला कि उन्होंने मुझ पर दबाव नहीं डाला। उन्होंने मुझे शुभकामनाएँ दीं और अनुरोध किया कि अगर मुझे किसी मदद की जरूरत हो तो मैं उन्हें बुलाऊँ। तब वे चले गए। मैं तब तक उन्हें देखता रहा, जब तक कि वे मेरी नजरों से ओझल नहीं हुए।

उनके आने से मैं आशा से भर गया, मगर मैं विश्वस्त नहीं हूँ कि इस आशा में इतनी शक्ति है, जो मुझे भी जीवित रहने में मदद करेगी। क्या इस शक और अविश्वास के वातावरण में एक मुट्ठी भर शुभचिंतक मेरी सुरक्षा की गारंटी दे सकते हैं? मगर क्या वे सड़क पर मेरी सुरक्षा विश्वस्त कर सकते हैं, क्या मैं अपने दिमाग से प्रतिशोधी शत्रुता की वे छवियाँ मिटा सकता हूँ, जो मैंने अपने आस-पास उपजते देखी हैं?

और फिर भी मैं यहीं हूँ। कभी-कभी मुझे अपनी ही उलझन से चिढ़ हो जाती है।

61

मैंने आजकल लोगों की एक और तकलीफदेह जिंदगी के पहलू के बारे में जाना है। उनकी बहादुरी की सजावटी परत के पीछे एक अप्रिय सच्चाई है। वे एक बड़े से डर की जकड़ में बुरी तरह से फँस गए हैं। आतंकवादियों के ग्रुपों की आपस में लड़ाई की खबरें हवा में हैं। एक ग्रुप के कुछ सदस्य आपस में झगड़ा करके वहाँ से निकल जाते हैं और फिर अपना एक नया ग्रुप बना लेते हैं,

एक नए नाम और पहचान के साथ। यह उस कहानी की तरह है, जिसमें एक बूढ़े दैत्य के खून का कतरा जहाँ गिरता है, वहाँ एक नया दैत्य जन्म लेता है। दैत्यों की संख्या बहुत भयानक तरीके से बढ़ती जा रही है। इतने ग्रुपों, इतने गुटों, इतनी विचारधाराओं में कोई अपना विश्वास, अपना भरोसा किस पर करेगा? इससे सबको तकलीफ होती है और लोग हर रोज इस पर शोक प्रकट करते हैं।

मैंने अपने मुस्लिम पड़ोसी से पूछा कि इस आंदोलन का महत्त्व ही क्या है, जहाँ अभी से लोग इतने गुटों में बँट गए हैं और खुलेपन की बजाय लोगों की आत्माओं में डर बिठाकर उनसे आज्ञा का पालन कराते हैं। उसने कोई उत्तर नहीं दिया, बस अपना सिर झुकाया। मैंने जब उसे कुछ बोलने के लिए जोर दिया तो उसने बहुत ही धीमी और दुःखी आवाज में माना कि अब सिर्फ एक ही आंदोलन नहीं था, बल्कि बहुत से समानांतर आंदोलन थे, जिनके लक्ष्य और उनके पूरा करने के तरीके भी अलग-अलग थे। वे एक बहुत ही खूनी सत्ता के संघर्ष में भी जुटे थे।

मेरे दोस्त ने कहा कि कई छोटे-छोटे पराश्रयी गुट, बड़े गुटों के इर्द-गिर्द पैदा हो गए थे। मुझे उसके समझाने का तरीका अच्छा लगा। उसने मुझे बताया कि पिक्चर देखने के लिए हम बुकिंग खिड़की से टिकट खरीदते हैं, मगर जब काफी भीड़ होती है और हम नहीं चाहते हैं कि अपना सिर या कमीज गँवा दें तो हम टिकट ब्लैक में खरीदते हैं, जो कि आसानी से मिल भी जाती है। इसी तरह कुछ उग्रवादी संगठन हैं, जिसमें कुछ असली और कुछ नकली हैं। दूसरेवाले वे हैं, जो उग्रवादियों के तरीके अपने फायदे के लिए इस्तेमाल करते हैं, जैसे एक आलीशान डिनर के लिए या किसी औरत के साथ रंगरलियाँ मनाने के लिए। हालाँकि शराब की दुकानें बंद हैं, मगर जो लोग इन्हें खुश रखना चाहते हैं, वे उनके लिए हर तरह की शराब मुहैया करवाते हैं।

आतंकवाद एक नए रोमांच में बदल गया है और चलाने के लिए एक बड़ा कारोबार। अब जबकि छोटे व्यापारियों के लिए संसाधन सिकुड़ते जा रहे हैं और बड़े गुटों की बाँहें पैंसों और समर्थन के लिए लंबी होती जा रही हैं तो बहुत लोगों ने आतंकवाद को एक नया बिजनेस बना लिया है, जो बिना किसी पूँजी निवेश के शुरू किया जा सकता है। आपको चाहिए तो बस एक बंदूक और एक रोबदार आवाज। अब तो यह छूत की बीमारी असली ग्रुपों को भी हो गई है। वे भी दूषित हो गए हैं, खासकर उनके नौजवान सदस्य जो जानते हैं कि उनकी मौत कभी भी हो सकती है। उन्हें यह भी लगता है कि समाज को उनका आभार प्रकट करने के लिए उन्हें अच्छा खाना खिलाते रहना चाहिए, ताकि उनका शरीर स्वस्थ और

मजबूत रहे, एक शराब का प्याला, ताकि उनका उत्साह बना रहे, औरतों के साथ कुछ सुखदायी पल; क्योंकि वे शायद दूसरा दिन न देखें। बंदूक की नोक पर तुरंत शादियाँ इतनी आम हो गई हैं कि जवान लड़कियों के माँ-बाप की आँखों के नीचे चिंता की थैलियाँ बन गई हैं।

जबरदस्ती वसूली, कब्जा और बंदूक की नोक पर की गईं शादियों की कहानियाँ बड़ी खतरनाक तरीके से फैल रही हैं। दुःख की बात है कि अब कोई इन चीजों से आश्चर्यचकित या स्तब्ध नहीं होता। वे कहते हैं कि पंजाब की स्थिति से साबित हो गया है कि उग्रवाद अपना आदर्शवादी अनुकूलन बहुत समय तक नहीं रख सकता। उग्रवादी अब नए लुटेरे बन गए हैं। अगर पुराने राजनीतिज्ञों ने सुखद जिंदगी बिताने के लिए पैसे लूटे तो वे ऐसा क्यों नहीं कर सकते हैं? इसलिए अब हमारे यहाँ अलग तरह के आतंकवादी हैं; जिनकी अलग-अलग प्रेरणाएँ हैं। अंतत किसी को पता नहीं कि किस पर भरोसा किया जाए।

मगर लोगों में डर क्यों है? मैंने अपने दोस्त से पूछा। उसने कहा कि लोग इतने सारे उग्रवादियों की फिलोसफियों से ऐसे हक्के-बक्के हैं कि उन्हें समझ नहीं आता कि किस के साथ जुड़े रहें। उन्हें डर है कि उनसे लेन-देन करते वे किसी मुसीबत में न फँस जाएँ। इसकी वजह से परिवार में हर एक व्यक्ति एक टापू बन गया है। बच्चे अपने माँ-बाप से डरते हैं और माँ-बाप बच्चों के सामने मुँह खोलने से डरते हैं। सास और बहू एक-दूसरे के विरुद्ध खड़े हैं, अपनी पुरातनी दुश्मनी की वजह से नहीं, बल्कि उनके सैद्धांतिक संबंधों की वजह से। अभी पिछले दिनों एक लड़के ने माँ को गोली मारी, क्योंकि उसने एक माँ की तरह बात की थी, एक विचारधारक की तरह नहीं। ऐसा लगता है कि हम सड़क के अंत तक आ गए हैं और आगे एक अँधेरी सुरंग है, जहाँ पर रोशनी नहीं है।

जब मैंने अपने दोस्त को देखा, वह निराशा के दर्द में डूबा था। मुझे उस वक्त उसे यह पूछना अच्छा नहीं लगा कि उन्हें मेरे समुदाय के साथ दुश्मनी क्यों थी और वे उन्हें घाटी से बाहर भगाने पर क्यों तुले हुए थे, मगर मैंने फिर भी हिम्मत करके पूछ ही लिया। उसने कहा कि उनके आपस के मतभेदों के बावजूद वे इस बात पर सहमत थे कि उनकी लड़ाई भारत से है और पंडित घाटी में उसके प्रतीक थे। उसने मुझसे मजाक में कहा, "तुम्हारा कुछ नहीं हो सकता। अगर तुम यहाँ हो और जिंदा हो, यह इसलिए है कि तुम्हारी किस्मत अच्छी है।" जब मैंने उसका इस बात की तरफ ध्यान दिलाया कि मेरे जैसे और लोग भी हैं, जो शहर की अलग-अलग जगहों में रह रहे हैं। उसने शरारत से मुस्कराकर कहा कि वे

मेरे जैसे अलग-थलग, अकेले और एक्शन से दूर नहीं हैं। वे शहर में रहनेवाले उग्रवादियों के थके-माँदे शरीर को सुरक्षित आश्रय देते हैं और थोड़ा आनंद भी। पुराने जमाने की सरायों की तरह उनके घर आजकल के प्रसन्नता देनेवाले अड्डे बन गए हैं। उनके जीवित रहने का वही राज था।

62

आज मोहिंदर फिर से मुझे खतरे की धमकी की खबर देने आया। वह चिंतित है, क्योंकि मैं उसकी गंभीर खबरों को महत्त्वहीन समझता हूँ।

इस बार वह गंभीर लग रहा है। शायद इसलिए कि मैं उसकी बातों को संजीदगी से और ध्यानपूर्वक सुनूँ। उसने सुना था कि उग्रवादी जिनको खत्म करना चाहते हैं, मेरा नाम उस लिस्ट में सबसे ऊपर है और मैं छुट्टी पर एक लाश की तरह हूँ। उसने यह एक्सप्रेशन एक नाटक से लिया था, जो वह अकसर कोट करता है। जब मैंने जोर से हँसकर अपनी प्रतिक्रिया व्यक्त की तो वह चिढ़ गया और कहा कि मैं भी बेवकूफ द्वारिकानाथ की तरह बर्ताव कर रहा हूँ। नाटक से लिया गया मुहावरा तो मुझे समझ में आ गया, मगर द्वारिकानाथ का जिक्र कुछ अतिदृश्यत था। मैं इस नाम के किसी आदमी को नहीं जानता था, इसलिए मुझे समझ नहीं आया कि मैंने ऐसा क्या किया था। जब मैंने मोहिंदर से इसके बारे में पूछा तो उसने मुझे एक और हत्या के बारे में बताया।

द्वारिकानाथ अपनी माँ का इकलौता बेटा था। उसकी माँ जम्मू जाने के बिल्कुल खिलाफ थी। इसलिए वह भी वहीं ठहर गया। वे शहर के पुराने हिस्से में रहते थे, जो उन कॉलोनियों के विपरीत था, जो पिछले दो दशकों में बन गई हैं। वहाँ नजदीकी सिर्फ मकानों में ही नहीं, बल्कि और भी बहुत कुछ है। वहाँ पर लोगों के संबंध गहरे और आजमाए हुए होते हैं। द्वारिकानाथ की माँ पूरे मोहल्ले के परिवारों को अच्छी तरह से जानती थी और उसे पूरा इत्मीनान था कि वह उस मुस्लिम बहुतायतवाले मोहल्ले में सुरक्षित थी। ऐसा भी हुआ था कि उन्होंने उसे वहाँ रहने के लिए प्रोत्साहित किया था, मगर न तो द्वारिकानाथ और न उसकी माँ को बिल्कुल अंदेशा था कि पुलिस के साथ उसके संबंधों से उसकी जान को खतरा था।

सब जानते थे कि लोकल पुलिस उग्रवादियों के आंदोलन से सहानुभूति रखती थी और उनकी गतिविधियों में दखल नहीं देते थे, मगर पंडित होने की वजह से द्वारिकानाथ पहले ही शक के घेरे में था और दुर्भाग्य की बात थी कि वह पुलिस

डिपार्टमेंट में काम कर रहा था, इसलिए वह कठघरे में था। हजारों पुलिसवाले, जो उसी महकमे में थे, उन पर विश्वास किया जा सकता था, क्योंकि वे मुसलमान थे, मगर द्वारिकानाथ पर नहीं। उसको तो पता भी नहीं था कि उग्रवादियों और उनके समर्थकों की जो लोकल कमेटी थी, वे हमेशा उसके बारे में बातें करते थे। वे हमेशा उन लोगों पर नजर रखते थे, जो उन लोगों के आंदोलन के लिए खतरा थे। अपनी माँ की तरह उसे भी विश्वास था और वह अपने घर में किसी चिंता के बगैर रह रहा था।

जब कुछ लोगों ने उसे ढका-छिपा संकेत दिया कि उस पर मुखबिर होने का संदेह किया जा सकता था, तो वह इसे मजाक समझकर हँस दिया, क्योंकि उसे पता था कि वह कोई पुलिस ऑफिसर जैसे कि डी.एस.पी. या आई.जी.पी. नहीं था, जो कि प्लान करके उग्रवादियों के अड्डों पर रेड डालते थे। जब उन्हें अपनी जान खतरे में नहीं लगती थी तो फिर उसे किस बात की चिंता थी? वह तो एक छोटा सा मोहरा था। हालाँकि वह पुलिस डिपार्टमेंट में था, मगर वह पुलिसवाला नहीं था। वह तो सिर्फ एक क्लर्क था, जिसका काम था पुलिसवालों की फाइलों को ठीक-ठाक रखना, मगर द्वारिकानाथ का नाम कमेटी के सदस्यों की जोरदार बहस में बराबर आता रहा, क्योंकि उनके पास कुछ और करने को था ही नहीं। असल में शकवाले केसों की बहुत ज्यादा कमी हो गई थी। उसकी माँ को विश्वास था कि वे वहाँ इसलिए सुरक्षित थे, क्योंकि उनकी वहाँ कोई खास मौजूदगी नहीं थी। वही उनके लिए बरबादी साबित हुई।

कमेटी को सिर्फ यही नहीं दिखाना होता था कि वे बहुत व्यस्त थे, बल्कि उन्हें ठोस सबूत भी देने होते थे। जब सदस्यों को लगा कि कोई और नहीं था, जिसे वह पकड़ते तो उन्होंने फैसला कर लिया कि तब तो द्वारिकानाथ ही होगा। उसके बहुत से मुस्लिम दोस्त थे, जो उसकी मजाक की योग्यता के प्रशंसक थे, पर वे भी उसकी मदद नहीं कर सके। जिस एक ने कोशिश की, वह भी सफल नहीं हुआ, क्योंकि द्वारिकानाथ ने उसके डर को निराधार बताया।

जब कमेटी के सदस्य एक तूफानी सत्र में अहमद खान के घर में मिले, उनमें एक ने सुझाव दिया कि बहस को खत्म करने के लिए द्वारिकानाथ को ही खत्म किया जाए। क्या अक्लमंदों ने यह नहीं कहा है कि दाँत का दर्द बार-बार होने से अच्छा है कि दाँत को ही उखाड़ा जाए। जब कागज पर उसको खत्म किया गया, अहमद खान का बेटा जमाल, जो द्वारिकानाथ का बड़ा प्रशंसक था, दौड़कर उसके पास गया और उससे कहा कि उसकी मौत के वारंट पर दस्तखत हो गए थे।

उसने सोचा था कि द्वारिकानाथ घबराकर भाग जाएगा। वह भी यही चाहता था, पर हमेशा की तरह उसने इसे एक मजाक समझा और दिल खोलकर हँसा। उसने इस काम के लिए जमाल की पीठ थपथपाई और उसे अपना काम करने की हिदायत दी। जमाल अपने दाँतों को पीसने के सिवा और कुछ नहीं कर सका।

कुछ ही घंटों में बंदूकधारियों का एक दस्ता द्वारिकानाथ के आँगन में था। सब लोगों ने एक साथ मिलकर उसे बाहर आने को कहा। उसने तुरंत आज्ञा का पालन किया और उसका काम तमाम हो गया। आपस में कोई बातचीत नहीं हुई और न ही कोई इलजाम लगाए गए। बस गोलियों की आवाज सुनाई दी और कमेटी की सदस्यों की परेशानियों का अंत हो गया। जब द्वारिकनाथ की माँ ने बेटे को गोलियों का सामना करते हुए देखा तो वह इतनी स्तब्ध रह गई कि चिल्ला भी नहीं पाई। वह डर से स्तंभित हो गई और वह पल उसकी याददाश्त पर हमेशा के लिए अंकित हो गया। शामरानी, जो उसकी माँ का नाम था, अभी भी उस वीरान घर में है, उस एक पल की कैदी, जिसने हमेशा के लिए उसकी जिंदगी में अँधेरा कर दिया था।

63

उग्रवाद से नई कहानियाँ उपज रही हैं—दर्द, पीड़ा और विश्वासघात की कहानियाँ। जिंदगी इतनी छिन्न-भिन्न हो गई है कि इसे सुधारा नहीं जा सकता। पंडित लगातार भाग रहे हैं। मुसलमानों को भी उग्रवाद का हानिप्रद अनुभव हो रहा है। कल नजीर ने मुझे समद भट्ट की लड़की की कहानी सुनाई, जो कि मुसलमानों की कई कहानियों में से एक है। वह मुझे सुनाने के लिए उत्सुक था, क्योंकि कहानी का अंत बिना किसी अप्रिय घटना के हुआ था, हालाँकि इसके दौरान लोगों को कितने ही निराशाजनक पलों से गुजरना पड़ा था।

शहर कहानियों का एक सागर बन गया है, उसने कहा, मगर इनको सुनानेवाले ज्यादा लोग नहीं हैं। ऐसा भी नहीं है कि उनके पास प्रतिभा नहीं है। ये कहानियाँ पीड़ा, दुःख और निराशा से भरी हुई हैं। जब मैंने कहा कि ये कहानियाँ ऐसे ही मर जाएँगी और इन्हें ऐसे ही भुला दिया जाएगा, तो नजीर को मेरी चिंता समझ में आ गई। उसने कहा कि इनका भूलना ही अच्छा है, "अपनी शर्मिंदगी सबको दिखाने का कोई मतलब नहीं है।" उसने गंभीरता से कहा। नजीर मानता है कि वही कहानियाँ जिंदा रखनी चाहिए, जिनका अंत सुखद हो। इसलिए बहुत सी कहानियाँ जानने के बावजूद उसने मुझे समद भट्ट की ही कहानी सुनाई।

समद भट्ट शहर का एक जाना-माना व्यक्ति है। उसकी दुकानें श्रीनगर और देश के दूसरे भागों में भी हैं। अपने बिजनेस के सिलसिले में, जो कि वह खुद ही चलाता है, वह अकसर श्रीनगर से बाहर रहता है।

उसकी अनुपस्थिति में उसकी माँ, जो एक समझदार और दयालु औरत है, घर का ख्याल रखती है। उसकी बीवी और बच्चे भी वहीं पर रहते हैं। बड़ी बेटी सलीमा, एक होनहार लड़की है, जिसने कुछ समय पहले ही सरकारी मेडिकल कॉलेज में फर्स्ट ईयर में दाखिला लिया है। परिवार में एक विश्वासपात्र नौकर सलामा है, जो लगभग अठारह साल का खूबसूरत जवान है। वह उनके साथ दस साल से था।

सलामा एक दूर-दराज गाँव से था। उसके माँ-बाप गरीब थे, इसलिए वह बहुत ही कम पढ़ा-लिखा था, मगर घरेलू काम बखूबी जानता था और बहुत ही अच्छा रसोइया भी था। ऐसा हुआ कि उग्रवाद ने उसकी कल्पना को अविश्वसनीय रूप से आकर्षित किया। वह उसकी नीरस जिंदगी में हवा के एक ताजे झोंके की तरह आया और वह उग्रवादियों की गतिविधियों में काफी दिलचस्पी लेने लगा। उनकी बहादुरी के किस्से जैसे बैंक लूटना, लोगों की हत्या करना और पुलिस चौकियों पर हथगोले फेंकना उसे बहुत रोमांचकारी लगने लगा। इससे उसकी कल्पना में पंख लग गए। उसका काफी समय घर से बाहर बीतने लगा और वह उग्रवादियों के कारनामों के बारे में कहानियाँ घर में बड़े उत्साह से सुनाता।

समद भट्ट की समझदार और अनुभवी माँ ने सलामा के बर्ताव में बदलाव देखा और अपनी बहू से चिंता जाहिर की। इससे पहले कि वे इस बारे में कुछ फैसला करते, सलामा एक सुबह घर से निकला और उसके बाद किसी ने उसे नहीं देखा। जब वह बहुत दिनों तक वापस नहीं आया तो उन्होंने उसके घरवालों को खबर भेजी कि वह बिना कोई पता या संदेशा छोड़े घर छोड़कर चला गया है, मगर सलामा के माँ-बाप ने इसकी कोई परवाह नहीं की।

दोनों औरतों को तब हैरानी हुई, जब कई हफ्तों के बाद सलामा पूरे बदलाव, नए कपड़ों और नए व्यवहार के साथ उनको बताने आया कि वह शहर में वापस आ गया था और उसे एक नई नौकरी मिली थी। जब उन्होंने पूछा कि वह कहाँ गया था और क्या नौकरी थी तो वह टाल गया और उनसे वादा किया कि वह कुछ समय के बाद उन्हें सब कुछ बताएगा। फिर वह चला गया।

दोनों औरतों ने तुरंत उसको और उसके बदले हुए बर्ताव को भाँप लिया। पहली बार, इतने सालों में जबसे वह वहाँ था, वह उनके सामने कुरसी पर बैठ

गया। उसमें कोई संकोच या शर्मिंदगी नहीं थी, बल्कि वह एकदम आत्मविश्वास से भरा हुआ था।

दो हफ्तों के बाद सलामा अपने दो साथियों के साथ आया, जो देखने में हट्टे-कट्टे और गुंडे टाइप के लगते थे। उसके साथी कुछ ज्यादा विश्वस्त नहीं लग रहे थे। चूँकि समद भट्ट अपने कमरे में काम में व्यस्त था, इसलिए दोनों औरतें उनका स्वागत करने निकलीं। इधर-उधर की बातचीत के बाद सलामा ने सलीमा की सेहत और उसकी पढ़ाई के बारे में पूछताछ की और कहा कि कॉलेज बंद होने की वजह से वह घर में बोर हो रही होगी। फिर अचानक उसने उनको बताने की हिम्मत की कि मुजाहिदों की फौज में होने की वजह से वह अपने आपको सलीमा के लिए एक योग्य विवाहार्थी समझता है और उनसे उसका हाथ माँगा।

समद भट्ट की माँ ने उसे नई नौकरी के लिए मुबारकबाद दी, उसको उसके दृढ़ निश्चय और हिम्मत की भी तारीफ की। उन्होंने उसे बताया, हालाँकि उनकी बेटी का हाथ थामने की योग्यता उसमें जरूर थी, मगर ऐसी चीजों को करने की एक उचित रस्म होती है। ये काम जल्दी नहीं होते हैं। सलामा अपनी मालकिन के सौहार्द से पूरी तरह से झाँसे में आ गया और मान गया कि वह तीन दिनों के बाद आएगा, तब तक ऐसे उल्लासमय मौके के लिए सब तैयारियाँ की जाएँगी।

जब सलामा अपने साथियों को लेकर चला गया तो दोनों औरतों ने इतनी जोर से रोना शुरू किया कि समद भट्ट भागकर अपने कमरे से निकला कि उसके परिवार पर ऐसी क्या विपत्ति आई थी। बच्चे भी हक्के-बक्के होकर बाहर निकल आए, क्योंकि औरतों का दर्द भरा रोना दिल को दहला देनेवाला था। दोनों औरतें समद भट्ट के सीने से लगकर रोने लगीं, अपने हाथ हिलाए, अपनी छातियाँ पीटीं और शिकायत की कि अल्लाह ने उन्हें इस त्रासदी के लिए क्यों चुना था?

समद भट्ट शांत रहा, उन्हें दिलासा दिलाया कि वह अभी मरा नहीं था और वह इस आनेवाली तबाही को रोकने के लिए कुछ करेगा। उसे उन्हें कई बार दिलासा देना पड़ा कि वह कुछ-न-कुछ रास्ता जरूर निकालेगा, क्योंकि अल्लाह ने पहले ही उन पर दया की थी। उसने अल्लाह का शुक्रिया किया कि वह इस परीक्षा की घड़ी में उनके साथ था। उसने अपनी माँ का भी शुक्रिया अदा किया कि जब सलामा वहाँ आया था तो उसने उस वक्त उसे नहीं बताया, क्योंकि उसे जरूर गुस्सा आता, जिससे बात बिगड़ जाती और मुश्किल हो जाती। उसका दिमाग इस परेशानी को सुलझाने के लिए तेजी से काम कर रहा था। एकाएक उसे अपने पंडित

दोस्त याद आ गए और उसके चेहरे पर एक मुस्कराहट छा गई।

सुबह-सवेरे जब मुरगा अभी बोला भी नहीं था, उसने अपने परिवार के सारे सदस्यों को गाड़ी में डाला। शहर अभी भी सुस्त चाँद के प्रभाव में था। वे शहर से निकलकर जम्मू की तरफ रवाना हो गए।

नजीर ने माना कि सलीमा खुशनसीब थी, मगर ऐसी बीसियों लड़कियाँ थीं, जो इतनी खुशनसीब नहीं थीं। मैं उन बदनसीब लड़कियों के बारे में और जानना चाहता था, मगर वह बताने को तैयार नहीं था। उसकी रहस्यमय प्रतिक्रिया थी कि जितना कम बोला जाए, उतना ठीक था।

64

जब रंजीत ने यह कहानी सुनी तो उसने भी यह माना कि यह एक सुखद अपवाद था, क्योंकि ऐसी कहानियों का अंत ज्यादातर अच्छा नहीं होता। शीला के साथ भी यही हुआ था। दूर के कस्बे में जो श्रीनगर के दक्षिण में करीब 40 किलोमीटर दूर है, वहाँ उसे पागल शीला के नाम से जाना जाता है। हालाँकि वह मुश्किल से 20 की होगी, मगर उम्र में बड़ी लगती है। वह फटे चीथड़े पहनकर घूमती है और हमेशा कुछ-न-कुछ बड़बड़ाती रहती है। बच्चे उसके पीछे दौड़ते हैं और उस पर पत्थर फेंकते हैं। वह ज्यादातर उन्हें नजरअंदाज करती है, मगर कभी-कभी जब वह गुस्से से गुर्राती है, तब वे उसे मारने से हिचकिचाते नहीं।

शीला हमेशा ऐसी नहीं थी। कुछ ही महीने पहले वह पंडित जगन्नाथ, कस्बे के एक आदरणीय व्यक्ति की सबसे बड़ी बेटी थी। जगन्नाथ एक अमीर जमींदार का अकेला बेटा था। अपने बचपन और जवानी में उसने पैसा अनावश्यक रूप से व्यर्थ गँवाया था। उसने न तो पढ़ाई की और न ही कोई हुनर सीखा। उसने अपनी जिंदगी अपनी जमीन की उस आमदनी से गुजारी थी, जो उसे अपने पिताजी से मिली थी। उसके पास कोई नौकरी नहीं थी, किसी और आमदनी का जरिया नहीं था और कुछ बचत भी नहीं थी, मगर जो पैसा जमीन से आता था, उसी से वह अपनी जिंदगी गुजारता था। इसलिए उसे जिंदगी से कोई शिकायत नहीं थी, मगर अब वह मुश्किल में था।

जब उसने अपने भाइयों को डर से भागते देखा तो उसे समझ नहीं आया कि वह अपने और अपने परिवार के साथ क्या करे, कैसे करें और कहाँ जाए? वह तो किसी काम का नहीं था, इसलिए उसने समय को ऐसे ही चलने दिया। जब उसने देखा कि अपने समुदाय का वह अकेला प्राणी रह्र गया था, तो उसे चिंता हो गई।

उसके बच्चों के हमजोली चले गए और साथ ही उनकी आजादी भी। वे ज्यादातर घर में ही बंद रहने पर विवश हो गए थे। जगन्नाथ घर का जरूरी सामान खरीदने के लिए अकेला ही बाहर जाता था।

जगन्नाथ के मुस्लिम साथी, जिनके साथ उसने कभी अच्छा समय बिताया था, उससे सहानुभूति रखते थे, क्योंकि वे जानते थे कि वह कैसी निराशाजनक स्थिति में था। वह तो सिर्फ अपनी जमीन पर निर्भर था, मगर दूसरे लोग, जिनको उनके जाने से फायदा होता, उसके न जाने से खुश नहीं थे। इस सबसे बेखबर जगन्नाथ रह गया, शायद इसलिए कि वह कुछ करने की स्थिति में नहीं था।

एक दिन कुछ अनपेक्षित युवकों के घर में आने से वे आश्चर्य में पड़ गए। उसे और भी आश्चर्य हुआ, जब उन्होंने उसके साथ बड़े आदर से बातचीत की और कहा कि वे उस जगह में सुरक्षित थे और उसे यह भी विश्वास दिलाया कि कोई उन्हें किसी भी तरह की हानि नहीं पहुँचाएगा। जगन्नाथ को इस बात का विश्वास नहीं हुआ। उसने उनके साथ दोस्ती करके मौके को फायदा उठाने की सोची। उसने उन्हें अपने घर आने की लिए प्रोत्साहित किया और उन्हें लजीज खाने खिलाए। उसके बच्चों ने भी अपना संकोच छोड़कर उनके साथ मिलना-जुलना शुरू किया। तब उनके लीडर की नजर शीला पर पड़ी, जो परिवार की खिलती हुई सुंदर कली थी।

जगन्नाथ अपनी नई-नई सुरक्षा से खुश और संतुष्ट था। वह यह भी सोचने लगा कि वह खुशकिस्मत था कि वह अपने ही घर में रह गया और अपने पड़ोसियों और रिश्तेदारों की तरह जम्मू जाने से बच गया। अपनी आरामदायक संतुष्टि में उसने शीला और ग्रुप के लीडर के बीच की दोस्ती और उसके संभावित नतीजों की तरफ ध्यान नहीं दिया। जब भी वह लीडर आता, वह शीला को उसके साथ बात करने के लिए प्रोत्साहित करता। कभी-कभी लीडर अकेले आता, ताकि शीला उसके प्रस्तावों की प्रतिक्रिया दिखाने में संकोच न करे।

कुछ समय के बाद टाउन के सियासी मौसम में बदलाव आया, जब वहाँ विद्रोह की नई लहर आ गई। इनमें से बहुत से लोग पेशेवर और वालंटियर थे, जो दूसरे देशों से आए थे। उनके आने का असर यह हुआ कि लोकल उग्रवादी उनके दबाव में आ गए। जगन्नाथ के लिए यह खासकर बुरा था। सब लोग जानते थे कि वह वहाँ इसलिए था, क्योंकि उसे लोकल ग्रुप का समर्थन था।

आतंकवादियों के नए ग्रुप ने अपनी तरह से छानबीन की और इस परिवार को टाउन में रहने देने की अक्लमंदी पर प्रश्न उठाए। कुछ लोग जो जगन्नाथ के

वहाँ रहने से खुश नहीं थे, वे भी इस ग्रुप में शामिल हो गए और ऐसे हालात पैदा किए, जिससे जगन्नाथ निकलने के लिए मजबूर हो जाए। जब लोकल लोगों को इस बात का पता चला तो उन्होंने जगन्नाथ को घर छोड़ने के लिए तैयार किया। उनको डर था कि नया ग्रुप शायद उसका अपहरण करे या उसके घर पर हमला करे। जगन्नाथ डर गया, मगर वह अपने दोस्तों पर निर्भर रहने के अलावा और कुछ नहीं कर सकता था। आनेवाली दुर्दशा को देखते हुए, वह उनकी हिदायत और मदद का इंतजार करने लगा।

एक शाम जैसे ही अँधेरा हो गया, एक खाली ट्रक उसके आँगन के बाहर आकर खड़ा हो गया। तीन नौजवान उतरे, घर में घुसे और जगन्नाथ के घर में जो सामान था, उसे ट्रक में लाद दिया। उसके जाने का समय आ गया था। उसकी माँ, पत्नी और छोटे बच्चों को ड्राइवर की सीट के पीछे बिठा दिया, जब जगन्नाथ शीला को आगे की सीट पर बैठने के लिए मदद करने लगे तो लीडर ने उसे रोका और कहा कि वह नहीं जाएगी। अपने दोस्त के शब्द सुनकर वह स्तब्ध रह गया और उसके बगैर ट्रक में बैठने से मना किया, मगर उन्होंने उसे जबरदस्ती ट्रक में बिठाया और उसे धमकी दी कि अगर उसने उनके आदेश का पालन नहीं किया तो वे सबको समेत ट्रक उड़ा देंगे। ड्राइवर घबरा गया और जगन्नाथ को कहा कि वह उनकी बात माने।

हताश होकर जगन्नाथ ने पूछा कि इस बेचारी मासूम लड़की का क्या कसूर था। लीडर ने गुस्से में जोर से कहा कि वह कोई बेचारी लड़की नहीं थी। वह बहुत जल्दी उसके बच्चे की गौरवान्वित माँ बन जाएगी, जो इनकलाब के बीज का मशालची होगा। शीला, जो अब तक चुपचाप खड़ी सब कुछ देख रही थी, उसने रोना शुरू किया और अपनी बाँहें हिला-हिलाकर पिता से कहा कि यह सच नहीं था, मगर अब बहुत देर हो चुकी थी। लीडर ने बंदूक की नली ड्राइवर के सिर पर रखी और उसे तुरंत निकल जाने का आदेश दिया। जगन्नाथ स्तब्ध था और शीला तेजी से जाते हुए ट्रक से उठे धूल के घूमते हुए बादल को देखने के सिवा कुछ नहीं कर सकी।

और इसके साथ ही शीला के कष्ट शुरू हो गए। उसने अपना अस्तित्व बनाए रखने के लिए बहुत संघर्ष किया, मगर वह नए और पुराने लीडरों की प्रचंडता का सामना नहीं कर सकी। उन सबने उसका उपयोग और दुरुपयोग किया और जब उसकी इच्छाशक्ति और उसके जीवन का सारा रस निकल गया, तो वह अपने ही पागलपन की मूक दर्शक बनी, दर्द और कष्ट का एक नया प्रतीक बन

गई। एक तरफ वे लोग हैं, जो एक क्षण में उग्रवादियों की गोलियों से मर गए, मगर अब हमारे यहाँ काफी बड़ी संख्या इस दर्द से सुलगती हुई चिताओं की भी है।

65

जम्मू से मेरे भाइयों की तकलीफ से भरी जिंदगी की नई खबरें आई हैं। अब उन्हें एक नया नाम दिया गया है—'माइग्रेंट' प्रवासी। हर प्रवासी परिवार को राहत के नाम पर कुछ पैसे दिए जाते हैं, मगर परिवार के आकार को अनदेखा किया जाता है। इससे कई बड़े परिवारों को छोटे-छोटे परिवार बनाकर रजिस्टर होना पड़ रहा है, जिसके लिए उनकी आलोचना की जा रही है। यह कोई नहीं समझता है कि उनके पास न रहने के लिए अपनी जगह है और न पैसे। तो फिर उनके पास और कोई चारा है क्या?

अब मैं देख सकता हूँ कि सरकार मानवीय और अमानुषिक दोनों हो सकती है। अभी की सरकार ने पंडितों की सहायता की है, जिसके लिए पंडितों ने अपना आभार भी प्रकट किया है, मगर सरकार स्पष्ट रूप से यह नहीं मानती है कि उन्होंने घाटी में कष्ट भोगा है। केंद्रीय सरकार के लीडरों ने श्रीनगर में आकर मुसलमानों की शिकायतें सुनी हैं, मगर उन्होंने जम्मू में पंडितों की दुर्दशा देखने की जरूरत नहीं समझी।

यह अनुमान लगाना थोड़ा जल्दी होगा, मगर मुझे लगता है कि आम लोगों की और सरकार की, खासतौर पर पंडितों के प्रति उदासीनता का विनाशकारी नतीजा होगा। अगर उनको घाटी में अपने घरों में जाने में मदद नहीं की जाएगी तो वे अपनी भाषा, रिवाज और परंपरा खो देंगे और देश की दूसरी सांस्कृतिक पहचान में समाविष्ट हो जाएँगे। वे एक संप्रदाय के तौर पर विलुप्त हो जाएँगे।

क्या उनको विलुप्त होने से बचानेवाला, उनके लिए बोलनेवाला कोई भी नहीं है? मानव अधिकार संस्थाएँ, घाटी में मुसलमानों की पीड़ा की वजह को समर्थन देने में कोई कसर नहीं छोड़ती हैं, जो कि सराहनीय है, मगर इस तरह तो पंडितों के बारे में किसी ने कुछ नहीं कहा है।

इस बड़े देश में, हम लोगों को अधिकारहीन कर दिया गया है। हम शायद इस समय के इतिहास का हिस्सा नहीं होंगे, क्योंकि हमारी मौजूदगी, हमारी आवाज को नकार दिया गया है। हम सचमुच अदृश्य हो गए हैं।

हमारी किस्मत में क्या होगा? सुनील कहाँ है? उसने मुझे क्यों भुला दिया है?

मेरी किस्मत का क्या, मेरे साथ क्या हुआ, मैं इसके बारे में कैसे महसूस कर रहा हूँ, क्या यह सब बताने के लिए मैं जिंदा रहूँगा?

66

कल शाम को मुझ पर एक असामान्य शांति छा गई। बहुत समय के बाद मैं हल्का महसूस कर रहा था। यह सब मेरे इर्द-गिर्द खलबली और अशांति के बिल्कुल विपरीत था। यह नया मूड, जो बहुत ही आरामदेह था, ज्यादा देर तक नहीं टिक सका। थोड़ी ही देर में यह बेचैनी और चिंता में बदल गया। मेरे दिमाग में घबराहट की लहरें उठीं। क्या यह किसी विक्षोभकारी भूमिका की ओर इशारा कर रही है, क्या यह तूफान से पहले का ठहराव था, क्या यह किसी नये तकलीफ का संकेत है? इन डरावने हालातों में, मैं आरामदेह शांति और चिंतित ख्यालों के बेचैनी से भरे मिश्रण पर काबू पाने के लिए बिस्तर पर चला गया। सौभाग्य से उसका फायदा हुआ। मैं तुरंत सो गया, क्योंकि तकिए पर सिर रखने के बाद मुझे कुछ याद नहीं रहा।

दूसरी सुबह जब मैं उठा तो मैं शांत था, इतना कि मैं बाहर की दुनिया की अस्त-व्यस्तता और भ्रम को पूरी तरह से भूल गया। मुझे लगा कि मैं इन सबसे दूर था, कहीं और। तब मुझे रात का सपना याद आया, जहाँ पर मैंने अपने आपको एक लंबी, एकांत सड़क पर पाया, क्योंकि मुझे पता नहीं था कि मैं कहाँ था और वहाँ क्या कर रहा था? मैंने यह सोचकर चलने का फैसला किया कि मुझे कोई मिलेगा, जो मुझे बताएगा कि क्या हो रहा था। लगभग दस मिनट चलने के बाद मैं एक चौराहे पर पहुँचा, जहाँ मुझे रुकना था और यह फैसला करना था कि मुझे किस मोड़ पर जाना है। मेरे पास एक चांस लेने के सिवा कोई चारा नहीं था। फिर एकाएक मैंने दाहिनी तरफ की सड़क पर जाने का फैसला किया।

कुछ ही मिनटों में चीजें बदल गईं। मैंने लोगों की आवाजें सुनीं, दूर से घर देखे और उसके तुरंत बाद मैंने देखा कि मर्द और औरतें अलग-अलग दिशाओं में जा रहे थे। जब मैं उनके पास पहुँचा तो मुझे निराशा हुई। वे मेरे लिए अजनबी थे और मैंने यह भी देखा कि उन्होंने मेरी तरफ ध्यान नहीं दिया। मैं इस आशा से आगे बढ़ा कि मुझे कोई परिचित मिलेगा, मगर इससे भी कुछ फायदा नहीं हुआ। जैसे ही मैं किसी एक से बोलने ही वाला था कि मैंने एक गली देखी, जहाँ पर मैंने कई दोस्तों और रिश्तेदारों के जाने-पहचाने चेहरे देखे। मैं खुशी से उनकी तरफ छलाँग लगानेवाला ही था कि मैंने दूसरी गली के कोने पर अपने दादाजी को देखा। वे किसी उत्सव में जाने के लिए तैयार खड़े थे और बिल्कुल वैसे ही लग रहे थे, जैसे वे मेरी शादी पर दिख रहे थे। वे दाएँ-बाएँ सिर हिला रहे थे जैसे किसी का इंतजार

कर रहे थे। मैं एकदम उल्लसित होकर बच्चों की तरह चिल्लाने वाला ही था, मगर मैंने अपने आप पर काबू पा लिया; क्योंकि मैं कोई तमाशा खड़ा नहीं करना चाहता था। उन्होंने मुझे इशारे से बुलाया और मैं दौड़कर उनकी बाँहों में चला गया।

दादाजी ने मुझे गले लगाया और पूछा कि मैंने आने में देर क्यों लगाई? मुझे आश्चर्य हुआ, क्योंकि मुझे समझ नहीं आया कि वे किस बात का जिक्र कर रहे थे। इसलिए मैंने पूछा, "देर किस चीज के लिए।" उन्होंने मेरे कान में फुसफुसाकर मुझे याद दिलाया कि मैंने उनसे जल्दी मिलने का वादा किया था। मैं थोड़ा उलझन में पड़ गया, क्योंकि मुझे कुछ याद नहीं था कि मैंने उनसे ऐसा कोई वादा किया था। मेरे चेहरे पर अगर भ्रम का कोई संकेत था तो ऐसा लगा कि उन्होंने कोई ध्यान नहीं दिया। उन्होंने मुझे शांत किया कि चिंता की कोई बात नहीं था। मैं आ गया था, इससे वे संतुष्ट थे।

इसके बाद वे मुझे अपने साथ दूसरी गली में ले गए। हम कुछ मिनटों तक चले। रास्ते में कई छोटे-बड़े घरों को पीछे छोड़कर आगे निकल गए। उसके बाद मैंने एक बहुत ही सुरुचिपूर्ण ढंग से सजा हुआ घर देखा। वहाँ के हर कमरे से मुझे संगीत और ऊँची आवाजों में लोगों की बातचीत सुनाई दे रही थी। वहाँ पर बहुत से लोग बाहर खड़े थे। मुझे भी वहाँ पर थोड़ी देर खड़े होकर गाना सुनने की इच्छा हुई, जो शाम की स्फूर्तिदायक हवा के साथ लहराता हुआ आ रहा था, मगर दादाजी ने मेरी बाँह पकड़ी और वहाँ से ले गए, जैसे कि वहाँ पर रुकना पाप था। उनकी पकड़ इतनी मजबूत थी कि मुझे उनकी पकड़ छुड़ाकर जाने का कोई चांस ही नहीं था।

मैं देख सकता था कि उनकी आँखें दूसरे घर पर केंद्रित थीं, जो हमसे थोड़ी दूर पर था। हम बहुत जल्द वहाँ पहुँच गए। अंदर पहुँचकर हम कई गलियों और घुमावदार सीढ़ियों से एक कमरे में पहुँचे, जहाँ मैंने एक अद्‌भुत नजारा देखा। मेरे पिताजी और माँ के परिवारों के सभी मृत बुजुर्ग एक बहुत ही बड़े कमरे में बैठे हुए थे, जहाँ एक सुंदर कालीन बिछा हुआ था। जब उन्होंने मुझे देखा तो मैंने उनकी राहत की साँस सुनी। उनके चेहरों पर मुस्कराहट और आँखों में प्यार और सहानुभूति थी। एक रिवाज की तरह वे अपनी जगहों से उठे और प्यार से मेरे कानों में धीरे-धीरे बातें कीं। उन सबको मेरी स्थिति से सहानुभूति थी और मुझसे कहा कि वे मेरी पीड़ा और कष्ट से कितने दुःखी थे। उन्होंने मुझे दिलासा दिलाया कि यह सब जल्दी खत्म हो जाएगा और मुझे कष्टों से आजादी मिलेगी। उन्होंने दादाजी पर सब इंतजाम करने की जिम्मेवारी छोड़ी थी।

जो मैंने इन पूजनीय लोगों से सुना और देखा, उससे मैं इतना अभिभूत हो गया कि मुझे समझ नहीं आया कि मैं उनकी इस परवाह और चिंता का क्या जवाब दूँ। इससे पहले कि मैं कुछ कहता, मैंने अपनी नानी को उदास और गंभीर, जैसा कि वे अकसर रहती थीं, कोनेवाली जगह को छोड़कर मेरी और गर्मजोशी से आते देखा, उन्होंने तुरंत मेरा माथा चूमा और मुझे बड़े प्यार से गले लगाया। वे कुछ कहने ही वाली थीं, मगर उनके थरथराते होंठों से शब्द नहीं निकले। उनके दुःखी चेहरे और गीली आँखों ने मुझे बताया कि वे मेरी विपत्तिजनक स्थिति से कितनी दुःखी थीं। मेरी पीठ पर हल्की सी थाप देकर उन्होंने मुझे दादाजी को थमा दिया और उसी तरफ चलीं, जहाँ से वे आई थीं।

तब दादाजी मुझे एक सुंदर सी बुजुर्ग महिला से मिलाने ले गए। वे एक परंपरागत कश्मीरी पहनावे में थीं। उन्होंने एक सुंदर शिरोवस्त्र के साथ चॉकलेट रंग का फिरन और एक मिलता-जुलता कमर में कसकर बँधा हुआ एक बंडाना पहना था। उन्होंने कहा कि वे मेरी दादी थीं, जिनको मैंने इसलिए नहीं देखा था, क्योंकि मेरे जन्म से पहले ही उनकी मृत्यु हो चुकी थी। जब मैं उनके पास बैठा तो मुझे उनके चेहरे की स्नेह से भरी हुई आभा का एहसास हुआ। उन्होंने हल्के से अपने छोटे-छोटे हाथों में मेरा चेहरा लिया और अपनी लंबी नर्म उँगलियों को मेरे माथे पर, आँखों, नाक, मुँह और ठुड्डी पर फेरा। मुझे ऐसा लग रहा था, जैसे मैं मंत्रमुग्ध हो गया था, क्योंकि मैंने उनको बिना किसी प्रतिरोध के छूने दिया। उनको इस सबसे बड़ा आनंद आ रहा था।

मुझे यह थोड़ा अटपटा लगा, मगर मुझे बहुत जल्द समझ में आ गया कि वे देख नहीं सकती थीं, हालाँकि उनकी आँखें बड़ी-बड़ी और खूबसूरत थीं, मगर वे अंधी थीं। मैंने अपने दादाजी की तरफ प्रश्नभरी नजरों से देखा। वे समझ गए और मेरे शक की पुष्टि की और साथ ही एक बहुत ही दिलचस्प बात कही, "वह हम सबको देख सकती है, मगर तुमको नहीं, क्योंकि उसे तुम्हें जीवित दुनिया में देखने का अवसर नहीं मिला था। तब तुम पैदा नहीं हुए थे न, इसलिए।"

जब मैंने फिर से उनके चेहरे देखा तो उनके चेहरे से शांति और खुशी छलक रही थी। उन्होंने मुझे बताया कि हालाँकि दादाजी ने मेरे बारे में उन्हें सब कुछ बताया था, मगर उन्हें मुझे देखने की बहुत चाहत थी। यह मुझे थोड़ा अजीब लगा, क्योंकि उनकी आँखों में तो रोशनी थी ही नहीं, मगर मैंने कुछ नहीं कहा।

मेरी दादी के स्पर्श और दादाजी के सांत्वनादायक शब्दों ने मेरे थके हुए शरीर पर जैसे मल्हम लगाया। मैं निश्चिंत और ताजगी भरा महसूस कर रहा था

और मैंने आँखें खोलीं। एक पल के लिए मैं थोड़ा स्तब्ध रह गया, क्योंकि मेरे सपने के अवशेष मेरी नजरों को धूमिल कर रहे थे। आहिता-आहिस्ता मुझे समझ आया कि मैं अपने घर में हूँ और उस तकलीफ में हूँ, जो अभी कुछ देर पहले बहुत दूर लग रही थी।

67

सपने की असाधारणता मुझे सारी सुबह सताती रही। मैं बार-बार उसके बारे में सोचता रहा और इसका हर तरह से अर्थ निकालने की कोशिश करता रहा, मगर मैं किसी पक्के नतीजे पर नहीं पहुँच पाया, क्योंकि मुझे पता नहीं था कि किसी के मृत पुरखे देखना अच्छा होता है कि बुरा। इसका हल शायद किसी ज्ञानी पुरुष के पास जाने से मिले, मगर शाम तक किसी के मिलने की कोई संभावना नहीं थी। मेरी दादी का उदास चेहरा बार-बार मेरी आँखों के सामने आ रहा था और मैंने उनकी ठंडी उँगलियाँ अपने चेहरे पर महसूस कीं। हालाँकि मैंने अपने लिये दूध उबाला था और आमलेट भी बनाया था, मगर मेरा कुछ खाने का मन नहीं था।

उस वक्त मैंने दरवाजे पर दस्तक सुनी, मगर चूँकि मुझे मालूम था कि दिन के समय दस्तक होना बुरी खबर नहीं थी, इसलिए मैं देखने उतरा कि कौन होगा। इस बार मेरे लिए कुछ आश्चर्यजनक था—बाहर बंदूकधारी नौजवान खड़े थे। एक पल के लिए मेरा दिल धड़कना बंद हो गया। मैं अपने पन्ने छुपाने के लिए भागा और मैं दस्तक की आवाजों को सुन रहा था, जो ऊँची और प्रबल होती जा रही थीं...23 अगस्त, 1990।